Célébration

Célébration

Rosie Thomas

Traduit de l'anglais par Jean-Paul MARTIN

Super Sellers

Données de catalogage avant publication (Canada)
Thomas, Rosie
Célébration
(Super Sellers)
Traduction de : *Celebration*
ISBN 2-89077-067-2
I. Titre
PR6070.H65C4414 1991 823'.914 C91-096517-X

Célébration
Titre original : *Celebration*
© 1982 by Rosie Thomas
© 1991 les éditions Flammarion ltée
  pour la traduction française

ISBN : 2-89077-067-2

Photographie de la couverture : SUPERSTOCK

Micro-édition : CONCEPT ÉDITIQUE

Dépôt légal : 3ᵉ trimestre 1991

Pour CK, CMK, et SS,
avec mes remerciements

CHAPITRE PREMIER

Amour divin, à nul autre pareil... chantait le chœur. Le chaud soleil de l'après-midi pénétrait par la rosace et illuminait la petite église jusqu'au pied du jubé. Posé sur la mariée qui, dans sa mousse de tulle blanc et de soie, se tournait vers le marié pour lui sourire, il faisait étinceler de diamants roses et pourpres la veste noire de l'homme tandis que celui-ci glissait la main de la femme sous son bras.

Deux petites demoiselles d'honneur en bleu myosotis se baissèrent pour ramasser la traîne de la mariée et la petite procession s'avança, à travers la lumière et les senteurs de l'église, jusque dans la pénombre de la sacristie.

La mariée baissa les yeux et vit sa main gauche crispée sur le bouquet de roses crème et jaunes. À son annulaire brillait la fine alliance d'or, mais elle la regarda à peine. Elle fut beaucoup plus surprise de découvrir la blancheur de ses doigts exsangues. Elle se contraignit à poser les fleurs et à prendre la plume d'or. Elle lissa le papier de sa main gauche et le doigt du pasteur lui indiqua l'endroit.

Elle écrivit :

« Annabel Elizabeth », puis s'arrêta.

La petite pièce où l'on étouffait était silencieuse, mais elle entendait les fidèles qui, dans l'église, chantaient les dernières notes du dernier cantique. Avec un effort, elle se concentra sur le registre et écrivit son nouveau nom : « Brooke ».

Voilà, c'était fait. Mais c'était une grossière erreur.

Il n'existait pas d'Annabel Elizabeth Brooke et il n'en existerait jamais. D'un geste impatient elle repoussa la main du pasteur. Il essayait de reprendre la plume, mais elle n'en avait pas terminé. Sous le nom de cette personne qui n'existait pas, elle écrivit en grandes lettres noires en travers de la page :

« C'est une terrible erreur.»

Et elle se retourna et partit en courant. Elle arracha l'horrible voile blanc qui l'emprisonnait, releva sa longue robe, découvrant ses bas de soie pâle et fila en trébuchant sur les marches de la sacristie, puis à travers la nef et au milieu des rangées d'invités stupéfaits. Elle entendit la voix d'Edward qui l'appelait.

— Bell ! Bell ! pour l'amour de Dieu, ne pars pas. Reviens. Reviens-moi.

Le visage de Bell ruisselait de larmes et des sanglots éclataient dans sa poitrine, mais jamais elle ne retournerait. Jamais, jamais, jamais.

La femme, qui rêvait, se tourna et leva le bras pour se protéger. Elle ouvrit les yeux et sentit aussitôt qu'ils étaient embués. Elle haletait et l'emprise étouffante du cauchemar tentait toujours de la ramener, mais elle lutta pour s'en libérer.

« Ce n'est pas arrivé, se dit-elle de sa voix calme de tous les jours. C'est impossible.»

Mais alors pourquoi, pourquoi ces rêves revenaient-ils sans cesse la hanter et la terrifier ? De quoi avait-elle peur ?

Bell Farrer repoussa d'un geste las l'amas de cheveux bruns qui lui tombaient sur le visage et regarda la pièce autour d'elle. Il faisait jour, mais il était encore très tôt. Les paisibles et douces couleurs de sa chambre la rassurèrent et la replongèrent dans la parfaite efficacité de sa vie quotidienne. Quand elle était éveillée, elle contrôlait tout parfaitement. Ce n'était que la nuit que ses frayeurs inconscientes pouvaient venir la perturber. En fait, elle n'avait rien à fuir ni rien à cacher.

Du moins n'existait-il personne à qui elle eût à cacher quelque chose.

Elle regarda l'oreiller bien lisse à côté du sien tout mouillé et chiffonné. Edward n'était pas là, bien sûr.

Ils ne vivaient plus ensemble et il avait compris que jamais elle n'accepterait de l'épouser. Comme il avait toujours tout compris, sauf la terreur étrange et perverse qui l'avait conduite à le quitter. Et pourtant il la connaissait mieux que quiconque, il connaissait la Bell secrète, vulnérable, qu'elle semblait si bien cacher à ses autres amis. Si elle lui téléphonait maintenant, elle pourrait lui raconter ce rêve idiot et ils en riraient ensemble.

Elle avança la main pour prendre l'appareil sur sa table de nuit mais se ravisa. Elle devait se souvenir qu'elle avait décidé de vivre seule. De vivre la vie d'une femme dont la carrière professionnelle était un succès, la vie dont elle avait toujours rêvé et où il n'était pas question d'appeler Edward au téléphone chaque fois qu'elle avait besoin qu'on la console après un cauchemar.

Elle préféra se lever et trottiner jusque dans la cuisine pour se faire un grand pot de café. Une demi-heure plus tard, portant les vêtements dans lesquels elle se sentait à l'aise pour réfléchir — un jean et le pull rouge des « Majorettes de Weehawken » qu'Edward lui avait rapporté d'un voyage d'affaires en Amérique — elle était assise à sa table de travail. Au-dessus d'une pile de notes se trouvaient le *Cocks et Féret*, la « bible » du bordeaux, et *Le Livre des Grands Crus* de Michael Broadbent. Bell ouvrit le Broadbent et le feuilleta jusqu'à « Bordeaux ». Après quoi elle descendit la colonne du doigt, à la recherche du Château Reynard.

À vingt-sept ans, Bell tenait la chronique gastronomique d'un quotidien national, poste où elle était parvenue en partant de celui de plus jeune journaliste stagiaire. Elle avait eu bien du mal à convaincre son rédacteur en chef, Henry Stobbs, homme résolument du Nord et qui ne nourrissait guère de sympathie pour les mondanités londoniennes, qu'il pouvait avoir besoin d'une spécialiste des bonnes tables et des vins. Mais Bell n'était pas une journaliste ordinaire et Henry Stobbs avait toujours eu du nez pour repérer les talents. Le nom de Bell était en train de devenir familier aux lecteurs de sa génération qui avaient de l'argent et faisaient fi des conventions dépassées. Ils lisaient ce qu'elle écrivait puis fréquentaient les restaurants et buvaient les vins qu'elle recommandait.

Ils achetaient également le journal dans lequel elle écrivait et cela convenait parfaitement à Stobbs.

Bell trouva ce qu'elle cherchait et se mit à lire une liste de millésimes et de notes de dégustation, fronçant les sourcils sous la concentration. Demain, elle commençait un travail important et il lui fallait d'abord bûcher beaucoup à la maison. Bell avait été invitée à passer quelques jours au château Reynard, dans le Haut-Médoc, pour une série d'articles sur l'élevage de l'un des plus grands crus du monde. En y pensant, elle ressentit comme une crampe nerveuse à l'estomac. Le baron Charles de Gillesmont, son hôte, avait la réputation d'un homme renfermé, de caractère difficile et n'aimant guère la presse de surcroît. Bell s'était sentie tout à la fois flattée et remplie d'émoi quand était arrivée l'invitation pour elle seule. Aucun de ses collègues n'avait été invité et elle se prenait maintenant à souhaiter de se retrouver avec l'habituelle et joyeuse équipe des chroniqueurs œnologues au milieu desquels elle pourrait se camoufler. Mais elle chassa aussitôt cette pensée.

« Allons, se dit-elle, impatiente, c'est l'occasion d'un *coup* et il faut en tirer le maximum. On ne va pas te manger, cela ne dure que trois jours et tu dois en rapporter des articles qui plairont à Stobbs.»

Elle se replongeait dans son livre quand le téléphone sonna, à côté d'elle.

— Salut ! Dis-moi que ce coup de fil tombe mal et je raccroche aussitôt.

Bell eut un sourire qui creusa des fossettes au coin de sa bouche.

— Edward. Sais-tu que j'ai rêvé de nous ?

— Oh, fit la voix, prudente, la voix de quelqu'un qui avait été récemment blessé et savait se reprendre rapidement.

Bell grimaça mais Edward poursuivit :

— Excuse-moi, c'est sans importance. Que fais-tu par ce beau dimanche ?

Par sa fenêtre elle pouvait voir le soleil briller par-dessus les toits de Kensington Gardens.

— Je me demandais si nous ne pourrions pas nous voir avant que tu partes en voyage. Je pourrais passer te prendre, boire un verre en vitesse et nous irions dîner aux *Amoureuses* où Mary et Elspeth pourraient nous rejoindre.

— Parfait, dit Bell un peu sèchement, songeant à la voix qui l'avait rappelée dans son rêve. *Ne pars pas. Reviens.* Mais elle avait voulu sa liberté, elle l'avait voulue si intensément qu'elle leur avait fait du mal à tous les deux en la reprenant. Maintenant elle était libre et n'avait plus aucun droit sur lui. En tout cas aucun droit à l'exclusivité de ses attentions. Mais il lui manquait, plus encore qu'elle voulait bien l'admettre. Mieux valait passer la soirée avec lui et leurs amis que ne pas le voir du tout et rester seule chez elle.

— Je passe te prendre vers sept heures, alors ?

Il raccrocha et Bell se laissa aller dans sa chaise, mâchonnant le bout de sa plume. Quand elle se sentait en confiance, elle aimait bien être seule.

À ses meilleurs moments, elle était certaine de pouvoir s'empoigner avec le monde et de l'emporter, d'une seule main. Elle adorait son métier et elle comptait de nombreux amis. Elle avait soigneusement planifié tout cela, imaginant pour elle une réussite croissante, à voyager, écrire et connaître de nouveaux visages. Avec des amants en chemin — oui, bien sûr. Mais pas de mari, elle en était certaine. Elle chassa cette pensée. Elle ne voulait pas s'en donner les raisons, pas maintenant. Cela était trop lié à son sentiment de culpabilité d'avoir quitté Edward, comme frappée de panique, et à la terreur qui lui donnait ses horribles cauchemars concernant le mariage. Et à d'autres choses encore.

Il lui fallait se concentrer sur son travail. L'important, c'était sa carrière, après tout. Tant qu'elle pourrait la poursuivre. Continuer à bien faire les choses. À écrire ce que les autres voulaient lire.

Elle se frotta les yeux. Elle avait peur, aujourd'hui, et elle se sentait seule. Elle n'avait pas pensé à cela quand elle avait aveuglément rompu avec Edward. La vie pouvait être bien morne, parfois. Elle avait connu des fins de semaine bien vides où tout le monde, dans son entourage, semblait être parti pour quelques séjour romantique *à deux*. Des soirées où elle devait se rendre seule avant de rentrer, solitaire, en taxi. Et des jours comme aujourd'hui, où elle avait besoin d'une épaule sur laquelle pleurer et de quelqu'un qui lui dise que, bien sûr, elle allait affronter le baron dans son château et parfaitement jouer ce rôle de carriériste qu'elle avait choisi.

Elle soupira. Il ne servirait à rien, pour son travail au château Reynard, de rester assise là à se lamenter sur son sort.

Elle se remit au travail avec une détermination renouvelée.

Pendant tout le reste de la journée, elle conserva son attention fixée sur les pages qui se trouvaient devant elle. Enfin elle eut le sentiment d'avoir assimilé tous les détails qui pourraient lui être utiles.

Ce qu'elle confirma par un mouvement de tête décidé, en feuilletant sa liasse de notes qu'elle rangea ensuite en une pile bien nette, avant de l'accrocher à une liste de questions. Elle en aurait besoin comme pense-bête pour le cas où elle sécherait lors de sa première interview avec le baron.

Elle regarda sa montre. Encore une heure avant l'arrivée d'Edward. Elle avait tout le temps de se changer et de commencer à faire ses bagages. *Les Amoureuses* était un nouveau restaurant-club, avec une minuscule piste de danse et une excellente cuisine française. Il allait faire chaud et ce serait plein de monde. Bell passa un chemisier lilas pâle au décolleté rond et un pantalon collant de même couleur. Et par-dessus le tout, une jaquette ample de toile violette. Elle brossa ses cheveux jusqu'à ce qu'ils cernent, brillants, son visage aux pommettes hautes puis elle ombra ses paupières d'une touche légère d'améthyste. Elle était prête. Elle tira de son placard un sac de toile de qualité et revint à sa garde-robe. Son travail l'obligeait à beaucoup voyager et elle commençait à penser que ses vêtements constituaient un hommage aux revues spécialisées. Un séjour dans un château bordelais avec un baron pour compagnie exigeait que l'on s'en soucie un peu plus que d'ordinaire.

Rapidement, elle tira de l'armoire ses « tenues » de voyage de journaliste œnologue — surtout composées de coordonnés choisis avec soin dans les tons doux, mais rehaussés d'autres accessoires dans ses couleurs favorites, bleu pervenche et violet. Elle sortit enfin un de ses blazers préférés pour le soir, dont les rayures grises et violettes se mêlaient à des fils multicolores et or. Bell savait que le vêtement lui convenait parfaitement et elle eut un sourire satisfait en lissant les revers. Elle commençait à s'habituer à la réputation qui la précédait quand elle allait interviewer quelqu'un. Mais elle était assez féminine pour goûter leur surprise — notamment celle de quadragénaires français — quand ils la découvraient. Elle était beaucoup plus jeune et séduisante qu'ils s'y attendaient.

Elle secoua les plis de son blazer et le tint contre elle avec une légère exaltation. Ce voyage serait peut-être amusant, après tout. Avec le blazer elle en avait terminé. Bell remarquait avec satisfaction que sa garde-robe tenait parfaitement dans son sac de toile quand on sonna à la porte. Edward n'avait plus ses clés.

Elle alla ouvrir et se tint là, souriante, dans l'encadrement de la porte.

Comme chaque fois, Edward fut saisi. Elle n'était pas exactement belle, mais plus intéressante que cela. Presque aussi grande que lui et assez mince pour paraître très mince. Ce soir, elle portait les cheveux flous, qui encadraient l'ovale fin de son visage. Ses yeux étaient un extraordinaire mélange de bleu et de vert qui changeait sous la lumière. Des aigues-marines.

— Entre, dit-elle d'une voix douce. Je suis heureuse de te voir.

Il posa sur sa joue un baiser léger et la suivit dans la pièce familière. Ils l'avaient meublée ensemble, achetant dans les salles de vente et les boutiques de campagne. Dans un coin, un palmier s'épanouissait dans une jardinière verte et or. Edward le regarda, essayant de refouler les souvenirs qui affluaient.

— Que veux-tu boire ? demanda Bell pour la deuxième fois.

— Oh... du vin blanc ? dit-il, posant son regard sur les fenêtres, sur l'enchevêtrement familier des toits et des cheminées et le vert du parc au-delà. Bell lui mit un verre de vin frais dans la main.

— Un sancerre, annonça-t-elle. Tu me diras ce que tu en penses.

Ils avaient vécu ensemble pendant tout le temps que Bell avait gravi les échelons vers ce succès qui était son but. Il avait partagé les bouteilles qui sortaient de l'ordinaire et les repas où l'on fêtait quelque chose, l'admirant et l'encourageant.

Leurs regards se croisèrent enfin et elle lui adressa un sourire gêné.

— Edward, je..., commença-t-elle, mais il lui posa un doigt sur les lèvres pour l'arrêter.

Il la conduisit jusqu'au rocking-chair devant l'une des fenêtres et s'assit à côté d'elle. Ils demeurèrent là, silencieux, à regarder le paysage comme ils l'avaient fait des centaines de fois avant cela. Les doigts de Bell se nouèrent dans les cheveux d'Edward.

— Je me sens si... triste aujourd'hui, dit-elle enfin. Je ne cesse d'évoquer toutes ces choses que nous faisions ensemble. Combien nous étions pleins d'espoir et d'enthousiasme. Quel gâchis.

Sa voix était pleine d'amertume.

— Non, ce n'est pas un gâchis. Tu as découvert quelque chose te concernant. Et j'ai moi-même beaucoup appris, corrigea-t-il, parlant vite, comme pour se convaincre tout autant qu'il voulait la convaincre. Tu n'aurais pas pu m'épouser et nous ne nous serions pas rendus heureux. Pas en fin de compte.

Elle approuva de la tête, espérant qu'il avait raison, reconnaissante de sa générosité.

— Ce serait encore plus triste si nous ne nous manquions pas le moins du monde l'un à l'autre, rappela-t-il.

— Toutes ces années.

Quatre, pour être exact. Quatre ans avant qu'elle ne se sente terrorisée par un engagement plus profond. Quatre ans avant de se rendre compte que si elle ne s'échappait pas maintenant elle ne s'échapperait jamais. C'était bien long pour s'habituer à avoir quelqu'un si proche de soi. Assez longtemps pour dépendre de lui. Presque trop longtemps.

— Tu te souviens, dit Edward, de la première fois où nous sommes entrés dans cette pièce ? Nous ne nous connaissions que depuis quelques semaines, mais nous étions tout à fait sûrs de vouloir vivre ensemble. À jamais heureux.

Bell rit à ce souvenir.

— Je t'aimais désespérément. Je n'arrivais pas à croire à ma chance. Dès que nous avons eu les clés nous nous sommes précipités ici, les bras chargés de livres, ce palmier en pot...

— Et je t'ai attrapée et nous avons fait l'amour sur le parquet nu.

Bell appuya sa tête sur les coussins et ferma les yeux.

— Je sais bien que tu ne te souviens que des bons moments, mais c'était merveilleux. Tous ces dimanches où nous sommes restés au lit jusqu'à l'heure du déjeuner...

— Avant de déjeuner de hareng et d'une bouteille de chablis...

— ... Et d'aller faire un tour dans le parc.

— ... puis d'aller voir un film et manger une pizza.

— Pas toujours une pizza. Parfois c'était un curry.

Ils s'étaient rencontrés au cours d'une soirée banale, avec beaucoup de monde, dans l'appartement d' une amie, avec de la bière renversée et une fille en robe longue qui pleurait dans les escaliers. Edward venait de sortir d'Oxford, son travail l'ennuyait ; tout comme la banlieue. Sans s'en rendre compte, il était très seul. Et puis il avait vu Bell.

Elle était enfoncée dans un fauteuil, avec à la main un verre de vin rouge épais qu'elle n'avait pas touché. Edward voyait bien qu'elle n' écoutait pas l'homme perché sur le bras du fauteuil, bien qu'il fût penché sur elle et criât pour se faire entendre par-dessus la musique. Même dans la faible lumière ambiante, Edward avait remarqué ses yeux bleu-vert intenses qui regardaient au-delà de la bruyante soirée.

Elle se sentait alors encore plus seule qu'Edward. Elle rentrait juste d'un séjour en France pour se coller vraiment au boulot et à la vraie vie, se disait-elle. Il se trouvait que cette vraie vie semblait se limiter à un travail bien subalterne dans les bureaux non moins subalternes d'un journal. Elle était consciente de sa chance d'avoir pu trouver même cela et se rendait clairement compte que, pour avoir mieux, il lui fallait faire ce travail aussi bien que possible, mais elle débordait d'impatience.

Elle avait soupiré dans son fauteuil, tournant doucement le verre poisseux dans ses doigts, les yeux toujours posés sans le voir sur l'homme assis sur le bras du fauteuil. À vingt-deux ans, Bell, curieusement, savait peu de choses des hommes, mais elle en savait assez pour voir que celui-ci voulait coucher avec elle. Elle avait froncé les sourcils, consciente qu'il allait falloir le décourager en feignant la surprise glacée. Cela marchait toujours. En elle-même, cependant, elle se sentait troublée, presque toujours timide et manquant d'assurance, mais elle le cachait de mieux en mieux. Plus elle jouait de sa réserve naturelle et plus l'on pensait que c'était une confiance sereine.

Ce qui était facile ; mais ce qui l'était moins c'était d'échapper à ses propres défenses. Elle ne se montrait pas vraiment distante ni froide, bien qu'on le pensait souvent. C'était seulement que, concernant l'amour, ou même seulement l'affection démonstrative, elle n'en était pas même au cours élémentaire.

Bell avait perdu sa mère quand elle avait onze ans et, sans frère ni sœur, elle avait vécu avec un père trop brisé par le chagrin pour être d'une aide quelconque à son enfant désorientée.

Elle avait vécu une adolescence solitaire et studieuse. À seize ans, elle avait subitement quitté son air gauche et puéril, mais elle avait trop l'habitude de vivre seule pour savoir comment réagir avec les garçons qui commençaient à lui tourner autour. Pour les tenir à l'écart, poliment mais fermement, elle se plongea dans les livres. Elle avait beaucoup aimé ses études universitaires qui lui avaient laissé un excellent diplôme et plusieurs très bons amis. Mais jamais elle n'avait été amoureuse. Elle ne savait pas comment cela pouvait arriver aux autres.

Bell avait pensé, après, que c'était en réponse à sa question inexprimée, *comment*, qu'Edward s'était retrouvé devant elle. Elle avait découvert un homme au sourire facile, aux yeux marron et aux cheveux soyeux, presque féminins, coiffés en arrière. Il montrait le verre qu'elle tenait et demandait :

— Voulez-vous que j'essaie de vous trouver autre chose ?

Elle s'était levée, avait posé délicatement le verre sur la cheminée, avait regardé Edward droit dans les yeux et avait répondu :

— Je ne crois pas que vous trouviez...

— Dans ce cas, il va falloir que je vous emmène d'ici.

Il lui avait pris la main et ils étaient sortis.

— Bell, vous ne partez pas ? avait demandé l'homme sur le bras du fauteuil.

— Si ! avait-elle à peine soufflé, si doucement que même Edward n'avait pas entendu.

Dans l'entrée mal éclairée, ils avaient contemplé, côte à côte, une cuisine où un tonneau de bière dégouttait sur un tapis de journaux. Dans un fouillis de pain français et de fromage se dressaient des bouteilles de vin blanc et rouge. Leurs regards s'étaient croisés et ils s'étaient souri.

— Vous avez un manteau ?

— Sur le lit, là, à côté.

La porte de la chambre était fermée et il avait dû pêcher le manteau dans le tas qu'on avait jeté sur le palier. Dans les escaliers, ils avaient croisé la fille en robe longue et s'étaient retrouvés dans la rue. Pour la première fois, Edward avait trouvé l'air de Londres sain et revigorant.

Il avait emmené Bell dîner puis l'avait raccompagnée à sa porte.

Il l'avait revue chaque jour pendant une semaine avant de l'embrasser et il s'était écoulé un mois avant qu'il commence même à la connaître. Chaque fois qu'il la voyait, il était surpris par sa beauté. Pour lui, elle avait été tout d'abord une jeune femme séduisante avec des yeux insolites, mais peu à peu il avait remarqué la luxuriance des cheveux bruns, la fragilité de ce long cou, l'éclat de la peau et la vulnérabilité de la bouche.

Son visage changeait sans cesse.

Pour Bell ces semaines avaient été une révélation. Peu à peu, elle avait découvert qu'elle pouvait faire confiance à Edward pour ne pas la décevoir. Jamais il n'était triste, jamais embarrassé. Elle découvrit, ravie, que s'il n'était pas à côté d'elle il se trouvait un pas devant, attendant qu'elle le rattrape. Elle découvrit qu'avec lui, comme avec personne d'autre, elle pouvait être elle-même. Elle commença à lui révéler des aspects de sa personnalité qu'elle conservait enfouis depuis des années, quand, fillette, elle avait été convaincue que sa mère lui avait été enlevée pour la punir de sa méchanceté. Même ses amis les plus proches ignoraient ses accès de colère ou de sombre découragement. Bell avait cessé de les dissimuler à Edward, et ses sentiments pour lui avaient fait un grand pas quand elle s'était rendu compte qu'il acceptait ses défauts avec autant de bonne grâce que ses qualités.

Elle avait renoncé à ses habitudes de plusieurs années et avait accepté le rythme de la vie avec lui, commençant à penser au pluriel après ce qu'elle considérait comme une éternité de solitude.

Un soir, Edward l'avait raccompagnée, comme chaque fois. Ils étaient allés voir un film puis dîner au petit restaurant du coin.

19

Bell avait regardé la lumière des chandelles marquer d'ombres noires les creux du visage d'Edward et s'était rendu compte, avec un petit choc, qu'elle en connaissait les contours aussi bien que ceux de son propre visage.

Dans l'appartement désert, Edward avait pris Bell dans ses bras pour l'embrasser et lui souhaiter bonne nuit.

— Ne pars pas, lui avait-elle dit d'une petite voix claire. Je suis désolée qu'il ait fallu si longtemps, mais je suis prête maintenant.

Il avait été inutile d'en dire davantage. Edward avait posé la main sur la poignée de la porte de la chambre de Bell. Ils avaient pénétré dans la tiédeur de la pièce et, avec une infinie tendresse il l'avait dévêtue et était tombé à genoux à côté d'elle.

— Es-tu tout à fait sûre ?

— Tout à fait sûre. Je t'aime, Edward, avait-elle répondu, le regard lumineux.

Il avait été surpris par l'intensité de sa passion, comme si elle s'était jetée aveuglément dans une mer inconnue et avait découvert qu'elle pouvait y nager comme un poisson.

« Nous avons été très heureux », se dit Bell. Jusqu'à ce que le besoin qu'ils avaient l'un de l'autre fût devenu claustrophobique pour elle et plus menaçant que sécurisant. Jusqu'à ce qu'elle commence à rêver qu'elle se trouvait coincée sous l'eau, ou qu'elle n'allait pas le sauver d'une maison en flammes. Ou qu'elle rompait avec lui. Elle se rappela son cauchemar du petit matin, quand elle avait relevé sa robe bouffante de mariée pour mieux fuir et elle en eut la bouche sèche.

Cela avait été douloureux et ça l'était toujours, mais elle avait fait ce qu'il convenait. Elle aurait souhaité ne pas être sans cesse harcelée par le sentiment qu'il lui manquait quelque chose, afin de pouvoir être à jamais heureuse avec Edward. Mais cela ne devait pas être, et même maintenant, dans ses moments de plus grande solitude, elle goûtait pleinement sa liberté. Elle avait été difficile à gagner, cette indépendance, et maintenant qu'elle la possédait c'était comme une récompense.

Soudain elle se sentit envahie par une vague d'affection pour lui. Elle se pencha et enlaça ses épaules voûtées, frottant sa joue à ses cheveux.

— Merci, dit-elle. Cela m'a fait du bien de rester assise là, à évoquer tous ces bons moments. Cela me semble moins un... gâchis. Et j'ai pu affronter le moins bon avec sérénité.

Edward se leva et tira Bell sur ses pieds. La bouteille de vin était vide et elle savait qu'il était temps d'aller retrouver leurs amis. Il haussa les sourcils et elle hocha la tête, souriant.

— Je vais prendre mes affaires.

Edward la regarda s'éloigner. D'un geste automatique elle tâta du bout des doigts la terre du palmier pour voir si elle était assez humide. Le souvenir revint aussitôt à l'esprit d'Edward. Il sentit l'odeur de terre et son parfum, il se revit dans ses bras, les feuilles du palmier lui caressant la peau. Soudain il fut saisi d'une brûlante envie de la reprendre dans ses bras, de sentir de nouveau la douceur de sa peau contre la sienne. Et il la vit qui, dans l'encadrement de la porte, remontait le col de sa jaquette.

— Allons dîner, dit-il d'une voix que le désir rendait rauque. Elle le perçut aussitôt et son regard sauta au palmier. « Comme nous nous comprenons bien », se dit-elle.

— Oui, souffla-t-elle. Je crois qu'il est l'heure.

Elle lui prit le bras et la porte se referma derrière eux avec un bruit sec.

Toutes les tables étaient prises, aux *Amoureuses*, et il y avait foule au bar et sur la piste de danse. Edward et Bell scrutèrent l'atmosphère enfumée pour tenter de découvrir les visages connus dans la foule.

— La table dans le coin, dit Edward.

Trois personnes levèrent les yeux à leur arrivée, la grande et blonde Mary, la petite et brune Elspeth avec ses lunettes en demi-lunes, et Marcus, le meilleur ami d'Edward, avec ses cheveux couleur de paille et son visage mobile.

— Oh, enfin, des gens drôles. Bell, chérie, quel chic. Essayez donc de vous glisser où vous pourrez et je vais voir si je peux faire apparaître de quoi boire.

Edward embrassa les deux jeunes femmes et ils s'assirent. Bell se dit que cette soirée allait ressembler exactement à des centaines d'autres.

Curieux que la vie soit un tel mélange de choses effrayantes et d'autres totalement banales et sans surprise.

— ... se passe bien dans le monde de la haute finance ? demanda Mary.

— Oh, comme toujours, répondit Edward, évasif.

Il occupait un excellent emploi dans une banque d'affaires de la ville, mais il n'aimait guère en parler.

— Bell est la seule qui fasse quelque chose de vraiment intéressant. Vous devriez voir son agenda. Bordeaux demain, la Californie la semaine prochaine.

— La Californie ?

Mary et Elspeth la regardèrent, l'enviant si manifestement que Bell en rougit.

— Tout cela grâce à Marcus, s'empressa-t-elle de dire. Je vais chez un de ses amis pour une série d'articles sur la côte Ouest : le vin, la gastronomie, les gens. Cela faisait une éternité que j'en parlais à Stobbs et l'idée lui a plu. Il a prévu un budget qui m'aurait permis de vivre vingt minutes à San Francisco. C'est alors que Marcus m'a parlé de son riche ami qui habite la vallée de Napa et qui m'a offert aussitôt sa généreuse hospitalité californienne, de sorte que je peux me permettre d'y aller, après tout.

— Pour le travail ? fit Mary, moqueuse. Qui est cet ami, Marcus ? Si tu en as d'autre comme lui...

Marcus attendit tranquillement d'avaler sa bouchée et arbora un grand sourire américain.

— Il sera toujours heureux d'offrir un lit à une poulette anglaise. Notamment avec une chute de reins comme la tienne, Mare.

— Tu ne m'avais pas dit cela, Marcus, observa Bell.

— Ne t'inquiète pas, il te plaira, dit Marcus avec un clin d'œil. Il est plus vrai que nature, à tous égards. Libre, indépendant, un peu escroc sur les bords, peut-être. Tu pourrais lui consacrer toute ta série d'articles.

— Et puis, ajouta Mary, qui mieux que toi, Bell, pourrait s'accommoder d'un tel homme ? Tu n'auras qu'à lui faire ton numéro de vierge glaciale.

Dans le silence qui tomba brièvement sur la table, Edward proposa :

— Veux-tu que nous dansions, Bell ? Je crois qu'il reste quelques centimètres carrés sur la piste.

— Et si vous voulez bien m'excuser aussi, dit Marcus, je vais aux toilettes.

Les deux femmes restèrent seules à la table. Mary alluma une des cigarettes de Marcus et en souffla longuement la fumée. Elle regardait Edward et Bell qui dansaient, contraints de se serrer par les autres couples.

— Je crois qu'elle finira par le regretter, dit-elle.

— Quoi ? demanda Elspeth, résignée.

— Edward, bien sûr. Il est toujours amoureux d'elle, le pauvre gogo. Et Bell Farrer prend tout droit le chemin de finir seule. En femme solitaire, ayant parfaitement réussi dans sa carrière, et avec son travail pour seul sujet de conversation. Pourquoi s'inquiète-t-elle ? Edward sera riche, un jour.

— Mary, protesta Elspeth. Bell se fiche de l'argent. Ce n'est pas son genre. Est-ce qu'il ne t'est pas simplement venu à l'idée qu'elle ne pouvait l'aimer autant qu'il le souhaitait ? Alors que toi tu le pourrais, bien sûr.

Mary choisit d'ignorer la pique.

— Tout à fait possible. Je ne pense pas que Bell soit capable d'aimer quelqu'un d'autre qu'elle-même. Elle ne pourrait absolument pas se montrer si froide, si efficace, et réussir aussi bien si elle ne consacrait pas toute son attention au numéro un.

— Je vois bien ce que tu veux dire, répondit Elspeth en riant, mais je crois que tu es un peu dure avec elle. Tout le monde l'aime bien, après tout, sauf toi peut-être.

— Oh, je l'aime bien moi aussi. Je ne crois pas en elle, c'est tout. Elle est trop bien pour être vraie.

— Tu es jalouse.

Mary écrasa sa cigarette et se tourna pour regarder son amie.

— Évidemment que je suis jalouse. C'est là toute la question. Aussi sympathique soit-elle, si tous les gens qu'elle connaît sont jaloux d'elle, elle finira seule et malheureuse. Il faut être vulnérable pour gagner les sympathies, et tu crois que Bell est vulnérable ?

Elspeth ne répondit pas, et l'une et l'autre regardèrent Bell au milieu des danseurs. Aucune des deux femmes ne l'avait jamais vue pleurer, ou malade, ou apparemment pas sûre d'elle. Personne, depuis des années, sauf Edward.

Et maintenant elle n'avait plus Edward.

Bell aurait ri, incrédule, si elle avait entendu leur conversation. Elle se laissa aller contre Edward, leurs corps se retrouvant, familiers. Elle se sentait en sécurité. Dans une sécurité tentante.

Et demain, elle allait devoir partir pour la France et se retrouver seule pour affronter cet intimidant baron. Non seulement l'affronter, mais également l'impressionner suffisamment pour qu'il parle de son château comme il ne l'avait encore fait avec aucun journaliste. Elle ne souhaitait pas partir, mais elle n'aurait pu rester non plus.

Bell savait qu'elle se trouvait en pleine confusion. Elle aurait été amusée de savoir que tout le monde l'enviait à cet instant.

La soirée se termina. Ils se retrouvèrent devant le club à s'embrasser avec affection. Les deux femmes et Marcus lui souhaitèrent bon voyage.

— Si on ne te revoit pas avant, envoie-nous une carte de San Francisco, lui dit Elspeth. Amuse-toi bien.

— Embrasse Valentine pour moi, lança Marcus. Salut !

Edward claqua la portière de sa vieille voiture et exécuta une marche arrière imprudente avant de se tourner vers Bell.

— Haut les cœurs, lui dit-il. Tu as bien de la chance, sais-tu.

Elle se mordit la lèvre. Et elle s'apitoyait sur son sort, en plus.

Il la laissa à la porte de chez elle et repartit avec un geste joyeux de la main et ses habituels trois coups d'avertisseur.

Bell entra et gagna sa chambre. Son sac de voyage était prêt et elle n'avait pas encore sommeil. Un dernier verre, peut-être. Elle se versa une mesure de brandy dans le verre vide d'Edward qui était resté sur la table basse, puis alla jusqu'à sa commode pour jeter un coup d'œil à son agenda.

Pour le lendemain était prévu : « 10 h 00 Wigmore & Welch. Avion 12 h 30.» Ce qui signifiait d'abord une dégustation à une vieille firme de négociants en vins qui valait toujours la visite, et ensuite directement à l'aéroport. Les trois jours suivants étaient barrés en diagonale avec les mots « Ch. Reynard ». Le deuxième de ces trois jours était également celui de son anniversaire ; elle aurait vingt-huit ans.

Ce qui amena sur ses lèvres un sourire un peu piteux ; et elle s'assit pour regarder son visage dans le miroir. Pas encore trop de petites rides, et celles qu'elle voyait étaient dues au rire. D'un geste machinal elle prit sa brosse à cheveux et commença à se passer les cent coups quotidiens, habitude conservée de son enfance et à laquelle elle demeurait attachée en souvenir de sa mère disparue.

Dans l'un des derniers souvenirs de Bell, elle se tenait à son côté, avec les mêmes yeux bleu-vert fixant les siens dans le miroir.

« Cent fois, Bell, disait-elle, et tes cheveux brilleront comme de la soie. »

C'était cela, bien sûr.

C'était ce qui lui faisait vraiment peur, c'était ce à quoi elle ne voulait pas penser. Sauf lorsque, comme maintenant, elle était seule avec un verre de brandy à la main et des souvenirs trop vivaces pour être refoulés. Elle avait vu cela à travers les yeux terriblement lucides de l'enfance. Sa mère était morte et elle avait vu son père se désintégrer. Jour après jour, année après année, devenant une épave incapable de lutter.

Bell ne pensait pas draper ses toutes premières années d'un romanesque particulier. Manifestement, ses parents avaient été très amoureux, et tout à fait heureux avec leur unique enfant. Bell avait eu l'impression que son père n'avait pas voulu partager davantage son amour. Il voulait pour lui la part du lion.

C'était égoïste de sa part, probablement, mais il en avait assez souffert.

Elle avait connu des jours très agréables, au début. À cette époque, son père était un agent de change prospère, avec une très jolie maison dans le Sussex, des vacances en France, des réceptions pour les anniversaires de Bell et la compagnie de sa merveilleuse et spirituelle mère.

Joy Farrer n'avait probablement jamais eu beaucoup de santé. Bell se souvenait de la minceur de ses bras quand elle la serrait contre elle et de sa poitrine osseuse quand la fillette y posait la tête. Parfois elle souffrait d'une maladie mystérieuse, mais Bell se souvenait de ces jours comme d'ombres sans lendemain.

Et puis, avec une brutale soudaineté, elle avait disparu.

Un soir, quand Bell était allée se coucher, elle était là, lui rappelant de ne pas sauter un seul de ses cent coups de brosse. Et le lendemain elle avait disparu. La maison était pleine de chuchotements et de visages bizarres et sévères. La porte du bureau de son père était fermée.

Ce ne fut qu'après plusieurs jours qu'on lui dit que sa mère était morte, mais elle le savait depuis l'instant où elle s'était réveillée, ce premier matin. La maison avait une odeur de mort. Quelque chose s'était flétri et avait disparu dans la nuit. Il était arrivé une gouvernante, mais Bell avait pleuré toute seule. Le sentiment de perte la faisait suffoquer, et la nuit elle essayait d'étouffer sa misère sous son oreiller. Elle était persuadée, avec sa logique enfantine, que c'était sa faute si sa mère était morte, la faute de Bell.

Elle n'avait vu que rarement son père au cours de ces premiers mois. Elle avait appris par sa tante, des années plus tard, qu'il avait pris l'habitude de rester dehors toute la nuit, à rouler en voiture sur les routes du Sussex. À tourner en rond, sans aller nulle part. Avec une bouteille de whisky sur le siège à côté de lui. Quand on avait fini par l'arrêter pour conduite en état d'ivresse, Bell était en pension et en ignorait tout. Il cessa simplement de venir la chercher pour les vacances et elle prit le petit train local. Elle savait seulement qu'il maigrissait beaucoup et qu'émanait une odeur bizarre de ses costumes gris, bien coupés et désormais trop larges, froissés et quelque peu tachés.

Son père, naguère élégant, séduisant et plein d'assurance, devenait un étranger aux cheveux gris qui se conduisait curieusement.

Ce fut au cours des vacances d'été, quand elle eut quatorze ans, que Bell comprit que son père était devenu alcoolique. Elle découvrit le sac de plastique plein de bouteilles de whisky vides dans le garage alors qu'elle cherchait l'essence de térébenthine. Elle avait essayé de donner un air plus gai à la cuisine en lui passant une couche de peinture blanche.

Ce jour-là, Bell devint adulte.

Elle comprit, en un éclair, combien son père s'était effondré après la mort de sa femme. Dans le même instant, elle accepta un nouveau fardeau à son sentiment de culpabilité. Si seulement elle avait pu lui offrir quelque compensation. Si seulement elle avait été plus âgée, ou s'était davantage intéressée à lui. Si seulement sa mère et son père ne s'étaient pas autant aimés, et si elle même avait été plus digne d'amour. Si seulement...

Son père était mort alors qu'elle avait dix-sept ans. D'une cirrhose du foie, bien sûr. Bell regarda son verre vide. Quelle ironie qu'elle gagne maintenant sa vie en parlant de boisson. Elle envisagea de se servir un autre brandy, mais il lui fut facile de décider de n'en rien faire. Non. Quoi qu'il puisse lui arriver, elle ne pensait pas que cela lui poserait un problème. Il lui avait suffi de voir comment cela avait fini avec son père.

— Eh bien, dit Bell à son image pâle dans le miroir, puisque tu *penses* à cela, pourquoi ne pas essayer de te montrer totalement sincère. Est-ce que tu aurais peur de rendre Edward aussi malheureux si tu disparaissais ? Tu essaies de le protéger, à ta façon un peu rude.

— Eh bien, oui...

— Ou aurais-tu bien plus peur encore que cela t'arrive, à toi ? Pas d'engagement, pas de risque ?

— Oui.

Bell croisa les bras sur sa coiffeuse, y posa la tête et pleura.

Si quelqu'un d'autre lui avait raconté sa propre histoire, elle l'aurait jugée beaucoup trop simple et banale. Incapable d'aimer, de se marier, du fait de la tragédie de ses parents ? Insensible et froide extérieurement pour se protéger, mais bourrée de sentiments de culpabilité à l'intérieur ? Les hommes et les femmes étaient certainement plus complexes que cela.

— Pas moi, dit Bell entre deux sanglots.

Du moins l'orage était-il passé. Elle arracha une poignée de mouchoirs en papier de la boîte devant elle et se moucha. Un spectre aux yeux rougis la regardait dans le miroir.

— Il ne te manque plus que d'avoir l'air horrible demain, se dit-elle. Allons, Bell, le passé est le passé, et la seule chose que tu puisses faire est de continuer. Du moins sembles-tu parfaitement te comprendre.

Elle se tira la langue et regarda la grimace dans la glace. Voilà qui est mieux.

Elle glissa son passeport et ses billets dans une des poches de son sac en cuir. Puis elle tira la fermeture à glissière, boucla le sac de toile et posa les deux sacs côte à côte près de la porte.

Carnets, chèques de voyage, dossier, magnétophone de poche... Elle n'avait rien oublié.

Elle était prête à partir, quoi qui l'attende.

CHAPITRE II

— Salut beauté, lança la voix à l'accent australien. Sur ton trente et un et prête à partir ? Pas avec moi, par hasard ?

Sans se retourner, Bell sut qu'il s'agissait de Max Morgan, le chroniqueur gastronomique de l'une des radios locales. Elle avait toujours l'impression qu'il ne se retenait de lui pincer les fesses que parce qu'elle était assez grande pour le lui rendre. Elle se retourna et lui sourit. Il compensait son insolence par son allure d'élégant cow-boy un peu canaille, et Bell l'aimait assez pour ignorer ses inévitables réflexions.

— Salut, Max. Merci d'avoir remarqué l'élégance de mes atours ce matin. En fait, je file directement d'ici au château Reynard.

Max roula des yeux et émit un sifflement silencieux de surprise feinte.

— *Comment ?* Le baron ouvre son cœur à la jolie anglaise écrivain ?

Bell éclata de rire en entendant son imitation de l'accent français mêlé aux riches sonorités australiennes.

— Quelque chose comme cela, oui. Ce devrait être intéressant.

— Et comment ! Vois si tu peux le persuader, par ton charme, de tirer une de ses bouteilles de 1961. Je n'en ai jamais bu moi-même, mais j'ai entendu dire... fit-il en embrassant le bout de ses doigts refermés.

— Mmmm. On y va ?

Ils se tenaient à l'une des extrémités d'une longue salle étroite derrière le magasin de Wigmore & Welch, dans St James's Street. La vive lumière de l'été se reflétait sur les nappes blanches qui recouvraient les deux longues tables sur tréteaux dressées de chaque côté de la pièce. Sur toute la longueur des tables s'alignaient des verres et des bouteilles ouvertes. Au centre, on avait disposé quatre hauts crachoirs métalliques. *Wigmore & Welch*, négociants en vins, organisaient une dégustation de leurs tout derniers crus pour la presse spécialisée. Bell prit une feuille de dégustation où chaque vin figurait, avec, à côté, de la place pour les commentaires.

— Quarante-sept vins, dit-elle à Max. C'est trop pour moi ce matin. Je vais juste jeter un œil sur les bordeaux.

— Délicate, fit-il avec son grand sourire de cow-boy. Vois si tu trouves quelque chose qui batte le Gillesmont.

Elle se dirigea vers les bordeaux sur leur nappe blanche. Wigmore & Welch s'enorgueillissaient de leurs bordeaux et en offraient aujourd'hui une douzaine des années soixante et soixante-dix à la dégustation. Plusieurs étaient encore trop jeunes pour être bus, mais Bell voulait voir comment ils vieillissaient, en attendant tranquillement en cave. Elle parcourut la rangée d'étiquettes, s'arrêta sur une bouteille dont elle se versa un doigt de vin, dans un verre qu'elle tint un instant sur fond de nappe blanche, pour en mirer la couleur avant d'en humer l'arôme. Alors seulement en prit-elle une gorgée en bouche, le roulant doucement sur sa langue, le regard dans le vide. Après quelques instants elle le recracha dans un des grands crachoirs métalliques.

Les sourcils froncés sous la concentration, elle nota sur sa fiche de dégustation : « Belle couleur. Manque encore un peu de nez, mais en cours d'évolution. Bien fruité. » Il s'agissait d'un vocabulaire bien particulier, presque une sténo, mais lorsque Bell reviendrait à ces notes, dans un an, dans deux ans, quand elle goûterait de nouveau ce vin, cela suffirait à lui rafraîchir la mémoire.

Lentement, elle avança le long des douze bouteilles, goûtant et recrachant une gorgée de chaque, prenant des notes rapides sur sa fiche, ne parlant à personne. Puis elle revint pour goûter à nouveau trois des bouteilles.

Enfin, elle repoussa ses cheveux de son visage et rangea ses notes. La concentration était fatigante, même après n'avoir dégusté que douze vins, et tout autour d'elle on se bousculait.

À l'autre bout de la pièce, le regard de Max croisa le sien et il lui fit un clin d'œil. Bell lui envoya un baiser, dit quelques mots à voix basse à deux ou trois autres dégustateurs et se prépara à partir. Elle allait devoir faire vite pour être à Heathrow à temps et ne pas rater son avion. À la porte elle croisa Simon Wigmore, le rejeton de la famille et la dernière recrue de la société, en compagnie de jeunes gens en costumes rayés qui travaillaient dans la boutique et les bureaux. Son visage rose s'illumina quand il la vit.

— Bell ! Vous ne partez pas déjà ?

— Oui, Simon, je suis désolée. J'ai un avion à prendre et je n'ai eu le temps que de voir les bordeaux. Le *La Lagune* est merveilleux, non ? Merci pour la dégustation, il faut que je file.

Simon Wigmore se retourna pour regarder la mince silhouette avaler les escaliers par deux. Il soupira. Il semblait qu'il ne pût jamais épingler Bell assez longtemps pour... eh bien, pour quelque chose.

Sur le trottoir, Bell repéra la lumière jaune d'un taxi à qui elle fit des signes énergiques.

— À Heathrow, s'il vous plaît, dit-elle, claquant la portière derrière elle.

— C'est parti, répondit le chauffeur et Bell regarda avec un soupir de soulagement la circulation du West End. Du moins était-elle partie.

Trois heures plus tard elle se trouvait installée dans le siège du 707 d'Air France, contemplant la courbe de la côte française atlantique tandis que l'appareil descendait pour se poser. Au même moment, le baron Charles de Gillesmont était assis en face de sa mère au bout de la longue table de noyer ciré. Il pelait une pêche à l'aide d'un petit couteau au manche de nacre, enlevant au fruit une fine lamelle sans fin de peau dorée. Hélène de Gillesmont le regardait, pinçant la bouche, fâchée.

— Charles, dit-elle d'un ton sec, incapable de garder le silence plus longtemps, vous ne me faites même pas la courtoisie d'écouter ce que j'ai à vous dire.

Le baron leva les yeux, posa la pêche et le couteau avec un geste d'infinie lassitude.

— Combien je regrette que vous ne compreniez pas que je ne peux supporter de vous voir ainsi vous faire mal, nous faire mal. Dieu sait que nous en avons assez parlé. Il est totalement impossible que Catherine et moi reprenions la vie commune, je vous l'ai dit. Il s'est passé trop de choses. De plus, comme vous le savez parfaitement, elle est heureuse à Paris. Et je... j'ai mes occupations ici. Je souhaite n'y rien changer.

— Je comprends parfaitement que vous soyez toujours peiné, choqué même, mais battu ? Mon fils ? Si seulement vous vouliez ramener Catherine ici, lui faire cesser cette stupidité à Paris. Vous êtes son mari, après tout. Ensuite vous lui donnerez un autre enfant et...

Charles repoussa sa chaise d'un geste furieux, heurtant la table si fort qu'il en renversa son verre. Quelques gouttes du pâle vin doré glissèrent sur le bois ciré.

— Ne pourriez-vous pas vous taire ? demanda-t-il d'une voix qui n'était qu'un murmure, le visage d'une pâleur mortelle.

Hélène hésita un instant, rajustant son chignon de cheveux blonds grisonnants. Elle évita le regard de son fils jusqu'à ce qu'il reprenne, d'une voix calme maintenant :

— Voulez-vous m'excuser ? Je dois aller voir si Jacopin est bien parti pour l'aéroport.

— Et pour quelle raison devons-nous recevoir une étrangère qu'aucun de nous ne connaît, ici et surtout maintenant ?

Arrivé à la porte, Charles se retourna, avec un sourire las.

— Maman, *maintenant* ne change rien à la chose. Notre vie est ainsi faite désormais. Rien ne changera et mieux vaudrait vous y faire. Je suis toujours là, ainsi que Juliette, après tout.

— Et vous faites une fine équipe, dit Hélène avec un bruit de bouche désapprobateur. Mes merveilleux enfants, que chacun m'envie, qu'êtes-vous devenus ? L'un est entêté, glacial et mène une vie de moine et l'autre ne vaut guère mieux qu'une *hippy*.

Mais Charles était parti. Il traversa vivement un corridor carrelé jusqu'à une lourde porte de chêne. La petite pièce, de l'autre côté, était un confortable fouillis de papiers, de bouteilles poussiéreuses aux étiquettes déchirées, de cartes et de rangées de bouquins. Au milieu, sur un tapis carré et élimé, un élégant petit bureau sans doute Louis XVI sur lequel trônait un vieux téléphone noir. Charles composa un numéro et demanda aussitôt :

— Pierre, est-ce que Jacopin a pris la voiture pour aller chercher la jeune dame ?

Manifestement satisfait de la réponse, il raccrocha et prit une plume et une liasse de feuilles comptables. Il resta quelques instants intensément plongé dans son travail puis haussa les épaules et s'adossa à son fauteuil tournant. Depuis sa fenêtre, tout au bout de la façade du château, il pouvait voir un morceau de pelouse parfaitement entretenue ainsi que la courbe de l'allée de gravier. Des souvenirs peu agréables lui revinrent tandis qu'il regardait ce paysage sans le voir, mais il les chassa. « Inutile de se mettre au travail maintenant, se dit-il. Miss Farrer ne va pas tarder à arriver et il va falloir lui consacrer le reste de l'après-midi.»

Il prit un numéro de *La Revue de France vinicole*, pencha sa chaise pour mieux voir l'allée et s'installa pour lire.

Bell passa devant le trio d'hôtesses souriantes, à la porte de l'appareil, et s'arrêta en haut des escaliers d'acier. Quelque part, sous les odeurs d'huile et de caoutchouc de l'aéroport, elle pouvait sentir le vrai parfum du pays. Un parfum de terre, sensuel aussi, mais également pur et naturel, où se mêlaient les feuilles mouillées, la nourriture riche et le feu de bois. Même ici, dans la confusion de l'aéroport, on sentait un calme et une prospérité fertile. C'était bon d'y revenir.

— S'il vous plaît, madame, murmura derrière elle un corpulent homme d'affaires français, en la poussant légèrement avec sa serviette.

Bell dégagea le chemin et descendit les escaliers. Un geste de la main des douaniers et, quelques minutes plus tard, arrivait son sac de toile sur le carrousel. « Voilà qui est d'excellent augure pour ma visite », se dit-elle. Dès qu'elle arriva au milieu de la foule des gens qui attendaient, une main se posa sur son bras.

— Mees Farraire ? demanda une voix avec un fort accent français.

Elle se tourna pour voir un petit bonhomme de Bordelais au visage ridé, en salopette bleue et chapeau rond bleu. Elle lui sourit, se faisant l'effet d'être une géante.

— C'est moi.

— La photo n'est pas très flatteuse, si je puis dire, mais elle était suffisante pour ce que je voulais en faire.

Bell regarda, surprise, la revue qu'il brandissait. Il s'agissait d'un numéro de *Decanter* où elle avait écrit un article, avec une grande photo d'elle où elle souriait en montrant un peu trop ses dents. Cela l'amusa de le retrouver dans un milieu aussi incongru.

— Ou diable avez-vous trouvé cela ?

— Oh, monsieur pense à tout. Vous verrez. La voiture est par ici, madame. Au fait, je m'appelle Jacopin. Bienvenue à Bordeaux.

La voiture du baron Charles était une volumineuse Mercedes grise, flambant neuve, recouverte d'une épaisse couche de poussière grisâtre. Jacopin glissa le sac de voyage de Bell dans la malle et elle se laissa tomber sur le siège à côté du chauffeur avec un soupir de plaisir. La voiture démarra avec, au volant, le petit bonhomme qui allongeait le cou pour voir par-dessus le long capot. Bell jeta un coup d'œil au passage sur les banlieues modernes et laides de la vieille ville grise, et ils filèrent vers le nord-ouest et la légendaire campagne du Haut-Médoc.

Dans sa barbe, comme une litanie, Bell s'entendit répéter les noms célèbres des châteaux devant lesquels ils passaient. C'était de là, des vignes poussant dans ce paysage plat que sortaient les vins les plus célèbres et les meilleurs du monde. Des deux côtés de la route s'étendait l'océan vert des vignobles avec leurs précieux raisins en train de mûrir paisiblement au soleil d'août. De temps à autre apparaissait la masse d'un château derrière ses grilles de fer forgé ou une ceinture d'arbres. Parfois, aussi, ils apercevaient sur leur droite, le ruban d'argent de la Gironde qui reflétait le bleu intense du ciel d'été. À cette époque de l'année, le paysage était paisible, banal, presque désert, replié sur lui-même pour s'imbiber du soleil avant la fièvre des vendanges.

Jacopin regarda Bell.

— Vous connaissez bien le pays ? demanda-t-il.

Bell détacha son attention des châteaux qui se groupaient autour de la ville de Margaux pour lui répondre.

— Pas très bien. J'y suis venue trois ou quatre fois, mais toujours avec des groupes de journalistes. C'est ma première visite au château Reynard et ma première occasion de passer quelque temps à voir de près le travail d'un unique château. Il me tarde de voir cela.

— Bien sûr, murmura Jacopin avec un hochement de tête, comme s'il ne pouvait imaginer pour elle de meilleur endroit à visiter.

Ils passèrent les villages de Saint-Julien... « Ducru-Beaucaillou, Léoville-Barton, Léoville-Poyferré...», murmura Bell, et le paysage commença à se vallonner un peu, s'élevant légèrement pour donner ce qui pouvait ressembler à des collines. Ils traversèrent enfin la *commune* de Pauillac et grimpèrent la petite éminence d'où le château Reynard dominait ses vignobles. Bell, qui suivait toujours les différents noms, sut qu'ils étaient presque arrivés. Elle allongea le cou pour essayer d'apercevoir les premiers bâtiments et fut récompensée par le reflet d'un rayon de soleil sur une rangée de fenêtres. La grille de fer forgé était ouverte et la voiture fila directement dans l'allée, à travers la pelouse, pour s'arrêter devant les escaliers du château.

Bell ouvrit la portière, lentement, et pencha la tête pour mieux voir Château Reynard, dans sa classique perfection fin du XVIIIᵉ, depuis le toit d'ardoise discrètement percé de lucarnes jusqu'aux deux rangées de hautes fenêtres encadrées par leurs volets de bois et à la double volée de marches de pierre et de balustrades qui conduisaient à la lourde porte d'entrée à deux battants. De part et d'autre, deux ailes encadraient symétriquement la façade principale. Bell l'avait vu de nombreuses fois en image, mais elle ne s'attendait pas à une aussi parfaite simplicité et à une telle autorité.

Tandis qu'elle regardait, là, avec Jacopin attendant patiemment à son côté, son sac de voyage à la main, l'une des massives doubles portes s'ouvrit.

Bell vit un homme grand, vêtu d'un strict costume noir. Il resta un bref instant à la considérer, d'un regard sans expression. Et il descendit lentement l'escalier de droite pour arriver jusqu'à elle. Bell en eut un coup au cœur.

Le baron avait l'air plus formidable encore qu'elle le pensait. Et plus jeune qu'elle l'avait imaginé ; dans les trente-cinq, quarante ans, avec un visage aristocratique et un nez légèrement aquilin. Le visage d'un homme habitué à la déférence. Ses cheveux blondis par le soleil étaient flous et ses yeux un peu lourds.

« Le parfait aristocrate », se dit Bell.

Il y avait l'ombre d'un sourire sur ses lèvres mais aucun dans ses yeux. Il tendit une main que Bell serra fermement, mettant dans son sourire toute la chaleur qu'elle put trouver.

Elle ne serait pas là, après tout, s'il ne l'avait pas invitée.

— Bienvenue au château Reynard, Madame Farrer, dit-il. Je suis Charles de Gillesmont.

Oui. Je ne crois pas que je vous aurais confondu avec le majordome.

— Voulez-vous me suivre ? Jacopin, je vais m'occuper des bagages de Mme Farrer. Je suis sûr que vous avez autre chose à faire.

— Jacopin est notre maître de chais, ajouta le baron à l'intention de Bell qui considéra le petit bonhomme avec un *nouveau* respect.

En cette qualité, sa responsabilité sur le vin qui sortait sous l'étiquette *Château Reynard* était presque aussi importante que celle du baron. Jacopin lui adressa un clin d'œil et s'installa de nouveau dans la grosse voiture. Bell le regarda disparaître à regret au coin de la maison dans un jaillissement de gravier.

Et puis, avec l'impression d'entrer sur la pointe des pieds dans l'antre du lion, elle suivit Charles de Gillesmont à l'intérieur de son château.

Quand ils se retrouvèrent côte à côte dans l'entrée carrelée de pierre, Bell remarqua qu'il était beaucoup plus grand qu'elle et avait des yeux bleu foncé, plus sombres encore autour des iris, presque bleu marine dans cette maigre lumière.

Elle remarqua également sa bouche pleine, avec la lèvre supérieure à la courbe très prononcée.

— Marianne va vous montrer votre chambre, dit-il alors que se présentait une jeune fille brune en tenue de femme de chambre. Je suis sûr que vous souhaiterez vous reposer une petite heure après votre voyage. Descendez quand vous serez prête.

Il s'inclina et se retira.

Bell suivit Marianne. Un immense escalier de pierre, bordé d'une rampe de fer forgé aux dessins complexes, conduisait à l'étage, et Bell remarqua l'éclat d'un lustre de cristal suspendu dans la cage.

— Par ici, madame, dit la jeune femme qui tourna à droite en haut des marches. Le vaste couloir était éclairé à ses deux extrémités par d'étroites fenêtres. À intervalle régulier, on trouvait de lourds coffres de chêne et, entre ces coffres, des chaises sculptées à haut dossier. Tout était sombre et totalement silencieux à part le bruit de leurs pas sur le mince tapis.

— C'est ici, dit Marianne, ouvrant une porte au bout du couloir. La vaste pièce se situait dans une des ailes étroites de l'édifice et trois de ses murs étaient percés de fenêtres. C'était très ensoleillé, propre et nu. Marianne poussa une autre porte et eut un geste d'invitation.

— Votre salle de bains, madame. Avez-vous besoin d'autre chose ?

— Non, c'est parfait, merci.

Dès qu'elle fut seule, Bell traversa la chambre pour aller voir par la fenêtre centrale. Depuis le premier étage, et avec de surcroît la petite éminence, on avait une vue dominante. Bell pouvait voir le fleuve avec la ville de Pauillac et l'immense raffinerie de pétrole sur la rive proche. Au loin, le paysage devenait presque industriel, mais s'étendaient d'abord, au premier plan, de vastes surfaces de vignobles, coupés de sentiers et par la route poussiéreuse et blanche.

La fenêtre de droite donnait, au-delà de la façade dorée du château, sur l'aile identique en face. Une femme mince, en robe bleu marine plissée, avec un nœud au cou, descendait les escaliers et traversait la pelouse, un teckel obèse sur ses talons.

— Ce doit être la baronne douairière, se dit Bell. Je me demande où est la jeune baronne ? Toujours songeuse, elle passa à la fenêtre de gauche et oublia aussitôt les mystères de la famille de Charles. Au-dessous d'elle s'étendaient les bâtiments de travail du château, les longs chais bas au toit de tuiles et aux murs passés à la chaux, groupés autour d'une cour pavée. Des hommes en salopette bleue traversaient la cour et Bell put voir Jacopin qui se tenait devant la porte ouverte d'une bâtisse, en grande conversation avec une grosse femme en tablier blanc. Ce qui lui rappela qu'elle se trouvait là pour voir un vignoble en pleine activité et en tirer des articles, et elle se sentit aussitôt pleine d'énergie.

Elle quitta ses fenêtres et jeta un rapide coup d'œil sur la pièce, presque nue à part un grand lit de cuivre avec son couvre-lit de coton blanc, qui semblait sortir de la blanchisserie, et son traditionnel traversin français. On y trouvait également une très jolie commode, un grand miroir dans un cadre doré, avec sa glace légèrement piquée, deux fauteuils recouverts de soie moirée bleu pâle et, à côté du lit, un petit tapis au dessin de roses fané. Le reste du sol était de parquet nu, sombre et bien ciré.

— Manifestement, le baron n'investit pas ses bénéfices dans le confort domestique, se murmura Bell, mais un coup d'œil dans la salle de bains la surprit : luxueuse et du dernier modernisme, avec une grande baignoire et une douche séparée, une épaisse moquette et, sur une chaise cannée, une pile épaisse de serviettes blanches bien douillettes. Une longue sortie de bain blanche était suspendue à un ceintre et une boîte de rouleaux pour les cheveux était posée sur une étagère de verre, à côté d'une rangée de pots à l'aspect séduisant. Un agréable parfum de luxueux savon français flottait dans la pièce.

Le contraste saisissant entre l'austérité de la chambre et la sybaritique salle de bains plut à Bell et l'intrigua. Elle se demanda si c'était Charles qui en était responsable.

« Oh, mon Dieu, le baron Charles. » Il fallait qu'elle songe à se mettre au travail, aussi déconcertant que fût ce glacial Français. Elle alla se passer de l'eau froide sur le visage dans la salle de bains, se donna un coup de peigne et alla tirer de son sac son magnétophone.

Elle était prête.

Charles était assis dans un fauteuil en train de lire. Il se leva en la voyant descendre le grand escalier et la regarda, impassible. Il ne souriait toujours pas, mais Bell crut voir que son visage était moins figé.

— Si cela vous agrée, Madame Farrer, je pensais que nous pourrions parler maintenant du château et de la façon dont nous le faisons marcher. Ensuite, peut-être souhaiterez-vous le visiter demain pour en voir l'aspect pratique.

Bell acquiesça d'un signe de tête et elle crut voir le regard glacial de Charles se poser sur la courbe de sa joue. Ce regard croisa ensuite le sien et il s'ensuivit un instant de silence.

— Cela me paraît parfait, dit-elle. Et ne préférez-vous pas m'appeler Bell ?

Ils parlaient français depuis qu'elle était arrivée, et l'anglais monosyllabique et sec parut soudain incongru.

— Bell ? fit-il, les yeux bleus croisant de nouveau ceux de la jeune femme, et soudain elle sut qu'elle parlait trop vite.

— En fait, mon nom est Annabel, mais parfois...

— Eh bien ce sera Bell, continua-t-il en anglais, amusé. Moi, c'est Charles, tout simplement.

À sa façon de prononcer le *ch* et de rouler le *r*, le nom ne parut pas simple du tout à Bell. Elle se mit à rire et lui tendit la main. Il la serra, gravement, puis sembla se souvenir de quelque chose et la retira.

— Si vous voulez bien que nous passions dans mon bureau ? Nous n'y serons pas dérangés.

Il la précéda jusqu'à la petite pièce en désordre dont il referma la porte de chêne derrière eux.

Ce ne fut pas exactement une interview facile.

Charles de Gillesmont répondit avec précision aux questions de Bell sur les variétés de raisin, le nombre d'hectares et la mécanisation. Il fournit une abondance de chiffres récents et expliqua avec grand soin les problèmes particuliers et les avantages de Reynard.

Elle aurait pu facilement trouver tous ces renseignements dans des ouvrages de référence. La plupart étaient déjà dans ses notes.

Il se refusait résolument à évoquer le côté prestigieux de sa personne de baron français et le fait d'être le propriétaire de l'un des vins les plus célèbres du monde.

Bell songea soudain à Henry Stobbs se tournant dans son fauteuil de rédacteur en chef pour lui lancer un de ses célèbres regards de fouine : « Morne, tristement morne, dirait-il. On ne t'a pas envoyée là-bas pour que tu nous rapportes cinq pages de chiffres, mon chou. Et l'histoire ? Et le jus ? »

Bell grinçait des dents. D'une manière ou d'une autre il allait lui falloir briser la réserve polie de cet homme, et obtenir de lui ce qu'Henry appelait l'aspect humain de la chose. Elle se pencha légèrement pour modifier la position du micro qui se trouvait sur la table entre eux et adressa au baron un sourire désarmant.

— Le château appartient aux Gillesmont depuis des siècles, je sais cela...

— Depuis quatre cents ans.

— Oui, merci. Et le respect des traditions ? Ne souhaitez-vous pas des enfants, votre femme et vous, pour poursuivre la tradition ?

Elle était certaine qu'il était marié, elle l'avait vérifié, mais le regard bleu se posa vivement sur elle, glacial et offensé.

— Pardonnez-moi, j'ai cru que vous étiez une spécialiste du vin ? C'est ce que m'a dit votre rédacteur en chef quand il m'a écrit pour me demander si je pouvais vous recevoir au château.

— Mon rédacteur en chef vous a écrit ?

Cela changeait tout et elle comprit. Son invitation exclusive à Reynard n'était pas due au fait que Charles avait lu et admiré sa prose. Elle avait été idiote de le croire. Ce n'était qu'un des trucs d'Henry.

— Évidemment. En temps normal, j'aurais refusé, mais il se trouve qu'il avait joint à sa lettre quelques uns de vos articles. J'ai été impressionné par votre approche intelligente et insolite du sujet.

Eh bien, c'est toujours ça, se dit Bell.

— C'est pourquoi je suis étonné que vous me posiez des questions dignes d'une échotière. En quoi ma femme pourrait-elle intéresser vos lecteurs ? Et mes enfants ?

Bell devint écarlate. Le ton du baron la piqua et elle répliqua vivement :

— Je suis, bien sûr, une spécialiste du vin. Et une bonne journaliste parce que je sais ce que les lecteurs veulent lire. En l'occurrence ils veulent vous connaître *vous* et pas seulement votre vin. Je dois faire mon travail du mieux que je le peux sous peine de le perdre. Et ce que vous m'avez donné là, ajouta Bell en montrant la cassette dans le magnétophone, n'est pas exactement de la tarte.

Elle le regarda, prête à continuer à se défendre, mais elle fut surprise de le voir rire.

Ce qui transformait son visage, en effaçant les traits sévères et le faisant paraître presque enfantin.

« Il a une bouche très sensuelle », se dit Bell, tout à fait hors de propos et en ressentant une légère constriction dans la gorge.

— Faut-il que ce soit de la tarte ?

— Oui, répondit Bell d'un air de défi.

Il se pencha sur le bureau et coupa l'enregistrement du magnétophone.

— C'est important pour vous ce travail, n'est-ce pas ? demanda-t-il, la regardant d'un œil différent, comme si elle n'était plus une journaliste qui fourrait son nez dans ce qui ne la regardait pas, mais un simple être humain.

— Oui, répondit Bell qui se surprit en ajoutant : c'est tout ce qui compte pour moi en ce moment.

Pourquoi diable était-elle allée raconter cela à un parfait étranger hautain et glacial ? Quelque chose, en lui, l'avait prise au dépourvu. Il avait retrouvé un regard sérieux, maintenant, et teinté de sympathie. Il jeta un nouveau coup d'œil sur le magnétophone, comme pour s'assurer qu'il était bien éteint, puis il dit, doucement :

— Eh bien, nous avons cela en commun, donc.

Il se leva, alla fouiller dans un placard dont il tira deux flûtes à champagne qu'il posa sur le bureau.

— Ma femme et moi sommes séparés, ajouta-t-il, d'un ton qui aurait pu paraître désinvolte si Bell n'avait pas remarqué l'amertume et la douleur sur son visage.

L'assurance dédaigneuse avait disparu. Pendant un bref instant, il n'avait été qu'un homme malheureux.

— Excusez-moi, dit-il avant de sortir, mais Bell n'eut guère le temps de se poser des questions sur le changement intervenu dans son attitude car il revenait avec une bouteille de champagne Krug, millésimé 1964.

Il l'ouvrit adroitement et laissa le vin mousser dans les verres fins. Il en tendit un à Bell et leva le sien.

— À vous, Bell, et au succès de votre mission.

Ils burent et, pendant un instant, Bell oublia tout ce qui n'était pas le goût pétillant de ce vin merveilleux. Quand elle releva les yeux sur Charles, il la regardait avec un air nettement approbateur.

— Merci, dit-elle, pensant à son souhait et au champagne.

Il s'inclina dans une révérence un peu moqueuse et s'adossa à la cheminée. Sous le soleil couchant, la pièce était tiède et paisible.

— Oui, dit Charles comme pour lui-même. Ma femme et moi sommes séparés et il n'est pas question de divorce, donc...

Bell fronça les sourcils puis elle se souvint. Évidemment, les aristocratiques Gillesmont devaient être de fervents catholiques.

— Voyez-vous, continua-t-il, je ne puis prédire pour vous et pour vos lecteurs ce qui va sa passer ici dans l'avenir. Cela dépendra de qui me succédera quand je n'y serai plus. En tout état de cause, ce ne sera pas un de mes enfants.

Il était devenu très pâle et sa voix si basse que Bell eut du mal à saisir les mots. Elle ne sut que dire et, après un instant, il se reprit et poursuivit.

— Tout ce que je puis vous dire, c'est que tant qu'il me restera un souffle de vie, les choses demeureront telles qu'elles l'ont toujours été. En cela, du moins, subsistera une certaine permanence. Ce n'est pas très à la mode, je le sais, alors que tout le monde s'empresse de faire fi des vieilles coutumes. Vous pouvez écrire cela en ce qui me concerne, si vous pensez que des lecteurs pourront être intéressés. Encore un peu de champagne ? demanda Charles et Bell sentit revenu le vernis poli.

Elle tendit sa flûte.

— Je suis désolée, répondit-elle, je n'avais nullement l'intention d'être indiscrète. Voulez-vous considérer cela comme une vulgaire curiosité de journaliste ?

— Je ne pense pas que la vulgarité soit l'un de vos défauts. Je regardais votre visage quand nous avons eu ce différend il y a un instant. Il vous a bouleversée. Cette sensibilité n'est guère un avantage pour une journaliste.

— Ce n'est plus le jeu, dit Bell, avec un rire qu'elle voulut désinvolte. C'est moi qui suis censée vous interviewer.

— Eh bien, peut-être serait-il plus amusant de changer les rôles. Je pourrais m'essayer à un portrait de vous et risquer quelques questions personnelles. Voyons... peut-être souffrez-vous d'un cœur récemment brisé ?

Bell regarda les yeux bleu foncé avec un petit sursaut de surprise. C'était ridicule.

Elle se sentait mal à l'aise sous son regard mais, en même temps, il y avait en lui quelque chose qui donnait envie de continuer à lui faire des confidences. Comme si, curieusement, il possédait quelque chose de familier qu'elle ne pouvait préciser.

— Non, dit-elle enfin. Pas exactement un cœur brisé. Plutôt un triste gâchis dont j'ai honte. Il — quelqu'un d'autre — a davantage souffert que moi. J'aurais préféré le contraire.

— Oui. C'est toujours le cas. Et maintenant ?

— Oh, mon ambition est de devenir la plus grande journaliste-œnologue du monde.

— Bien sûr. Comment pourrais-je m'y opposer ? Il va nous falloir concocter entre nous quelque chose qui satisfasse votre rédacteur en chef.

Il consulta sa montre et ajouta :

— Rien ne me ferait davantage plaisir que de rester ainsi à bavarder avec vous toute la soirée...

« Simple politesse mondaine française », se dit Bell, mais elle se surprit à espérer qu'il s'y trouvait un peu de vérité.

— ... mais je pense qu'il convient que je vous présente à ma mère. Elle doit nous attendre. Elle passe toujours au salon avant le dîner.

Charles vida son verre de champagne et emporta la bouteille à demi-vide. Bell se leva également puis regarda ses jambes nues et bronzées.

— Peut-être devrais-je m'habiller ?

— Oh, je ne crois pas. Nous ne serons que tous les trois. Ma sœur Juliette ne rentre pas avant demain.

Il tenait la porte ouverte, paraissant quelque peu impatient. Bell suivit.

À l'autre bout du couloir, deux portes vitrées s'ouvraient sur un charmant salon, exquisément français, se dit Bell, et en même temps très féminin avec ses chaises et chaises-longues graciles, dorées et recouvertes de soie rose fanée. Aux murs lambrissés, couleur œuf de canne pâle, étaient accrochés des paysages dans leurs cadres dorés et des miniatures.

La mère de Charles était assise à côté d'une cheminée de marbre crémeux, penchée sur un cadre de broderie. Quand Charles et Bell entrèrent, ses yeux se portèrent immédiatement sur la bouteille de champagne dans la main de son fils.

— Charles, dit-elle d'une voix claire et autoritaire, n'auriez-vous pu trouver un plateau et une serviette ?

Bell crut le voir qui se raidissait en posant doucement la bouteille sur une table de marqueterie.

— Maman, dit-il, je vous présente Bell Farrer, Bell je vous présente ma mère, Hélène de Gillesmont.

La mère et le fils se ressemblaient beaucoup, le visage de la baronne étant toutefois davantage marqué par des rides d'orgueil et de hauteur.

Son regard froid détailla le chemisier de toile bleu tout simple de Bell et sa jupe légèrement froissée et elle eut un haussement de sourcils furtif. L'hôtesse de Bell portait une robe du soir de soie gris pâle qui sentait manifestement son grand couturier, et un triple rang de perles.

Elle tendit à Bell une main peu enthousiaste. Elle portait à l'annulaire une énorme émeraude.

— Enchantée, madame euh... voulez-vous vous asseoir tandis que mon fils vous servira un autre verre, dit-elle dans un anglais parfait et sans accent, un anglais qui ressemblait à celui de la reine.

Bell s'installa sur la plus proche des chaises graciles et eut un soupir intérieur. Mauvaise note pour la journaliste quelque peu négligée. Elle eut le sentiment qu'il allait lui falloir bien des efforts pour arriver au bout de cette soirée. Peut-être cela aiderait-il si elle faisait étalage de son français presque aussi parfait.

— Quelle pièce très agréable et reposante.

— Oui. Nous l'avons conçue et décorée ensemble avec ma belle-fille, dit la baronne, toujours en anglais, en une rebuffade délibérée qui irrita Bell. Elle se tourna vers Charles, mais il regardait par la fenêtre.

La soirée s'annonçait difficile.

Bell eut l'impression qu'il s'était écoulé cinq heures quand ils revinrent dans le salon d'Hélène pour prendre le café.

Le repas s'était traîné, ponctué par de longs silences. Un repas simple et parfait — soufflé d'épinards, poulet, fruits frais — mais Bell avait mangé du bout des dents. Elle se souvenait surtout du délicieux Château Carbonnieux dans son verre. La seule fois où Charles l'avait regardée en face était lorsqu'elle l'avait goûté et manifesté son approbation d'un infime signe de tête. Hélène, elle en était convaincue, aurait jugé d'une navrante vulgarité tout commentaire sur le vin ou la cuisine. Et voilà qu'ils se retrouvaient au salon, à boire du café noir et fort dans de minuscules tasses dorées.

Bell se demanda quand elle pourrait invoquer la lassitude du voyage pour pouvoir aller se coucher.

— Votre chambre est-elle confortable, madame euh ?

— Bell Farrer, répondit Bell, appuyant délibérément sur les syllabes. Oui, merci, tout à fait confortable. Cette magnifique salle de bains est-elle récente ?

— C'est Catherine, ma belle-fille, qui l'a conçue.

Hélène regardait sa table de travail, sur le côté, et Bell suivit son regard jusque sur une photo dans un cadre *art nouveau* en argent, soigneusement disposé de façon à capter la lumière d'une lampe à abat-jour rose. Sous une brillante chevelure brune, le visage de la femme paraissait pâle et grave. Les yeux, baissés, étaient ombrés par de grands cils, mais on sentait la détermination dans le dessin du menton. Autour de son long cou fragile, elle portait ce qui semblait être un collier de diamants.

« Catherine. La femme de Charles », se dit Bell, fascinée. Elle paraissait fragile mais très jolie. Bell jeta un regard rapide à Charles. Il avait passé toute la soirée, sans le moindre sourire, entre sa mère et son hôte. Il avait mené la conversation guindée avec sa politesse coutumière, mais il était redevenu l'étranger non moins guindé qu'elle avait découvert sur les marches du château.

L'étrange instant d'intimité aurait pu tout aussi bien ne jamais avoir existé.

Bell eut le sentiment qu'une atmosphère de tension régnait maintenant sur le froid de la soirée. Charles était assis, tendu, dans un petit fauteuil, serrant sa minuscule tasse dorée comme s'il voulait l'écraser entre ses doigts.

45

Hélène avait pris son ouvrage de petit point qu'elle continuait avec un calme étudié.

— Nous avons l'intention d'installer de nouvelles salles de bains dans toute la maison. C'est curieux, mais nous avons toujours partagé les mêmes idées, Catherine et moi, dit la baronne.

Elle ajouta avec un soupir :

— Ce n'est pas comme avec Juliette. Ma fille est devenue un mystère pour moi.

Bell regardait toujours Charles, remarquant comment les poils blonds de ses pommettes brillaient à la lumière rose quand il serrait les mâchoires. Très lentement, comme s'il avait du mal à maîtriser ses mouvements, il se pencha et posa sa tasse sur le plateau.

Bell sentit que quelque chose, en lui, menaçait de se rompre.

— Dès que Catherine rentrera de Paris, continua Hélène, et Bell écouta, surprise.

Charles n'avait-il pas dit qu'ils étaient séparés ?

— Elle a été malade. Il lui fallait un repos complet et un total changement, mais cela va mieux maintenant et elle ne va pas tarder à rentrer. Alors nous...

D'un mouvement soudain, aussi souple que celui d'un chat, Charles fut sur ses jambes. En une fraction de seconde sa silhouette sombre domina celle de sa mère. Bell vit qu'il serrait les poings.

— Maman, voulez-vous cesser cette pantomime. À l'instant.

Hélène se recula brièvement, puis les traits de son visage se durcirent sous le défi.

— C'est votre pantomime, répliqua-t-elle en un souffle. Vous êtes non seulement un sot, mais aussi un destructeur. Non seulement de ma vie mais aussi de la vôtre.

Bell aurait souhaité que le sol s'ouvrît et l'engloutît. Ils avaient oublié sa présence, mais ils se souviendraient plus tard qu'elle avait assisté à cette scène et il leur serait difficile de lui pardonner.

Le visage de Charles était gris et il semblait avoir du mal à respirer.

— Votre vie. Je me moque de votre prétention à connaître la vie. Vous ignorez tout des sentiments humains. De l'amour ou de la haine, du moment que les apparences sont sauves.

Hélène prit son cadre de broderie et le tint contre elle comme un bouclier.

— C'est vous qui me parlez d'amour et de haine. Vous n'êtes guère mieux qu'un meurtrier, et vous...

Bell se tassa dans sa chaise en voyant l'expression de Charles. Son poing remonta puis retomba le long de son corps. La voix d'Hélène se fit hésitante.

— Vous savez bien que je ne voulais pas... je voulais seulement dire que vous auriez laissé Catherine mourir de chagrin sans rien faire... c'est...

— Voulez-vous vous taire ? dit Charles, crachant les mots comme s'ils étaient empoisonnés.

Hélène se leva. Elle arrivait à peine à l'épaule de son fils et elle dut lever la tête pour le regarder. Elle paraissait plus vieille, soudain, et pleine d'amertume.

— Pourquoi faut-il que vous nous humiliiez, devant... cette fille ? demanda-t-elle avec un geste de la main en direction de Bell. Une étrangère. J'ai honte de vous. Honte !

Elle se détourna et sortit de la pièce sans même un regard derrière elle, avançant lentement, comme si tout son corps était douloureux. La porte se referma sur elle.

Bell déglutit, la bouche sèche, comme pour libérer sa gorge. Les yeux baissés, elle regardait le dessin du tapis, souhaitant se trouver n'importe où sauf là où elle était. La scène avait été si inattendue et si choquante. Si pleine de détails qu'elle ne comprenait pas. Et ne voulait pas comprendre. Quoi qu'il fût arrivé au château Reynard, cela avait ébranlé la vie d'Hélène et celle de Charles.

Un léger mouvement lui fit lever les yeux sur Charles. Elle lut l'horreur et la stupéfaction sur son visage, comme s'il fixait un trou noir qui venait de s'ouvrir à ses pieds.

Bell reconnut cette expression. Et dans le même instant elle sut pourquoi Charles avait touché cette vieille corde sensible au plus profond d'elle-même.

Son père. Cette assurance et cette attitude distante, démenties par la douleur qu'on lisait sur son visage.

« Oh, mon Dieu. »

Sans se laisser le temps de la réflexion, elle s'approcha de Charles et lui posa les mains sur les bras. Cette fois, du moins, était-elle assez âgée pour comprendre, même si elle était impuissante à l'aider. L'homme resta un instant à la regarder, en pleine confusion. Et puis, avec un sourd gémissement, ses bras se serrèrent autour d'elle et il laissa tomber sa tête sur l'épaule de Bell.

Bell n'aurait su dire combien de temps ils restèrent ainsi. Elle avait l'impression que tout son sang avait quitté sa tête et son corps, et elle luttait pour rester debout, à supporter, lui parut-il, tout le poids de Charles de Gillesmont.

Enfin il leva les yeux, frissonna et la lâcha.

Puis il lui dit d'une voix sourde :

— J'ai honte moi aussi. Bell, je suis désolé que vous ayez dû assister à cette scène.

Il faisait un effort visible pour se reprendre et Bell vit le fantôme de l'élégant baron resurgir devant elle.

— Comme vous le voyez, continua-t-il, nous ne sommes pas la plus heureuse des familles. C'est l'une des raisons pour lesquelles nous ne recevons guère de gens de votre profession. Je suis heureux que ce soit vous qui vous soyez trouvée là ce soir.

Il voulait conserver à sa voix un ton léger, mais on sentait qu'il était sincère.

Bell hocha la tête. La scène avait eu quelque chose de choquant, mais quelque part en elle, également, elle était heureuse d'avoir été à ses côtés.

— Je crois que nous avons besoin d'un verre, dit-il. Sortons de cette pièce.

Dans le confortable fouillis de son bureau il expliqua rapidement, comme voulant se débarrasser de ce fardeau :

— Vous devez vous demander la raison de cette scène. Ma mère n'est pas une femme facile, mais elle a connu trop de contrariétés. Elle était très proche de Catherine et elle lui manque beaucoup. Ce fut impardonnable de ma part de m'être ainsi laissé emporter. Parfois, je...

— Non, je vous en prie, c'est inutile.

Bell ne voulait pas connaître leurs secrets. Elle en devinait assez et n'avait nul désir de réveiller la souffrance qu'elle avait vue sur le visage de Charles. Elle ressemblait trop à ce qu'elle avait connu.

Charles parut soulagé. Il s'assit dans un fauteuil de cuir et Bell se retrouva assise en tailleur, par terre, appuyée contre le bras du siège. Souvent elle était demeurée ainsi avec Edward, et à ce souvenir elle eut un petit sourire triste. Il semblait si loin, maintenant.

— Eh bien, parlez-moi d'autre chose, murmura Charles. De n'importe quoi tant que cela n'a aucun rapport avec Château Reynard. Parlez-moi de Bell Farrer.

Ce qu'elle fit, de façon hésitante d'abord, puis plus facilement sous la gentillesse de ses questions. Après ce qu'elle avait vu ce soir, elle pensait inutile de se montrer plus réservée. Il aurait pu lui paraître tout à fait incongru de raconter sa vie à Charles de Gillesmont qu'elle ne connaissait pas quelques heures plus tôt.

Et cependant il n'en était rien.

Charles demeurait là, immobile dans son fauteuil tandis qu'elle parlait. Son regard était fixé sur le profil de Bell et sur l'ombre de sa pommette.

Il était très tard quand Bell s'étira et se tourna pour lui sourire.

— C'est tout. Je sais où j'en suis, maintenant. Du moins à ce que je crois.

— Vous le croyez, dit-il, lui souriant.

Ils se levèrent, il posa la main sur le bras de Bell et la conduisit à travers la pénombre du couloir jusqu'à l'escalier de pierre.

— Bonne nuit, lui dit Bell, qui aurait souhaité préciser qu'elle allait oublier tout ce qu'elle avait entendu ce soir mais ne trouva pas les mots qui convenaient. Merci pour m'avoir invitée à Château Reynard, ajouta-t-elle simplement.

Il eut un geste rapide et, pendant un instant, elle eut l'impression qu'il allait l'embrasser.

« Non, se dit-elle. Pas encore. » Et puis il lui prit la main. Il s'inclina et lui baisa les doigts. Quand, de nouveau, il leva les yeux, leurs regards se croisèrent et ils éclatèrent de rire.

— Tant qu'à être un baron français, autant jouer le rôle jusqu'au bout, murmura-t-il. Vous auriez été déçue si je ne vous avais pas baisé la main.

— Terriblement déçue.

Il lâcha ses doigts et elle se tourna pour grimper l'escalier étroit. Quand elle atteignit le palier et se retourna, elle vit qu'il était toujours là à la regarder.

Bell s'éveilla par un matin tout en brillante lumière et en ombres dansantes. À travers ses trois fenêtres, elle pouvait voir le ciel parsemé de petits nuages qui avançaient vivement et les feuilles des ormes, bordant les pelouses du château, qui bruissaient sous une légère brise. Le vague sentiment d'appréhension ressenti à son réveil se dissipa devant la beauté de cette journée. Impossible de ne pas se sentir le cœur léger.

Bell fredonna doucement sous la douche et en s'habillant. Pour faire le tour des caves et des vignobles, le mieux était un jean et un tee-shirt. Elle passa par-dessus une jaquette de ciré, d'un bleu brillant, qui lui faisait les yeux plus bleus que verts.

Marianne vint frapper à sa porte.

— Monsieur le baron demande si vous voudrez prendre le petit déjeuner avec lui.

— Tout de suite, dit Bell, qui descendit vivement les escaliers pour aller le retrouver.

Dans le soleil du matin qui éclairait toute la longueur de la table cirée, et sans la présence réfrigérante d'Hélène, la salle à manger paraissait plus petite et plus accueillante.

Charles se tenait entre les deux fenêtres, silhouette sombre encadrée par les deux rayons de lumière, l'attendant.

— Bonjour. J'espère que vous avez bien dormi ? lui demanda-t-il, son calme, son assurance et sa politesse retrouvés, faisant très baron dans son château, s'inquiétant du confort de ses hôtes.

— Très bien, je vous remercie.

— Parfait. Marianne, voulez-vous servir le café ?

Dès qu'elle fut sortie, Charles adressa à Bell son sourire rare et tira une chaise pour elle.

— Aujourd'hui sera réservé au travail, si vous le voulez bien. Ce matin, je vous montrerai les chais. Malheureusement, j'ai d'autres engagements pour le déjeuner et une partie de l'après-midi et je vous laisserai aux bons soins de Jacopin.

— Ce sera parfait.

— Dans ce cas, peut-être souhaiterez-vous faire ce soir la connaissance de ma sœur, Juliette.

— Avec grand plaisir.

Marianne apporta le café et il servit Bell lui-même dans un grand bol de porcelaine décoré de campanules.

— Vous verrez que la vie à Reynard n'est pas faite que de tristesse, lui dit-il.

Bell allait répondre qu'elle ne l'avait jamais pensé, mais un regard de Charles lui fit comprendre que mieux valait ne plus en parler.

Dégustant les croissants et le café, ils évoquèrent les espoirs pour le vin de l'année. Le Bordelais avait connu un été long et chaud, et l'on priait maintenant pour avoir quelques journées de douce pluie qui gonfleraient le raisin avant les vendanges d'octobre. Avec un peu de pluie et, de nouveau, quelques jours de soleil, on aurait une grande année.

Plus tard, Charles et Bell partirent pour les chais. Le gravier crissait sous leurs pieds tandis qu'ils passaient le pignon de la maison et suivaient l'allée vers une arche de pierre s'ouvrant sur une cour pavée avec, tout au bout, de lourdes portes. Bell s'arrêta pour admirer le tableau.

Jacopin apparut près d'eux comme un lapin tiré d'un chapeau.

— *Bonjour*, dit-il, tout son visage bronzé se plissant.

— Jacopin, Mme Farrer souhaitera tout voir.

— Bien sûr, dit le petit homme, rayonnant de plaisir.

Ensemble ils pénétrèrent dans l'un des longs bâtiments bas et Bell se retrouva aussitôt perdue au cœur du château. Oublié le domaine glacial d'Hélène, de l'autre côté du mur, avec ses sièges dorés et ses coussins de soie. C'était ici le vrai Reynard, où Charles régnait sur les rangées de fûts, les cuves de fermentation et les files de bouteilles.

De fait, le tour des chais, avec Charles à son côté, rappela à Bell une visite royale. Des hommes en salopette bleue abandonnaient un bref instant leur travail en le voyant arriver, attendant qu'il leur parle. Bell vit que rien n'échappait à son regard froid. Il était évident qu'il menait ses caves selon l'ancienne discipline. Les hommes de Charles étaient en plein travail, à nettoyer les cuves de fermentation prêtes à recevoir le vin nouveau. Dès que les raisins seraient mûrs, dans quelques semaines, on les vendangerait et on les amènerait à pleins camions pour être écrasés dans l'immense pressoir mécanique. Après quoi on laisserait fermenter le jus, à une température soigneusement contrôlée, pour qu'il devienne du vin. Tout devait être d'une propreté immaculée avant les vendanges, l'événement de l'année. Bell remarqua les murs nus et nets et les sols d'une absolue propreté ainsi que les hommes avec leurs seaux fumants.

Mais elle remarqua avec plus de précision un détail. Tous les rouages et machineries d'origine étaient merveilleusement et amoureusement entretenus, mais vieux. Charles ne faisait pas le moindre effort pour apporter à son domaine les nouveautés de la technologie qui gagnaient lentement les caves des plus grands châteaux. « Il va pouvoir continuer ainsi quelque temps encore, se dit Bell. Mais, en fin de compte, son refus de s'adapter à son époque jouera contre lui. » Déjà, comme le savait Bell, on murmurait que le Château Reynard ne conserverait pas éternellement sa position parmi les premiers. Elle se souvint très clairement de ce qu'il lui avait dit la veille. *Là, du moins, demeure une certaine permanence.* Bell comprenait, mais elle savait qu'il avait tort. Si Charles s'accrochait trop longtemps à la vieille tradition, ce serait la mort de Reynard.

Comment dire cela à une homme comme Charles de Gillesmont ? Bell regarda le profil aquilin à côté d'elle, se souvint du pli arrogant de sa bouche et en frissonna.

Jacopin les conduisit dans la partie suivante. Le long des hauts murs qui montaient jusqu'au toit voûté, étaient alignées des files de barriques de chêne, chacune dotée d'une bonde à son sommet et d'un fausset quelque peu primitif enfoncé dans sa partie frontale. Elles contenaient le vin de l'année précédente qui devait bientôt être mis en fûts afin de faire de la place pour la nouvelle récolte.

Jacopin prit une chandelle qu'il alluma et accrocha à un petit bougeoir métallique à griffe devant l'une des barriques. Il resta à regarder avec Bell, tandis que Charles se penchait sur le fût le plus proche pour en tirer un peu de vin dans une coupelle d'argent. Il la tendit à Bell qui la leva à la lumière de la bougie. Le vin était d'un noir d'encre au travers duquel on voyait à peine l'argent de la coupelle. Bell le huma et en prit une gorgée sur le bout de la langue, aspirant de l'air à travers ses dents serrées. Le vin nouveau était froid et amer, rude et très tannique, mais plein de la promesse d'un grand bordeaux derrière la première impression un peu désagréable.

Bell fit de nouveau rouler le vin dans sa bouche pour en déceler les dernières nuances et le recracha sur le sol couvert de sciure. Charles avait le visage dans l'ombre, mais elle savait qu'il attendait. Elle lui fit un rapide signe de tête approbateur, mais il y avait de l'admiration dans ses yeux. Le Château Reynard demeurait toujours l'un des plus grands parmi les plus grands. Satisfait, Charles lui fit traverser le chais.

À midi, ils ressortirent dans la cour pavée, clignant des yeux sous le soleil. Charles la remit aux bons soins de Jacopin et se retira. À côté de Bell, le petit homme poussa un soupir de soulagement et lui adressa un clin d'œil.

— Suivez-moi, lui dit-il, tout sourire.

Pour le déjeuner, elle partagea un solide cassoulet avec Jacopin et son équipe de fumeurs de Gauloises. Ils s'installèrent dans la cuisine aux riches odeurs qui reliait les chais au bâtiment principal et où étaient suspendus des casseroles de cuivre brillantes et des chaînes d'oignons. La cuisinière du château, Mme Robert, servit le plat bien chaud et parfumé dans d'épaisses assiettes blanches, et posa devant chacun des convives une corbeille de pain français grossièrement coupé. La conversation, que Bell ne comprenait pas toujours, était générale autour de la table de chêne et ponctuée d'éclats de rire. Jacopin répétait obligeamment pour Bell les phrases les plus avouables et elle renvoya des plaisanteries dans son français châtié qui déchaîna les rires davantage encore.

Tout en mangeant, les hommes descendaient de grands verres de vin rude comme de l'eau. Il s'agissait du vin léger de tous les jours, produit chaque année pour les vendangeurs et les ouvriers, un vin aussi différent du nectar des vieilles bouteilles couvertes de toiles d'araignée que l'est la limonade du champagne millésimé.

Bell prit beaucoup de plaisir à son repas, surtout en pensant au dîner guindé de la veille avec ses porcelaines et sa conversation polie. Elle était justement en train de se dire, alors que lui échappait une blague qui déchaîna les rires, qu'elle appartenait résolument à ce qu'Hélène appelait sans doute « le commun », quand Jacopin la tira par la manche.

Il pleurait encore de rire et avait repoussé son petit chapeau en arrière de sa tête.

— Vous vous amusez avec nous ? demanda-t-il, et il sourit devant la réponse affirmative de Bell. Madame Juliette aussi vient souvent déjeuner avec nous. Vous devriez entendre ses blagues, alors !

Bell commença à avoir davantage envie de faire la connaissance de la sœur de Charles. Jacopin leva son verre et le vida, puis sauça un morceau de pain dans son assiette et demanda :

— Et maintenant, êtes-vous prête pour une longue promenade ? Nous allons aller voir les vignes.

Bell goûta tout autant son après-midi à parcourir le vignoble et à respirer l'air pur que sa matinée dans les chais, mais elle avait les jambes lourdes et lasses quand Jacopin la ramena au château. Alors qu'ils tournaient au coin de la maison, Bell vit une jeune femme qui descendait en courant les marches de l'entrée. Elle remarqua une masse de cheveux blonds, exactement de la même teinte que ceux de Charles, et entendit le petit homme qui se trouvait à son côté pousser une exclamation de plaisir.

— Madame Juliette est de retour !

Un instant plus tard, Juliette se trouvait devant eux, arborant un grand sourire de ses dents blanches et régulières. Bell se dit que Charles avait hérité la plus grande part de la beauté de la famille, mais sa sœur irradiait de chaleur et de l'excellence de son naturel. Des yeux bleu foncé, de la même couleur que ceux de Charles, croisèrent le regard de Bell.

— Enchantée, Bell, lui dit-elle avec une poignée de main vigoureuse avant de demander : *Ça va, Jacopin ?* avec une tape sur l'épaule du petit homme qui eut un sourire ravi.

— Mees Farraire a pris votre place à *déjeuner* aujourd'hui, annonça-t-il, et nous lui avons montré ce qu'était vraiment Reynard, je peux vous en assurer.

Juliette se mit à rire tandis que Jacopin regagnait les chais.

— Le baptême du feu ? Bien joué. On ne fait pas partie de la famille tant qu'ils ne vous ont pas ouvert leur cœur et leur cuisine.

— Je crois n'avoir guère compris plus de la moitié de ce qui s'est raconté, mais j'ai bien aimé.

Juliette confirma d'un vigoureux signe de tête qui fit danser ses cheveux blonds sur ses épaules.

— Voulez-vous que nous entrions ?

Elle prit le bras de Bell et la conduisit d'une poigne ferme vers les escaliers. Bell se laissa faire, fascinée et amusée par la différence entre cette jeune femme dynamique et amicale et son frère beaucoup plus réservé.

Il semblait aussi que Juliette n'eût rien hérité d'Hélène. Bell remarqua que la manche du pull gris de la jeune femme était maculée de ce qui paraissait être du plâtre, qu'elle portait les ongles courts et aucun maquillage sur son visage grêlé de taches de rousseur.

Rien de surprenant que les deux femmes ne s'entendissent pas. Juliette pétillait de bonne humeur et de simplicité. Bell ne se faisait pas facilement de nouvelles amies, mais la sœur de Charles lui plut immédiatement et sans réserve.

Quand elles arrivèrent à la chambre de Bell, Juliette s'installa sur le couvre-lit blanc, manifestement pour une longue conversation.

— Dites-moi donc ce que vous avez fait depuis votre arrivée ? Je suis désolée de n'avoir pas été là hier soir. J'ai raté quelque chose de très intéressant, m'a-t-on dit.

Bell s'arrêta net, se souvenant avec une sorte de joie qui la surprit de sa conversation avec Charles.

— Charles et moi avons longuement bavardé, dit-elle, souriant soudain à Juliette. Il y avait une éternité que je n'avais pas fait cela, depuis l'université, pratiquement, après avoir connu quelqu'un depuis quelques heures à peine. Nous en étions l'un et l'autre tout surpris.

— Oui, Charles m'en a parlé, ainsi que de la scène entre maman et lui. Cela a dû être terrible pour vous.

— Certainement pas autant que pour eux.

Juliette grogna et se passa les doigts dans les cheveux.

— Que voulez-vous y faire ? Ils s'aiment bien, mais maman pique Charles jusqu'à ce qu'il ne puisse plus se contrôler. Alors, pouf ! c'est l'explosion.

Bell s'assit devant le petit miroir et se mit à remonter ses cheveux. Il lui fallait faire quelque chose de ses mains, et plus encore elle avait besoin de fixer son regard sur autre chose que les yeux de Juliette. Ils fouillaient le visage de Bell avec une attention déconcertante et semblaient y voir quelque chose dont Bell elle-même n'était pas encore consciente.

— Cela se passe ainsi depuis très longtemps ? demanda-t-elle.

— Depuis le départ de Catherine.

La franchise de Juliette toucha Bell. La jeune femme se mit à lui parler de sa mère avec affection et exaspération à la fois.

— Elle se sent très seule. Et elle vieillit. Et en vieillissant, ses instincts dynastiques s'exacerbent. Elle adorait mon père et lui a tout sacrifié, bien que sa famille était presque voisine. Elle vivait dans un château rival, en fait. Et puis papa est mort, mais Charles venait juste de se marier et elle espérait des enfants. Beaucoup d'enfants, pour continuer les traditions : le château, le vin. Tout ce qui comptait pour papa et pour elle.

Bell écoutait, imaginant les rêves de la vieille femme et ses déceptions, et pour la première fois elle ressentit pour elle une certaine sympathie. Dans le miroir, elle put voir que toute joie avait quitté le visage de Juliette, devenu tout pâle et, sans son sourire, plutôt banal.

— À ses yeux, Catherine était parfaite. Elle appartenait à l'aristocratie, bien sûr, dit Juliette avec une grimace désabusée. Très bien et pleine d'intelligence pour les questions domestiques. Charles l'a épousée presque dès leur rencontre. Je le connais mieux que personne (Bell décela de la fierté dans la voix de Juliette et elle se dit qu'elle devait beaucoup aimer son frère.) et dès le début j'ai pensé que c'était une erreur. Charles est calme et froid, mais en surface seulement. Au fond, c'est un passionné, il lui fallait quelqu'un d'aussi rude, d'aussi direct, et ayant autant que lui le sang chaud. Catherine paraît très souple extérieurement, ce qui est une erreur avec Charles, mais, en fait, elle est d'acier trempé à l'intérieur. Ce qui ne lui plaît pas davantage. Il est très attaché aux traditions, voyez-vous. Au fond, il faut qu'il soit le maître.

Bell hocha la tête, comprenant parfaitement en se rappelant le mouvement de défi du menton dans la photo de Catherine.

— Dans ce cas, pourquoi se sont-ils mariés ?

— Oh, ils s'aimaient, il n'y a aucun doute. Mais aussitôt commencèrent les découvertes. Je ne crois pas que les choses aient jamais très bien marché. Même au lit, ajouta doucement Juliette. Il y eut de terribles disputes. Vraiment pénibles. Hélène se montrait très discrète, mais je n'ai pu les supporter. Je suis allée vivre à Bordeaux.

Soudain, Juliette baissa la tête et son visage fut masqué par la masse de ses cheveux. Elle tira un fil du couvre-lit de coton blanc.

— Et puis, il s'est produit... une tragédie, qui les a séparés davantage au lieu de les rapprocher. Ils se rendaient malheureux. Et Catherine a fini par partir. Elle a jeté quelques affaires dans sa petite Renault et elle a disparu. (Juliette s'arrêta un instant, le regard sur l'allée de gravier.) C'était courageux de sa part, ne trouvez-vous pas ? Depuis lors, la vie de Charles a été très vide, mais du moins pas aussi pénible qu'avant. Je suis revenue pour lui tenir compagnie. Il en a besoin.

Il y eut un long silence avant que Bell ne demande :

— Que va-t-il se passer maintenant ?

Juliette haussa les épaules et tira de nouveau sur le fil détaché sur le couvre-lit.

— Rien. Les choses vont simplement continuer ainsi.

Bell ressentit un petit choc désagréable et se demanda vaguement pourquoi.

Elle entendit la voix de Charles : *Le divorce est impossible.*

— Est-ce qu'ils ne pourraient pas divorcer ? demanda-t-elle, connaissant déjà la réponse.

Juliette la regarda, sans aucune surprise, avant de lui répondre.

— Non, Bell. Charles est très croyant. C'est en lui, on ne le changera pas. Catherine est sa femme et elle le sera toujours devant Dieu. Ils ne peuvent vivre ensemble, mais ils ne pourront se défaire l'un de l'autre. Jamais.

Bell ferma les yeux une seconde. Elle vit le visage d'Hélène et les rides amères autour de sa bouche. Comme cela devait être pénible pour elle, de demeurer là dans son château vide, coupée de ses enfants et privée de la chance de voir ses petits-enfants grandir pour tout hériter.

Bell posa sa brosse et se tourna pour regarder Juliette.

— Je vais me changer...

La jeune femme comprit aussitôt qu'elle voulait rester seule. Elle se leva vivement et se retourna avant de quitter la chambre.

— Ne vous souciez pas trop de vous habiller. Maman reste toujours dans sa chambre le lendemain d'une scène. Vous savez, votre coiffure est très bien ainsi, ajouta-t-elle. Elle dégage la ligne de vos joues et de votre cou. Merveilleusement modelée. Je suis sculpteur, voyez-vous, et ces détails ne m'échappent pas.

Bell, les sourcils froncés, retira son jean pour passer une robe de crêpe de Chine au dessin de petites fleurs sauvages.

Il venait de se produire quelque chose de bizarre et d'inattendu, et il lui fallait bien y faire face.

Charles de Gillesmont avait cessé d'être un simple quidam qu'elle devait interviewer pour un article. C'était un homme et il l'attirait. Plus encore, elle savait intuitivement que lui aussi était attiré par elle.

Mais les choses devaient s'arrêter là. Il ne pouvait arriver rien de plus. Il ne devait arriver rien de plus. C'était triste, mais c'était aussi la seule réaction possible. Charles était irrévocablement marié. Il le lui avait dit lui-même, et sa sœur l'avait confirmé. Et il vivait dans un univers totalement différent du sien.

En outre, que faisait-elle de sa détermination de continuer son chemin toute seule ? Charles de Gillesmont était bien trop puissant pour être rangé dans la catégorie des aimables amourettes qui faisaient les à-côtés de la vie.

Bell alla à la fenêtre pour regarder les riches étendues des vignobles de Charles. Le front contre la vitre fraîche, elle se mit à rire, se moquant d'elle. Une cendrillon anglaise se retrouve au beau milieu de la vie exotique d'un château français et succombe en quelques instants aux charmes d'un mystérieux baron.

Non, ce n'était pas tout à fait cela. Les choses étaient malheureusement plus profondes.

Le sourire de Bell s'évanouit.

Charles la fascinait. Ce qui attirait Bell, c'était ce mélange de puissance naturelle et de droit de diriger, qui remontait à des siècles, et qui se mêlait à la souffrance de l'homme. Elle brûlait de mieux le connaître. Elle voulait continuer à l'admirer et, dans le même temps, elle voulait lui apporter sa propre compréhension durement acquise.

Impossible. Rêve romanesque.

Pis encore, il y avait aussi autre chose en lui. L'arrogante sensualité de la bouche et sa façon de fixer les yeux de Bell, d'un regard impérieux, un peu plus longtemps que nécessaire.

Avec un petit choc à l'estomac, elle se rendit compte qu'elle était également attirée physiquement par lui.

Impossible.

Il ne fallait plus y penser. Plus un seul instant.

Point final.

La fragile résolution de Bell disparut dès qu'elle découvrit le frère et la sœur assis côte à côte dans l'un des canapés bleu pâle du salon. Charles riait, ils riaient tous les deux, et quand Bell arriva ils se levèrent aussitôt pour lui offrir la chaleur de leur compagnie.

Le cœur de Bell se mit à cogner dans sa poitrine quand Charles lui prit les mains et la baisa sur les deux joues.

Elle avait envie de lui, inutile de feindre. C'était impossible et possible à la fois. Oh, non.

Oui.

Cette soirée fut aussi différente de la précédente que possible. Juliette et Charles se complétaient parfaitement.

Toute leur vie ils avaient été proches, enfants espiègles galopant dans les couloirs du château, puis adolescents prenant conscience de leur position dans le monde et de ce que le monde attendait d'eux. Juliette avait bravé ces attentes, de même que celles de ses parents. Elle avait choisi de devenir sculpteur et avait quitté Bordeaux pour un célèbre *atelier* parisien. Sa rente supprimée, elle avait vécu de son salaire de serveuse. Charles aurait eu davantage de mal à s'échapper, même s'il l'avait voulu. Il avait dans le sang et le vin et Château Reynard, et il s'était plongé dans son héritage sans se plaindre.

Juliette et sa vie de bohème demeuraient pour lui un très cher alter ego. Bell ne pouvait qu'imaginer l'étroitesse du lien qui les unissait, mais elle vit aussitôt ce qu'ils représentaient l'un pour l'autre. Avec sa sœur, Charles se montrait aimable, gentil, presque frivole.

Ils restèrent tous les trois assis très tard à une des extrémités de la longue table. Le dernier vin brillait comme un rubis dans la carafe. C'était un Château Reynard 1961 et Bell comprit qu'en lui servant son meilleur vin, Charles lui donnait aussi un peu de lui-même.

Après les *cœurs à la crème*, Charles servit un cognac au parfum puissant. Bell commençait à voir la pièce à travers une brume dorée de bonheur et de bon vin.

Délibérément, elle repoussa les doutes et les questions qui se faisaient jour aux limites de sa conscience.

Face à elle, Juliette était assise, le menton dans les mains. Ils avaient parlé ressemblance et air de famille, et Juliette avait soutenu que Charles et elle étaient différents du fait de leur différence de signe zodiacal.

— Moi, je suis Balance, dit-elle. La reine du zodiaque, bien sûr. Quant à Charlot — je suis sûre que vous pouvez deviner ce qu'il est.

— Je ne crois pas, dit Bell, diplomate.

— Scorpion. D'humeur changeante et difficile, mais...

— Pour l'amour de Dieu, Juliette, ne nous ennuie pas avec ces stupidités.

— Très bien, mais j'en arrivais juste aux aspects les plus flatteurs. Et Bell ? Je dirais que vous êtes...

— Lion, dit-elle vivement.

— Ha ! Extravertie et le cœur vulnérable.

— Erreur, dit Bell en souriant. Je suis apparemment vulnérable, mais j'ai le cœur en acier trempé.

De l'autre côté de la table, Charles la regarda un instant, haussant fugitivement les sourcils. Lentement, Bell vira au cramoisi.

Il s'ensuivit un silence avant que Juliette ne reprenne :

— Lion, hein ? Dans ce cas votre anniversaire est proche.

Le regard de Bell passa de l'un à l'autre. Il n'y avait aucune raison, après tout, pour qu'elle ne partage pas son anniversaire avec des amis, aussi nouveaux soient-ils.

— J'aurai vingt-huit ans demain.

— C'est demain votre anniversaire ! s'exclama Juliette, bondissant sur ses pieds. Il est bien temps de nous le dire. Nous devons fêter cela, n'est-ce pas, Charlot ?

— Seulement si Bell le souhaite.

— Bien sûr qu'elle le souhaite. Il faut que je téléphone, et que je voie Mme Robert... oh, comme c'est drôle. Maman va être consternée.

Sautant d'excitation, Juliette les embrassa l'un et l'autre avant de filer.

Charles posa sa main sur celle de Bell.

— Vous permettez ? demanda-t-il doucement.

— Oui.

Ils se regardèrent, silencieux. Bell remarqua des points dorés dans le bleu foncé des yeux de Charles ainsi qu'une légère pulsation au coin d'une paupière.

Elle se dit que lui aussi avait peur de quelque chose.

Bell aurait voulu que cet instant ne finisse pas. Ils étaient égaux, attendant de s'offrir l'un à l'autre quelque chose de précieux. Pendant ces quelques instants, elle demeurait libre et tout à fait maîtresse d'elle-même, mais le monde lui parut plein de promesses et d'enchantement.

Très lentement, Charles traça les contours de la bouche de Bell du bout d'un doigt. Puis il retira les peignes qui retenaient ses cheveux et les laissa tomber en une masse épaisse de part et d'autre de son visage.

— Vous êtes très belle, murmura-t-il, d'une beauté insolite.

Et puis il lui prit les mains, la tira sur ses pieds et la prit dans ses bras. Elle posa la tête sur le doux tissu noir de sa veste, mais il lui prit le menton et tourna son visage vers le sien. Elle vit alors quelque chose dans ses yeux, une ombre, mais leurs lèvres se prirent pour ne pas se lâcher.

Bell se sentit bercée par un courant si fort qu'il menaçait de l'emporter.

Pour l'un comme pour l'autre, le temps s'était arrêté, les questions demeuraient sans réponse et ils ne pensaient plus à leurs craintes.

Charles la conduisit enfin vers les escaliers, sous l'immense lustre. Ils s'arrêtèrent devant la porte de Bell, sans un mot, leurs regards toujours rivés.

La main de Charles se posa sur la poignée de la porte.

— Pas encore, souffla Bell. Je vous en prie, Charles. Il faut que je réfléchisse.

Elle vit passer une ombre sur son visage avant qu'il ne réponde.

— Je sais. Demain, Bell, il faudra que nous parlions.

Puis il fit demi-tour et partit, soudain.

— Demain, dit Bell à l'obscurité.

Et puis lui revint à l'esprit quelque chose qu'avait dit Juliette. Toute la soirée elle en y avait inconsciemment pensé et voilà que ce détail refaisait surface.

« Et puis, il s'est produit... une tragédie », avait-elle dit, le visage dissimulé par ses cheveux, mais les doigts tirant sur un fil du couvre-lit, trahissant son angoisse à ce souvenir.

Une tragédie. Quelque chose qui avait bouleversé Charles ?

Demain.

CHAPITRE III

La lumière filtrait à travers les volets et soulignait le contour des meubles qui, à peine quelques instants plus tôt, n'étaient que de vagues formes plus sombres. Valentine Gordon, couché dans son lit, les mains derrière la nuque, poussa un soupir irrité. Il tourna la tête de côté pour regarder les chiffres verts de la pendule à affichage numérique. 4 h 23 et il n'avait pas fermé l'œil. Il se tourna de l'autre côté vers les boucles blond cendré, les épaules nues et la poitrine bien dessinée de la jeune femme qui dormait à côté de lui. Sa respiration demeurait aussi profonde et calme qu'elle l'était depuis des heures, depuis qu'il l'avait quittée pour fixer l'obscurité. Il avança la main pour caresser la peau bronzée, se disant qu'il pourrait la réveiller pour lui faire de nouveau l'amour. Et puis il se rembrunit et retira sa main. Il savait qu'elle réagirait aussitôt, bâillerait et se ferait chatte, et cette idée l'ennuyait.

Il sortit du lit et saisit sa robe de chambre. Il se sentait poisseux, malgré la fraîcheur de l'air conditionné de la chambre, mais agité et irritable, aussi. Il avait envie de quelque chose, ou de quelqu'un, mais à coup sûr pas de Sam. S'il la quittait alors qu'elle était endormie, du moins ne le suivrait-elle pas, bavardant et riant. Il passa sa robe de chambre et s'éloigna sans bruit. Le corridor était bien sombre, mais il avança rapidement, connaissant parfaitement les lieux. Il passa une autre porte et traversa une vaste pièce aux rideaux tirés. Il pressa un bouton mural et les rideaux s'ouvrirent, laissant entrer à flots dans la pièce la lumière de l'aube. Un autre interrupteur fit entendre un léger bourdonnement et les longs panneaux vitrés se mirent à glisser. L'air qui arriva de la véranda était parfumé et tiède encore de la chaleur de la veille, mais du moins était-il frais. Valentine sortit et s'accouda à la balustrade blanche pour regarder le paysage.

Juste au-dessous de lui, trois marches descendaient de la blanche véranda jusqu'au demi-cercle de pelouse bien arrosée. Au-delà, bordé de cèdres, s'étendait le muret bas qui séparait le jardin de Valentine de l'objet de son attention. Il regardait les vignes qui s'allongeaient à travers la vallée. Derrière la maison, le soleil était déjà bien au-dessus de l'horizon et le ciel, par dessus les collines escarpées qui fermaient la vallée, commençait à prendre ce bleu électrique de la Californie au mois d'août. Tout était parfaitement tranquille.

Tout ce que pouvait embrasser sa vue, y compris l'impressionnante cave de bois et de pierre que l'on distinguait à peine à gauche de la maison, lui appartenait. Mais cette certitude ne lui donnait plus, comme naguère, ce même frisson de plaisir. Au contraire, une partie de son esprit dressait machinalement la liste des tâches qui l'attendaient aujourd'hui, tandis qu'une autre partie se plongeait dans une harcelante et désagréable prise de conscience. Valentine savait qu'il s'ennuyait et il savait que l'ennui traînait sous le soleil un autre Valentine, différent, dangereux.

Il se détourna vivement de la beauté de la vallée de Napa, bien décidé à rentrer et à se confectionner un grand Bloody Mary. La douleur, entre ses yeux, lui rappela la nuit précédente et il préféra aller se laisser tomber sur les coussins de l'un des lits de plage qui jonchaient la véranda. Ce côté de la maison, qui donnait à l'ouest, était agréablement ombragé et les feuilles des bougainvillées, qui festonnaient le treillage de bois, laissaient passer une légère brise tiède. Valentine retira sa robe de chambre et s'étendit nu sur les coussins. Quelques instants plus tard, il dormait.

À neuf heures, il faisait déjà chaud et la brise était tombée. Sam sortit par la porte vitrée ouverte avec un plateau de jus d'orange et de café. Valentine dormait toujours, un bras pendant, l'autre glissé sous sa tête. La jeune femme se pencha pour poser le plateau à côté de lui et remarqua deux ou trois cheveux blancs sur le noir des tempes. Elle promena son regard sur le corps de Valentine. Elle savait qu'il avait trente ans, qu'il ne mangeait et dormait pas assez et buvait trop, mais il conservait le physique d'un athlète de vingt ans avec ses épaules larges et ses hanches étroites. Sam s'agenouilla à côté de lui et l'embrassa au creux du dos, laissant ses cheveux lui caresser la peau. Il s'agita aussitôt puis se retourna, ses yeux bleus encore pleins de sommeil. Il ne sourit pas, mais elle en avait l'habitude.

— Le café d'abord, Sam.

Elle lui en servit une tasse qu'il vida avidement. Puis il l'attira à côté de lui, déboutonna sa chemise ample et glissa la main sur ses petits seins. Sam ferma les yeux.

Il lui fit l'amour d'une façon experte, y consacrant apparemment toute son attention, mais tandis que la jeune femme gémissait et poussait de petits cris sous lui, Valentine n'entendait que le chant des oiseaux dans le jardin. Il se dégagea des bras de Sam et alluma une cigarette. Enfin, il la regarda droit dans les yeux.

— Sam, je suis désolé, mais c'est fini.

Il serra les dents en voyant s'emplir de larmes les yeux violets de la jeune femme. Il n'allait pas énoncer de banalités, lui dire que c'était mieux pour l'un comme pour l'autre. Au moins lui devait-il cela.

— Valentine, fit-elle d'une voix douce et incrédule, secouant la tête, les larmes coulant sur ses joues. Oh, Valentine, je t'en prie, non.

À l'autre bout du monde, dans la splendeur un peu guindée du grand salon de Château Reynard, une autre femme disait aussi ce même nom.

— Dans la vallée de Napa, chez Valentine Gordon, des Caves de Dry Stone, disait Bell Farrer.

Tout en parlant, Bell pensait qu'elle avait connu l'anniversaire le plus étrange et le plus heureux de sa vie.

Au petit déjeuner, elle avait trouvé le frère et la sœur qui l'attendaient dans la salle à manger ensoleillée. Bell fut soulagée de voir qu'il n'y avait toujours aucun signe d'Hélène.

— Heureux anniversaire, chanta Juliette tandis que Charles se tenait à sa place habituelle, entre les hautes fenêtres, le visage dans l'ombre.

Bell sentit plus qu'elle ne vit qu'il la fixait d'un regard intense.

Elle remarqua que Juliette versait du jus d'orange mousseux d'une cruche en verre.

— Mmm, un Buck's Fizz. Un vrai petit déjeuner d'anniversaire.

— Et voici de ma part, dit Juliette, montrant un paquet enveloppé de papier bleu à côté de l'assiette de Bell. Celle-ci ôta le papier et regarda la sculpture en miniature au creux de ses mains, représentant le buste d'une fillette, sculpté dans de l'argile rougeâtre, avec des traits si pleins de vie que Bell pouvait presque entendre la voix de l'enfant. Le visage, espiègle, était indubitablement français.

— Juliette, comme c'est joli. C'est de vous ?

— C'est mon œuvre, oui. C'est maintenant à vous, pour que vous pensiez à nous.

— Qui est-ce ?

— L'enfant ? C'est la fille de... la sœur de Catherine. Elle a le même âge que...

Charles eut un mouvement brutal et Juliette hésita. Puis les mots arrivèrent, et elle poursuivit, trop vite :

— Ma foi, personne que vous connaissiez. J'ai fait pas mal d'études du modèle, beaucoup plus grandes que celle-ci. La vôtre est une maquette préliminaire, mais plus réussie je crois que les œuvres plus importantes.

— Elle me sera très chère, dit Bell qui serra la sculpture contre elle.

Charles s'avança. Le soleil éclaira ses cheveux blonds tandis qu'il posait les mains sur les bras de Bell, pour un rapide baiser sur les joues. La caresse de sa peau lui rappela le soir précédent et elle en eut le souffle coupé.

— Et voici mon cadeau, lui dit-il.

Le paquet, plus petit, était enveloppé dans du papier blanc. Bell le garda un instant dans les mains, incapable de penser à autre chose qu'à la proximité de Charles.

66

— Allez, ouvrez-le, lui dit Juliette. Je voudrais voir ce que c'est, moi aussi.

Le cadeau de Charles était un étroit bracelet d'ivoire, abondamment gravé de feuilles de vigne et de grappes de raisin. Bell le tourna sous toutes ses faces pour admirer la délicatesse du travail.

— Eh bien, Charlot, en voilà une bonne idée, dit Juliette.

Bell glissa le petit bracelet à son poignet et étendit le bras pour l'admirer. Enfin elle leva les yeux sur Charles.

— Merci, dit-elle, il est exquis. Je penserai à vous en le portant.

— C'était bien là l'intention.

« Comme c'est sexy, se dit Bell, cette combinaison de manières un peu guindées avec le pli de sa bouche et son regard. »

De nouveau, près de lui, elle se sentait petite fille, avec une certaine crainte révérencielle, fascinée, déconcertée et ravie.

Plus tard, il lui avait demandé :

— Puis-je vous emmener à Bordeaux pour déjeuner ? Je connais un restaurant que vous aimerez, je pense, et nous aurons l'occasion de parler.

Bell avait dit oui, ne sachant si elle devait se sentir tout excitée ou inquiète. Ses pensées tourbillonnaient, impossibles à maîtriser, et elle était incapable, découvrit-elle, de deviner ce que pensait Charles.

Il avait pris la Mercedes grise pour se rendre à Bordeaux, semant les Citroën et les Renault. Il avait l'air détendu au volant, goûtant manifestement la vitesse, et Bell était contente de rester assise, là, dans le silence, à regarder défiler les vignobles. Ils arrivèrent en ville et Charles gara sa voiture sur les larges allées de Tourny. Il lui prit le bras pour la faire traverser au milieu de la circulation et la conduire dans une petite rue latérale bordée de grandes maisons aux façades blanches.

Souvent, déjà, Bell était venue à Bordeaux, mais cette fois elle vit la ville avec un regard nouveau. On était chez Charles, au milieu de l'élégante architecture du XVIIIᵉ siècle et d'une prospérité calme et discrète.

Encore quelques pas et ils arrivèrent à une porte banale, peinte en vert. Charles l'ouvrit et ils pénétrèrent dans une petite entrée carrée où une femme à cheveux gris et en robe noire était assise à un bureau.

— Ah, Monsieur le Baron, bonjour. Et Madame, ajouta-t-elle, examinant Bell. Charles s'inclina pour lui baiser la main.

—Madame Lestocq, murmura-t-il et Bell ne put s'empêcher de se retourner, surprise. Charles lui jeta un regard complice, presque un clin d'œil, tandis qu'ils suivaient la femme dans la salle à manger.

Il n'y avait que dix tables, toutes occupées à l'exception d'une seule, et séparées, semblait-il, par une bonne longueur de tapis. Bell attendit d'être installée en face de Charles, à la table recouverte d'une nappe blanche, amidonnée, sur laquelle brillait l'argenterie.

— Ainsi nous voici donc *Chez Lestocq*.

—Évidemment. Où vouliez-vous aller pour votre anniversaire ?

Bell connaissait la réputation légendaire de la cuisine de ce minuscule restaurant, aussi légendaire que la difficulté d'y pouvoir réserver une table. Elle se souvint que Charles n'avait appris que quelques heures plus tôt que c'était son anniversaire. Il devait jouir d'une influence considérable pour obtenir ainsi une des meilleures tables.

— Eh bien, dit-elle en riant, je ne crois pas pouvoir rivaliser par ma conversation avec la splendeur de tout cela. Mieux vaut se concentrer, je pense, sur chacune des bouchées de cette miraculeuse cuisine.

— Je me contenterai de vous regarder.

Bell voulut lire le menu syllabe par syllabe, mais Charles commanda rapidement et d'un ton décidé pour l'un et l'autre. Bell allait protester, mais elle se ravisa.

Les plats, quand ils arrivèrent, étaient parfaits, bien sûr. Mais plus tard, quand elle essaya de se souvenir de ce qu'ils avaient mangé, le repas ne fut pour elle qu'un flou exotique. Elle se souvint d'une soupe aux truffes, sous une fragile croûte dorée, d'un homard nappé de sauce piquante partagé avec Charles, d'un gigot d'agneau fleurant bon l'estragon et d'un parfait assortiment de fruits de saison dans un plateau d'argent. Mais elle se souvint surtout du plaisir de la compagnie de Charles.

Pendant qu'ils mangeaient, il lui raconta son enfance et celle de Juliette au château Reynard. Il décrivit le vieux baron, homme sévère et strict sur la discipline, avec dans le sang le rythme des saisons, d'une vendange à l'autre.

À sa mort, Reynard était revenu à Charles qui en avait accepté la charge avec fierté. Pour Charles, cela signifiait conserver la propriété dans l'état où son père l'avait laissée.

Bell lui demanda pourquoi, pour le bien du château, Charles n'adoptait pas certaines des nouvelles techniques qui économisaient de la main-d'œuvre. Peut-être ainsi, voulait-elle dire, les volontés du vieux baron seraient-elles mieux interprétées.

Un éclair de courroux apparut soudain dans ses yeux bleus, et la bouche de Charles se durcit.

— Jamais. Voilà des centaines d'années que nous faisons exactement de la même manière l'un des plus grands vins du monde. Pourquoi irais-je penser que j'ai le droit de tout changer, pour quelques bouteilles et quelques francs de plus ?

Bell replongea le nez dans son assiette. Charles de Gillesmont n'était pas homme à souffrir une discussion en ce qui concernait son héritage.

Et puis, voyant la gêne de Bell, il posa sa main sur les siennes.

— Quelle enfant du vingtième siècle vous faites, Bell. Vous jouissez de tant de... liberté pour devenir celle que vous voulez être. Mais ne pouvez-vous comprendre que c'est différent pour moi ?

Bell hocha la tête. Oui, elle le pouvait, d'une certaine manière, et même sympathiser. Oui — et au-delà de cette sympathie — avec la solide certitude de Charles et ses propres conceptions bien affûtées, quelle équipe ils pourraient faire contre le reste du monde.

— Je comprends, se borna-t-elle à dire.

Charles souleva la main de Bell, la retourna et lui en baisa la paume dans un geste tout aussi sexy que s'il avait déboutonné sa robe par-dessus la table.

— Je crois que vous comprenez, souffla-t-il, et autour d'eux les regards des autres dîneurs revinrent à leur assiette.

Ensuite, une fois quitté le restaurant à la banale porte verte, ils se dirigèrent silencieusement vers le quai des Chartrons.

Le parfum de l'eau et de l'air salin se mêlait aux fumées d'échappement et aux odeurs des restaurants.

Ils marchèrent au même pas le long de l'eau gris-bleu et huileuse, toujours en silence.

Quand Bell le regarda, elle remarqua qu'il s'était rembruni. Quand on ne voyait plus la sensualité de sa bouche et l'humanité de son regard, il paraissait aussi aristocratique et froid qu'un profil de médaille.

Enfin il se tourna pour la regarder.

— Il semble que je vous demande toujours de comprendre telle ou telle chose, Bell. Mais je sais que vous le pouvez et que vous le ferez. C'est pourquoi je me sens attiré par vous comme par personne encore... depuis bien des années.

Bell le regardait, attendant. Il respira profondément.

— Savez-vous ce que signifie être catholique ?

Ainsi c'était cela. Elle s'en doutait bien.

Elle l'écouta cependant en silence lui parler de sa foi, sachant bien qu'il lui faisait une confidence rare.

Alors qu'il était enfant, lui dit-il, la religion catholique lui avait paru la chose la plus simple et la plus naturelle du monde. Faisant autant partie de la vie que le manger et le boire. Dieu, dans son paradis, regardait et pardonnait les petits péchés innocents de l'enfance. Pour Charles, enfant, la foi avait été comme un talisman magique avec ses rituels réconfortants et mystérieux.

Ce n'avait été qu'à l'âge adulte que les épreuves étaient venues.

Alors, Charles, élevé comme un garçon distant et solitaire en dehors de son intimité avec Juliette, était tombé amoureux. Du moins l'avait-il cru.

Il avait dix-neuf ans.

Jeanne était plus âgée et fille de boulanger. Et d'une beauté pâle et éthérée qui contrastait avec sa nature fougueuse et passionnée. Ils étaient devenus amants presque tout de suite.

Charles était passionné, ensorcelé, mais également torturé par un sentiment de culpabilité. Jeanne avait pour ferme objectif le mariage, mais Charles, même au sommet de sa passion, savait cette union impossible. Pendant des semaines, il avait vacillé, goûtant les délices interdits que Jeanne n'était que trop heureuse de partager avec lui. Il avait évité l'église, se jurant à chaque fois qu'ils faisaient l'amour que ce serait la dernière.

Et puis il s'était armé de courage et était allé se confesser.

Le prêtre lui avait dit ce qu'il avait toujours su. Il ne devait plus voir Jeanne.

Elle avait lutté pour le garder, employant toutes les armes dont elle disposait, mais il avait tenu parole.

Et puis elle lui avait manqué, douloureusement, pendant des mois.

Près de dix ans plus tard, il avait rencontré Catherine, qui possédait la même ténébreuse beauté que Jeanne. Dès le premier instant où il l'avait vue, elle lui avait rappelé son vieil et déchirant amour. Mais c'était Catherine, dont la famille était aussi ancienne que la sienne. Et elle était jeune, riche et vierge.

Elle était parfaite.

Charles s'était montré pressant et l'avait conquise. Quelques semaines plus tard ils étaient mariés, avec toutes les bénédictions de l'Église sur leurs têtes.

De nouveau, irrésistiblement, Charles avait confondu le désir et l'amour. Sa foi allait être mise à l'épreuve comme jamais encore.

Bell et Charles s'étaient arrêtés de marcher pour s'accouder à un petit mur de pierre. Devant eux s'étendait une forêt de semaques et de filets de pêche pendus à sécher. Charles continua, à voix basse, rauque, et Bell comprit à quel point ces souvenirs lui étaient douloureux.

Son mariage avec Catherine s'était brisé avant même d'avoir commencé, dans un flot cruel de déceptions et d'effets destructeurs réciproques. Dans toute cette terrible confusion, Charles avait presque perdu sa foi. Et puis il s'y était raccroché, par désespoir. Il en avait découvert la solidité et elle devint le centre de permanence de sa vie. Sa foi demeurait, même s'il ne lui restait rien d'autre. Et par une amère ironie, cette même foi le maintenait dans les liens d'un mariage avec une femme avec laquelle il ne pourrait jamais vivre et dont il ne pourrait jamais se séparer.

Le regard de Charles se posa sur le visage attentif de Bell et notamment sur sa bouche. À travers le sang qui afflua à ses oreilles, elle l'entendit dire :

— Depuis bien longtemps, je n'ai connu rien d'autre, à part l'amitié de Juliette. Il ne m'est pas possible de laisser croire, à moi-même ou à vous, que je ne suis pas marié. Je ne peux pas même vous embrasser, comme je l'ai fait hier, ni penser à vous comme je l'ai fait, c'est...

— Un péché, finit Bell. Charles, je vois tout cela de l'extérieur. Je ne puis qu'admirer, sans la comprendre, la solidité de votre foi. Mais comment, pourquoi, serait-ce mal de ressentir ce que nous ressentons, de vouloir mieux nous connaître, si en cela nous ne faisons de mal à personne ? Est-ce que Dieu souhaite que vous continuiez à demeurer seul, vous refusant... la joie des contacts humains simplement du fait d'une erreur commise en toute honnêteté ?

Elle lut un certain amusement sur son visage et en fut irritée.

— Je vous semble donc bien naïve. J'ignore le langage du prêtre pour habiller ce que je veux dire. Mais faut-il que les choses soient si difficiles ? Pourquoi ne pas simplement... voir ce qui va arriver ?

Charles lui prit la main.

— Vous êtes innocente, Bell, et si dépourvue de duplicité féminine que je pourrais presque oublier que vous êtes une femme. Ne partez pas avec l'impression que je suis un moine reclus. Rien ne me ferait davantage plaisir que de coucher avec vous, maintenant, tout de suite, et je suis convaincu que nous nous entendrions à la perfection. Mais... ajouta-t-il, le visage assombri, ce serait aller contre ma foi et contre tous les principes selon lesquels j'ai essayé de vivre. Jusqu'à ce jour.

Bell hocha la tête, avec déjà au cœur la lueur d'espoir qu'avaient fait naître les derniers mots.

— Oui, dit-elle, je vois. Charles, ajouta-t-elle impulsivement, sans se laisser le temps de se souvenir que cela était contraire à tous ses principes, cela est arrivé si vite mais je sais que c'est bien plus profond que tout ce que j'ai connu jusque-là. Peu m'importe le temps. Voulez-vous seulement penser à ce que cela signifie ? Demander un avis... spirituel.

Il la regarda, songeur, prudent.

— Je puis difficilement vous demander d'attendre, alors que je suis aux prises avec ma conscience.

Bell leva la tête et l'embrassa.

— Oui, dit-elle, vous pouvez me le demander. Je le veux. Et vous pouvez compter sur moi pour attendre tout le temps qu'il faudra. À tout prix.

Un instant, elle écouta ses paroles, incrédule. Non, attendez, aurait-elle voulu dire en se rendant compte qu'elle renonçait à sa précieuse indépendance si chèrement acquise. Et puis, après l'instant d'incertitude arriva l'absolue conviction. Elle se retrouvait auprès de l'homme qu'elle voulait. Pourquoi ce besoin maladif d'indépendance ? Quand de nouveau elle regarda Charles, il ne subsistait plus le moindre doute dans son sourire. Il la prit dans ses bras, surpris, incrédule, heureux aussi.

Les trois hommes en bleu qui les observaient depuis le pont de l'un des cargos se mirent à siffler, mais ni Bell ni Charles ne les entendirent.

Il roula plus vite encore sur le chemin du retour au château, une main sur le volant, l'autre tenant celle de Bell, leurs doigts étroitement enlacés. Juliette vint les accueillir en bondissant au bas des escaliers dès que le véhicule s'arrêta dans un crissement de pneus sur l'allée de gravier.

— Un déjeuner ? Vous ne m'aviez pas dit que vous alliez disparaître pratiquement toute une fin de semaine. J'ai demandé à nos invités d'être là pour 6 h 30 et maman a des vapeurs, pensant que vous ne seriez pas de retour à temps. Elle les aurait d'ailleurs eues de toute façon, avec cette idée de donner une réception presque impromptue.

Et elle les regarda l'un et l'autre, d'un regard aigu. Et son ton changea.

— Oh, je vois, dit-elle doucement. Je vois.

Son visage constellé de taches de rousseur marquait l'inquiétude, mais pas la moindre surprise. Elle prit Bell fermement par le bras et la conduisit en haut des marches.

— Il faut vous changer, lui dit-elle. Il ne nous reste qu'une heure...

Une fois à l'intérieur, Juliette ferma d'une poigne solide la porte derrière elles.

— Écoutez, dit-elle, ayant perdu un peu de son habituelle confiance. Est-ce que je peux dire quelque chose ?

— Bien sûr.

— Si vous et Charles êtes en train de tomber amoureux, voulez-vous vous montrer très prudente ? Avec vous-même, certes, mais pour lui aussi ? Ce ne sera pas facile, ni pour l'un ni pour l'autre, je le crains, mais Charles a tellement souffert...

Bell fut sensible aux inquiétudes de la sœur pour son frère et elle l'en aima davantage.

— Si je puis le rendre heureux, dit-elle, je le ferai.

— Oui, j'en suis convaincue. Maintenant, dépêchez-vous.

Bell fut prête en quelques minutes. Elle sortit la flamboyante jaquette violette et or et la passa. Ses yeux brillaient et elle avait les pommettes empourprées.

— Tu as l'air d'une femme qui vient juste de tomber amoureuse, dit-elle à son reflet. Quelle folie après les décisions que tu as eu tant de mal à prendre. Mais ohhh... comme c'est merveilleux.

Elle descendit d'un pas léger pour la soirée donnée en son honneur.

Elle croisa Marianne dans le couloir, avec un plateau chargé de verres à champagne.

— Où est monsieur le baron ? demanda Bell.

— Dans la grande pièce, madame.

— Merci. Oh, puis-je faire quelque chose pour vous aider ?

La petite femme de chambre parut horrifiée.

— Oh, non, madame.

Bell ouvrit une double porte et resta le souffle coupé. Sous une paire de lustres éclatants brillait le parquet d'une immense salle nue. La pièce s'étendait sur toute l'aile principale de la maison, et la rangée de hautes fenêtres, qui montaient du sol au plafond, donnait sur les pelouses cernées par les arbres. Charles était debout au milieu de la pièce, sa tête blonde un peu penchée. Il écoutait la musique qui emplissait la magnifique pièce.

Il eut un regard émerveillé en voyant Bell, et il sourit.

— Chaque fois que je vous vois vous me paraissez plus belle. Voulez-vous que nous dansions ? demanda-t-il en lui tendant les mains.

Bell, dans ses bras, se laissa guider sur le parquet brillant. La façon de danser de Charles reflétait bien sa nature, dominatrice, pleine d'assurance et accomplie. Lors des cours de danse, Bell avait toujours été contrainte de faire le cavalier, et d'ordinaire elle avait le plus grand mal à se laisser conduire. Mais là, elle ferma les yeux et oublia tout à l'exception des bras de Charles, de sa bouche contre ses cheveux. Portés par la musique, ils traçaient des arabesques sur le sol brillant. « On dirait que nous ne faisons qu'un », pensa Bell, tandis que les bras de Charles se resserraient davantage encore. « Je suis là et je suis heureuse, se dit-elle. Je voudrais que cet instant ne finisse jamais. »

— Charles ? Que faites-vous, grand Dieu ?

Ce ne pouvait être que la voix d'Hélène, bien sûr. Ils se séparèrent comme des coupables et la regardèrent glisser à travers la pièce. La baronne douairière portait une petite robe de satin bleu et elle avait les doigts chargés de diamants. Rien n'échappa aux yeux d'Hélène et Bell se sentit soudain mal à l'aise, sans soutien-gorge sous son chemisier violet pâle.

— J'ai cru comprendre que je devais vous souhaiter un heureux anniversaire, madame euh...

— C'est exact, répondit Bell, souriant sans se laisser décontenancer.

— C'est exact, confirma Juliette qui arrivait. Et nous allons avoir une brillante soirée pour fêter cela.

La cloche sonna à la porte d'entrée, une vraie cloche qui se balançait au bout de tout un système de leviers et dont le son se répercuta dans le couloir.

— Bravo, voici des invités, s'exclama Juliette qui partit, légère, ouvrir la porte.

Bientôt arriva une foule d'invités parmi lesquels Bell reconnut des visages du négoce du vin ainsi que celui d'un play-boy et propriétaire local, rendu célèbre par les colonnes des potins. Les jeans et salopettes des amis de Juliette se mêlaient aux costumes sombres des gens du vin et aux robes haute-couture de leurs femmes.

« C'est un véritable tour de force de la part de Juliette, se dit Bell, que d'avoir réuni tout ce monde en moins d'une journée. »

La grande pièce retentit bientôt des conversations et des rires, ainsi que de la musique et du tintement des verres.

Bell évoluait au milieu de tout cela, remerciant les uns et les autres pour leurs souhaits d'anniversaire, buvant son champagne, éperdue de bonheur. Elle essaya de s'empêcher de suivre Charles du regard en se concentrant sur les conversations autour d'elle.

— Quel enchantement de voir autant de compétence associée à tant de beauté, déclara le play-boy tandis que sa femme, une magnifique blonde toute en jambes, habillée par Missoni, avait un sourire indulgent.

Du champagne, encore, et la musique qui se faisait plus forte.

— ... année exceptionnelle. Encore un mois de ce temps et...

— ... avec trois gros pâtés rouges au milieu de la toile. Que voulais-tu que je dise ?

— ... Bell, je voudrais vous présenter mon amie Cécilie...

— ... vous avez bien dit vingt mille ?...

— ... tout à fait impromptu, bien sûr, comme tout ce que fait ma fille, mais plutôt amusant, ne pensez-vous pas ?...

Et puis deux ou trois couples se mirent à danser, bientôt rejoints par d'autres.

Charles apparut à ses côtés et elle retrouva avec joie ses bras, comme si là était sa place.

Bell commençait à avoir quelque peu la tête qui lui tournait, sous la surprise autant que sous l'effet du champagne. Elle avait été si totalement convaincue de ne plus jamais vouloir être amoureuse.

Elle s'était arrachée à Edward et avait endigué les flots de larmes qui avaient menacé de la noyer. Elle hocha la tête, rêveuse, la joue contre l'épaule de Charles, bien en sécurité. Elle avait eu raison d'avoir peur. Edward n'était pas l'homme qui lui convenait. Maintenant, elle était tombée miraculeusement, merveilleusement, dans les bras de celui qu'il lui fallait.

Aucun doute, cette fois, et aucune crainte. Aussi pouvait-elle conserver toute sa force, toute sa certitude, pour aider Charles.

Ils continuèrent à valser, sans se soucier du regard d'Hélène et des sourires des autres danseurs.

— Une seule chose me gâche mon plaisir, souffla Bell à l'oreille de Charles. C'est d'avoir à vous quitter demain. Il y a tant de choses que je voudrais savoir vous concernant.

— Dès que les vendanges seront terminées, nous serons de nouveau ensemble. Quoi qu'il arrive. Je vous le promets.

Plus tard, au bras de Charles, Bell se retrouva dans la salle à manger. Un groupe d'invités étaient assis autour d'une table ronde, parmi lesquels le play-boy et sa femme, Hélène et Juliette, un homme jovial au visage rubicond que l'on avait présenté à Bell comme un *négociant* de Bordeaux, ainsi que Jacopin qui remplissait les flûtes de champagne.

— Dites-moi, Madame Farrer, demanda l'homme jovial, quand vous en aurez terminé avec Château Reynard, où vous mèneront vos voyages ?

Et Bell, avec les yeux de tous braqués sur elle répondit :

— C'est très excitant. Je me rends en Californie. Dans la vallée de la Napa. Chez Valentine Gordon, des *Caves Dry Stone*.

Après un petit cri étouffé et horrifié de Juliette, un silence glacial sembla irradier de Bell pour s'abattre sur toute l'assistance. Et durer. Surprise, Bell regarda chacun des visages qui, tous, semblaient lui retourner un regard chargé d'hostilité.

Alors elle se tourna vers Charles, mais il se refusa à croiser ses yeux. Il se leva et sortit.

Un instant plus tard, Juliette et le play-boy se mettaient à parler, tous les deux ensemble et un peu trop fort.

Bell ne put articuler un mot. Elle repoussa sa chaise et s'excusa, cherchant Charles d'un regard affolé. Il avait disparu, mais une autre main lui prit le bras. Celle de Juliette.

— Laissez, Bell, dit-elle, l'entraînant loin des regards et des murmures. Venez avec moi. Il faut que je vous dise quelque chose.

Bell la suivit à l'étage, d'un pas lourd. Elles s'assirent face à face dans les fauteuils à haut dossier. Juliette ouvrit une bouteille de cognac et en servit dans deux verres. Elle avait déjà l'élocution difficile et dut faire un effort pour garder une claire vision de la pièce, mais elle dit, d'un ton de défi :

— Il faut que je boive un verre avant de pouvoir supporter de reparler de cela.

Bell, figée sur son siège, était incapable d'imaginer quelle horrible histoire elle allait entendre. Elle perçut vaguement, comme dans une autre vie, la musique qui s'arrêtait brusquement, comme si la soirée venait de se terminer au rez-de-chaussée. Elle ferma les yeux, mais la tête lui tourna et elle les rouvrit sur le visage pâle de Juliette.

Que s'était-il passé ?

— Charles et Catherine ont eu un enfant, commença Juliette sans regarder Bell. Un garçon, Christophe. Un enfant parfait, que nous adorions tous.

Bell attendit, le cœur battant, craignant d'entendre la suite. Elle était horrifiée de voir de grosses larmes couler sur le visage de son amie et tomber sur ses doigts crispés sur le verre de cognac.

— Il est mort, peu après son deuxième anniversaire. Oh, Bell, il était si innocent — mourir comme cela. Il était blond, tout comme nous, et tout bouclé... avec des boucles qui ressemblaient... à des anneaux de mariage.

Elle sanglotait, maintenant, les épaules secouées. Bell s'agenouilla à côté d'elle et la serra dans ses bras.

— Juliette, je suis désolée, désolée, souffla-t-elle, impuissante, dans la masse de cheveux blonds.

Juliette poussa un long soupir, cligna des yeux puis essuya son visage défait à l'aide d'un mouchoir tout chiffonné.

— Je ne pleurerai plus. Je l'ai dit maintenant. Il est mort de la méningite, voyez-vous, et il était trop petit pour lutter contre la maladie.

Elle avala une grande gorgée de son verre et parvint à afficher un sourire.

— Ce que je vais vous dire ne ressemble pas beaucoup à Charles, mais je crois que cela vous aidera à le mieux comprendre. Étant donné... ce qui se passe entre vous, il est important que vous sachiez. Et jamais il ne vous le dira lui-même, alors voilà...

Bell s'installa de nouveau dans son fauteuil et attendit.

— Je vous ai dit que jamais ils n'avaient été vraiment heureux ensemble, depuis le début. Mais ils ont bien essayé, et malgré de terribles querelles il y eut aussi des réconciliations. Il s'établit un modus vivendi. Charles parvint à vivre davantage dans sa tête — et il y a toujours très bien réussi — tandis que Catherine se plongeait dans la vie domestique. Maman et elle étaient devenues très proches, et, bien sûr, le bébé allait naître. Et quand il fut là, la joie d'avoir un fils et un héritier les changea l'un et l'autre. Il créa entre eux un véritable lien. Je pense que j'ai commencé à croire, alors, que les choses allaient s'arranger. Je ne vivais pas ici, mais j'y venais souvent et ils semblaient s'accommoder de leurs différences et vivre aimablement côte à côte. Pas exactement ensemble, mais partageant du moins la même vie. Ce furent deux années heureuses. Et puis, soudain, l'enfant mourut.

« La douleur de Catherine fut terrible, paralysante, mais elle fut immédiate. Elle s'y abandonna, et c'était exactement ce qu'il convenait de faire. Maman l'aida, je fis ce que je pouvais ainsi que sa famille. L'enfant de sa sœur, Laure — l'enfant de votre sculpture — était né exactement à la même époque que Christophe et Laure comprit mieux que quiconque ce que connaissait Catherine. Mais pour Charles les choses furent différentes.

« Certes, Christophe était également son enfant, il avait connu la même douleur, mais il parut prendre ses distances avec le chagrin de Catherine comme s'il le dégoûtait. Tandis qu'elle avait besoin de lui pour l'aider, pour partager sa peine — mais il ne voulut pas — comme s'il ne pouvait pas — avoir quoi que ce soit de commun avec elle. Pendant des mois il continua, machinalement, à faire son travail, ne parlant pas, mangeant à peine, se gardant de nous comme si nous étions contagieux. Je crois que ce fut cette façon de s'éloigner d'elle au cours de ces semaines qui tua tout sentiment de Catherine pour lui. Lentement, elle commença à se remettre de la mort de Christophe, mais je savais que leur mariage était fichu. »

Juliette se servit un autre verre, mais Bell refusa d'un signe de tête quand elle leva la bouteille dans sa direction. Cela expliquait tout. Elle imaginait parfaitement Charles se repliant sur lui-même, gardant pour lui son propre chagrin et ne supportant pas de le montrer aux autres.

— Et pendant tout ce temps Charles souffrait à sa façon ? demanda-t-elle doucement.

— Dans son silence et cette espèce d'autopunition, oui. Je suis certaine qu'il y avait du reproche, du blâme dans le cœur de Charles, pour être là, seul, à broyer du noir. Il en voulait à nous tous, probablement, mais sans doute plus encore, et avec plus d'amertume, à lui-même. Et à Dieu, je crois, qui l'avait ainsi frappé. Il ne pouvait s'expliquer pour quelle raison Dieu avait pris un tel être, innocent et sans reproche, pourquoi il l'avait ainsi laissé mourir dans la souffrance sinon par punition. Et pour la punition de qui, sinon la sienne et celle de Catherine ? Ou bien Dieu n'existait pas et la mort de son fils n'était qu'un tragique hasard, ou bien il s'agissait d'un... châtiment divin, je suppose.

Bell comprenait. Ainsi, en considérant la tragédie de la mort de son fils comme une punition, pour quelque péché dont Catherine et lui avaient pu se rendre coupables, Charles conservait sa foi intacte. Mais il avait perdu sa femme et, dans le même temps, s'était enfermé dans un mariage qui ne lui laissait aucune chance de bonheur futur. Avec une autre femme, et des enfants d'une autre femme, songea amèrement Bell.

Juliette regardait son verre vide, plongée dans ses propres souvenirs.

— Alors Catherine l'a quitté ? demanda Bell avec une légère impatience, ne comprenant pas comment cette triste histoire pouvait avoir un rapport avec la fin brutale de sa soirée d'anniversaire, trois ans plus tard.

— Oh, non. Pas alors. Il est arrivé autre chose. Vous savez que le château Larue-Grise a naguère appartenu à la famille de ma mère ?

— Non, fit Bell, surprise par ce brutal changement de sujet.

Larue-Grise avait été naguère un château prestigieux situé à quelques kilomètres de Reynard. Il avait décliné pendant une quinzaine d'années avant d'être repris, depuis quelques saisons, et de retrouver une partie de son lustre.

— Non, je l'ignorais. Je sais qu'il appartient maintenant à un consortium américain, qui y a investi de grosses sommes d'argent pour réparer les négligences dont il avait souffert... Je suis désolée, voilà qui n'est guère poli pour votre famille.

— C'est sans importance. L'argent manquait et — eh bien, la famille a vendu, comme vous le dites justement, à un consortium américain, en théorie du moins.

— En théorie ?

Juliette eut un pauvre sourire.

— Oui. Le véritable propriétaire, derrière les actes officiels, est votre nouvel ami Valentine Gordon. Oh, ne protestez pas. Il ne fait aucun doute qu'il ne tardera pas à devenir un nouvel ami. Il est tout à fait charmant. Très séduisant. Nous l'aimions tous beaucoup, sauf Charles qui, dès le début, n'a pas voulu entendre parler de lui. C'était trop difficile, voyez-vous, ils étaient trop radicalement différents à tous égards. Eh bien, Valentine a quitté la Californie pour venir vivre à Larue-Grise et superviser les travaux. Il fit montre d'une extrême minutie — non seulement fallait-il changer les plants, doter les chais de la toute dernière technologie, mais également restaurer le château lui-même dans sa gloire d'antan. Naturellement, il est venu consulter Hélène pour apprendre ce qu'il était possible d'apprendre des anciennes manières. Nous sommes devenus amis — les femmes du moins. Cela se passait un peu avant la mort de Christophe.

Juliette regardait Bell maintenant, d'un regard franc et direct, le front plissé sous la concentration nécessaire pour exposer clairement son histoire, malgré les effets de tout l'alcool qu'elle avait bu.

— Je l'aimais tout particulièrement, continua-t-elle après une seconde d'hésitation. Il est très fort, très adroit pour obtenir ce qu'il veut, mais il fait cela avec une... décontraction qui vous laisse croire que rien n'a vraiment d'importance pour lui. Ce qui donne un mélange redoutablement séduisant.

Bell haussa les sourcils, dans une interrogation qui rendait inutile qu'on la formule.

— Non, répondit Juliette, bien que j'eusse accepté avec plaisir si je n'avais pas eu quelqu'un d'autre à l'époque.

Bell commençait à comprendre.

— Et puis est arrivée la maladie de Christophe. Et ensuite, pendant un temps, Valentine s'est montré un véritable ami. Il ne faisait pas partie de la famille, mais il était toujours là quand l'une d'entre nous avait besoin de s'évader de tout cela. J'ai souvent pleuré dans ses bras, et Catherine aussi.

Les soupçons de Bell se changèrent en une désagréable certitude.

— Il l'a séduite ?

— Oui. Il la voulait, et il a vu sa chance. Il n'avait pas l'intention de l'enlever à Charles. Il ne voulait pas devenir responsable d'elle, ni l'aider à guérir, ni rien d'aussi noble. Il voulait seulement accrocher son scalp à sa ceinture.

Le visage et le cou de Juliette s'empourprèrent soudain de colère et elle serra les poings.

— C'est un salopard. J'ai vu tout cela arriver, et j'ai vu la pauvre Catherine commencer à s'accrocher à lui. Elle allait mieux, elle revenait à la vie, et elle avait besoin d'amour plus que de tout autre chose. Valentine Gordon n'était vraiment pas homme à lui donner son amour, bien sûr, mais elle ne le comprit pas. Il était simplement chaleureux et débordant de vie. Évidemment, elle fit la comparaison avec Charles, toujours silencieux et arborant toujours ce visage fermé, terrible.

La suite de l'histoire arriva d'un seul coup, comme s'il tardait à Juliette d'en avoir terminé.

— Et puis l'inévitable s'est produit. Valentine a donné une soirée, pour fêter la fin des vendanges. Il le fait toujours — il le faisait, du moins. Catherine souhaita y aller et — bizarrement, me suis-je dit, bien que j'aie compris plus tard — Charles aussi. On but beaucoup. On boit toujours beaucoup, avec Valentine. Et puis, continua Juliette avec un soupir et un haussement d'épaules, Charles les a surpris ensemble, quelque part. Non pas au lit, je ne crois pas, mais dans une attitude qui a fait de ses soupçons une certitude. Au lieu de les entendre, là, sur-le-champ, en privé, il attendit qu'ils reviennent au milieu de la soirée.

Juliette se cacha les yeux de ses mains, comme si elle ne pouvait supporter de revoir la scène.

— Et puis, devant ce qui me parut être toute la population du Médoc, il se leva et accusa Valentine de lui voler sa femme. Et il le défia en duel.

— En duel ? répéta Bell, stupéfaite.

— Val eut plus ou moins la même réaction que vous. En fait j'entends encore ses paroles dans l'horrible silence de la pièce : « Seigneur, un putain de duel. Mais on est au vingtième siècle, Baron. Pourquoi ne pas vous contenter de venir me casser la gueule ? ».

Charles n'en fit rien, bien sûr. J'aurais bien voulu qu'il le fasse. Il tourna le dos et sortit, laissant Valentine avec Catherine à côté de lui, comme un fantôme. Val essaya de rire de tout cela, d'un rire mal assuré, mais je crois qu'il souhaitait alors avoir accepté le défi.

— Pas si décontracté, le bonhomme, après tout, observa sèchement Bell, et Juliette lui sourit.

— Il est très bien que votre sympathie aille à Charles, mais n'allez pas croire que ce fut par lâcheté que Val refusa les pistolets au lever du jour ou Dieu sait quelle autre folie que mon frère avait en tête. Il a seulement pensé que c'était tout à fait déplacé. Que ce n'était pas une façon de résoudre un problème.

Bell savait qu'elle avait raison. Mais elle se sentit curieusement excitée à l'idée de Charles attendant le duel dans la lumière grise de l'aube, au milieu de quelque clairière humide de rosée. Soudain, elle eut très envie de lui.

— Et puis ? demanda-t-elle à Juliette avec lassitude.

— Après la soirée, le lendemain ou le surlendemain, Catherine a fait ses bagages et elle est partie. Nous n'avons pas revu Valentine et j'ai appris un peu plus tard qu'il était retourné en Californie. C'est tout, Bell.

— Et vous le détestez.

De nouveau, Juliette lui sourit, d'un petit sourire résigné qui surprit Bell.

— Détester Valentine ! Non, ce n'est pas le genre d'homme que l'on déteste facilement. Et il n'était pas vraiment responsable de ce qui s'était passé. Il a seulement traité Catherine comme il traite toutes les femmes. Comme il vous traitera certainement. Mais Charles le déteste. Charles est un homme de passion, et il est capable de passions extrêmes. Val Gordon a assez de bon sens pour se tenir à l'écart de lui.

Juliette se leva, titubant un peu.

— Vous comprenez maintenant ce qui s'est passé ce soir ? Eh bien il faut que j'aille au lit. Je suis ivre et je ne supporte plus de penser à Christophe.

Bell s'étendit, lasse, sur le couvre-lit blanc et laissa couler ses larmes jusque-là retenues. Pauvre Charles. Pauvre Charles et pauvre Catherine. Comme la vie pouvait être cruelle. Rien de surprenant que la douleur, dans le regard de Charles, eût rappelé son père à Bell. C'était la vieille douleur des pertes inconsolables, la douleur qui effrayait tant Bell elle-même.

Oh, mon Dieu, comment avait-elle pu être naïve au point de croire qu'elle pourrait estomper cette peine ? Elle avait échoué une fois dans sa vie, et cette fois elle n'avait disposé que de trois jours pathétiques. Et à la fin de ces trois jours, elle partait chez Valentine Gordon.

C'était là la plus cruelle, la plus amère des coïncidences. Rien de surprenant. Oh, rien de surprenant.

Bell finit par s'endormir dans son blazer rayé tout froissé sous elle et sans enlever le bracelet d'ivoire qui avait marqué son poignet d'un sillon rouge.

Elle fut réveillée par le soleil qui se déversait cruellement à travers les rideaux non tirés et par quelqu'un qui frappait à la porte. C'était Marianne avec le plateau du petit déjeuner. Elle s'arrêta tout net quand elle découvrit Bell et en demeura bouche bée et les yeux écarquillés.

— J'ai dû m'endormir, dit Bell d'une voix faible.

— *Oui, madame.* Monsieur le baron m'a demandé de vous dire que le temps presse. L'aéroport...

— Je sais. Merci.

Le café était chaud et miséricordieusement fort. Bell l'avala tout en bouclant ses bagages. Une douche chaude soulagea son mal de tête et, avec des vêtements propres, elle se sentit de nouveau presque humaine. Mais son visage était d'une pâleur mortelle, toutes les couleurs et la joie de la veille effacées.

On frappa de nouveau à la porte.

— Charles...

Il était là, l'air aussi distant que le jour où il l'avait accueillie sur les marches du château.

— Charles, je suis désolée. Je suis désolée de tout cela, lui dit-elle, enfouissant son visage contre sa poitrine puis sentant le bienheureux soulagement de ses bras autour d'elle.

— Valentine Gordon est un homme dangereux, dit-il sèchement, et elle ressentit une certaine appréhension à l'idée des semaines qui l'attendaient. Comment pouvait-elle partir là-bas, seule ?

— Je n'irai pas, je n'irai pas, lui dit-elle, désespérée. Peu lui importait Stobbs. Peu lui importait son travail. Rien n'importait à part Charles.

— Mais si, il faut y aller. La plus grande journaliste œnologue du monde, m'avez-vous dit.

Cela ressemblait davantage au Charles qu'elle connaissait. Elle sourit malgré elle, soulagée.

Quand nous reverrons-nous ?

— Quand j'aurai cueilli ma dernière grappe, et quand vous serez revenue saine et sauve de Californie.

Son ton était léger et délibérément réservé.

Saine et sauve ?

Ce fut un pénible déchirement que de quitter Reynard. Bell avait presque envie de se raccrocher aux doigts glacés d'Hélène qui lui faisait ses adieux un peu guindés au salon. Juliette attendait dehors, appuyée contre la Mercedes. Elle traçait du bout du doigt des arabesques dans la poussière du capot en les attendant. Les deux femmes s'étreignirent, sans un mot, et puis Juliette souffla :

— Souvenez-vous. Je vous ai dit que ce ne serait pas facile. Mais il a besoin de vous.

Et elle ajouta, plus fort :

— Revenez bientôt à Reynard, Bell.

Bell hocha la tête, essayant d'avaler la boule qui lui obstruait la gorge. Et elle se retrouva dans la voiture, rejetant un peu la tête en arrière pour capter un ultime rayon de soleil qui se reflétait sur la rangée de fenêtres.

Jusqu'à l'aéroport, Charles ne quitta pas la route des yeux. Bell observait avidement le profil de médaille, essayant d'en graver les traits dans sa mémoire. Et, bien trop tôt, ils furent rendus. Charles l'accompagna dans le malodorant terminal. On appelait déjà le vol AF2192, à destination de Londres-Heathrow. Au contrôle des passeports, un homme en uniforme les regarda sans curiosité, attendant. Bell se rendit compte que la barrière entre le salon d'attente et la porte d'embarquement lui bloquait le passage.

Il était temps de faire ses adieux.

Délibérément, elle tourna le dos à l'homme et regarda Charles. Elle retrouva les taches dorées dans le bleu profond des iris et la courbe séduisante de la lèvre supérieure, et une fois encore elle ne parvint pas à sonder son expression.

Il lui prit la main et lui baisa les doigts.

— Ne me dites pas que vous n'auriez pas été déçue, lui rappela-t-il.

— Jamais vous ne pourriez me décevoir. Et, Charles...

— Oui ?

— Je ne vous décevrai pas non plus.

Il y eut un long silence. Bell comprit que c'en était fini de cet instant d'intimité qu'elle avait vu dans son regard. Il était redevenu l'élégant baron Charles de Gillesmont, guindé et lointain. Il s'inclina, poli.

— Eh bien. Nous verrons.

Bell se détourna, ressentant une certaine amertume. Le douanier jeta un vague coup d'œil sur son passeport et lui fit signe de passer. Elle franchit rapidement la porte. Charles resta là, à la regarder, jusqu'à ce qu'elle eut disparu, mais elle ne se retourna pas. Un léger tic faisait tressauter le coin de la bouche de Charles.

L'appareil roula sur la piste pour aller attendre son tour de décoller et Bell se détourna du hublot. On ne pouvait apercevoir le parc de stationnement des voitures et la logique lui disait que Charles avait dû partir depuis longtemps. Elle regarda ses mains, crispées sur la boucle de la ceinture de son siège et, d'un geste vif, retira le bracelet d'ivoire qu'elle glissa dans son sac pour ne plus le voir.

Deux jours plus tard, Bell était assise à son bureau, fixant sa machine à écrire d'un regard vide. L'article consacré au Château Reynard et à Charles de Gillesmont se révélait le plus difficile qu'elle ait jamais eu à écrire. Tout en tapant ses phrases, elle entendait sans cesse la voix moqueuse de Charles et pensait à ses mains, à sa bouche. Il lui manquait. Tristement, elle se remit au travail. Tout ce qu'elle écrivait semblait chargé de beaucoup trop de sens ou, au contraire, bien trop creux. Comme beaucoup de journalistes, elle avait attendu le dernier moment pour rédiger son article, et maintenant il ne pouvait plus attendre. Elle partait le lendemain pour San Francisco.

Elle était juste en train de barrer, par une longue série de X, une autre de ses phrases sans espoir quand le téléphone sonna. Il n'avait pas cessé de sonner, pour des communications sans intérêt, depuis son retour, et elle décrocha avec un soupir d'irritation.

— Bell Farrer ? demanda une voix inconnue à l'accent américain, chaleureux et traînant.

— C'est moi-même.

— Ici Valentine Gordon, en Californie.

Elle demeura un instant déconcertée. Dans son imagination, Valentine était devenu un si triste personnage, qu'elle jugea désagréable de se retrouver en train de lui parler de façon désinvolte au téléphone, comme à n'importe qui.

L'arrivée du traître aurait dû être annoncée pour le moins par un coup de tonnerre et un nuage de fumée noire. Bell sourit à cette pensée et elle entendit l'homme lui demander :

— Vous êtes toujours là ?

— Oui.

— Eh bien, c'est parfait. Vous arrivez demain ?

— Oui.

— Vous n'êtes pas très bavarde, hein ? Et si vous me disiez à quelle heure vous arrivez pour que je vienne vous chercher ?

Bell rassembla ses esprits et attrapa l'enveloppe de la Pan Am qui contenait son billet.

— 17 h 15, heure locale. Mais il est inutile de venir me chercher. Je me débrouillerai.

Elle entendit un petit rire au bout du fil.

— J'admire votre esprit pionnier, mais ce n'est vraiment pas nécessaire. Cela me convient parfaitement de venir vous chercher demain.

Bell fronça les sourcils. Elle ne voulait pas dépendre de lui.

— Je souhaiterais louer une voiture et je pourrais le faire à l'aéroport.

— Inutile. J'en ai une ici dont je ne me sers pas et que vous pourrez utiliser.

« Il serait plus rapide et plus simple de capituler », se dit-elle.

— D'accord, se borna-t-elle à répondre et il lui redit d'un ton joyeux qu'il serait à l'aéroport.

À l'instant où elle allait raccrocher, il ajouta autre chose :

— Vous seriez déçue si je ne vous souhaitais pas une bonne journée.

Et il raccrocha.

Le souvenir de Charles lui baisant la main lui revint, douloureux. « Quelle coïncidence que l'un et l'autre utilisent la même expression, se dit-elle, avec la même moquerie dans leur cliché. » Il lui sembla, dans le même temps, que Valentine n'avait pas du tout la voix d'un sale type.

Elle pressa ses tempes de ses doigts, essayant d'y voir plus clair. Elle avait du mal à penser, engourdie par l'absence de Charles, déconcertée par la violence du sentiment qu'elle avait si soudainement éprouvé.

Concentre-toi. Il faut finir cet article. Pour l'instant, elle ne pouvait rien faire d'autre.

En fermant résolument son esprit à tout autre pensée alors qu'elle pianotait sur sa machine, elle parvint à taper une première ébauche. Quatre heures plus tard, elle y apportait les dernières touches. Puis elle prépara un mot à l'intention d'Henry Stobbs et l'agrafa aux feuillets dactylographiés. Elle décida de ne pas se relire une dernière fois, de crainte d'entendre à nouveau la voix de Charles. Elle glissa le tout dans une enveloppe et appela un coursier au téléphone.

Eh bien, une de ses tâches était terminée et les prochaines semaines, après tout, n'en étaient qu'une autre. Songeuse, elle ramassa l'enveloppe de la Pan Am et la glissa dans son sac.

CHAPITRE IV

La Jeep, couleur vert menthe vif, montrait sur ses côtés les mots *Caves Dry Stone* en grandes lettres blanches.

Valentine Gordon sortit du parking souterrain de l'aéroport international de San Francisco et fonça sous l'aveuglant soleil de cette fin d'après-midi. Bell remarqua que le pare-brise était constellé de restes de gros insectes éclatés. Il faisait chaud et l'air était poisseux d'humidité. Bell se laissa aller dans son siège avec un petit soupir, heureuse de sentir, quand ils prirent de la vitesse, un peu d'air, même chargé de fumées d'échappement. Valentine lui jeta un regard en coin et demanda, compatissant :

— Mauvais voyage ?

— Pas terrible, répondit-elle d'un ton las.

Il avait duré onze interminables heures et elle n'avait pas réussi à fermer l'œil. Sa peau déshydratée lui donnait l'impression d'être trop petite pour son visage et une douleur, entre ses yeux, lançait un éclair chaque fois qu'elle bougeait un peu trop rapidement la tête. Elle avait pensé se sentir tout excitée à sa découverte de la Côte Ouest, mais elle était beaucoup trop fatiguée par le décalage horaire. Elle ne se rendait compte que de l'importance de la circulation, des immenses panneaux publicitaires et de la longue file des immeubles de béton et de verre.

— Allons-y directement, dit-elle, brûlant de retrouver une chambre fraîche et sombre et un lit.

Valentine accéléra. Le siège de la Jeep était curieusement confortable et, lorsqu'ils abordèrent l'autoroute, le vent se fit plus frais sur le visage de Bell.

De nouveau, Valentine jeta un regard en coin et vit qu'elle avait fermé les yeux. Son visage était pâle et toujours aussi rembruni, mais elle serrait moins fort ses poings. Il se mit à siffler silencieusement et passa dans la file de gauche.

« Je me demande bien ce qui peut embêter cette fille », songea-t-il.

Il avait été agréablement surpris en la voyant débarquer et arriver droit sur lui. Ou plutôt sur son tricot des caves de Dry Stone. Il s'attendait à une petite boulotte avec des lunettes et une mallette à la main, et voilà qu'avait débarqué cette brunette, grande et mince, en pantalon large de coton bleu et tricot arc-en-ciel. Ses yeux étaient du bleu-vert le plus surprenant qu'il eût jamais vu, malgré les cernes qui les marquaient.

— Vous devez être Valentine Gordon, lui avait-elle dit de sa voix à la Jacqueline Bisset.

— Oui, je dois l'être, avait-il répondu, se disant que son ton était plus froid que ne le justifiait le décalage horaire. Si vous voulez bien me suivre.

« Elle a tout de même une sacrée silhouette et de longues jambes, » avait-il ajouté pour lui-même en lui prenant ses deux vieilles valises de toile. Et pas de bagages luxueux, en plus. Voilà qui était parfait.

Et ils se retrouvaient là, fonçant vers Dry Stone pour deux semaines, en compagnie l'un de l'autre. Valentine adorait les nouvelles têtes et les nouvelles aventures, mais il espérait ne pas être tombé cette fois sur une Anglaise crispée qui viendrait mettre à mal ses projets les plus exotiques. Il prit le volant comme un pilote de Formule 1 et rasa une Mercedes. Maintenant qu'il s'était débarrassé de Sam — et il fit la grimace au souvenir des scènes qu'il avait fallu pour y arriver — il avait bien envie de faire un peu la bringue. Quoi qu'en pense cette Anglaise.

À côté de lui, Bell s'assoupissait par intermittence. Elle n'avait pas la moindre envie de hurler par dessus le vent et le bruit du moteur, et Valentine semblait disposé à la laisser en paix. Quand de nouveau elle se réveilla, elle remarqua le bruit mat que faisaient les insectes qui s'écrasaient sur le pare-brise, et les relents de cuisine et d'essence quand ils croisaient les stations-service et restaurants du bord de la route. Les lignes téléphoniques se détachaient sur le ciel bleu. Exactement comme elle avait imaginé le paysage, ou peut-être comme elle l'avait vu dans d'innombrables films.

Et elle se rendormit.

Lorsqu'elle s'éveilla complètement, elle vit qu'ils se trouvaient dans la vallée de Napa. Valentine lui adressa un signe de tête aimable.

— Nous sommes dans la vallée de la Napa proprement dite, annonça-t-il, sur la route des vignobles. Ici, c'est celle de St-Helena. Dry Stone se trouve à une vingtaine de kilomètres.

Bell se redressa et regarda autour d'elle. La vallée était très belle, verte et fertile de part et d'autre de la route, mais marquée de ce brun parcheminé qui témoignait d'un été long et chaud. Ils passèrent Yountville et la route s'écarta sur la gauche pour éviter les collines. Et puis, avec la plate vallée qui commençait à se resserrer, et les pentes boisées et escarpées qui la cernaient, ils se retrouvèrent dans le vignoble.

Après Oakville, Bell tendit le cou pour apercevoir les caves de Robert Mondavi. L'obscurité tombait et l'on commençait à voir des lumières sur les pentes et le long de la route. Enfin, Valentine vira sur la droite dans une route étroite puis en descendit une autre, gardée par deux hautes grilles blanches.

— Nous y sommes, dit-il, arrêtant la Jeep devant une longue maison blanche entourée d'une véranda voûtée. Maintenant que le moteur était coupé, Bell eut l'impression d'un silence presque palpable. Et puis elle prit conscience d'un bruit d'eau qui coulait et du chant léger des cigales. L'air demeurait encore lourd, mais clair comme du cristal. Elle se sentit soudain mieux qu'elle l'avait été depuis Heathrow et suivit Valentine à l'intérieur après avoir grimpé les escaliers de la véranda.

Il la conduisit à sa chambre, posa les bagages et resta là à lui sourire, les mains dans les poches.

— Ma chambre est au bout du couloir, annonça-t-il. Pour le cas où vous auriez envie de quelque chose à manger ou à boire, ou simplement de bavarder un peu avant d'aller au lit. Bonsoir.

Elle le remercia d'un signe de tête et se baissa pour ouvrir l'un des sacs. Elle avait eu l'intention d'aller tout droit se coucher et demeura un instant à regarder avec envie le grand lit et sa couette rouge. Et elle décida autrement. Elle allait d'abord se détendre un peu du voyage, sans quoi elle se retrouverait dans l'obscurité avec ses pensées qui se bousculaient. Tout en se brossant les cheveux et se passant de l'eau de Cologne sur les tempes, elle songeait à Valentine. Elle aimait bien son allure décontractée, mais se sentait peu encline à lui accorder sa sympathie, étant donné ce qu'elle savait de lui. Même ses mots les plus simples avaient un autre sens et ses phrases les plus banales des tas de sous-entendus...

Sans cesse elle revoyait le visage de Charles et entendait sa voix. Et elle revit la photo de Catherine dans le cadre d'argent sur le bureau d'Hélène et l'imagina, tournant ce visage délicat vers cet Américain avec son accent chantant.

Bell se mordit la lèvre et reposa violemment le flacon d'eau de Cologne. Si seulement elle n'avait pas été au courant. Elle souhaitait poursuivre son travail et détestait cette façon dont les sentiments venaient troubler les choses les plus simples de la vie. Elle eut un sourire en se souvenant qu'elle n'avait pas ressenti la même irritation à Château Reynard. « Ce qui tend à prouver, se dit-elle, que Charles de Gillesmont est quelqu'un de bien particulier. » Et puis arriva aussitôt une pensée beaucoup moins séduisante. Ne s'était-elle pas simplement persuadée qu'il était quelqu'un de bien particulier ? Elle songea à toute cette distance qui les séparait, ces milliers de kilomètres de terre et d'océan. Le puissant attrait que Charles avait exercé sur elle diminuait avec la distance. Déjà elle se sentait un peu déconcertée par le souvenir de ce qui était arrivé. Elle remarqua, exaspérée, qu'elle rêvassait devant son miroir comme une écolière. Et qu'elle avait condamné Valentine Gordon, ce qui n'allait pas rendre faciles les semaines à venir. Elle décida donc d'aller y voir de plus près.

Quand elle le retrouva, dans la grande pièce qui occupait toute une aile de la maison, elle s'arrêta, surprise. La chambre qui lui avait été attribuée était confortable mais banale, avec ses placards blanc mat à rainures et languettes et leurs poignées de cuivre qui donnaient à la pièce un air vaguement marin. Il y avait également une table et un fauteuil de cuir pivotant, un grand lit et une commode avec un miroir. Quant aux couleurs, elles mêlaient le bleu marine, le rouge foncé et le blanc. Bell n'avait rien remarqué de particulier en gagnant la porte de cette chambre, mais là, sur le seuil, elle demeura fascinée.

La pièce était pleine de *choses*, fourrées là au hasard, semblait-il, par quelqu'un ayant autant l'œil pour la belle camelote que pour les pièces plus anciennes et de valeur. Des figurines de Meissen voisinaient avec des objets de foire victoriens, et un morceau de bois blanc sculpté par les vagues en forme de torse jouxtait une fragile coupe chinoise pleine de cailloux polis et une rangée de verres à rhum géorgiens, tous différents.

Au milieu de la pièce se dressait un immense globe terrestre monté sur un chassis d'acajou et de cuivre. Les mers et continents avaient pris, avec le temps, une teinte vert olive et une utilisation intensive leur avait donné une patine brillante. Sur le sol, des tapis persans se chevauchaient, un peu au hasard et la pièce aurait dû prendre, dans ce paysage rural et chaud, un aspect artificiel et poussiéreux. Mais la hauteur des murs — de couleur crème très clair et qui montaient jusqu'aux chevrons — lui donnait un air frais et aéré. Les meubles, en bois clair et rotin, étaient modernes, à l'exception de deux coffres élisabéthains en chêne foncé et d'un rocking-chair du XIXe.

Valentine était assis, les jambes croisées, devant une immense cheminée de pierre nue avec ses chenets anglais. Sur le manteau, une peinture de Hockney représentait une piscine dont la lumière reflétée par l'eau suffisait presque à éclairer la pièce.

Tout cela donnait aux lieux un aspect fascinant, désinvolte et — contre toute attente — réussi. Bell aurait voulu tout voir et elle brûlait de prendre chacun des objets pour les examiner. Elle était ravie et cela se voyait sur son visage.

— Voilà qui est mieux, observa Valentine.

Mais Bell regardait à travers les parois de verre tout au bout de la pièce. Il faisait trop sombre pour voir le paysage, mais les lumières se reflétaient dans les rides noires d'une piscine. Elle se tourna vers Valentine.

— Est-ce que je pourrais me baigner ? Rapidement ?

— Bien sûr.

— Je vais aller passer mon...

— C'est inutile. Vous trouverez une sortie de bain dans la petite armoire sur la véranda, juste là-devant. Et je ne regarderai pas, si cela vous gêne.

« On sent un certain sarcasme dans le ton », se dit-elle. Comme s'il était à la fois très vieux jeu et très anglais de ne pas exposer son corps nu. Elle ne répondit pas et il se pencha pour presser, sur le tableau jouxtant le manteau de la cheminée, un bouton qui fit coulisser les portes de verre.

Bell sortit dans l'air parfumé de la nuit. Et puis, rapidement, elle tira de la petite armoire une épaisse sortie de bain. Elle descendit les trois marches conduisant à la piscine et retira ses vêtements qu'elle laissa en tas à côté de la sortie de bain. Et elle se glissa dans l'eau, merveilleusement fraîche et douce comme de la soie sur ses membres las. Elle nagea deux longueurs de bassin, lentement, laissant la tension quitter son corps, puis elle fit la planche, ses cheveux flottant tout autour d'elle. Au-dessus, les étoiles brillaient de façon insolite sur un ciel de velours. Il y avait près de vingt-quatre heures qu'elle n'avait pas dormi.

Elle rentra dans la maison, drapée dans la sortie de bain. Valentine n'avait pas bougé, un livre sur les genoux. Elle lui sourit tout en s'essuyant les cheveux avec le col de sa sortie de bain.

— C'était exactement ce qu'il me fallait, dit-elle.

— Parfait. Voulez-vous manger quelque chose ?

Elle secoua la tête, projetant une pluie de minuscules gouttelettes. Elle se serra davantage dans le vêtement et se mit à rire.

— Désolée, on dirait un gros chien qui s'ébroue. Non, merci, je n'ai pas faim. En fait, j'ai l'impression d'avoir déjà avalé un kilo de polystyrène.

— Je connais. Il faudrait emporter ses propres repas, dit-il sérieusement. Ne jamais rien manger de ce que donnent les compagnies aériennes. Tenez, avalez au moins cela. C'est plein de calories et l'on n'a pas à les manger.

Il lui servit un verre plein d'un breuvage épais, d'un brun rouge, qu'elle avala avec circonspection. Cela avait le goût de la tomate, du poivre, du citron et on y avait ajouté — crut-elle deviner — un œuf cru, battu, et une solide rasade de vodka.

— Vous aimez ma chambre ?

— Oui. Oui, beaucoup. Elle n'est pas très — américaine.

— Je ne suis pas certain que ce soit un compliment. J'ai vécu ailleurs, vous savez. Çà et là. J'ai même vécu en France quelque temps.

— Je sais, laissa-t-elle échapper, et si elle avait laissé glisser sa réponse de façon désinvolte il ne l'aurait pas relevée. Mais elle se mit à rougir et il la regarda, curieux.

— Vraiment ?

Il était trop tard maintenant. Il allait lui falloir s'expliquer.

— Oui. Je rentre juste de Château Reynard. Pour un article. On m'a dit que vous aviez été voisin.

— Oui, bien sûr, dit-il tranquillement avant de se lever pour remplir de nouveau le verre de Bell. Ils n'en parlèrent plus et une demi-heure plus tard Bell alla se coucher.

Elle dormit quatorze heures.

À son réveil, sa chambre était envahie par la lueur rosée du soleil qui filtrait à travers les rideaux rouges. « Des rideaux épais », se souvint-elle, et il devait donc faire grand jour dehors. Trois heures dix, lui annonça sa montre. Du matin ? De l'après-midi ? Elle demeura un instant complètement désorientée puis sortit du lit. Elle tira les rideaux et vit que le soleil était bien haut à l'est de la vallée. C'était donc le matin. Pas très tôt, mais du moins assez tôt dans la matinée. Elle remarqua aussi que sa montre s'était arrêtée.

Elle tira de son sac son minuscule bikini blanc et une robe également blanche, largement fendue sur le côté. Elle se brossa soigneusement les cheveux qu'elle noua en un chignon évasé, ramassa ses lunettes de soleil et un chapeau de cricket à bords flottants, bordés de vert, et elle sortit sur la véranda. Au-delà du cercle du jardin, des hommes et des tracteurs étaient à l'œuvre entre d'opulentes rangées de vigne, et elle resta à regarder un hélicoptère de traitement des récoltes bourdonner paresseusement au-dessus de la vallée, puis passer au-dessus des vignes en lâchant une traînée qui demeura un instant suspendue comme un nuage.

Sur sa gauche se dressait l'immense bâtisse de pierre des caves de Dry Stone, avec ses trémies extérieures et ses tapis roulants, destinés à amener les tonnes de raisin des camions dans la cave. À l'ombre du bâtiment était garé un énorme camion-citerne.

Bell fit le tour de la véranda, découvrant les confortables sièges rembourrés de leurs coussins et commodément regroupés, ainsi que les bacs de fleurs rouges et roses. Elle fit un tour presque complet de la maison et revint enfin par le sud, du côté de la piscine. Valentine était dans l'eau, parcourant le bassin d'un bon crawl. Derrière lui, les gouttelettes captaient la lumière dans un arc-en-ciel.

Sur la véranda, un plateau était posé sur une table blanche encadrée de deux chaises. Il flottait une agréable odeur de café.

Alors qu'il virait au bout de la piscine, Valentine l'aperçut et sortit aussitôt de l'eau d'un seul mouvement souple, et Bell vit qu'il était nu. Pas un pouce de son corps qui ne fût bronzé, et avec sa toison brune sur la poitrine et ses dents d'un blanc étincelant, il avait l'air presque méditerranéen. Il vint vers elle, secouant l'eau de ses cheveux, avec un sourire de défi. Bell garda pour elle son sourire et dit, montrant la table d'un signe de tête :

— On prend le petit déjeuner au bord de la piscine, à ce que je vois.

— Naturellement. Mais sans gaufres ou autres spécialités anglaises, je le crains. Seulement du café et des œufs. Je vous sers ? demanda-t-il en drapant d'un geste désinvolte une petite serviette rouge autour de sa taille.

Ils s'assirent juste à la limite de l'ombre pour laisser le soleil leur caresser délicieusement les jambes. Bell se rendit compte qu'il la regardait, appréciateur.

— Vous êtes très jolie. Pas de cernes sous les yeux ce matin. Mais vous êtes encore trop habillée. On est en Californie, vous savez, pas à Fulham.

Elle ne put s'empêcher de rire. Était-elle si anglaise ?

— C'est Kensington, en fait, mais vous n'êtes pas tombé loin.

Elle tira sa chaise en plein soleil, ôta sa robe blanche et ferma les yeux avec un soupir de plaisir.

— C'est mieux, murmura-t-il. Beaucoup mieux.

— Je reprendrais bien un peu de café, s'il vous plaît. Et quelle heure est-il ?

— Tenez. Il est près de midi. Toute une journée de soleil et de joie nous attend. Que souhaiteriez-vous faire ?

Elle se décida pour une visite guidée des caves. Valentine fut aussitôt d'accord et un vif intérêt remplaça son habituel air d'indolent détachement.

— Il faut que j'aille m'habiller si nous nous rendons au bureau, dit-il, reparaissant cinq minutes plus tard en jean jaune banane, tricot et chaussures de tennis. En tant que patron, je dois respecter un certain formalisme, dit-il sérieusement en gagnant le bâtiment principal.

Dry Stone était une vitrine de la plus récente technologie vinicole. Valentine la conduisit fièrement jusqu'à la salle des ordinateurs où deux gamins, qui semblaient n'avoir guère plus de dix-sept ans, veillaient sur les appareils délicats qui contrôlaient la température des cuves de fermentation. Il faisait assez chaud dans la petite pièce et ils ne portaient l'un et l'autre que des jeans coupés aux genoux et des sandales. Bell commença à comprendre ce qu'il avait voulu dire en parlant de formalisme.

— On a une petite différence avec la « malo » à la sept... dit l'un des hommes, et aussitôt Val y prêta toute son attention. Bell savait que la fermentation secondaire, ou malolactique, constituait une étape essentielle de la magie qui transformait le jus de raisin en vin et elle se recula un peu pour laisser Valentine se concentrer sur sa tâche. Il donna diverses instructions avant de conduire Bell à d'autres installations tout aussi modernes.

— Là, c'est notre banque de données, expliqua-t-il, désinvolte. Nous avons ici tous les chiffres et renseignements concernant toutes les années. Le temps, le sol, la cuvée, les prix d'ouverture et tout ce que pouvez imaginer comme renseignements se trouve stocké ici. Il nous suffit donc de taper la question ici et la réponse sort là.

Il montra tour à tour un clavier puis un écran.

— C'est très ingénieux, dit Bell.

— C'est parfait, vous voulez dire.

Bell songea soudain à ce qui existait dans le même domaine à Château Reynard : une pile de registres à reliure de cuir, remplis de pattes de mouches et remontant au milieu du siècle passé. Le volume le plus récent, tenu par Jacopin, était plus illisible encore que les précédents.

Rien de surprenant que les deux hommes, Charles et Valentine, ne puissent se comprendre.

Ils passaient maintenant de la salle de contrôle aux caves voûtées où se faisait la fermentation, et Bell chassa fermement de son esprit l'image de Charles.

— Ils sont l'un et l'autre diplômés d'œnologie de l'université Davis, disait Valentine. Ils sont très brillants et possèdent également d'utiles connaissances en informatique.

Bell doutait que Jacopin eût jamais entendu parler d'informatique. Avec un effort, elle ramena son attention sur ce que lui disait Valentine. De grandes cuves d'acier *inox* avec divers cadrans et manettes brillaient dans la demi-obscurité. Valentine suivit du doigt les colonnes d'un listing d'ordinateur, et expliqua comment il avait conçu l'organisation de la cave de manière à tirer le meilleur parti des variétés de raisins qui mûrissaient au soleil.

— J'ai environ quarante-huit pour cent de cabernet, lui dit-il, et vingt pour cent de zinfandel. Le reste est constitué en parts à peu près égales de chardonnay, chenin blanc et petite sirah. J'avais du pinot noir, mais je l'ai remplacé. Je n'avais pas assez de succès pour que cela justifie que je le conserve.

En Californie, les vignobles sont organisés de façon différente de ceux du Vieux Monde. Pour Bell, la visite de Dry Stone équivalait à celle d'une demi-douzaine de propriétés françaises en une seule. Valentine faisait d'énormes quantités de vin, aussi bien rouge que blanc. La plus grande partie était du vin de table tiré d'un mélange de son propre raisin et de ceux de ses voisins. Ce mélange ordinaire était fait très rapidement et mis soit en bouteilles d'un litre chez lui, soit emporté en camions-citernes pour être mis en bouteilles et commercialisé ailleurs. Il s'agissait d'une affaire gigantesque, menée avec la précision de toute grosse affaire prospère.

Valentine avait tout lieu d'en être fier, mais Bell apprit qu'il s'intéressait bien davantage à ses vins de qualité, élevés à partir d'une unique variété de raisin et avec autant de soins amoureux que l'était le cabernet-sauvignon par Charles de Gillesmont à Reynard. Dans le Bordelais ou en Bourgogne, Charles et ses compatriotes des vignobles les plus réputés ne cultivaient qu'une ou deux variétés de raisin pour en tirer le meilleur vin possible, année après année, en se battant contre une météo peu sûre qui pouvait détruire toute une récolte en l'espace d'une nuit. Dans la vallée de la Napa, Valentine pouvait compter sur des mois de soleil et de chaleur, sans aucune interruption. Le succès commercial était garanti par les vins de table et il pouvait se consacrer à ses vins de qualité presque comme à un passe-temps.

— C'est la diversité qui m'intéresse, confia-t-il à Bell alors que les portes de la cave de fermentation se refermaient derrière eux. Et la pensée de me tailler, pour mes cabernets, une réputation équivalente à celle de vos meilleurs bordeaux.

Le cabernet-sauvignon de Dry Stone était la vedette du show de Valentine. Sa première récolte avait huit ans maintenant et Bell en avait récemment goûté une bouteille à Londres. Il arrivait à peine à sa pleine gloire, se souvint-elle, parfumé et fruité, et d'un arôme aussi subtil que celui des grands bordeaux. On recherchait déjà sur le marché mondial du vin le cabernet-sauvignon de Dry Stone, et l'on s'arrachait les nouvelles années dès qu'elles étaient commercialisées. C'était là un impressionnant succès pour un autodidacte du vin qui n'avait pas encore trente ans.

— Je suis sûre que vous y parviendrez, lui dit Bell, bien que pensant en elle-même qu'un cabernet-sauvignon de Californie n'aurait vraisemblablement jamais le même cachet qu'un Château Margaux, du moins tant que durerait le *snobisme* des vieux vins français.

— Et là, continua Valentine, ouvrant la porte d'une salle brillamment éclairée, c'est le labo.

Contre les murs s'étendaient des paillasses chargées de tout un formidable arsenal de gadgets, et un homme blond et trapu, en blouse blanche, était penché sur une batterie de tubes à essai plus ou moins remplis d'un liquide rouge qui aurait presque pu être du vin.

— Salut, Bob. Bell, je vous présente Bob Cornelius, mon bras droit — mes *deux* bras, en fait. Bob est chimiste, ajouta Valentine inutilement.

Bob leva les yeux, révélant à Bell un visage rond et sérieux et des yeux marron de myope derrière des lunettes à monture verte.

— Enchanté, dit-il joyeusement. J'ai lu quelques-uns de vos articles. En fait c'est moi qui ai conseillé à Val de vous inviter ici pour que vous puissiez voir ce que nous faisons. C'est aussi bon que ce que l'on peut faire n'importe où ailleurs, ajouta-t-il avec conviction.

— J'en suis convaincue, répondit simplement Bell. Dites-moi, vous avez pas mal étudié les fûts de chêne, non ? Ne pourrait-on pas en parler un peu ?

Le visage de Bob s'éclaira.

— Bien sûr, si vous avez le temps. C'est un peu complexe, si vous souhaitez vraiment tous les détails.

— Oui, s'il vous plaît, dit Bell, sortant son carnet.

Pendant près d'une heure on parla pH, températures critiques, volatilité chimique et formules abstruses. Bell suivit sans difficulté et Valentine la regarda, plein d'admiration. Ils se levèrent enfin et Valentine demanda à Bob :

— Tu viens avec nous chez Don et Marcie ce soir ?

— Oui. Je ne raterai cela pour rien au monde. À ce soir, Bell.

— Ce soir ? demanda Bell alors qu'ils regagnaient la maison.

— Oh, oui. C'est une petite fête en votre honneur. Don et Marcie Klein habitent un peu plus haut dans la vallée. Ils étaient producteurs de musique à Los Angeles jusqu'à ce qu'ils laissent tomber ce métier pour venir s'installer ici. Ils sont devenus producteurs, en quelque sorte, mais leur vraie vocation est de donner des fêtes. Vous allez les adorer.

— Oh, très bien, dit Bell avec une sécheresse dans le ton qui échappa à Valentine.

Ils déjeunèrent ensemble à l'ombre d'un des cèdres, un repas tout simple de salade, fromage et grosses pêches juteuses, mais accompagné du chardonnay de Valentine, aussi riche et parfumé qu'un grand bourgogne. Après quoi ils restèrent assis, quelque peu somnolents, à regarder la lumière changer sur les collines. De temps à autre, Valentine jetait un regard en coin sur le profil de Bell, admirant le galbe de ses pommettes ainsi que la courbe de sa mâchoire et de sa gorge. « Beaucoup de classe », se dit-il. Beaucoup plus astucieuse qu'il s'y attendait et de plus en plus séduisante. Il ne craignait plus l'ennui qu'il avait redouté mais se trouvait au contraire tout prêt à relever le défi que présentait Bell. Il savait que ce serait un défi, mais il ne doutait pas un seul instant de le remporter en fin de compte.

Soudain, le silence fut déchiré par la pétarade d'une petite moto qui roulait beaucoup trop vite vers la maison. L'engin et son pilote apparurent bientôt dans un rugissement à rompre les oreilles avant que le moteur ne tousse et s'arrête.

— C'est Joannie, dit Valentine avec un soupir. C'est moi qui lui ai appris à piloter cet engin, mais elle ne me fait pas confiance. Elle... vient aider aux travaux domestiques, faire un peu le ménage et la cuisine de temps en temps quand — euh — je suis tout seul ici.

Bell s'imagina un instant la version californienne de la vieille dame anglaise à cheveux gris, avec chiffons de poussière et tablier. Joannie arriva alors en courant à travers la pelouse et Bell dut se mordre la joue pour ne pas rire de son erreur. Joannie n'avait guère plus de dix-sept ans, et était vêtue du plus petit des shorts en jean et du tricot le plus collant que Bell eût jamais vus. Elle était toute en courbes dorées et ses yeux bleus de porcelaine de Chine se posaient sur Valentine avec adoration.

— Désolée d'être en retard, dit-elle, tout essoufflée. J'ai dû passer faire des courses et le sac s'est rompu en plein milieu de la route. Un type s'est arrêté pour m'aider, mais c'était un vrai cinglé...

Elle leva au ciel ses yeux bleus et éclata d'un rire contagieux.

— Pas de problème, mon chou, dit Valentine avec un clin d'œil à Bell.

Il fit les présentations et ils regagnèrent tous les trois la maison à travers le gazon.

— Je vais passer l'aspirateur, dit Joannie, et je ferai l'époussetage sans rien casser, Val chéri, c'est promis. Et pour le dîner ? Bell, vous choisissez ce que vous voulez dans le congélateur et je vous le prépare. Je suis très bonne cuisinière, pas vrai, Val ? Enfin, au moins pour les choses simples.

— Ne t'inquiète pas, nous allons chez les Klein. Tu y seras ?

— Tu sais bien que je ne peux pas, dit Joannie avec une moue adorable. Papa est si collet monté qu'il ne m'y emmènera jamais. Qu'est-ce que vous pouvez bien y faire, tous ?

— Oh, tu le sauras quand tu seras grande, répondit Valentine qui lui tapota au passage les rondeurs de la croupe. Allez, au travail, et pas comme un éléphant dans un magasin de porcelaine.

Elle se retourna pour lui jeter un dernier regard avant de partir, et Bell vit dans ses yeux une invitation qui n'aurait pu être plus adulte. Valentine se tourna vers Bell avec un sourire piteux.

— Je sais. Je crois que j'ai un problème. Mais je la connais depuis qu'elle a trois ans et demi et son père est l'un de mes plus vieux amis. Elle est tout à fait en sécurité avec moi, pour l'amour de Dieu.

Bell ne lui retourna pas son sourire. « Cela ne vous empêche pas de l'encourager, pensa-t-elle. Je sais bien ce que vous êtes. Un de ces hommes qui ne savent pas résister au plaisir de faire jouer leur charme sur toute femme entre quinze et cinquante ans. Et ce charme, en ce qui vous concerne, est indéniable. *Mais n'allez pas croire qu'il va marcher avec moi, Monsieur Gordon.* »

— Oh, mon Dieu, ne prenez pas cela trop au sérieux, disait Valentine. Écoutez, j'ai à faire avant ce soir. Est-ce que vous pourrez vous débrouiller toute seule pendant une heure ou deux, ou dois-je demander à Bob de vous tenir compagnie ?

Bell lui répondit qu'elle avait elle-même pas mal de choses à faire.

— Parfait. Nous irons chez les Klein vers les sept heures. Oh, et ne vous souciez pas... de vous habiller, ajouta-t-il avec un éclat amusé dans ses yeux bleus.

Sur quoi il partit.

En fait, il était déjà huit heures avant qu'ils ne soient prêts à partir. Valentine sortit tard de son bureau, après quoi il alla nager et leur prépara un verre. Ensuite, verre en main, il s'assit dans son rocking-chair pour écouter une sonate de Mozart. La musique résonnait, charmeuse, dans la chambre exotique et, les yeux clos, il semblait écouter intensément. Bell le regarda, surprise.

— Il est près de huit heures, lui dit-elle enfin, doucement. N'allons-nous pas téléphoner à vos amis pour leur dire que nous serons en retard ?

— Détendez-vous, répondit-il.

Il ouvrit ses yeux bleus et se mit à rire.

— L'heure de notre arrivée est sans importance. Prenez un autre verre.

Bell remarqua qu'il la détaillait des pieds à la tête, très ouvertement. Elle avait choisi une tourbillonnante robe japonaise aux impressions exotiques très vives, et coiffé ses cheveux de façon qu'ils encadrent son visage en une cascade de boucles brillantes. Un Gauguin. Elle tournoya un peu pour qu'il la voie complètement, mais il n'en perdit nullement sa contenance.

— Vous êtes superbe, lui dit-il, soudain sérieux. Et l'on a envie de vous embrasser. Puis-je ?

Avant qu'elle ne puisse esquiver il se leva et lui posa un baiser léger sur le coin de la bouche.

— Non, vous ne pouvez pas, dit-elle, fâchée, bien qu'ayant connu des assauts moins gracieux que celui de Valentine.

— Eh bien, dans ce cas nous pourrions nous mettre en route.

Dans le grand garage jouxtant la maison, une conduite intérieure BMW bleu foncé brillait de tous ses feux à côté de la Jeep.

— Je crois que ce soir il nous faut rouler dans quelque chose ayant davantage de style. Mais laissez-moi d'abord vous montrer les vraies passions de ma vie.

Bell regarda autour d'elle, se disant qu'elle allait tomber sur toute une série de superbes Californiennes bronzées. Et puis elle vit qu'il ôtait les housses de deux énormes motos. Il caressa le réservoir de la plus proche, un monstre noir et or avec toute une série de cadrans au milieu du guidon.

— BMW 750, annonça-t-il. Et celle-ci est une Kawasaki, la plus récente, la plus grosse et la meilleure. Et là, c'est un engin bien particulier. Une moto de collection, une Vincent 1000 cc. Anglaise, bien sûr, comme les meilleures bécanes de jadis. L'une des plus belles choses sur roues.

Il y avait plus de chaleur dans sa voix qu'elle n'en avait jamais remarqué, une voix de gorge caressante qui fit dresser la chair de poule dans le cou de Bell. On ne pouvait douter qu'il éprouvait une curieuse passion pour ces engins. Il lui jeta un coup d'œil en coin.

— Je vous emmènerai faire un tour un de ces soirs, promit-il.

Bell négligea de relever le sous-entendu, si sous-entendu il y avait.

— D'accord, mais pas dans ma robe du soir.

Il ouvrit la portière de la berline BMW et l'aida à y grimper. Tandis qu'ils fonçaient vers le nord-est, le long de la route de St-Helena, Valentine tourna un bouton et l'on entendit *Hôtel California* tonner dans les haut-parleurs.

— Un vieux succès, mais si agréable, murmura-t-il. Vous savez, je me sens tout à fait d'humeur à aller à une soirée.

Bell se dit qu'il paraissait bien surexcité. Son regard brillait à la lumière des phares qui les croisaient et il avait les joues bien rouges. Elle remua ses pieds nus, elle-même tout excitée. Comme toujours, la perspective de rencontrer de nouvelles têtes la faisait frissonner de joie anticipée.

— Moi aussi, dit-elle.

À leur arrivée, la maison des Klein éclatait de lumière. Don Klein se tenait sur la véranda. Bell entrevit une crinière de cheveux grisonnants, des lunettes fumées et l'obligatoire bronzage de la Côte Ouest tandis qu'il serrait Valentine dans ses bras, à l'étouffer.

— Val, mon vieux, content de te voir. Et voici la dame ? Entrez donc.

À son tour, Bell fut à demi étouffée et ils furent propulsés dans une pièce pleine d'invités, qui semblèrent se retourner tous à la fois pour lancer des cris de bienvenue et d'affectueuses salutations.

Les hommes, tout comme Don et Valentine, portaient des jeans de couleur vive et des chemises ouvertes, et les femmes, n'importe quoi depuis du Bill Blass jusqu'à des jeans fanés, avec tout ce que l'on pouvait imaginer comme intermédiaire. Une petite femme grassouillette, en longue robe rose, sortit de la foule et vint prendre le bras de Bell. Âgée d'une quarantaine d'années, elle semblait avoir le coup d'œil perspicace et une coiffure blonde un peu trop jeune pour son visage.

— Je suis Marcie — soyez la bienvenue. Faites comme chez vous car ici c'est sans cérémonie. Mais c'est vous la célébrité. Tout le monde veut faire votre connaissance, alors suivez-moi.

Bell aussi voulait faire la connaissance de tout le monde ; il régnait une atmosphère d'amitié sans façon et elle se sentit tout de suite à l'aise. Elle accepta un verre de vin blanc — tout le monde buvait du vin — et suivit son hôtesse au milieu de la foule.

Il semblait que tous les invités étaient dans la viticulture et le vin : cultivateurs, propriétaires de caves ou expéditeurs, ou les trois à la fois. Et, ce qui était assez flatteur, tous semblaient savoir qui était Bell et souhaitaient bavarder avec elle de leur domaine. Pour Bell, il devint bientôt manifeste que c'était là un monde d'hommes. Les femmes, impeccables chacune dans son style, se montraient amicales et débordantes d'hospitalité, mais toutes lui parlèrent des contraintes de sa vie professionnelle. Chacune lui demanda si elle était mariée et, chaque fois qu'elle répondait non, elle remarquait un regard surpris et un coup d'œil qui allait de son visage à Valentine, où qu'il se trouvât dans la pièce. Bell devinait ce qu'elles pensaient et cela l'amusa. Elle fut davantage amusée encore quand elle vit qu'elles la croyaient imperméable à l'inévitable et fatal charme de Valentine. Mais elle avait Charles, et personne d'autre ne pouvait l'émouvoir maintenant.

L'agenda de Bell commença à s'emplir d'invitations à déjeuner, à prendre un verre près de la piscine, à dîner, à un brunch le dimanche, avec visite des exploitations viticoles et des caves. Elle se rendit compte, avec un certain soulagement, qu'elle ne manquerait pas de matière pour ses articles.

Inutile d'essayer de circuler au milieu des invités. D'autres encore tentaient de l'approcher pour la saluer, lui souhaiter la bienvenue, lui demander de passer voir les uns ou les autres, de donner aux uns ou aux autres son avis sur leur chardonnay dont une caisse serait envoyée à Dry Stone.

Elle fit la connaissance des parents de Joannie dont la mère était une version un peu plus âgée que la fille, et le père arborait une tête de patricien qui jurait avec sa chemise ouverte, presque jusqu'à la taille, pour laisser voir un gros médaillon en or.

— Il faudra venir nous voir, avec Val, bien sûr, dit la mère. Joannie sera ravie. Elle adore Val, ajouta-t-elle avec un léger froncement de sourcils qui la fit ressembler davantage encore à sa fille. En fait, je pense parfois que son adoration pour notre héros va un peu trop loin...

Bell jeta un coup d'œil sur Valentine, planté entre deux filles aux longues jambes. Elle commençait à se dire que c'était un visage que l'on avait du mal à faire réapparaître dans son souvenir. Pris séparément, tous les traits en étaient séduisants mais ils demeuraient sans expression. Ce n'était qu'en le revoyant que l'on retrouvait la vivacité qui éclairait ce visage de l'intérieur. Il débordait de vie. Bell eut un sourire inconscient en le regardant, décontracté et très à l'aise entre les deux plus jolies filles de l'assemblée. C'était un omnivore, probablement dépourvu de tout scrupule et plus qu'un peu dangereux, mais elle ne pouvait s'empêcher de le trouver de plus en plus sympathique.

— ... qu'en pensez-vous ? venait de demander la mère de Joannie qui la regardait, maintenant, attendant manifestement une réponse.

— Oh, je ne sais pas trop. Il n'y a probablement pas là de quoi s'inquiéter, répondit-elle sans se compromettre mais en se demandant tout de même si, à la place de la mère de Joannie, elle laisserait sa fille approcher Valentine Gordon à moins d'un mille. Ce ne serait qu'une question de temps avant qu'il ne considère cette appétissante chair dorée comme un gibier digne de lui.

Et puis, Bell se retrouva à bavarder avec un grand Noir à lunettes d'écaille et vêtu de la façon la plus stricte.

— Jim Taylor, se présenta-t-il. Œnologue, de Davis.

Bell en fut impressionnée. L'université Davis, en Californie, était la Mecque de l'étude du vin et elle n'allait pas laisser passer l'occasion de poser quelques questions.

— J'ai rencontré deux diplômés de Davis à Dry Stone cet après-midi, dit-elle, tirant aussi discrètement que possible son carnet de son sac. Elle fut aidée par l'arrivée de Bob Cornelius, rayonnant et clignant des yeux derrière ses lunettes.

— Vous avez fait la connaissance de Jim, hein ? C'est un homme fort bien documenté.

Pendant quelques instants, on parla microclimats et analyses des sols.

— Dry Stone est un excellent endroit pour se mettre au courant, lui dit Jim Taylor. Valentine est l'un des meilleurs producteurs du nord de la Californie. C'est un homme d'affaires à la tête froide, bien sûr, mais il possède également autre chose, que même nous, les scientifiques, ne pouvons expliquer. Il semble savoir d'instinct ce qu'il convient de faire, et cela on ne peut l'acquérir à aucun prix. C'est un véritable sens du vin qu'il possède.

Bell sentit un bras se glisser autour de sa taille et elle fit un pas de côté pour y échapper. Elle ne fut pas surprise de voir qu'il s'agissait de Valentine.

— Je passe simplement voir si vous désirez manger quelque chose. Don est en train d'œuvrer comme un dingue, dehors, autour de son barbecue.

Encadrée par Jim Taylor et Bob, elle le suivit sur le patio. La maison des Klein était du style que Bell avait appris à reconnaître comme le « Côte Ouest Opulent ». Là, il était meublé en italien discret revêtu de cuir clair ou de drap couleur crème, de tapis tissés main aux couleurs vives et aux dessins asymétriques et de coûteuses peintures modernes. À côté, la chambre de Valentine ressemblait à l'antre d'un alchimiste. L'extérieur était conçu sur le même modèle : un grand patio dallé avec un barbecue à un bout et des fauteuils de soleil abrités par des ombrelles. Et une piscine juste à côté du patio, avec ses propres chaises longues. Tout cela était si brillamment éclairé par des lampes accrochées aux murs de la maison et dans les arbres que l'on se serait cru en plein jour.

Valentine tendit à Bell une assiette contenant un steak épais et un bol de merveilleuse salade. Ils prirent place ensemble au milieu d'un groupe à l'une des tables du patio. Tout le monde buvait du vin rouge maintenant.

— Fait à partir du cabernet de Don Klein, dit à Bell un de ses voisins.

Bell le goûta avec attention et le trouva frais et fruité mais manquant de la grâce des crus de Valentine à Dry Stone. Chose surprenante, elle se sentit ridiculement fière que le vin de Val dépassât ses rivaux de la tête et des épaules.

La musique commençait à se faire entendre et Bell vit deux ou trois couples qui dansaient déjà à l'intérieur. À côté d'elle, Valentine posa son verre.

— On va faire un petit tour avant que ne commencent vraiment les réjouissances ? demanda-t-il.

— D'accord.

Il lui tendit la main pour l'aider à se lever de la chaise basse et montra le patio vers un coin de la maison.

— Par là, précisa-t-il.

Ils marchèrent côte à côte en silence. La maison faisait face à l'est et à l'ouest, comme celle de Valentine, et quand ils arrivèrent côté sud, Bell découvrit que le patio continuait, mais plus large. La maison se dressait sur une petite éminence et, en plein jour, on devait avoir une très belle vue sur la vallée. À cette heure, ils ne voyaient que des colliers de lumière et, de temps à autre, les phares d'une voiture sur la route.

Au milieu du patio pavé, juste devant eux, s'étendait un bassin circulaire, abrité des regards de la maison par une barrière en bois de cèdre arrivant à hauteur de taille, mais ouverte sur une vue panoramique au-delà. Bell vit que se trouvaient trois ou quatre personnes dans le bassin et elle entendit une fille rire par-dessus le bruit de l'eau.

— C'est un jacuzzi, expliqua Valentine à côté d'elle.

— Je sais ce qu'est un jacuzzi, dit sèchement Bell, sachant également ce qui se préparait.

— Mais avez-vous jamais essayé ?

— Ma foi, non, dut-elle reconnaître.

— Dans ce cas qu'attendons-nous ? demanda-t-il, et bien que cette partie du patio fût moins bien éclairée que le reste, Bell put voir la lueur de défi moqueur dans son regard.

« Eh bien, le diable vous emporte, se dit-elle. Je pourrais bien vous surprendre. » L'idée la séduisit, soudain, et elle avança rapidement, se pencha par-dessus l'écran de bois et demanda :

— Vous permettez que l'on se joigne à vous ?

— Oui, venez donc, répondit une voix d'homme.

Le regard de Bell croisa celui de Valentine qu'elle lui retourna avec défi. Lentement, elle déboutonna sa robe et la laissa tomber à ses pieds en un tas multicolore. Les volutes des sous-vêtements suivirent et, pendant un instant, elle demeura immobile devant lui, la lumière éclairant la douceur de sa peau et jetant des ombres sur les courbes et les creux de son corps. Le regard de Valentine trahissait autant la surprise que l'admiration, tandis qu'il poussait un long soupir. Et puis, brusquement, elle se détourna vers le *Jacuzzi*.

— À Kensington, on nous apprend qu'il est impoli de fixer ainsi les gens, souffla-t-elle par-dessus son épaule avant de descendre les marches et de se plonger dans l'eau bouillonnante.

La sensation était délicieuse. Un large banc courait tout autour de la baignoire de bois et elle se plongea jusqu'aux épaules dans l'eau chaude. Deux hommes, assis en face d'elle, discutaient à voix basse des prix de l'immobilier tandis que leurs femmes, ou petites amies, parlaient chiffons. Ils auraient pu tout aussi bien se trouver à un cocktail, sauf que tous étaient nus au milieu de ce charmant et érotique tourbillon d'eau chaude tout autour d'eux.

Bell rejeta sa tête en arrière contre le repose-tête de bois et se mit à rire. Au-dessus d'elle, les étoiles brillaient dans le ciel bleu sombre tandis que la musique palpitait dans l'air immobile.

— ... deux millions de dollars, disait l'homme nu à côté d'elle alors que les femmes considéraient cette Anglaise d'un regard poli mais fort surpris. Bell riait toujours tandis que les jets d'eau chaude et le courant lui caressaient la peau dans l'air nocturne.

— Heureux de voir que vous aimez ça, lui dit Valentine en prenant place près d'elle. Tenez, des bulles pour l'intérieur également. Du californien, bien sûr, précisa-t-il en lui passant un verre de champagne avant de lever le sien et de le vider d'un seul coup. Sa tête retomba et il ferma les yeux avec un soupir de pur plaisir. Soudain, comme sous un choc électrique, Bell prit conscience de chacun des muscles du corps de cet homme qui s'étirait à côté d'elle. Elle ferma les yeux, mais l'image demeura. Il était immobile, tendu, et très proche d'elle. Elle s'étira un peu, mal à l'aise soudain, et l'eau continua à la caresser avec insistance. Elle se sentit céder à l'élément, aux petites vagues. Et puis, si doucement qu'elle crut d'abord que c'était toujours l'eau, il posa la main sur la cuisse de Bell. Ses doigts se mirent à tracer de tout petits cercles à deux centimètres à peine de sa toison triangulaire. Elle demeura là, figée, respirant à peine, uniquement consciente de l'eau, des doigts de Valentine et de la musique qui se faisait de plus en plus forte autour d'eux.

Et puis, bien trop tôt, la main se retira. Bell se mordit les lèvres pour étouffer un cri. D'autres invités venaient se joindre à eux, riant et plaisantant en s'abandonnant à la tiédeur pétillante. Tout cela semblait si naturel. Bell songea rêveusement à tous ces corps bronzés, dévêtus, qui se côtoyaient. Sa tête roula sur le côté pour regarder Valentine et elle surprit une étincelle de triomphe dans ses yeux. Ce qui lui fit l'effet d'une douche glacée et elle se redressa aussitôt, rouge de mécontentement et avec l'impression d'un viol de son intimité. Valentine remarqua immédiatement le changement et l'étincelle de triomphe disparut.

— Ce qu'il nous faut maintenant, dit-il d'une voix calme, c'est quelques brasses et ensuite nous irons danser. D'accord ?

Ils se dressèrent, brillants comme des poissons et se dirigèrent vers la piscine. L'eau parut glacée après le *Jacuzzi* et Bell étouffa un petit cri en y entrant. Mais après deux longueurs de bassin, elle sentit la peau qui lui brûlait.

Valentine se pencha pour l'aider à sortir, mais elle continua à nager et sortit toute seule, haletante. Sans un mot, il l'enveloppa d'un geste léger dans une énorme serviette, et lui indiqua une cabine où elle pourrait se rhabiller. Il lui adressa un sourire par-dessus la porte.

— Gardez-moi la première danse.

Ils dansaient encore quand l'aube se leva et Bell lui demanda d'aller se reposer. La soirée ne donnait aucun signe qu'elle touchait à sa fin, mais l'épuisement était tombé sur Bell comme un sac de sable. Valentine la regarda.

— On rentre ? fit-il, et elle lui répondit d'un signe de tête las. Quelques instants plus tard, ils se retrouvaient dans la BMW, descendant la route de St-Helena dans un ronronnement de moteur tandis que perlait l'aube d'une nouvelle journée. Bell, la tête appuyée contre la vitre fraîche de la portière, essayait de penser. Elle avait beaucoup bu et commençait à se sentir la tête douloureuse, mais elle savait qu'il allait lui falloir prendre une ferme résolution. Valentine ne devait pas l'approcher davantage. Elle avait été dangereusement proche de lui céder, ce soir, si tôt et si facilement, et elle allait devoir lutter d'autant plus fort désormais. À côté d'elle, il fredonnait, arrogant et sûr de lui. La résolution de Bell se fit plus ferme.

Devant la porte de sa chambre, elle s'arrêta, la main sur la poignée.

— J'ai passé une merveilleuse soirée. Merci.

Il la prit dans ses bras, rudement, et se pencha pour l'embrasser. Elle tourna la tête pour que les lèvres de Valentine ne puissent qu'effleurer sa joue. On sentit une certaine irritation dans sa voix quand il lui dit :

— Allons-nous vraiment vivre ici, côte à côte pendant des jours, sans mieux nous connaître ?

— Oui, dit-elle d'une petite voix, c'est tout à fait exact.

Il laissa retomber ses bras. Il était furieux et le regard brillant de ses yeux bleus s'était assombri. Toute la gentillesse aimable avait disparu.

— Quelle idiotie, et quel gâchis, dit-il. Qu'est-ce que c'est ? Vous vous êtes promise à un gentil garçon de Kensington ?

On sentait maintenant de la raillerie dans sa voix.

— Non. Je ne veux pas coucher avec vous, tout simplement. Pas maintenant. Ni jamais. Bonsoir.

Il n'existait qu'un seul homme qu'elle voulait et il se trouvait à l'autre bout du monde.

Elle sombra dans un sommeil sans rêve dès qu'elle eut tiré par-dessus sa tête la couette cramoisie.

À quelques mètres de là, Valentine était allongé sur son lit, parfaitement éveillé, fixant le plafond. Sans cesse il la revoyait, debout à côté du jacuzzi des Klein, magnifique et lisse mais cependant fragile. Mais ce n'était pas de son corps qu'il se souvenait le mieux. Il en avait vus tellement, dont certains plus beaux encore que celui de Bell. Ce qui revenait sans cesse, c'était l'expression de son regard, le défi mêlé de doute, et la lueur d'impudente décision qui lui avait fait railler sa nudité. Elle l'intéressait de plus en plus, et il la voulait donc de plus en plus. Il grogna son exaspération et se retourna, essayant de chasser le désir qui commençait à l'envahir.

« Pas maintenant. Ni jamais », l'entendit-il dire.

Pas maintenant, peut-être. Mais pour ce qui était de jamais, on verrait.

Le séjour de Bell à Dry Stone se déroulait selon un agréable emploi du temps. Elle nageait puis prenait le petit déjeuner avec Valentine sur la véranda ombragée. Après quoi elle grimpait dans la Jeep couleur de menthe et roulait dans la vallée, avec le soleil sur les épaules et le vent qui rejetait ses cheveux en arrière. Elle allait visiter d'autres exploitations et écouter avec attention les autres viticulteurs parler de leur vigne et de leurs projets. Chaque jour, elle faisait rouler dans sa bouche le cabernet fruité et le chardonnay au goût puissant, prenant des notes sur ses fiches de dégustation. À l'extérieur, elle regardait les allées et venues des tracteurs qui passaient entre les rangs de vigne, et bavardait avec les hommes qui veillaient sur le gros raisin mûrissant. Ils étaient plus calmes que leurs homologues bordelais, certains que le soleil qui brillait chaque jour allait récompenser leurs efforts. Ils ne craignaient guère un soudain et cruel changement de temps qui balaierait les efforts patients de toute une année.

Après quoi Bell allait déjeuner quelque part, assise à une table de cuisine immaculée ou dans un patio avec un cercle de joyeux nouveaux amis. C'était l'endroit le plus hospitalier qu'elle eût jamais visité.

Quand l'après-midi tirait à sa fin, elle rentrait à Dry Stone et s'asseyait au bord de la piscine, tapant ses notes sur sa machine à écrire portative, puis les mettant en forme pour en faire des articles qu'elle expédiait régulièrement à Londres. Le soir, ils allaient en général dîner dehors avec des amis de Valentine, ou dans quelque sympathique petit restaurant avec ses nappes à carreaux et ses pichets de vin local, servis avec libéralité. Deux ou trois fois, Joannie, fidèle à sa promesse, leur fit un steak ou quelque poisson grillé, accompagné d'une épaisse crème glacée américaine tout droit sortie des boîtes de plastique du congélateur.

Bell savait que Valentine l'observait attentivement alors que passaient les jours. Souvent elle surprenait son regard, songeur. Alors il souriait et détournait les yeux. Souvent aussi il la touchait, passant un bras désinvolte autour de ses épaules ou lui caressant la joue d'un geste affectueux. Après une ou deux soirées particulièrement joyeuses, il l'embrassait pour lui souhaiter bonne nuit et elle ne se détournait plus pour éviter sa bouche. Mais jamais il ne la pressa de nouveau, et jamais ni l'un ni l'autre n'évoqua son premier refus.

Cependant, elle ne se sentait pas sans inquiétude. Elle était convaincue qu'il attendait une occasion, prêt à bondir dès qu'une faille apparaîtrait dans ses défenses. Elle se tenait toujours sur ses gardes. Quand elle y réfléchit, elle se rendit compte que cela donnait aux journées qu'ils passaient ensemble un piment et une tentation supplémentaires.

Il subsistait une incertitude, quelque chose d'imprévisible au-delà du charme et de la ferme décision de Valentine d'arriver à ses fins tandis qu'elle relevait son défi. Elle aimait bien Valentine Gordon, souvent même il lui plaisait beaucoup. Parfois, malgré elle, elle se sentait réagir physiquement à sa présence, comme dans le *Jacuzzi*. Valentine s'en rendait parfaitement compte, et elle surprenait alors son regard bleu qui l'observait, qui attendait. Et puis, invariablement, le souvenir de Reynard revenait et elle se détournait brutalement de l'Américain pour se perdre dans sa nostalgie pour Charles.

Quand Bell en eut terminé avec ses explorations de la vallée de la Napa, son attention se porta sur d'autres vallées, plus lointaines. Elle alla jusqu'à Sonoma, puis Santa Rosa et visita tout le chapelet d'exploitations vinicoles installées le long de la Russian River. Lors de ces plus lointaines expéditions, elle prenait la BMW de Valentine, goûtant les accélérations du puissant moteur le long des autoroutes.

Une autre fois, elle quitta la zone côtière pour le fertile et plat pays de Central Valley. Elle y resta trois jours, passant les soirées avec des amis de Valentine, dans les villes vinicoles de Fresno et Modesto. Quand enfin elle rentra à Dry Stone au volant de la BMW, elle le trouva qui l'attendait, accoudé à la rampe de la véranda dans le soir qui tombait. Quand elle aperçut la familière chevelure brune et la mince silhouette, son pouls s'accéléra et elle donna un coup de frein inutilement brusque devant les escaliers. Il sauta par-dessus la rampe et se pencha pour lui ouvrir la portière.

— Bon voyage ? demanda-t-il, désinvolte, et elle le regarda dans les yeux. Elle y vit une lueur d'amusement derrière le conventionnel sourire californien, et elle se raidit.

— Oui, très instructif.

— Oh, parfait, fit-il, moquant son accent anglais. Écoutez, les parents de Joannie nous ont invités à dîner ce soir. C'est pour cela que je vous attendais avec autant d'impatience.

« Je vois », se dit-elle, sans bien savoir pourquoi elle se sentit déçue.

— Pensez-vous pouvoir le supporter ? Il leur tardait de vous revoir et vous avez un emploi du temps si chargé.

Ils entrèrent ensemble dans la maison.

— Oui, bien sûr. Laissez-moi seulement le temps de prendre une douche rapide.

Joannie était assise en face de Valentine et Bell eut l'impression que la jeune fille ne le quittait pas des yeux de toute la soirée. Il la taquinait comme une gamine, mais Bell se dit qu'il y avait quelque chose de moins innocent sous ces plaisanteries. On aurait dit que Val la sondait, évaluait froidement si ses réactions étaient celles d'une enfant ou d'une femme. D'ordinaire, elle rougissait et répondait en riant, mais de temps à autre son regard étincelait et elle passait sa langue sur ses lèvres avec une soif, un désir, qui étaient manifestement ceux d'une adulte. Alors la voix de Valentine se faisait plus sérieuse et il détournait les yeux, adressant au reste de la table une remarque désinvolte.

Les parents de Joannie paraissaient inconscients, mais Bell, plus lucide, désapprouvait une telle attitude. On aurait pu croire que Valentine ne pouvait s'en empêcher. Comme si c'était pour lui une seconde nature que de tenter de séduire même une jeune fille comme Joannie, qui était encore presque une enfant.

Quand ils se retrouvèrent côte à côte dans la voiture, sur le chemin du retour, Bell se tourna vivement vers lui pour lui dire :

— Vous savez ce que vous êtes en train de faire à Joannie ? Vous disiez savoir que vous aviez là un problème mais vous semblez tout faire pour le rendre plus difficile. N'est-elle pas un peu trop jeune pour vous ?

— Ce que je suis en train de faire ? répondit-il tout aussi vivement. Absolument rien. Et elle n'est pas aussi innocente que vous le croyez, Bell. Ce n'est qu'une adolescente américaine normale et sensuelle.

— Peu importe. Je n'ai pas beaucoup aimé vos manières ce soir, répondit lentement Bell. Vous l'encouragiez. Vous la poussiez, devant ses parents. Et moi.

— Foutaises, lui dit-il sur ce ton sarcastique qu'elle lui avait déjà entendu une fois. Et puis j'ai besoin de quelque compensation pour passer tout ce temps avec vous, mon glaçon anglais.

Il se crispa sur le volant et le secoua, faisant dangereusement tanguer la voiture.

— Qu'est-ce que vous croyez que je ressens, Bell. Vous pensez qu'il est facile pour moi de vous regarder chaque jour devant moi et de m'obliger à vivre comme si j'avais une camisole de force.

— Essayez de grandir. Dites-vous que c'est là une sucette que vous n'aurez pas.

Ils continuèrent à rouler en silence jusqu'aux grilles blanches de Dry Stone. Valentine s'arrêta au pied des escaliers de la véranda pour laisser descendre Bell puis, rageur, fila vers le garage dans un crissement de pneus. Bell hésita, son irritation se dissipant lentement. Quand le rugissement du moteur s'arrêta, elle se sentit apaisée par le calme de la nuit et elle écouta le bruissement des feuilles et des hautes herbes. Et puis elle entendit les pas de Valentine sur la pelouse et elle vint à sa rencontre dans la lumière de l'entrée. Elle vit qu'il était rembruni, que ses sourcils se fronçaient en une ligne noire. Elle étendit la main pour la poser sur son bras, mais il ne changea pas d'expression.

— Valentine, je suis désolée, dit-elle doucement. Il ne m'appartient pas de critiquer votre façon de vous comporter avec vos amis.

— Non, dit-il sèchement. Ce n'est pas votre affaire.

Bell soupira.

— Autre chose encore... ajouta-t-elle. Dès le premier jour, j'ai essayé de vous faire comprendre clairement que je ne voulais pas coucher avec vous. Préférez-vous que je déménage ? Je pourrais facilement m'installer ailleurs.

Après un instant de silence, il haussa les épaules et pénétra dans la maison. Ce ne fut que lorsqu'il eut disparu dans l'obscurité qu'elle l'entendit répondre :

— Non. Je ne souhaite pas que vous déménagiez.

Bell l'écouta traverser le couloir et gagner sa chambre et elle alla s'accouder au balcon de la véranda pour regarder les lumières sur la colline en face. Soudain elle ferma très fort les yeux et souhaita, comme elle le faisait cent fois par jour, se retrouver en sécurité avec Charles au Château Reynard.

CHAPITRE V

Tandis que s'écoulaient les chaudes journées, Bell se sentait de plus en plus chez elle sur la Côte Ouest. Rien ne semblait jamais avoir été préparé. Les réunions les plus réussies semblaient être celles que l'on avait décidées impromptu, et les jours les plus débordants d'activité et les plus fructueux ceux pour lesquels on n'avait rien prévu. En compagnie de Valentine, il était facile de vivre dans l'instant et de goûter chacune des heures comme elle se présentait.

À l'un des nombreux barbecues auxquels elle était invitée, Bell rencontra le rédacteur en chef d'un journal local.

— Magnifique ! lui dit-il avec un grand sourire. Si vous m'écriviez un chouette article sur les châteaux français ? Vous savez, les très grands noms, avec des tas d'anecdotes intéressantes et pas trop de technique ?

— Oui, lui dit Bell. Je pourrais essayer.

Dès qu'elle s'assit à sa machine à écrire, elle souhaita avoir refusé. Chaque mot la ramenait dans le Médoc et chaque château lui rappelait Reynard. Et Charles, dont l'absence laissait un vide bien triste au milieu de toutes ces réjouissances, de ce soleil. Il semblait plus lointain que jamais. Sans cesse, devant sa machine, elle revivait sa dernière matinée avec lui.

Quand vous serez rentrée saine et sauve de Californie.

Saine et sauve ? De son ennemi Valentine Gordon ? Bell eut un petit sourire. Elle était saine et sauve, bien que Juliette ne se fût pas trompée dans ses prédictions. Valentine était devenu un nouvel ami et elle l'aimait bien. Cependant, elle ne pouvait s'empêcher de revoir, très vivace dans son imagination, ce même visage souriant se pencher pour baiser la bouche pâle de Catherine de Gillesmont, ces bras solides l'attirer contre lui comme il avait essayé de le faire avec Bell. Et puis elle entendit sa voix à l'accent traînant se moquer du défi anachronique lancé par Charles sous l'effet de la passion, et elle sentit alors la colère la gagner. Elle avait vu Valentine faire jouer sa magie sur Joannie et sur toutes les femmes qui tournaient autour de lui lors des soirées et des dîners, mais la promesse qu'elle avait faite à Charles constituait son seul talisman contre lui. Ce qui la fit sourire, tristement maintenant. Elle avait besoin de ce talisman. Il n'était pas facile de lutter contre l'idée ouvertement déclarée par Valentine, qu'ils pourraient trouver du plaisir ensemble au lit comme dans la vie courante. Il aurait également semblé tout naturel à Bell, dans cette atmosphère californienne, de saisir chacune des occasions de plaisir. Mais elle avait promis à Charles, sur les bords de la Gironde paisible, qu'elle attendrait. Qu'elle attendrait ? Qu'il accorde son envie d'elle avec sa conscience. Avec l'Église qui se dressait, menaçante, déconcertante. Bell soupira. Combien de temps ? Combien de mois ou d'années ? Et même alors, qu'aurait-elle à gagner ? Un homme marqué par la tragédie et la déception, et enfermé dans une armure pour se protéger.

Cela l'attristait d'autant plus que, plus elle pensait à Charles et plus il semblait lui échapper. Elle ne parvenait pas à retrouver son visage mais seulement, parfois, le bleu marine de ses yeux ou la courbe sensuelle de sa bouche, ou encore les poils blonds de ses pommettes.

Alors le doute venait. Cela n'avait duré que trois petits jours. À des milliers de kilomètres de ce soleil. Parfois, quand le souvenir de Charles surgissait à l'improviste, elle sentait les muscles de son estomac se nouer comme un poing et elle en restait le souffle coupé. Mais quand elle tentait délibérément de le retrouver dans son souvenir, de retrouver cette certitude qu'elle avait ressentie quand leurs regards s'étaient rivés, elle ne revoyait que le vide. Elle se sentait alors exaspérée, mais tristement amusée aussi devant le romanesque de sa situation qui lui semblait un vrai cliché.

« C'est bien toi, Bell Farrer, se disait-elle. Qui te trouves ici en Californie où l'on t'invite à dîner, à boire, où tu fais la connaissance d'un tas de gens charmants, où tu fais tout ce que tu aimes le plus. Et malgré cela ton cœur soupire pour un homme inaccessible que tu connais à peine. » Elle s'irritait à l'idée que, si elle n'avait jamais rencontré Charles, ces jours dorés eussent été d'or. Elle aurait accepté Valentine de grand cœur. Oui, se dit-elle, elle aurait couché avec lui et aurait goûté tout le plaisir que son corps lui aurait donné. Cela se serait produit comme elle l'aurait elle-même décidé et sans s'engager. Et puis, à la fin de son séjour, chacun serait reparti de son côté, heureux et satisfait. Ils seraient restés bons amis, se retrouvant parfois pour dîner à Londres ou à Los Angeles. Alors que maintenant, songeait-elle amèrement, il manquerait toujours à leur amitié cet équilibre qui est passé par l'épreuve de l'amour. Alors que maintenant, elle devait surveiller chacune de ses réactions et prendre ses distances avec une froideur bégueule qui ne lui ressemblait pas.

Mais le charme de Charles ne se dissipait pas. Et elle ne souhaitait pas qu'il se dissipe. Il l'attirait comme aucun homme encore, malgré cette froide réserve derrière laquelle il s'abritait. Bell la voyait et la comprenait. Tout comme Charles comprenait qu'elle se protège de la même manière. Son cœur battait plus vite quand elle y pensait. Ils étaient semblables et vivaient selon les mêmes règles. Elle se sentait parfaitement proche de lui. Malgré les difficultés qu'ils pouvaient rencontrer et qui les séparaient, ils se comprenaient. Et elle se sentait attirée par le mode de vie et les traditions qui comptaient tant pour Charles. Bell voulait les partager plus qu'elle n'avait jamais rien désiré. En comparaison de ce désir, le plaisir qu'elle trouvait à son séjour en Californie et l'attirance facile qu'elle ressentait pour Valentine semblaient bien éphémères. Bell se rendait bien compte, avec une certaine impatience, qu'elle n'y pouvait rien sinon tenir sa promesse et attendre. Attendre d'être tranquillement rentrée, attendre que Charles ait cueilli sa dernière grappe. « Alors, décida-t-elle fermement, j'irai le retrouver. »

Arrivée à ce point, elle bouillait d'une irritation qui lui donnait envie de jeter tous ses papiers en l'air ou de partir en courant, ou de filer immédiatement vers l'est sans s'arrêter tant qu'elle ne l'aurait pas rejoint.

C'est dans un tel état d'esprit qu'un soir elle sauta de son lit et sortit de sa chambre, avec l'intention d'aller plonger dans la piscine et de nager, nager, jusqu'à ce que l'épuisement chasse cette irritante envie. Elle tomba sur Valentine qui la prit par les coudes et la retourna face à lui.

— Hé, qu'est-ce qui se passe ?

— Oh, je ne sais pas. Je me sens… si agitée. Je ne peux rester en place.

Cela lui parut bien faible comme explication, mais elle ne trouva rien d'autre.

— Eh bien, allons à Vegas.

— À Las Vegas ?

— Oui. Tout de suite. C'est le meilleur remède au monde contre l'agitation. Jetez quelques affaires dans votre sac et allons-y.

— Mais, et…

— Ne discutez pas.

Il n'y avait rien d'autre à ajouter. Tout excitée malgré elle, elle jeta quelques vêtements dans son sac de toile. Avant même qu'elle ne soit complètement prête, Valentine faisait retentir son avertisseur.

— Vous n'avez pas quelques affaires à préparer vous-même ? souffla-t-elle en grimpant dans la voiture.

— À Vegas, on n'a besoin de rien. Sauf de pouvoir demeurer éveillé.

Ce voyage, pour Bell, fut l'essence même, distillée en une nuit, de tous les films qu'elle avait pu voir. Ils fonçaient à travers l'obscurité comme dans un tourbillon, laissant derrière eux des enseignes au néon annonçant RESTAURANT ou THE BIG BURGER. Dans la lumière de leurs phares apparaissaient d'immenses panneaux publicitaires de Marlboro ou Coke. Valentine défit pour eux des barres de gomme à mâcher, avec un infime battement de paupières indiquant qu'il goûtait autant qu'elle le rôle qu'ils jouaient. Quand ils s'arrêtèrent pour prendre de l'essence, elle descendit et s'appuya contre la voiture, les mains dans les poches de son jean, mâchant son chewing-gum et regardant le pompiste dans sa combinaison blanche. Il ôta d'un coup d'éponge les insectes collés au pare-brise et lui adressa un clin d'œil.

Quand ils reprirent la route, Valentine lui raconta ses autres visites à Las Vegas. Plus jeune, il y était venu seul. Il jouait au poker et il lui fallait gagner, lors de parties sérieuses qui duraient des jours dans des pièces aux rideaux tirés, derrière les façades illuminées. Plus tard il y était revenu avec des bandes d'amis depuis oubliés. Les hommes avaient joué au black jack et tenté de sortir avec les danseuses, tandis que les femmes paressaient auprès des piscines des hôtels, n'en bougeant que pour glisser des piles de dollars dans les machines à sous, ou pour aller entendre chanter Sinatra au Caesar's Palace. Une ou deux fois, dit-il, il y avait amené une fille.

— Êtes-vous joueuse, Bell ?

— Non. Ma foi, je joue parfois aux courses.

— Vraiment.

— Cheltenham, la semaine de la Coupe d'Or, le Derby.

— Oh, ce genre de courses. Avec hauts-de-forme et jumelles.

De nouveau il se moquait d'elle.

La route se déroulait devant eux, noire et presque vide à ces heures de la nuit. Bell ressentit soudain toute l'immensité du pays qui s'étendait vers l'est, et toute leur petitesse à eux qui se traînaient sous des cieux sans limite. Peut-être Charles avait-il raison. Peut-être que dans tout le schéma de l'univers, la minuscule somme des émotions individuelles comptait-elle moins que la pérennité de la foi. La promesse qu'elle avait faite à Charles se réduisit dans sa dimension et son importance jusqu'à lui paraître toute petite. Quelle importance, après tout ? Bell frissonna un peu. Aussitôt, la main de Valentine vint se poser sur la sienne et elle eut un soupir de remerciement.

— Pourquoi ne dormez-vous pas un peu ? suggéra-t-il.

— Non, je ne veux pas dormir, répondit-elle vivement. Elle voulait demeurer éveillée et chasser ces pensées. Parlez-moi. Continuez à me raconter ce que vous faisiez.

— Je vous ai déjà raconté pas mal de choses. À votre tour maintenant. Qu'est-ce qui vous est arrivé pour vous faire telle que vous êtes ?

C'était la première fois que Valentine voulait en savoir sur elle plus qu'elle n'avait décidé de lui en dire, et elle en fut surprise. Pour un homme qui vivait autant que lui dans le présent, quelle importance avait le passé ? « *Ce qui m'a fait telle que je suis ?* songea Bell. Non, je ne vous le dirai pas. Vous ne faites pas partie de cette période de ma vie. Restez là, en Californie, je vous prie. » Cependant, elle eut un instant envie de lui parler de Charles. Quel soulagement c'eût été de pouvoir parler de lui à quelqu'un. À n'importe qui. Même à Valentine. Mais elle ravala son aveu et se tourna sur le côté, dans le siège de cuir, au lieu de le regarder.

Elle répondit à côté du sujet :

— Vous voulez dire ce qui m'a rendue imperméable à votre incontestable charme ?

Il se mit à rire, très à l'aise, ne semblant pas se rendre compte qu'elle évitait ainsi de lui répondre.

— Évidemment. Cela ne nous aurait pas fait de mal, ni à l'un ni à l'autre, savez-vous. Pas d'attaches, si vous préférez.

Bell hésita, choisissant soigneusement ses mots.

— Non, voyez-vous, ce n'est pas ainsi que je préfère la chose. Vous aviez raison, en un sens, quand vous blaguiez à propos de ma promesse à quelqu'un d'autre. Encore que ce ne soit certainement pas ainsi que vous l'imaginez. Mais je vous aime bien. Comme vous l'avez probablement deviné. Si les circonstances avaient été différentes — eh bien, les choses auraient été différentes, voilà tout.

Il la regarda un instant avant de reporter son attention sur la route.

— Voilà qui est très féminin, et qui ne vous ressemble pas beaucoup. Vous êtes trop fine pour croire que vous pouvez dissimuler vos véritables raisons derrière quelque stupide secret romanesque. Mais si vous le souhaitez...

Elle ne répondit pas et ils restèrent un instant silencieux, chacun plongé dans ses pensées. Et puis Valentine lui dit doucement :

— Regardez.

Devant eux, surgissant du désert comme un mirage, apparut un éclat de lumière à multiples facettes. Derrière Las Vegas, l'horizon passait du sombre au gris pâle et au rosé.

Bell laissa échapper un long soupir.

— Voilà qui est romanesque.

Quand ils pénétrèrent dans la ville, les brillants rubans de néon commencèrent à s'estomper dans la lumière du jour, mais tous les hôtels et casinos éclataient encore de vie. Bell resta bouche bée de surprise devant les guirlandes sur les façades du Strip.

— Lequel ? demanda Valentine. Encore qu'ils se ressemblent tous. Venez, j'ai les doigts qui me démangent.

— Tous. Nous allons les faire tous. Un par un. Non, attendez. La *Pantoufle Rose*, s'il vous plaît.

Dans un mouvement ralenti, une immense et éclatante bouteille de champagne déversait un flot de lumière dorée et comme pétillante dans une pantoufle rose fluorescente. Alors qu'ils regardaient, la bouteille se redressa pour recommencer inlassablement son même mouvement.

— Eh bien, va pour la *Pantoufle Rose*, dit Valentine.

Le hall de l'hôtel ne ressemblait à aucun autre hall d'hôtel que Bell eût déjà vu. Il était bordé de toute une batterie clignotante et ronronnante de machines à sous. Les joueurs ressemblaient eux-mêmes à des machines, glissant les pièces et manœuvrant les leviers comme des robots. Bell se tourna pour faire part de son étonnement à Valentine, mais il était à la réception, vaste banque circulaire entièrement capitonnée de plastique couleur argent. La réceptionniste était une grande rousse d'un mètre quatre-vingt, en short de satin rose. Bell jeta un coup d'œil à son jean froissé et se dit soudain qu'elle détonnait à Las Vegas. Elle attendit que Valentine la rejoigne et lui souffla :

— Il me faut ou bien trouver un short en satin, ou un truc comme en portent les femmes en train de jouer aux machines à sous.

— Vous le savez bien, à Rome on fait comme les Romains. Et dans la Cité du Plastique on porte du plastique. Tenez, voilà de l'argent en plastique pour aller avec, lui dit-il en lui passant une pile de gros jetons carrés en plastique qui portaient 50 DOLLARS — PANTOUFLE ROSE.

Le hall était dépourvu de fenêtres. Si ce n'avait été la fatigue qui marquait le visage de l'homme en veste à paillettes qui chantait dans un micro, et le sourire figé et las des croupiers, il aurait pu être n'importe quelle heure du jour ou de la nuit. Des filles aux longues jambes et vêtues de l'éternel short rose passaient avec de petits plateaux de boissons, de sandwiches ou de hamburgers. Elles étaient chaussées de pantoufles de satin rose à hauts talons.

Les tables étaient déployées autour d'une scène comme les rayons d'une roue autour d'un moyeu, chacune surmontée par un lustre éclatant. Quand le chanteur s'inclina enfin, après des applaudissements peu nourris, on entendit surtout le bruit des roulettes.

Valentine guida Bell jusqu'à deux sièges vides à la table la plus proche.

— Soyez les bienvenus, leur dit, avec un sourire machinal, la croupière dont le cœur en plastique épinglé sur sa poitrine annonçait qu'elle s'appelait Cindy. Les autres joueurs, à la table, ne levèrent même pas les yeux.

Suivant Valentine, Bell posa une de ses plaques de plastique rose sur un numéro et attendit, le regard fixé sur le flou hypnotique de la roue et de la boule.

Elle eut tôt fait de découvrir qu'elle n'était pas joueuse. Le jeu était davantage ennuyeux et répétitif qu'excitant. Et dès que sa pile de plaques fut devenue un peu plus importante, elle commença à se montrer absurdement protectrice à son égard. Elle voulait rendre à Valentine le nombre exact de plaques qu'il lui avait confié et elle répondit d'un signe de tête négatif à Cindy qui s'enquérait de sa nouvelle mise d'un haussement de sourcils. À son côté, Valentine jouait et perdait régulièrement. Elle finit par se pencher vers lui et lui dit :

— Je m'arrête. J'ai sommeil.

Il plaça ses dernières plaques sur un numéro et regarda, impassible, Cindy les ramasser d'un geste de son râteau. Après quoi, il remit à Bell une clé accrochée à une plaque de plastique rose.

— C'est idiot. Vous êtes en veine. Eh bien, je vais me trouver une partie de cartes. Oh, et il va nous falloir partager la suite. Il n'en restait plus qu'une. Faites de beaux rêves.

Bell se sentait trop fatiguée pour discuter.

Il déposa un baiser rapide sur son front et elle adressa, à la silhouette qui s'éloignait, un sourire d'une tendresse qui l'aurait surprise si elle en avait été consciente.

La suite qu'il avait louée étalait toutes les nuances et variétés de rose. Dans la chambre, se dressaient deux immenses lits doubles recouverts de curieuses dentelles roses. Bell poussa un grognement, lorsqu'elle ôta le couvre-lit de l'un des lits, en découvrant les draps de satin rose pâle.

La fenêtre était étouffée sous des tentures roses qui, manifestement, n'étaient pas destinées à être ouvertes. Bell parvint tout de même à détecter une faille et à tirer le store vénitien qui se trouvait derrière. Elle jeta un coup d'œil et découvrit, plusieurs étages plus bas, le chatoiement couleur turquoise d'une piscine. C'était tentant, mais il lui fallait d'abord dormir. Elle ferma résolument les yeux pour ne plus voir tout ce rose et sombra dans le sommeil.

Quand elle se réveilla, elle resta quelques instants à cligner des yeux de surprise dans ce décor cauchemardesque. Et la mémoire lui revint. Elle regarda le lit voisin. Valentine dormait. Elle sourit au spectacle de son corps mince et bronzé à demi-enveloppé de fanfreluches roses. Elle posa sa tête sur un coude pour jouir plus confortablement du spectacle. Il fronçait, dans son sommeil, ses sourcils qui creusaient deux rides verticales. Un de ses bras pendait tandis qu'il s'abritait de l'autre comme dans un geste protecteur. Sans l'éclat des yeux bleus, le visage paraissait sombre, presque mélancolique. Bell se sentit très proche de lui. Comme si elle le connaissait parfaitement — et elle aurait bien aimé le mieux connaître. Elle se rendit compte, avec un choc, qu'elle aurait trouvé tout naturel de se réveiller contre la tiédeur de son corps, de goûter cette tiédeur sans plus songer aux doutes qui l'envahissaient. Elle chassa ces pensées de son esprit et remplaça l'image de Valentine, endormi, par celle de Charles. Elle le revit tel qu'il était à l'aéroport, pâle et circonspect, et elle comprit du moins ce qu'il avait craint. Il devait fort bien connaître le magnétisme qui émanait de Valentine. Il en avait déjà apprécié les résultats. « Rien de surprenant que Charles déteste cet homme » songea-t-elle. Vivement, Bell se pencha sur son sac, ouvert à côté de son lit. Elle y fouilla une seconde et ses doigts se refermèrent sur le bracelet d'ivoire. Elle le serra jusqu'à ce que les gravures s'incrustent cruellement dans ses doigts. Alors, seulement, elle se retourna pour regarder de nouveau Valentine et, en tournant la tête, elle découvrit que le petit meuble bas, qui séparait leurs lits, était jonché de billets de cent dollars. Dans le même temps, elle se rendit compte, avec un autre choc, que les yeux bleus étaient grands ouverts et la regardaient sans ciller.

— Bonjour, lui dit Bell. Vous avez dévalisé une banque ?

Il poussa un grognement.

— Si seulement je pouvais jouer au poker sans boire de whisky, dit-il d'une voix pâteuse. Je serais un homme riche. Ma foi, mes yeux doivent du moins s'harmoniser avec le décor. Soyez chou et allez me chercher un verre de Perrier dans le frigo, avec ce que vous pourrez trouver qu'offre la maison.

Bell se leva, heureuse de porter son long tricot en guise de chemise de nuit. Elle lui apporta un verre d'eau et un autre de vin blanc bien allongé de soda. Il les vida l'un et l'autre en deux longues gorgées. Et puis il se pencha, l'attrapa par les poignets et l'attira à côté de lui. Elle posa les mains sur son front et il gémit doucement.

— Comme c'est frais et apaisant. Comme doit l'être le reste de votre corps.

Ses yeux grands ouverts fixaient ceux de Bell. Elle n'y vit ni arrogance ni défi, maintenant, mais la simple et éternelle attirance d'un homme pour une femme.

— Pourquoi ne pas retirer ce truc et venir vous allonger à côté de moi ? souffla-t-il.

Le cœur de Bell battait la chamade dans sa poitrine. Ce serait si facile, si facile qu'elle en eut peur. Ce fut d'une voix rendue plus aiguë par cette peur et peu naturelle qu'elle lui répondit.

— Non. Pas question. Je vous en prie, ne gâchez pas les choses. Je ne peux pas.

— Vous ne pouvez pas, pour l'amour de Dieu. N'avez-vous pas passé l'âge de jouer les allumeuses ? demanda-t-il, le regard plein de colère et de frustration. Écoutez bien. J'en ai marre de demander. Ce n'est pas mon style. Mais je sais que vous en avez envie tout autant que moi, sauf que vous n'êtes pas assez sincère pour le reconnaître. Souvenez-vous bien que lorsque le moment viendra, c'est vous qui devrez me le demander. D'accord ? Maintenant sortez de là que je m'habille. Sans quoi je pourrais offenser votre pudeur de jeune fille.

Bell ramassa son sac de toile et referma la porte de la chambre derrière elle en sortant. Un instant elle se sentit furieuse d'être si brutalement chassée, mais cette colère disparut rapidement. Le salon rose paraissait si vide et on n'entendait pas le moindre bruit au-dehors. Bell se souvint que tout Las Vegas s'étendait au-delà de cette fenêtre, et elle traversa la pièce pour aller regarder à travers les stores vénitiens. Elle avait imaginé visiter tout cela avec Valentine, et la perspective de découvrir la ville toute seule ne la séduisait guère. Au diable. Elle fronça les sourcils. Il l'irritait, et ne respectait pas les règles. Mais, malgré cela, elle se rendit compte qu'elle ne voulait pas passer la journée sans lui.

Eh bien, c'était regrettable. Il allait tout de même lui falloir sortir seule et le laisser à ses projets. Elle s'habilla rapidement et sortit en silence dans le couloir anonyme de l'hôtel. Elle regarda à droite puis à gauche, essayant de se souvenir de l'emplacement de l'ascenseur qu'ils avaient pris pour monter et tomba, soudain, sur le tunnel rose pêche qui y conduisait. Elle ne savait absolument pas où elle allait, mais il était impératif qu'elle s'éloigne de Valentine le temps de retrouver la pleine possession de ses moyens et de tirer une ou deux choses au clair.

Elle descendit jusqu'au rez-de-chaussée. Quand les portes de l'ascenseur s'ouvrirent, elle découvrit, de l'autre côté d'une sur-face carrelée parsemée de tables roses, le bleu d'une piscine, presque déserte et très séduisante dans le soleil de l'après-midi. Quelques instants plus tard elle était dans l'eau, glissant de plus en plus vite, se mortifiant et brisant ses pensées jusqu'à la soumis-sion. Quand elle n'en put plus, elle se hissa hors de l'eau et alla s'allonger, haletante, sur un matelas. Le soleil marquait de deux disques de cuivre ses yeux clos, à travers les paupières. Et les questions revenaient. Charles, Catherine, Valentine. Valentine, Catherine, Charles. Comment en était-elle arrivée là ?

Elle se redressa. Elle avait très faim, réalisa-t-elle. Elle se jura de déjeuner d'abord et de penser après. Elle appela un garçon qui passait, en veste rose.

— Pouvez-vous m'apporter quelque chose à manger ?

— Certainement.

— Je prendrai... oh, un sandwich au poulet, pain de seigle, avec beaucoup de mayonnaise, et une salade avec de la vinaigrette. Deux pommes, et un grand verre de lait.

Tout en mangeant, Bell regardait les autres clients de l'hôtel autour de la piscine. La plupart étaient des femmes d'un âge certain, particulièrement soignées, les yeux abrités derrière des lunettes de soleil de la taille de soucoupes. Seul un léger mouvement de leur tête témoignait qu'elles ne perdaient rien des allées et venues entre la piscine et les tables.

Les autres clients qui se bronzaient au soleil étaient des hommes jeunes, dont les corps soigneusement huilés attiraient les regards au milieu de chairs moins jeunes. Ils portaient, pour la plupart, de minces maillots de nylon et jouaient d'un air naturel avec leurs serviettes, leurs peignes et leurs paquets de cigarettes. L'un d'eux, observa Bell, se pencha et alluma avec son briquet la cigarette d'une femme en turban et aux lèvres rouges. Les muscles de la jambe de l'homme saillirent puis se relâchèrent dans son mouvement. Bell souriait en elle-même quand une ombre tomba sur son matelas, l'ombre d'un géant blond aux petits yeux et aux dents éclatantes.

— Salut. Je peux m'asseoir avec vous ? Vous avez l'air bien seule.

Bell se rembrunit. Rien ne lui causait plus de déplaisir.

— J'aimerais mieux pas. Il faut que je pense et je pense toujours mieux toute seule.

— Allons, ne soyez pas comme ça. Je vous paie un verre. Qu'est-ce que c'est que ça ? Seigneur, du lait !

— Fichez le camp, s'il vous plaît, je n'ai pas envie de me faire draguer.

Il lui sourit, pas le moins du monde décontenancé.

— Comme vous voulez. À bientôt, dit-il avant de disparaître.

Bell soupira et ferma les yeux, très fort. Maintenant il allait lui falloir réfléchir. Valentine, là-haut, ou Dieu savait où il pouvait être, avait fait mouche avec sa flèche. « Allumeuse », lui avait-il dit, et le qualificatif lui était resté sur l'estomac. Elle qui se flattait d'être trop directe et trop libérée pour ce genre de petit jeu. Mais elle savait aussi qu'il avait un peu raison. Elle se sentait furieuse contre lui, pour ce qu'il lui avait dit et pour la situation dans laquelle il était parvenu à la mettre. Elle en fit le bilan dans sa tête. D'abord, alors qu'il venait à peine de la rencontrer, il l'avait défiée avec sa nudité. Ensuite les jeux d'eau sexy dans le *Jacuzzi*. L'unique suite à l'hôtel, après cela, et lui en train de dormir dans le lit voisin. Enfin, sa candide et toute dernière proposition venue du cœur. Il l'avait manipulée, et, ce qui irritait Bell encore davantage, il l'avait manipulée avec succès. Elle avait chaud et se sentait mal à l'aise, et elle reconnut les symptômes. C'était du désir difficilement réprimé. Inutile de prétendre qu'elle n'avait pas envie de lui.

Mais s'il l'avait manipulée, elle était bien consciente qu'elle aussi l'attirait — et cela ne lui avait pas déplu. Elle aussi avait joué avec lui. Inconsciemment ou consciemment, c'était sans importance. Pouvait-elle lui en vouloir de sa réaction, ou de ses buts avoués ? Pas vraiment.

« Bien, que convient-il de faire ? » se demanda-t-elle froidement. On était en Amérique. Au Nevada, en Californie, en des lieux étranges, pour un mois en dehors de sa véritable vie. Pendant un petit espace de temps clairement défini, et dont plus de la moitié était déjà écoulée. Et, devant elle, la certitude qu'il lui fallait rejoindre Charles. Elle se sentait attirée par lui comme par un aimant. Mais en attendant, entre-temps, pourquoi ne pas fêter l'adieu à l'indépendance qu'elle avait combattu pour obtenir ? Après tout, il s'agissait de la fin d'une vie de liberté. Désormais, après la Californie, elle allait appartenir à Charles — ainsi qu'elle l'avait promis.

Mais, là et pour le moment, elle ne pouvait nier la force de son attirance pour Valentine. Elle commençait à ne plus pouvoir y résister. Dès qu'elle l'eût admis, Bell se sentit un poids de moins sur les épaules. Elle réfléchit rapidement. Ne pouvait-elle se donner, ici, dans ce Nouveau Monde où l'on ne se posait pas de problème, à un homme séduisant sans pour autant trahir Charles ? Leurs deux mondes ne pouvaient être davantage différents, séparés, et aucun des deux n'éclipserait l'autre.

Et cependant, cependant.

Valentine n'était pas simplement le premier homme venu. Il était l'ennemi de Charles. Et cela comptait. C'était cela qui donnait à l'aventure son aspect destructeur et non le simple fait de coucher avec un autre homme.

Le regard de Bell se posa sur le bord de la piscine. Les jeunes hommes s'y promenaient toujours, goûtant le plaisir d'exposer leurs corps. Les femmes les regardaient, souriantes et admiratives. Un homme brun, très latin d'aspect, se pencha pour murmurer quelque chose à une femme d'âge mûr, abondamment huilée, qui approuva d'un signe de tête et se mit à rire.

« Pour ces gens-là, c'est sans importance, se dit Bell. Faire l'amour n'est qu'un plaisir comme les autres, comme se mettre à table ou prendre du soleil. Tout comme pour Valentine. Est-ce vraiment important ce que je peux faire maintenant, avant de retourner auprès de Charles ? »

« Oui », lui répondait sa conscience, tandis que le reste de sa personne n'était pas d'accord.

« Vas-y donc, se disait-elle, prends de Valentine ce qui te plaît. Prends cela comme une espèce de fête, si tu veux. Pour fêter la découverte de ce que tu désirais. Après quoi tu rentreras chez toi et laisseras tout cela derrière toi. »

Bell hocha doucement la tête. Elle savait comment cela devrait se passer avec Valentine. Sainement, sans histoire, sans attachement et à leur satisfaction mutuelle.

Oui. Elle allait le faire. Dans cette petite bulle de temps irréel, cela ne pouvait faire de mal à personne.

Bell se retourna pour laisser le soleil lui chauffer le dos et elle sourit dans le repose-tête de toile.

Ce serait un soulagement de passer du gibier au chasseur. Elle y trouverait autant de plaisir que de montrer à Valentine une Bell bien différente. Oh, oui, elle allait y trouver du plaisir. Mais elle allait devoir choisir son moment avec soin... Le bon moment et le bon endroit... Dérivant lentement entre l'imagination et le sommeil, Bell goûtait la tiédeur du soleil.

Quand le soleil commença à descendre vers la Californie et à glisser derrière la masse de l'hôtel, Bell se leva et s'étira, décidée à éviter Valentine quelques heures encore. Dans son humeur actuelle, la solitude lui convenait. Elle quitta donc sa chaise de soleil, ramassa son sac et partit à la recherche d'un coin pour se changer. La salle réservée aux dames, au rez-de-chaussée, était une grande pièce de marbre rose et de miroirs. Elle prit une douche, remonta ses cheveux et se maquilla soigneusement le visage. Elle avait dans son sac une robe de couleur crème, toute droite et taillée comme une chemise sans col. Elle la passa et enfila une paire de sandales bleues à lanières et hauts talons. Avec une touche de *Chloe* à la gorge, elle était prête à affronter Las Vegas.

Le bracelet d'ivoire tranchait sur son bras bronzé tandis qu'elle jetait son sac sur son épaule et entrait dans le hall. Elle s'arrêta au bar pour prendre un gin-tonic, et passa les portes à tambour de la Pantoufle Rose pour sortir sur le Strip.

La nuit tombait avec la soudaineté du désert. La lumière baissa, s'estompa et disparut à l'ouest, aussitôt remplacée par des néons tapageurs et le pouls de la cité se mit à battre plus vite. Les embouteillages se firent plus denses, les bruits d'avertisseurs se superposaient aux musiques d'intensité variable qui s'échappaient des hôtels. Bell flânait sur le trottoir, léchant les vitrines de souvenirs sans grand intérêt, en se demandant qui pourrait bien vouloir d'un cendrier en plastique en forme de roulette monté sur un socle de faux onyx.

Tous les autres passants marchaient vite, pressés de se rendre quelque part, sans même la gratifier d'un regard.

Il apparaissait très facile de demeurer dans sa solitude à Las Vegas.

Elle passa devant toute une série d'hôtels au luxe tapageur et identique. Elle s'assit à des tabourets de bar, sirotant des boissons et regardant les danseuses dans leurs différents numéros : cavalières en franges d'argent faisant tournoyer des pistolets d'argent, filles vêtues de drapeaux américains, avec canne et haut-de-forme, danseuses tout emplumées et sans grand-chose d'autre sur le dos. De temps à autre, les danseuses laissaient la place à des chanteurs et comédiens vêtus de velours ou de smokings à paillettes. Personne ne les regardait. Tous les yeux étaient fixés sur les tambours des machines à sous dans l'espoir de les voir aligner les trois mêmes fruits, sur la boule qui hésitait entre les différents numéros de la roulette ou sur les cartes qui sortaient des sabots noirs des croupiers.

Vers les dix heures, Bell en était à son sixième verre. Elle commençait à se sentir un peu solitaire et à s'apitoyer sur son sort. Elle se dit qu'elle pourrait tout aussi bien rentrer à la Pantoufle Rose pour y retrouver Valentine. Et puis tous les chanteurs de tous les hôtels se mirent à chanter — mal — *L'Herbe si verte de mon pays.* Bell savait que c'était ridicule et, déjà, une partie d'elle-même se moquait de sa sentimentalité, mais malgré cela les larmes commençaient à lui piquer les paupières. Pour elle, l'herbe de son pays, c'était l'Angleterre, humide et brumeuse en septembre, et sentant les feuilles et le feu de bois. C'était bien loin, si loin. Et que faisait-elle dans cet horrible endroit ?

Il était trop tard pour étouffer un sanglot et les deux premières larmes glissaient déjà sur ses joues.

— Eh bien, dit une voix derrière elle, on dirait que ça ne vous vaut rien de penser.

C'était le géant aux cheveux filasses qui l'avait abordée à la piscine. Aussitôt, Bell se recomposa un visage, arrêta ses larmes et renifla un bon coup.

— Je vous ai dit que je ne voulais pas être draguée. Je... suis avec quelqu'un.

— Et je vous ai dit de faire comme il vous plairait. Mais je déteste voir une jolie femme pleurer toute seule sur un tabouret de bar. Je fais une pause et je vais manger une pizza. Ça vous dirait de venir avec moi et de tout me raconter ?

— Non, ça ne me dirait rien. Oh, *merde.* D'accord.

« Ce ne sera pas pire que de rester là, assise toute seule », se dit-elle.

Il lui tendit une énorme main constellée de taches de rousseur pour l'aider à descendre de son tabouret. Et Bell se retrouva assise dans une pizzeria rustique où tout le décor « de bois » était en fait en plastique, et où tout le reste était à carreaux rouges et blancs parsemé de bouteilles de chianti vides.

Le géant, assis en face d'elle, enfournait dans sa bouche des triangles de pizza tout en l'encourageant de la tête tandis qu'elle lui racontait tout : Charles, Valentine, Catherine, Juliette, Hélène. Le catholicisme, les *Jacuzzi*, le divorce, les promesses et les compromis. Le visage en face d'elle lui sourit avec bonhomie quand elle eut terminé et il avala le reste de sa pizza à laquelle elle n'avait pas touché.

— Et alors, où est le problème ? Vous avez le méchant ici sous la main, bien beau et bien net, et une fois que vous vous le serez sorti de la peau, vous rentrez à Bor... do ou Dieu sait où, auprès du gentil monsieur. C'est tout simple. J'aimerais bien que ma vie soit aussi simple.

— Vous le croyez vraiment ?

— Bien sûr. Faites confiance à vos instincts, mon chou. N'allez pas trop compliquer les choses. Tout ce baratin à propos de culpabilité et de trahison, c'est de la connerie.

Bell lui retourna son sourire et la patte velue du géant, parsemée de poils blonds, se posa sur ses mains, les engloutissant.

— Merci. Vous m'avez beaucoup aidée, simplement en m'écoutant. Je ne sais même pas votre nom. Je crois que je dois être un peu ivre.

— C'est Jim.

Arrivèrent deux tasses de café grisâtre et Bell prit la sienne avec reconnaissance.

— Vous habitez ici ? Qu'est-ce que vous faites ?

— Ouais. Je suis acteur, mais je dois faire autre chose de temps en temps. Un peu tout : barman, garde du corps, vous voyez.

— Oui, je vois. Je vous ai vu cet après-midi, vous vous souvenez. Comment cela s'est-il passé ?

Il rougit un peu et Bell regretta d'avoir dit cela, mais les petites scènes auxquelles elle avait assisté au bord de la piscine la fascinaient.

— Désolée, ajouta-t-elle. Je ne voulais pas être indiscrète.

— Oh, c'est sans importance. Et ne vous y trompez pas. Certaines de ces dames sont tout à fait innocentes, solitaires et cela leur rend service. Je suis très bien dans ce rôle, vous savez.

Bell en était tout à fait convaincue. Ne serait-ce qu'il savait parfaitement écouter. Elle avala son café et se leva.

— Écoutez, il faut que je parte. Merci, Jim, pour cette soirée. Laissez-moi au moins régler l'addition. Où est-ce ? Là ?

— J'ai réglé, dit-il.

Puis il ajouta, presque à haute voix :

— Je suppose que vous n'avez pas envie de coucher ?

Si, elle en avait envie, mais pas avec le premier professionnel venu.

— Non, mais merci quand même. Combien cela m'aurait-il...

— Seigneur, rien du tout. Vous plaisantez ? Avec quelqu'un comme vous ?

— Je suis flattée, lui dit Bell, sincère. Au revoir.

Il lui sembla que la route était bien longue jusqu'à l'endroit où la bouteille de champagne déversait sa lumière dorée dans la pantoufle fluorescente. Quand elle arriva dans la suite rose, elle la trouva vide, mais les fanfreluches roses du lit de Valentine étaient rejetées en tas et froissées. À côté du lit, elle vit un cendrier débordant de mégots marqués de rouge à lèvre. Bell ramassa le cendrier, refoulant son dégoût, et alla le vider dans la corbeille.

« Je suppose que je ne l'ai pas volé », se dit-elle, mais cela ne rendit pas le fait plus agréable. Elle ferma la porte d'un geste décidé sur le lit défait et partit à la recherche de Valentine.

Elle n'eut aucun mal à le trouver.

Il jouait à la roulette à la même table. À la place de Bell, à côté de lui, se trouvait une fille bien en chair et appétissante, mais paraissant de mauvaise humeur. Ils levèrent les yeux sur elle en même temps et Bell vit aussitôt que Valentine était ivre. Le blanc de ses yeux, d'ordinaire très clair, était injecté de sang et il avait le regard vitreux. La fille quitta aussitôt son siège. Calmement, elle ramassa la pile de jetons roses devant Valentine, et les glissa dans son sac qu'elle ferma d'un geste sec.

— Salut, mon chou, dit-elle. Merci pour tout.

Valentine ne leva même pas les yeux sur elle.

— Vous voulez prendre un verre ? demanda-t-il à Bell. Venez vous asseoir. Je m'amuse comme un fou.

Non, fit Bell de la tête.

— Montons. Allons dormir un peu et fichons le camp d'ici.

— Monter, hein ? Voilà qui me semble magnifique. Passez devant, Lady Macbeth.

Dès qu'ils se retrouvèrent dans la suite rose, Valentine sembla dégrisé.

Il resta un instant à considérer d'un regard de mépris son lit défait puis celui de Bell, intact. Quand elle revint de la salle de bains, prête pour aller dormir, il lui jeta un unique coup d'œil glacial.

— Cette chambre ne me plaît plus, dit-il. Je vais dormir sur le canapé, là-bas. Bonsoir.

Bell le regarda partir, piquée au vif par le sarcasme de son ton. Par une certaine perversité, sa froideur l'attirait davantage encore. Elle aurait voulu le suivre pour la lui faire disparaître. Elle songea soudain que c'était peut-être là sa façon de cacher une blessure, ce qui le lui rendit plus séduisant encore. Si c'était par sa faute qu'il se sentait blessé, elle souhaitait l'apaiser, au nom de l'amitié. Et elle se souvint, avec un peu d'amertume, qu'ils ne semblaient plus être amis.

Ils quittèrent Las Vegas sans regret.

Après un petit déjeuner sommaire et presque silencieux pris au bar de la *Pantoufle Rose*, Valentine laissa tomber sur la table de plastique les clés de sa voiture. Bell le regarda, surprise. Il était pâle et fatigué.

— C'est vous qui conduisez, dit-il, et elle prit les clés sans poser de question.

Ils n'ouvrirent pratiquement pas la bouche avant d'avoir laissé Las Vegas loin derrière eux et que la voiture commence à escalader les contreforts brunâtres de la Sierra Nevada. Bell, plongée dans la conduite de la voiture, goûtait les accélérations brutales et le défi de la route qui serpentait en grimpant vers l'ouest.

— Vous conduisez bien, lui dit Valentine. Il y quelque chose de sexy chez une femme qui conduit comme un homme et qui aime ça.

— Merci, répondit-elle, rayonnante, oubliant la tension qui régnait entre eux.

— Il faudra aller faire un tour à moto bientôt. Vous savez conduire ces engins ? Cela vous plaira.

— Je préfèrerais être votre passagère.

— Nous irons sur la côte, peut-être, dans un jour ou deux.

— Oui, c'est une bonne idée.

Après un autre silence, il ajouta :

— Je ne peux pas dire que je sois désolé de rentrer. Mais dites-moi au moins que le voyage aura calmé votre agitation.

— Elle est calmée, lui dit-elle en souriant.

Deux jours plus tard, Bell était assise dans le rocking-chair au milieu du fantastique fouillis de la chambre de Valentine. Les petites fissures des bergères de porcelaine et les planes et lisses surfaces des sculptures métalliques étincelaient, débarrassées de l'envahissante poussière de l'été. Manifestement, Joannie avait bien travaillé. Bell se balançait, rêveuse, promenant son regard d'une pièce du décor à l'autre. Elle se sentait très calme et sûre d'elle. Depuis leur retour de Las Vegas, ils vivaient dans une sorte de trêve. Valentine avait disparu de longues heures dans les caves et Bell avait écrit une colonne et demie. En se retrouvant, ils s'étaient montrés polis et pleins de prévenance l'un pour l'autre.

« Maintenant, le temps est venu de ma petite fête », se dit Bell.

Valentine arrivait avec un broc de jus d'orange frais. Dans sa mince chemise blanche et son jean bleu, il paraissait presque aussi jeune que les deux gamins qui travaillaient pour lui à la cave. Il lui tendit un verre de jus et leurs doigts se touchèrent. Pendant un instant, ils restèrent l'un et l'autre sans bouger.

— Je me suis quelque peu remis de mes blessures, dit-il enfin. Allons à une soirée. C'est sur la côte, au nord de la baie. Chez de vieux amis de Berkeley. Qu'est-ce que vous en dites ?

Ils ne s'étaient toujours pas quittés du regard, attendant.

— D'accord. Laissez-moi boire ce verre et je vais me changer.

— Couvrez-vous. Nous irons à moto.

Quand elle revint, dans son pantalon de clown bleu vif et un chemisier écarlate qui la moulait, il leva un sourcil.

— On dirait que vous sortez d'une peinture. D'un Lautrec, je dirais.

Elle remarqua de fines rides au coin de ses yeux. Pourquoi ne les avait-elle pas encore vues ? Parce que jamais il ne l'avait regardée ainsi ?

— ... mais je vous avais dit *de vous couvrir*.

Elle lui tendit le haut d'un survêtement rouge, à fermeture à glissière, qu'il l'aida à passer, laissant ses bras sur ses épaules.

Elle sentit la tiédeur de son souffle sur sa nuque. Ils restèrent silencieux l'un et l'autre jusqu'à ce qu'il la retourne fermement face à lui.

— Préférez-vous rester ici ? murmura-t-il.

Elle se dit qu'il avait la voix rauque, qui ne lui ressemblait guère.

— Emmenez-moi à cette soirée. Je brûle de faire cette balade à moto.

Il conduisit très lentement l'énorme Kawasaki noire et argent. Accrochée à sa taille, elle apprenait à se pencher en même temps que lui dans les virages. Elle adorait la largeur des épaules de Valentine qui la protégeaient du vent et des riches senteurs de la nuit. Cela n'avait rien à voir avec la voiture.

Pas plus que la soirée ne ressemblait à celles auxquelles ils avaient pu assister dans la Napa. Les invités y étaient beaucoup plus jeunes, portaient les cheveux longs et avaient conservé quelque chose de hippy dans leur façon de s'habiller. Les pièces de la petite demeure étaient bourrées de gens et sentaient la marijuana. La musique, assourdissante, mêlait du Fairport Convention et du Bruce Springsteen.

Curieusement, il ne la laissa pas de la soirée. Ils dansèrent un peu, mangèrent un peu, allèrent rejoindre un groupe qui, sur la véranda se passait des joints. Comme toujours, Bell remarqua que cela l'agaçait et qu'ensuite cela lui donnait sommeil. La soirée se traînait et elle commença à se sentir étouffer. Il lui devenait de plus en plus difficile d'ignorer cette démangeaison sous sa peau.

À côté d'elle, Valentine riait et allumait un autre joint.

— Détendez-vous, lui dit-il. Vous avez voulu venir.

— Maintenant je voudrais partir. S'il vous plaît. Il y a trop de monde ici, et c'est avec vous que je veux être.

Derrière la fumée, le visage de Valentine demeura impassible, mais son regard se fixa, intense.

— Est-ce que vous me demandez de coucher avec vous ?

Il souhaitait son instant de victoire. Bell ferma les yeux. Dans une seconde il serait trop tard.

Charles.

« Non, pas maintenant ». Elle penserait à lui plus tard.

— Oui, bon Dieu.

Je vous le demande.

Il la tira rudement sur ses pieds.

— Le ciel vous protège si vous changez d'avis maintenant.

Ils se retrouvèrent sur la moto, roulant vite, et elle pressait son visage contre le blouson de cuir de Valentine. Il poussait sa moto à des limites dangereuses. Devant elle, il était baissé à un point tel qu'il ne l'abritait pratiquement plus. La vitesse rejetait les cheveux de Bell en arrière et lui faisait venir les larmes aux yeux.

Plus vite, encore plus vite. Les lumières de la route devenaient un rideau flou et continu et elle se sentait comme asphyxiée. Elle serra les dents et pria, sans un mot, pour qu'il s'arrête. Mais ils continuèrent à foncer dans la nuit. Ils se penchaient tellement dans les virages que Bell fermait très fort les yeux et s'accrochait au blouson de cuir avec la certitude qu'ils allaient déraper. Derrière ses paupières, elle voyait le tas sanglant que formait son propre corps sur le gravier. *Arrête*, gémissait-elle, mais sa prière se perdait dans le vent. Des phares qui arrivaient en face l'éblouirent un instant et disparurent. Alors qu'ils doublaient en trombe les autres véhicules, elle entendait leurs brefs coups d'avertisseurs avant que la distance ne les avale. Elle se demanda, tout étourdie, à quelle vitesse ils pouvaient bien rouler. Beaucoup plus vite qu'elle avait jamais cru possible, et plus vite encore, jusqu'à ce que le vent les heurte comme un mur. Elle se sentit submergée par la peur et, quelque part sous cette peur, elle ressentit l'excitation. Elle arriva avec le souhait informulé que la moto explose dans une gerbe d'étincelles et qu'elle et Valentine explosent avec l'engin.

Une seule fois, seulement, il tourna la tête et elle vit, dans une sorte de terreur, qu'il y avait de la folie dans son regard. Et puis elle ne vit plus que ses cheveux bruns rejetés en arrière. Il se pencha à gauche, puis à droite, puis roula tout droit pendant un instant béni. Elle sentit le baiser violent d'un insecte qui éclatait sur sa joue.

Et puis, enfin et incroyablement, il ralentit. Après un virage brutal, ils descendaient un chemin en cahotant et elle sentit l'air marin. L'océan se trouvait quelque part devant eux. Elle tremblait ; elle avait les bras si faibles qu'elle craignit de ne plus pouvoir les utiliser pour le serrer et se tenir. Quant à Valentine, il était bien trop occupé à agripper fermement le guidon pour empêcher la roue avant de lui échapper. Elle rua et dérapa et Valentine se mit à jurer doucement.

Enfin, ils se retrouvèrent dans une herbe haute et rude qui leur effleurait la taille. D'un geste vif de la main droite, Valentine coupa les gaz et le rugissement de la moto se fit ronronnement, puis silence.

Bell laissa tomber sa tête sur l'épaule de Valentine et des larmes glissèrent sur ses joues. Dans ses oreilles, le sifflement s'estompa doucement et elle put entendre le bruit du ressac, tout près.

— Espèce de salopard, put-elle seulement dire d'une voix qui sembla bien perdue dans cet océan d'herbe.

Elle aurait voulu lui marteler le visage et la poitrine de coups de poing, mais ses bras étaient si lourds qu'elle pouvait à peine les lever. La terreur avait effacé en elle toute autre sensation.

Valentine la prit dans ses bras et la souleva sans effort de la moto. Du bout de ses doigts il essuya les larmes qui coulaient sur les joues de Bell. Sa bouche trouva la sienne et pendant un instant elle demeura immobile sous son étreinte, la tête rejetée en arrière par la pression du baiser de Valentine.

Et puis, dans le vide laissé par le reflux de la terreur, commença à monter une nouvelle sensation, qui arrivait en vagues liquides, roulant depuis le centre de son être et engloutissant tout le reste, jusqu'à noyer tout ce qui n'était pas son désir de Valentine. Avec un soupir étouffé, ses mains montèrent jusqu'aux cheveux bruns en désordre. Elle attira le visage de Valentine contre le sien avec tant de force qu'ils se cognèrent et que les poils de sa barbe raclèrent les lèvres de Bell. Sa bouche s'ouvrit sous sa langue avide.

À l'instant où il sut qu'elle ne pouvait plus résister, Valentine tira, de l'une des sacoches de la moto, une couverture sur laquelle elle se laissa tomber, l'attirant avec elle, ne se préoccupant que de l'avoir tout contre elle.

Les mains tremblantes, il déboutonna le chemisier de Bell. Ses doigts glissèrent sur ses côtes et, enfin, sur la rondeur de ses seins. Le corps de Bell se tendit sous la douloureuse impatience tandis que la bouche de Valentine descendait sur ses mamelons, les agaçait. Bell serra les dents et ses mains cherchèrent la ceinture de Valentine. Il lui fallait le caresser, le découvrir toute seule. Ils demeurèrent quelques instants prisonniers de leurs vêtements. Et puis, libérés enfin, elle sentit contre sa peau électrisée toute la dureté de son membre. Elle gémit, une fois, craignant de ne pouvoir attendre davantage. Ses mains descendirent, essayèrent de le guider en elle, mais il se dégagea.

— Je t'en prie. Oh, je t'en prie, soufflait-elle, sa bouche contre les paupières closes de Valentine, la gorge sèche et en feu.

— Attends.

Et puis sa bouche descendit, passa sur la douceur du ventre de Bell, atteignit la tiédeur et l'humidité qui brûlaient de le recevoir. De nouveau, la langue chercha, caressa, amenant la jeune femme au bord de l'explosion. Elle noua ses doigts dans les cheveux de Valentine et son dos se cambra. Elle regardait sans les voir les étoiles dans le ciel lourd.

Il était trop tard. Elle criait, impuissante, mais la bouche de Valentine retrouvait la sienne, douce et salée, et bientôt il fut en elle. Leurs corps se mouvaient à l'unisson, se collaient, ondulaient, se détendaient. Le gémissement de Valentine émanait du plus profond de sa poitrine pour se libérer dans la nuit tiède. Pour Bell, le ciel éclata en un million de fragments de lumière noire et argentée, réfléchissant le barrage qui se rompait, puis les délicieuses ondes de l'apaisement qui roulaient en elle.

Valentine frissonna, s'immobilisa et sa tête retomba, humide, sur la poitrine de Bell. Sous lui, Bell gisait, aveugle et paralysée, ses doigts dessinant des ronds inconscients dans le sable. Il lui parut que s'écoulaient des heures avant que les étoiles se retrouvent dans leurs constellations familières, et elle cligna des yeux sous la lune roussâtre à l'horizon de son champ de vision. De nouveau, elle perçut les bruits du monde. Le murmure de la brise tiède dans l'herbe et le grondement étouffé des vagues qui se brisaient, un peu plus loin.

Elle frissonna, involontairement, et Valentine se dégagea pour les envelopper l'un et l'autre dans la douceur de la couverture. Ils demeurèrent là, allongés en silence, les yeux dans les yeux, leurs lèvres se touchant presque. Bell écoutait sans bien les entendre les vagues qui se brisaient. La nuit était calme, lumineuse, paisible.

Une étoile, plus brillante que les autres, retint leur attention. Elle murmura, comme pour elle seule :

— *Les eaux mouvantes, dans leur tâche de prêtresse...*

Valentine se pencha de nouveau sur elle, masquant le ciel. Il baisa ses sourcils et ses pommettes.

— *... dans leurs pures ablutions de la terre des hommes...*, finit-il pour elle, étouffant sa surprise de sa bouche avant qu'elle ne puisse l'exprimer.

Elle s'abandonna avec reconnaissance. Cette fois, ils firent l'amour avec une infinie lenteur. De leur langue, du bout de leurs doigts, chacun explora le corps de l'autre, comme s'ils étaient aveugles. Cette fois, le silence qui s'était abattu sur eux disparut. Ils se murmurèrent leurs envies, leurs sensations, avec une franchise enfantine. « Il se montre très doux avec moi, se dit Bell, et il maîtrise parfaitement son propre corps. » Quand, enfin, il entra de nouveau en elle, ce fut pour se mouvoir avec une exaspérante lenteur, amenant chez elle des frissons électriques tandis qu'il se retirait presque, pour revenir inexorablement. Le rythme se fit plus rapide, plus rapide encore et il s'enfonça plus profondément jusqu'à ce qu'elle pousse de nouveau un cri. Son gémissement répondit à celui de Bell qui, à travers son plaisir intense, le sentit battre à l'intérieur de son corps.

Elle se sentit alors envahie d'une langueur extraordinairement douce. Toute la tension qui avait vibré entre eux se trouvait dissipée. Elle s'endormit dans ses bras, ses cheveux, trempés de sueur, épars sur le visage de Valentine.

— Réveille-toi, chérie, lui dit-il enfin. Je veux t'emmener au lit. Le grand air, c'est très bien pour les jeunes...

Bell rit et s'étira voluptueusement sous le souvenir tandis qu'il caressait encore son corps tendu. Les vagues se brisaient toujours sur la plage. Bell se leva, souple sous le clair de lune, et il la regarda.

— Allons d'abord nous baigner. Allons, viens.

Ils coururent vers l'eau, soulevant de petites gerbes de sable avec leurs talons. La mer était crémeuse et blanche d'écume quand ils plongèrent, suffoquant sous le froid et criant de rire. Ils roulèrent, plongèrent, jaillirent des vagues. Il la saisit et ils tombèrent ensemble dans l'écume, luttant, mêlant leurs membres. Bell se libéra comme une anguille et fila sur la plage, Valentine courant après elle. Ils atteignirent le coin herbu où se trouvait garée la moto, haletants et épuisés. Ils n'avaient pas de serviette et chacun frotta l'autre dans la rude couverture. La peau de Bell lui brûlait et lui picotait tandis qu'il l'aidait à repasser ses vêtements froissés et pleins de sable. Il l'enveloppa dans son propre blouson de cuir dont il remonta jusqu'au menton la fermeture à glissière.

— Il va faire froid au retour, lui dit-il. Elle plongea son regard dans ses yeux bleus. L'habituelle lueur de défi avait cédé place à une autre, de triomphe serein, mais elle ne put trouver en elle de ressentiment. Pour Valentine, cela avait été une sorte de victoire, mais cette victoire était également un peu celle de Bell — encore qu'il ne s'en doutât pas pour l'instant. Son subconscient lui disait qu'elle ne devait rien regretter, mais pour l'instant elle ne voulait pas songer plus loin. Et Valentine était un amant fantastique. Elle en profiterait au maximum, de cette fête, au cours des quelques jours qui lui restaient.

— Quel curieux mélange tu fais, se borna-t-elle à lui dire. Pour arriver ici tu as failli nous tuer tous les deux, et tu t'inquiètes maintenant que je n'attrape pas froid. Et tu m'enlèves de la bouche le vers favori de mon poète préféré.

Valentine enfourcha la moto dont il lança le moteur dans un vrombissement assourdissant. Il lui fit signe de grimper derrière lui et elle s'accrocha solidement à sa taille.

— Ignores-tu que les extrêmes, dans les sensations, les avivent ? demanda-t-il malicieusement.

— Dans la pratique, je l'ignorais, mais maintenant je le sais, lança Bell par-dessus le rugissement de la moto.

— Et tu n'as pas le monopole de la sensibilité. Ni de la poésie romantique. En fait, je peux prétendre à un tas de qualités que tu ne me reconnaîtrais pas. Mais nous verrons cela plus tard.

Il embraya et la moto se mit à avancer dans le sable.

— Je t'en prie, roule doucement, lui demanda Bell et il approuva d'un signe de tête.

Cela lui sembla la chose la plus naturelle du monde de se glisser dans l'immense lit de Valentine lorsqu'ils furent de retour à Dry Stone. Elle remarqua que, sur sa table de nuit, se trouvaient toute une pile de livres ainsi qu'un flacon de 200 somnifères. La chambre elle-même était nue, et reposante comme sa pièce favorite, mais avec d'épais rideaux pour empêcher autant que possible l'intrusion de l'aveuglant soleil californien. Sur le mur en face du lit était accroché un tableau représentant un château, moins grandiose et impressionnant que Reynard, et sans cette situation dominante, mais on ne pouvait se tromper quant à la couleur de la pierre et à l'architecture. C'était sans aucun doute le château Larue-Grise, naguère demeure de la famille d'Hélène de Gillesmont et maintenant propriété de la société de Valentine.

Bell évita délibérément de le regarder.

Valentine, couché sur le dos à côté d'elle, l'attira plus près de lui encore. Elle posa la tête sur son épaule et le regarda.

— Tu dors mal ?

— Parfois, dit-il avec un haussement d'épaules. Et puis, quelle importance quand il y a tant d'autres choses à faire dans un lit ?

— Comme lire des biographies, par exemple, dit-elle, montrant la pile de livres d'un geste du menton.

— Ma foi, non, pas tout à fait. Veux-tu que je te fasse une démonstration ?

— Demain, dit Bell, s'étirant pour éteindre avant de se blottir de nouveau contre lui. Bonne nuit.

Ce fut cependant Valentine qui s'endormit le premier. La tiède présence du corps de Bell contre le sien avait quelque chose d'apaisant et, pendant quelques heures, disparut l'agitation continuelle qui le tenait éveillé. Cette journaliste anglaise réussissait là où des dizaines d'autres avaient échoué. Elle le piquait au vif, l'agaçait et cela le stimulait. Valentine arborait un petit sourire quand le sommeil le prit.

Bell demeura immobile, à côté de lui, jusqu'à ce que le souffle de Valentine se fasse plus lent et plus profond. Alors elle se dégagea doucement de ses bras et regarda, dans le noir, le coin où se trouvait la petite peinture. Tout dans ce tableau, depuis le jeu de la couleur sur la pierre jusqu'à la pente abrupte du toit percée par sa rangée de petites fenêtres, ramenait le parfum et le goût de Reynard. Une partie d'elle-même essayait d'annihiler ce souvenir, de l'effacer totalement avant qu'elle ne pense au château ou à ses habitants. Charles lui paraissait terriblement loin maintenant, mais le regret et un sentiment de culpabilité commençaient à assombrir le bonheur de sa nuit avec Valentine. Malgré elle, et malgré ce qu'elle avait fait ce soir, Bell s'accrochait à l'image de Charles qui ne cessait de vivre dans son esprit. Elle refaisait la promesse qu'elle lui avait faite, malgré l'homme de chair et de sang qui dormait à côté d'elle. Déjà, elle connaissait beaucoup mieux Valentine Gordon que ce Français énigmatique et torturé, mais c'était Charles qu'elle voulait. L'Américain la surprenait par instants avec des aspects fugitifs d'un autre Valentine, caché et différent de celui que tout le monde connaissait. Mais malgré cela, dans son petit espace où vivait le véritable moi de Bell, seul pénétrait Charles.

Il lui fallut longtemps avant que le sommeil ne la gagne et bientôt, beaucoup trop tôt, elle prit conscience de quelqu'un qui lui caressait le dos. Son rêve se dissipa lentement. Le rêve d'Hélène, assise dans son salon, avec la photo de Valentine dans le cadre d'argent. Il faisait jour. Bell se retrouva devant le visage du vrai Valentine.

Il paraissait reposé, détendu et assuré de sa virilité.

— Bienvenue dans mon lit. Enfin. Tu ne crois pas que nous devrions rattraper le temps perdu ?

Elle lui passa paresseusement les bras autour du cou et l'attira à elle.

— Mmmm. Peut-être bien.

Il se mit à l'embrasser, d'une façon experte, partout, et elle retomba dans son oreiller avec un soupir de plaisir. Et puis, par-dessus l'épaule de Valentine, elle vit la porte de la chambre s'ouvrir lentement. Joannie se tenait là, un plateau dans les mains. Avec un pot de café, une tasse et une soucoupe et un verre de jus d'orange. Elle avait sous le bras un plumeau parfaitement idiot et elle ne portait qu'un minuscule bikini. Le petit déjeuner pour son héros, et ensuite, peut-être, un petit ébat.

Quand elle les vit, elle blêmit, ses yeux s'arrondirent et elle resta bouche bée. Valentine sentit Bell qui se raidissait sous lui et il leva la tête.

— Bon Dieu, Joannie, tu veux sortir d'ici ?

Elle laissa tomber le plateau et fila sans se retourner.

— Oh, merde, grogna Valentine. Voilà les ennuis.

— Tu les a cherchés, observa calmement Bell. Est-ce qu'elle t'apporte toujours le petit déjeuner vêtue pratiquement de son seul sourire plein d'espoir ?

— Ne sois pas garce. Cela ne te va pas, répondit-il, repoussant les couvertures, tirant une robe de chambre et écrasant les débris de porcelaine. Il vaut mieux que j'aille voir si elle ne va pas se livrer à quelque autre stupidité.

« Très juste, se dit Bell. Essaie de ne pas la rendre malheureuse. » Elle se sentit vaguement irritée de l'incident. Et peut-être un peu jalouse. Il devrait être là, auprès d'elle, au lieu de courir après une gamine en chaleur. Et Bell se reprit : « Tu as tort, se dit-elle. Ce n'est pas ainsi qu'il faut voir la chose. Propre, hygiénique et terminée. C'est ainsi qu'il faut voir cette aventure. » Songeuse, elle passa sa robe de chambre et alla voir comment les choses se passaient.

Joannie s'était jetée sur l'un des lits de plage de la véranda, le visage dans un coussin. Elle ne pouvait réprimer ses sanglots et se retourna d'un seul coup quand Valentine lui posa la main sur l'épaule.

— Tu ne comprends pas, hein ? Je t'aime, Valentine. Tu es la seule personne au monde qui compte pour moi et voilà ce que tu me fais... tout le temps, dit-elle avec un geste de la main vers la chambre, tandis que ses sanglots redoublaient. Je croyais que je comptais pour toi, qu'un jour...

— Joannie, mon petit, lui dit Valentine, apaisant, en lui prenant les poignets, tu comptes beaucoup pour moi.

— Parce que je suis une gentille petite fille, rien de plus ? Je mourrais pour toi.

Elle se rejeta sur les coussins et se mit à pleurer plus fort encore, si cela était possible. Valentine se baissa sur elle, exaspéré.

— Oh, mon Dieu, quelle idiotie. Tu as imaginé tout ça.

— Si tu me laissais un instant avec Joannie, dit Bell en s'approchant.

Il s'éloigna, manifestement soulagé. La voix de Joannie se fit entendre, étouffée mais provocante.

— Fichez le camp.

Bell s'assit à côté d'elle et lui dit, aussi gentiment qu'elle le put.

— C'est horrible, n'est-ce pas ? Je suis désolée que tu aies dû voir cela.

La jeune fille se tourna vers elle, le visage rouge, les yeux pleins de larmes.

— Désolée ? Pourquoi seriez-vous désolée ? Vous l'avez, non ? Le seul homme que j'aie jamais aimé... ohhh, Valentine.

Bell la prit dans ses bras et la berça comme si elle était une enfant.

— Je ne l'ai pas, Joannie. Il établit ses propres règles et nous devrions bien en faire autant. Tu devrais te montrer un peu plus fière. Connaître un peu mieux la vie avant de décider que c'est cela ou rien. Je sais que ce que je te dis fait un peu sermon, mais j'ai dix ans d'expérience de plus que toi, tu sais. Sincèrement, tu seras de nouveau amoureuse et cela te passera encore plusieurs fois après que tu aies complètement oublié Valentine Gordon.

Non, fit Joannie d'un mouvement de tête convaincu.

— Oh, non. Jamais de ma vie je ne rencontrerai quelqu'un comme lui. Il est si drôle, si intelligent et tellement sexy. Les autres ne sont que des gosses.

« Et si tu ajoutais vaniteux, égocentrique et arrogant, pendant que tu recenses ses qualités, se dit Bell. Ainsi qu'absurdement généreux, imprévisible et plein d'imagination. »

— Oui, il est tout cela, mais bien d'autres choses encore. Personne n'est parfait. Essaie de regarder autour de toi au lieu de n'aimer qu'une idée.

Il y en eut bien d'autres de la même veine. Elles restèrent là à parler pendant une heure, et Joannie suivit Bell quand celle-ci rentra se doucher et s'habiller. Elle était calmée, maintenant. Elle essayait d'afficher une dignité blessée mais calme, qui était comique sur son visage rond et fait pour sourire. Quand Bell sortit de la salle de bains, elle la trouva en train de jouer avec son bracelet d'ivoire qu'elle tournait et retournait dans ses mains.

— Joli.

— Oui. Il m'a été donné par un homme que j'aime. Et que je ne peux avoir. Pour le moment du moins.

« Ce cœur à cœur puéril a dû m'affecter moi aussi », se dit Bell.

— Ouah ! Comment est-il ?

— Oh, intelligent et sexy. Drôle, parfois. Blessé, solitaire et difficile, aussi. Il est très loin d'ici et j'aimerais qu'il soit plus près.

— Ouah ! Et qu'est-ce que vous faites avec Val, alors ?

Bonne question.

— Hmmm. Eh bien, il est parfois plus facile et plus agréable de nager dans le sens du courant que de lutter et d'en faire toute une histoire. Tant que tu conserves tes propres règles bien clairement en tête et que tu ne fais gratuitement de mal à personne. Tu comprends ça ?

— Ouais, je crois. Écoutez, Bell, il faut que je rentre chez moi. Voulez-vous m'accompagner pour que je lui dise au revoir ?

Joannie alla passer, par-dessus son bikini, un tricot et une jupe lui arrivant aux genoux. Elle faisait très petite fille sage. Elles trouvèrent Valentine qui travaillait à côté de la piscine.

— Salut, Valentine. Si tu es d'accord, je ne passerai plus pour faire le ménage. Les compos, tu vois.

Il lui sourit, la considérant du regard chaleureux et éclatant de ses yeux bleus. Bell comprenait parfaitement ce que la gamine lui trouvait.

— C'est d'accord, Joannie. À bientôt.

— Je ne crois pas, lui dit-elle, très digne maintenant.

Ils la suivirent du regard jusque sur le devant de la maison et la regardèrent s'éloigner sur sa Honda pétaradante.

— Merci, Bell. C'était très gentil de ta part, et j'apprécie, dit Valentine, lui prenant la main qu'elle lui serra en retour.

— Tu te montreras prudent avec elle, désormais.

— Oui, soupira-t-il. Je vais regretter de ne plus la voir par ici. C'est un si superbe fruit. À propos de fruit, avant cette interruption...

Ils rentrèrent ensemble en riant.

La dernière semaine du séjour de Bell en Californie fut idyllique. Dès lors que Valentine avait eu ce qu'il voulait — c'est-à-dire Bell à côté de lui dans son lit — il se montra comme un enfant qui vient de recevoir un superbe cadeau d'anniversaire. Il ne savait plus quoi faire pour lui être agréable. Bell termina ses interviews et ses visites des caves. L'après-midi, elle restait assise au soleil, à relire ses notes et à gribouiller les premiers jets de futurs articles. Parfois, Valentine et elle se livraient à des dégustations impromptues, goûtant plusieurs bouteilles mais sans recracher les gorgées de soleil californien. Ils se retrouvaient légèrement ivres et, riant, allaient plonger bruyamment dans la piscine puis gagnaient le lit de Valentine pour y faire l'amour, pleins d'imagination. C'était exactement ce que Bell avait espéré. Un jeu innocent, joyeux, net et sans lointaine menace.

Un soir, Valentine se pencha sur le bureau où elle s'était installée et la trouva en train d'écrire une pile de cartes postales. Celle qu'elle destinait à Charles et qu'elle avait glissée sous le tas, disait simplement « Aucun endroit ne vaut Bordeaux. Affectueuses pensées, Bell. »

Au verso d'une baie de San Francisco au ciel d'un bleu fort improbable, avec Alcatraz au premier plan et le pont *Golden Gate* au loin, Bell écrivait un mot à Philippa Gregory, la rédactrice de la rubrique « mode » de son journal. Bell et Philippa partageaient le même bureau et échangeaient toujours des cartes postales : « Tout, en Californie, est sûrement plus grand et plus agréable que je m'y attendais. XXXXB. » Valentine éclata de rire.

— Je l'espère bien, moi aussi, dit-il, ramassant une autre carte et lisant l'adresse. Et qui est Edward Brooke ?

— Oh, simplement un vieil ami. Maintenant.

— Je vois.

Il la regarda sans son habituel sourire amusé et ajouta :

— Étant donné que nous allons bien nous connaître, nous ne savons pas grand-chose l'un de l'autre, non ?

Bell s'adossa à sa chaise et lui sourit.

— C'est bon. Voici venue l'heure de raconter sa vie. À toi de commencer.

Manifestement, il avait plaisir à lui raconter sa propre version de sa vie. Il n'oublia aucun de ses succès, comme tout bon gamin américain. Il avait passé son enfance à Santa Monica, où son père était dans l'immobilier, dans une famille confortablement bourgeoise et confortablement heureuse. Il avait trois sœurs, jolies, rieuses et adorables, mais Valentine avait toujours été le plus doué, faisant l'orgueil de ses parents et l'envie des amis de ses sœurs.

— Exactement comme tu as pu le voir dans les films. Buvettes et matchs de base-ball. Fêtes de fin d'année au lycée et films aux cinémas de plein-air. Une vie de plaisirs ininterrompus et totalement sans problème. Ensuite, trois ans à Berkeley, pour des études supérieures de femmes et de vin, avec, accessoirement, un peu de littérature anglaise et d'histoire de l'art.

— Keats, dit Bell.

— Keats, naturellement, confirma-t-il, lui retournant son sourire.

Ensuite, il avait connu tardivement les angoisses de l'adolescence, qu'il avait apaisées avec deux ans d'errances en Europe. Il avait travaillé dans des fermes, conduit des camions, fait les vendanges au cœur du Beaujolais. Après quoi il avait échoué à Bordeaux. Avec l'impression de se retrouver chez lui.

— J'ai fait la connaissance d'une fille, dans un café. Marie-Claire. Visage rond, petit derrière rond. Totalement française, férocement agaçante et absurdement sexy. Je lui écris toujours. Elle a épousé un cultivateur et vit dans le pays d'Auge, là-haut en Normandie. Mais c'est surtout les lieux qui m'avaient séduit.

On sentait de l'amour et du regret dans sa voix quand il évoquait le sol de la Gironde et la lumière nacrée du bord de mer. Ce n'était pas pure toquade romanesque. Il se souvenait amèrement du dur labeur, des hivers sombres et des brumes froides qui montaient du fleuve sur les terres les plus basses. Et du vin, du vin.

— Je me souviens, murmura-t-il, de m'être retrouvé sur la route des vignobles, au milieu du Médoc, en train de regarder, à travers des grilles rouillées, une propriété négligée. Le toit avait besoin de réparations. Les vignes auraient dû être arrachées et replantées depuis des années. Je me suis dit que c'était un vrai gâchis. Si seulement cela m'appartenait. Et puis j'ai pensé, pourquoi pas ? Un mois plus tard, j'étais de retour à Los Angeles. Dans les affaires. Mes parents s'étaient retirés en Floride, mes sœurs étaient toutes mariées. Je disposais de quelque argent. J'eus de la chance, il me rapporta bien. Cinq ans plus tard, ce château était acquis par un consortium, avec moi à sa tête.

Pour la première fois, Bell ressentit un certain orgueil dans sa voix. Tout à fait justifié. Il lui parlait maintenant des biens qu'il possédait en France : une parcelle de Meursault et quelques hectares un peu plus loin, en Côte-d'Or, mais c'était Bordeaux qui intéressait Bell.

— C'était Larue-Grise ? demanda-t-elle d'un ton innocent.

— Mmmm ? Oui. Bien sûr, j'avais oublié que tu connaissais. C'était bien Larue-Grise. L'un des coins les plus beaux et les plus féconds du monde.

— On dirait que tu en as la nostalgie.

Il la considéra, attentivement, et Bell se mordit l'intérieur de la lèvre. Il ne fallait pas qu'elle lui laisse voir qu'il s'agissait là d'autre chose que d'une banale conversation.

— Oui, j'en ai la nostalgie, confirma-t-il enfin.

— Tu ne vas pas y retourner ?

Une lueur de soupçon commença à apparaître dans son regard.

— Qu'est-ce que cela peut te faire, Bell ? J'avais oublié que tu avais passé quelque temps chez Gillesmont. Tu as dû entendre certaines histoires.

— Oh, simplement que tu étais bien ami avec les femmes, mais que toi et Charles... (Voilà. Elle avait dit son nom.)... ça n'allait pas très fort.

Valentine fit entendre un petit rire de dérision.

— Ça n'allait pas très fort ? Je vais te dire, pour moi Gillesmont est un connard. À cent pour cent. Snob. Réactionnaire. Froid comme la tombe. Désolé si c'est un copain à toi, mais c'est tout à fait sincère.

Bell respira calmement, régulièrement pour arrêter les mots qu'elle allait lui lancer.

— Je l'aime bien, oui. Ils me plaisent tous bien. Même Hélène.

Valentine eut un petit rire ironique, en lui-même, manifestement sous l'effet d'un souvenir. Il se versa un demi-verre de whisky et alla s'asseoir dans le rocking-chair.

— Je vais te raconter. Ce n'est pas une histoire particulièrement jolie, mais quelque chose me dit que tu en as déjà eu des échos. Autant que je te donne ma version. Au fait, qui était-ce ? La charmante petite Juliette ?

— Oui. Elle m'a dit qu'elle t'aimait bien.

Il hocha la tête, guère surpris. Il afficha simplement une complaisance qui irrita Bell. Elle détourna les yeux et regarda les collines derrière la longue fenêtre. Mais elle écoutait attentivement.

— Eh bien, Bob Cornelius et moi nous trouvions à Larue, à essayer de nous faire un peu une idée de la question. Il y avait un sacré boulot. Je savais bien ce qu'il convenait de faire pour la terre, ce n'était pas un problème, et dans les chais nous nous sommes débarrassés des pressoirs et des cuves antiques et nous avons fait venir le matériel le plus moderne. Ce qui fut mal vu de nos voisins, pour commencer, sans parler de l'arrachage des vignes qui se faisait sous leur nez. Il est encore bien trop tôt pour se faire une idée de ce que donneront les nouveaux plants, et deux années médiocres d'affilée ne nous ont pas aidés, mais en fin de compte l'avenir me donnera raison.

De nouveau, son ton s'était fait dur. Bell se souvint de la réticence de Charles quant à ses projets pour Reynard. Elle revit tout le matériel démodé dans ses chais. Elle voyait très clairement que Valentine finirait par avoir raison. Déjà commençait à s'estomper un peu la fameuse réputation de Reynard, et l'on murmurait des choses, plutôt flatteuses dans le négoce du vin, à propos des nouvelles méthodes de Larue. Sacré Valentine.

Elle continua à regarder par la fenêtre, essayant de paraître impassible. Valentine avala une gorgée de whisky.

— Je voulais remettre la maison en état, qu'elle retrouve son aspect passé. Tout naturellement je suis allé voir Hélène de Gillesmont pour lui poser quelques questions. Nous nous sommes entendus comme larrons en foire... J'ai un peu flirté avec elle, je l'ai plaisantée à propos de cette aimable façon de vivre dans une baronnie... tu te souviens, tasses en or et tapisseries de soie au mur ?... Bientôt nous faisions de petits voyages ensemble vers les salles de vente de Paris, achetant une écritoire par-ci, un sèvres par-là. Elle sait des tas de choses et elle m'a beaucoup appris.

Il fit un geste vague en direction des divers objets délicats éparpillés de façon incongrue dans son salon californien. Bell comprenait maintenant leur origine.

— Catherine est venue avec nous une ou deux fois.

— À quoi ressemble-t-elle ? ne put s'empêcher de demander Bell, mais il ne parut pas remarquer le tremblement dans sa voix.

— Très belle, et d'un chic fou. Apparemment douce et docile, mais solide comme de l'acier à l'intérieur. Une forte partie pour son colin froid de mari. Je l'ai trouvée fascinante.

— Vraiment ?

Oh, non, pas froid, pas à la façon dont il l'avait touchée, regardée. Bell en était certaine. Mais un homme qui s'attendait à de grandes choses, de sa part comme de la part des autres. Et d'une moralité rigoureuse. Ce que le joyeux et impulsif Valentine Gordon ne pourrait jamais comprendre.

— Ce n'est pas ce que tu crois, poursuivit-il. Pas à ce moment-là, du moins. Il se trouve que je n'ai pas pour habitude de baiser les femmes des autres. À moins que leur appel soit sans équivoque, et dans ce cas ce sont elles qui décident. Catherine m'intéressait comme représentant une certaine classe et une certaine culture. Une espèce presque en voie d'extinction. Très européenne et très exotique pour un gamin de Santa Monica.

« Allons donc, pensa Bell. Tu es un sacré homme d'affaires, le roi des manipulateurs et aussi fin que n'importe qui. Mais, à coup sûr, tu n'es pas un de ces bouseux du Far West. » Mais elle n'en dit rien.

— Non, en fait c'est avec Juliette que j'essayai de flirter un peu. Mais elle était avec quelqu'un et je me suis diverti ailleurs, moi aussi. Pendant un temps, tout fut parfait et bien douillettement agréable. Sauf que le baron Charles (Valentine siffla le ch et roula le rrr jusqu'à en faire quelque chose de ridicule.) et moi-même ne pouvions nous encadrer réciproquement. Il détestait tout ce que je faisais, simplement pour le principe. Il me détestait même pour être américain, pour l'amour de Dieu. Je me suis simplement dit que c'était un connard.

« Je le devine aisément », se dit Bell, fermant les yeux.

Valentine demeura un instant silencieux, solennel. L'un et l'autre savaient ce qui allait se dire.

Quand il reprit, sa voix était beaucoup plus sourde.

— Et puis leur gosse est mort. Il était formidable, et je ne suis pas un grand admirateur des jeunes enfants. Je le revois encore, descendant en courant les marches du château en criant :

« maman ! papa ! », quand nous revenions de quelque part. Il avait d'excellentes manières, comme tous ces gosses français, mais il était également très espiègle. Eh bien, il est mort. Comme tu le sais. Tout cela est arrivé en une semaine. Catherine a failli en mourir, elle aussi, et elle est morte dans sa tête pendant un temps. Et ce salopard qui continuait à vivre comme s'il était en béton armé. Il ne fit rien pour elle. Il ne lui manifesta ni tendresse ni compassion, ne lui apporta aucun soutien. C'était sa femme, tu vois, et son enfant était mort.

— Lui aussi avait perdu son enfant, dit Bell doucement.

Mais, oui. Elle imaginait parfaitement combien il avait dû sembler dur. Malgré toute sa sympathie pour Charles dans son désespoir et sa confusion, elle aurait souhaité qu'il parvienne à puiser en lui pour aider Catherine.

— Ouais. Eh bien, je pense que Juliette t'a raconté la suite. Catherine a commencé à venir me voir. Moi, qui étais presque un étranger. J'ai fait ce que j'ai pu, c'est-à-dire, entre autres choses, que je l'ai laissée pleurer, me parler de l'enfant, dire que ce n'était pas sa faute. Je la prenais dans mes bras. Je lui caressais les cheveux. J'essayais de ne pas penser à mon envie de lui arracher ses vêtements, ce qui n'était pas facile. Un soir, après dîner, elle est arrivée dans sa voiture. Ils s'étaient disputés, je crois. Je l'ai embrassée et elle a réagi, tout à fait délibérément. Alors nous avons couché ensemble et, pendant une heure, je lui ai fait tout oublier. Elle a aimé cela, Bell. Ce fut miraculeux, la façon dont elle se dégela. Nous avons recommencé le lendemain. Et souvent après cela, et elle a commencé à revenir à la vie.

Un vrai sauveur.

Mais Bell savait, au fond de son cœur, ne pas pouvoir le condamner pour cela. Selon lui, il avait fait ce qu'il convenait de faire.

— Et les choses ont continué ainsi pendant tout l'été. Charles ne remarquait rien, ni les autres, et Catherine continuait à surmonter sa peine. Dans le même temps, elle se rendit compte que c'en était fini de son mariage. Je ne pense pas que j'en aie été responsable. Je n'ai été que le catalyseur. Elle m'a demandé mon avis sur ce qu'elle devait faire, mais je me refusai à le lui dire. En fin de compte, elle a pris sa décision toute seule. La décision de le quitter et de tenter de recommencer une autre vie, à Paris. Et puis, comme dans tous les bons mélodrames, est arrivée la scène finale. Tu en as entendu parler, non ?

— Raconte, se borna à répondre Bell, ne voulant pas en dire davantage.

— J'ai donné une petite fête pour les vendanges. Tous les Gillesmont étaient là, à ma surprise, ainsi que tous les gens du Médoc. J'étais ivre, je n'ai pas honte de le dire. Et j'avais du mal à ne pas poser mes mains sur Catherine. Alors, je l'ai emmenée dans la bibliothèque, que je maintenais fermée, du fait des livres de valeur qu'elle contenait. Mais Charles avait dû nous voir. Il a attendu notre retour, rouges et échevelés comme on dit. Et puis il a bondi, très Régence, m'a accusé de lui voler sa femme et m'a défié en duel.

Il avala une longue gorgée de son verre et Bell vit qu'il était furieux maintenant. Son visage avait viré à l'écarlate et deux profondes rides verticales, qu'elle n'avait encore jamais vues, marquaient sa bouche.

— Devant tout le monde, depuis le maire de Bordeaux jusqu'à mon maître de chais. Je me suis contenté de rire. Peut-être parce que j'étais ivre. Tu comprends, tout me paraissait flou et j'ai cru que c'était plus flou encore. Je lui ai dit, dans ce terrible silence qui s'était abattu, de ne pas faire l'idiot, de se contenter de venir me casser la gueule. Il s'est borné à tourner les talons et à sortir. Très progressivement, les conversations ont repris. Les gens ont fait comme si rien ne s'était passé. Mais je crois, et je ne peux pas l'oublier, avoir vu de la surprise sur leur visage. Comme s'ils pensaient que j'aurais dû relever le défi.

Soudain, Valentine se pencha en avant et mit la tête dans ses mains.

— Bon Dieu, comme j'aurais dû le faire. J'aurais été heureux que cela éclate entre nous, avec des pistolets, à l'aube, ou Dieu sait quelle connerie il avait en tête. Simplement pour Katie.

Il soupira et leva de nouveau la tête, regardant Bell qui s'était détournée.

— Voilà ce qui s'est passé. Catherine a fait ses bagages et elle est partie. Elle ne m'a pas dit au revoir. Pas plus qu'à lui, probablement. J'en ai eu assez de Bordeaux et je suis rentré. Fin de l'histoire.

Bell demeura immobile. Elle se sentait complètement déboussolée. Valentine avait raconté sa version des faits si naturellement qu'elle était convaincue qu'il disait la vérité. De longs et sinistres accrocs commençaient à apparaître dans le portrait qu'elle s'était fait de Charles. Elle avait la sensation de descendre, très vite, dans un ascenseur tout sombre.

La première chose à faire était de s'éloigner de Valentine, sans lui laisser voir combien cette histoire l'avait perturbée. Elle se leva, s'étira et feignit de bâiller. Et puis, elle s'approcha de lui et lui posa un baiser sur la tête.

— Je ne crois pas que tu te sois trompé en agissant comme tu l'as fait, lui dit-elle, surprise par le ton désinvolte de sa propre voix. Aussi bien avec Catherine que pour ce stupide duel. L'un de vous aurait pu être blessé, et à quoi cela aurait-il servi ? C'est simplement ton orgueil macho qui en souffre.

Il hocha la tête, se désintéressant de la question maintenant.

— Probablement. Hé, si on sortait manger un morceau ?

— J'ai deux ou trois chose à faire d'abord, et je vais prendre un bain. Ça peut attendre une heure ?

— Oui, bien sûr.

Elle s'en était tirée. Elle referma la porte de sa chambre derrière elle et alla s'allonger sur le lit.

Pour réfléchir. Elle devait réfléchir.

Où en était-elle exactement, entre ces deux hommes qui se détestaient autant ? Elle se contraignit à revenir, encore une fois, sur ce qui s'était passé à Reynard. À la froideur de Charles sous laquelle se cachaient des éclairs de passion. À la façon dont il était parvenu à la toucher au plus profond d'elle-même. Même s'il l'avait à peine effleurée, même si elle ne savait presque rien de lui sinon ces petits faits pas très jolis qu'elle venait d'entendre pour la seconde fois. Elle savait qu'elle avait besoin de lui, et qu'il avait besoin d'elle. Elle se rappela la beauté et la perfection de Reynard, avec Charles qui en était le maître, et elle frissonna légèrement. Le château était glacial dans sa grandeur, mais Bell savait qu'elle pourrait changer cela. Elle voulait partager cette magnificence avec Charles, certes, mais elle voulait aussi en refaire un foyer pour lui. Elle serait pour Reynard une maîtresse parfaite. Leurs styles étaient complémentaires. Charles et elle étaient faits pour y vivre, comme par une prédestination. Bell en était convaincue.

Ou, plus inquiétant, elle en avait été convaincue. Charles lui paraissait bien flou et fantomatique maintenant, et non plus un homme fait de chair et de sang. Elle ne voyait plus très bien ce qui l'avait si fortement attirée, en lui. Et elle savait bien qu'elle n'aimait pas l'homme de l'histoire que Valentine lui avait racontée.

Peut-être, peut-être. Peut-être tout cela n'était-il qu'une erreur. Et si elle se trompait complètement sur l'un et l'autre ? Elle se sentit l'estomac noué par la peur et la frustration. Elle avait envie de pleurer, mais ses yeux demeurèrent brûlants et secs. Fiévreusement, elle se raccrocha à sa seule certitude : jamais Valentine n'avait été aussi proche d'elle que Charles. Bien qu'elle eût dormi à son côté pendant des nuits. Bien qu'il ne fût qu'à quelques mètres de là, tiède et bien vivant, être de chair et de sang, il comptait moins pour elle que le simple souvenir de Charles. Peut-être ce souvenir se dissipait-il aussi vite que rosée par un matin de juin. Peut-être allait-elle découvrir, de façon horrible et humiliante, qu'elle se trompait complètement en ce qui le concernait. Mais son souvenir était tout ce qui lui restait pour s'accrocher au milieu de ce gâchis, et, par Dieu, elle allait s'y raccrocher. Jusqu'à ce que Charles lui-même lui prouve qu'elle avait raison. Ou tort.

On frappa à la porte et Valentine entra, les cheveux encore humides de la douche, des gouttes d'eau perlant sur ses épaules bronzées. Leurs regards se croisèrent et, malgré elle, Bell sentit la tiédeur familière l'envahir.

Brutalement, elle chassa toutes les pensées qui défilaient en elle et l'attira à elle. Avant que son propre désir ne l'emporte, Valentine fut surpris par la fièvre qu'il découvrit en elle. Elle se débattait et griffait comme si elle essayait de le chasser, mais sans cesse elle l'attirait davantage encore.

— Je vais partir. Bientôt, murmura-t-elle farouchement. Ensuite, tout ceci sera terminé.

Ses ongles s'enfoncèrent profondément dans le dos de Valentine. Il se méprit complètement en croyant percevoir du regret dans sa voix. Il sourit dans les cheveux de Bell, de son sourire un peu suffisant, et ils roulèrent, soudés l'un à l'autre, à travers le couvre-lit cramoisi.

CHAPITRE VI

Poisseuse, cette fin d'été londonienne se referma sur elle, suffocante. Bell se sentit plus malheureuse qu'elle ne l'avait jamais été, écœurée d'elle-même et impuissante à chasser ce sentiment de désespoir et de colère.

Valentine et la lumière dorée de la Californie s'étaient évanouis comme un rêve. Oh, certes, le voyage avait été un succès, considéré d'un point de vue hédoniste. Un succès tant qu'elle avait été capable de s'empêcher de penser et de s'abandonner aux bras et à la bouche de Valentine, et à son irrésistible bonne humeur. Elle ne pouvait s'empêcher de l'aimer mais, dès qu'elle se trouvait loin de lui, elle se sentait stupéfaite par ce qu'elle avait fait. Elle s'était abandonnée à lui. Qu'était-il, après tout, sous toute cette bonne humeur et cette chaleur, sinon un égocentrique avec tant de scalps à sa ceinture qu'il avait dû en perdre le compte ?

Comment *avait-elle* pu ?

Amèrement, Bell se rappela comment elle avait justifié sa propre conduite à ses yeux. Comme une fête. Une trahison, oui. Elle avait fait une promesse à Charles et elle s'était empressée de ne pas la tenir. Elle s'était donnée à Valentine — *À Valentine !* — aussi négligemment que si elle lui avait donné le journal de la veille.

Et elle avait dit à Charles qu'il pouvait lui faire confiance. *Charles, Charles.*

Le nom résonnait en elle, mais pour ne lui apporter qu'un sentiment de culpabilité plus fort encore. Elle souffrait douloureusement de réaliser qu'il s'était estompé, lui aussi, tout comme cet intrus de Valentine. Elle était tombée amoureuse, se rappelait-elle. De quoi ? D'un titre, ou d'un profil de médaille ?

Ou d'un homme réel ?

S'il était réel, où se trouvait-il maintenant ? Pourquoi n'écrivait-il pas, ou ne téléphonait-il pas, ou ne venait-il pas la retrouver ? Et même s'il le faisait, comment pourrait-elle le regarder en face après ce qui s'était passé ?

Sans cesse, Bell tournait en rond dans son appartement. Il était plein de poussière et sentait le renfermé, mais elle se sentait trop bouleversée et trop agitée pour s'en occuper.

Londres avait connu un été long et chaud. Septembre traînait ses derniers jours avec la menace d'un orage qui ne venait jamais pour laver la saleté des rues. On aurait dit que chaque bouffée d'air, que respirait Bell, avait déjà été respirée plusieurs fois. Chaque trajet en métro pour se rendre au journal ou en revenir était un cauchemar de chaleur et de saleté.

Assise dans son bureau, elle passait d'une frénésie de machine à écrire, à de longs moments à fixer d'un regard vide le calendrier déchiré sur le mur d'en face. Même là, l'atmosphère était irrespirable, comme si une autre sorte d'orage allait éclater. Les chiffres des ventes dégringolaient et l'on chuchotait qu'il allait falloir prendre des mesures pour faire des économies.

Bell écoutait à peine. Elle attendait simplement que les jours s'écoulent. Elle se sentit tout juste vaguement soulagée en apprenant qu'Henry Stobbs avait bien aimé ses articles sur la Californie, tandis que celui qu'elle avait consacré à Charles et à Château Reynard était depuis longtemps publié et oublié. Il avait été férocement raccourci, mais demeurait à peu près reconnaissable. Neutre, sans prise de position, superficiel — c'était le mieux qu'elle avait pu espérer. Étant donné les circonstances.

Maintenant, elle attendait la morte-saison qui ne manquait pas d'arriver à la fin de l'été. Avec le premier souffle de l'automne, de nouveaux restaurants allaient avidement ouvrir leurs portes et le temps, redevenu frais et agréable, ferait de nouveau de la chère un plaisir — et il y aurait les vendanges.

Aussi, Bell laissa filer la première semaine de son retour à Londres, suivant machinalement le train-train quotidien. Délibérément, elle ne téléphona à personne pour annoncer son retour. Elle n'avait envie de parler à aucun de ses amis. Pas même à Edward. Surtout pas à Edward, qui la connaissait si bien qu'il pouvait lire dans ses pensées et deviner ce qu'elle essayait de cacher.

Le lundi matin suivant, Philippa Gregory rentra de vacances. Bell et la rédactrice de la rubrique « mode » partageaient un petit bureau depuis la dernière réorganisation du journal. Philippa laissa tomber son énorme fourre-tout sur sa table, adressa un clin d'œil à Bell et alla à la fenêtre secouer théâtralement les barreaux.

— En cage de nouveau pour cinquante semaines. Regarde-moi ça. C'est pour cela que j'ai laissé tomber les plages dorées de la Crète et les bras de Nico ? Ou de Piero, ou de Dieu sait comment il s'appelait.

La fenêtre donnait sur une cour intérieure de cinq étages. On avait pour toute vue un tapis de vieux gobelets et de cartons agrémentés de fiente de pigeon. Philippa soupira et revint à sa table. D'un geste de défi, elle baissa un peu plus sa fermeture à glissière pour révéler davantage la naissance des seins.

— Alors, fifille, ça va ?

— Parfaitement. Tout va bien ?

— Oh, mon Dieu, c'est tout l'effet que cela te fait ? Qu'est-ce qui se passe, tu n'as pas aimé la Côte Ouest ? Et ce bronzage ! J'aimerais bien pouvoir prendre cette couleur. Allons, raconte à ta tante Phil. Encore un monsieur ? Edward ?

— Non, pas exactement.

Bell songea soudain que ce serait une vraie bénédiction de pouvoir parler à quelqu'un de sensible. Elle savait que Phil, malgré toutes ses manières désinvoltes, avait un cœur d'or.

— Tu vois un peu toutes ces saletés ? On s'absente deux semaines et c'est une avalanche de mélasse, dit Philippa en cognant sur le tas de papiers empilés sur sa table. Je vais te dire ce qu'on va faire, je vais feuilleter un peu ça, juste pour la forme, passer quelques coups de fil et je t'emmène en face au *Lion bleu*, boire un verre. D'accord ?

— D'accord, dit Bell.

C'était là une bonne idée. Elle n'aurait pas pu tenir ainsi bien plus longtemps.

Deux heures plus tard, Philippa levait la main, doigts écartés, pour signaler à Bell qu'elle en avait encore pour cinq minutes. Le téléphone sous une oreille, elle ouvrait des enveloppes tout en parlant. Des invitations pour assister à des présentations de chapeaux de pluie et des collections de tricots partirent dans la corbeille à papiers.

— D'accord, oui mon chou, je sais que c'est moi qui t'ai donné mon accord après avoir vu les contacts. Mais d'où sortent ces épreuves finales ? Ouais. Ouais. La prochaine fois ? Quelle prochaine fois ? Ouais. D'accord. Et adieu, dit Philippa en raccrochant violemment.

Elle ajouta :

— C'est la dernière fois que je fais appel à lui. C'est peut-être l'homme le plus séduisant du quartier, mais comme photographe il ne vaut rien. Bon, on y va ?

Philippa et Bell traversèrent la rue et pénétrèrent dans le pub. Le bar était envahi, surtout par des journalistes et typographes, et il y flottait une odeur de bière, de fumée de cigarettes et de pâté maison. Ce qui rappela à Bell un bon millier de déjeuners et en annonçait des milliers d'autres pour l'avenir. Mon Dieu, quelle perspective. Comment avait-elle pu croire que c'était là une vie séduisante ?

Phil revint du bar avec deux doubles gins et une paire de roulés à la confiture rassis. Elle avala une gorgée de son verre et poussa un soupir de soulagement.

— Eh bien, voilà une chose que je ne suis pas fâchée de retrouver. En ce qui me concerne, tu peux garder ton vin résiné.

— Je n'en veux pas, dit Bell, riant pour la première fois de la journée. Philly, mon chou, je suis désolée de t'avoir accueillie avec une telle tête. C'est seulement que ma vie m'échappe un peu depuis quelque temps et que tu n'étais pas dans le coin pour m'aider à y voir clair.

— Mmmmm. Eh bien, si ce n'est pas le gars Eddy, qui est-ce ? Quelqu'un d'autre ?

— Deux autres.

— Deux ? Mon Dieu, et tu te plains ? Ce n'est pas un problème, fillette. Refile-moi simplement celui que tu ne veux pas. Je prends ce que Farrer rejette, je ne suis pas difficile. Mais de qui s'agit-il. Parle-moi des deux...

Bell riait maintenant.

— Attends de le savoir. Tu vas adorer. Le premier est un baron français et l'autre un millionnaire californien.

— Oh, mon Dieu, c'est tellement affreux. Quel est le problème. L'un a quatre-vingt-cinq ans et l'autre est bossu ? Ils ont tous les deux quatre-vingt-cinq ans et sont bossus l'un et l'autre ? Ne t'inquiète pas, j'ai toujours eu un faible pour les hommes mûrs...

Bell riait toujours mais, quelque part en elle, la tension qui la soutenait depuis son retour se brisa. Ses yeux commencèrent à lui piquer et à s'embuer. Quelques secondes plus tard, les larmes ruisselaient sur son visage aussi vite qu'elle tentait de les essuyer. Philippa lui prit les poignets, par-dessus la table.

— Eh, arrête-toi. Je ne t'ai jamais vue pleurer. Si c'est sérieux à ce point, il vaut mieux que tu m'en parles. Tiens... voilà un mouchoir. Sèche tes larmes ou tu vas voir arriver Graham Tordoff qui va essayer de te prendre dans ses bras. À deux, on est en compagnie, mais à trois — surtout si le troisième est Tordoff — ça devient du vaudeville.

Bell s'essuya le visage et jeta un regard vers le bar. De fait, Tordoff — le plus inefficace avec les filles de tous les rédacteurs sportifs — cessa de les fixer et tenta d'afficher un sourire de sympathie.

Philippa retourna au bar commander deux autres verres et souffla par-dessus son épaule, à son retour, à l'intention du journaliste :

— *La mauvaise époque du mois.*

Il vira à l'écarlate et retourna à sa bière.

— Bon, eh bien tu vas me dire maintenant ce qui peut obscurcir la joie de se trouver au *Lion bleu* par un si beau lundi matin.

— Tu te souviens de Château Reynard, Philly ? Et du baron Charles de Gillesmont.

— Ah, ce baron français.

— Je suis tombée amoureuse de lui. D'un seul coup, comme ça — comme on attrape un rhume. Je n'essaierai pas de te dire ce qu'on ressent parce que cela te paraîtrait ridicule. Mais jamais je n'ai rencontré quelqu'un comme lui, et jamais je n'ai rêvé que cela puisse être si... renversant. J'avais l'impression de l'avoir connu toute ma vie, et qu'il savait tout de moi sans me poser la moindre question. J'en suis certaine, Phil. Je l'aime, et j'ai besoin de lui. Il est très distant, d'une certaine manière, mais très passionné aussi. Je pense, je crois... qu'il a les mêmes sentiments pour moi.

— Et puis ?

— Je lui ai fait une sorte de promesse. Il est marié, et séparé, et il a été très... blessé. Leur enfant est mort. Et il est catholique, farouchement catholique. Il ne peut donc divorcer. Alors je lui ai promis d'attendre. Le temps qu'il... essaie de régler tout cela.

— Est-ce qu'il t'a demandé de lui promettre quelque chose ?

— Nnnon. Mais il a accepté ma promesse.

— Ah.

— Et puis je suis partie pour la Californie. J'ai eu l'impression de devenir folle, là-bas... Le millionnaire californien, Valentine. J'étais descendue chez lui. Il était tout sourire, et rayon de soleil, et c'était un merveilleux compagnon, et sans cesse il essayait de coucher avec moi...

— Oh, le vilain.

— ... et je l'aimais bien, et je ne sais ce qui m'a prise. J'ai commencé à le désirer, moi aussi. Pas seulement pour coucher avec lui, encore que c'était surtout ça, au début. Mais il était si ouvert, si peu compliqué, après Charles. Je l'ai beaucoup aimé. Cela a été très physique, immédiat, tu vois ? Alors j'ai cédé. Non — je n'ai pas cédé. C'est moi qui suis allée à lui. Je me suis dit que je fêtais quelque chose...

— Que tu fêtais quelque chose ? répéta Philippa, surprise tandis que Bell hésitait, essayant de mettre de l'ordre dans son esprit pour mieux se faire comprendre.

— Oui. Je savais enfin ce que je voulais. La vie que je voulais. Simplement me retrouver avec Charles à Château Reynard. Tout collait parfaitement, tu vois. Charles lui-même, sa façon de vivre... J'ai senti que tout compromis serait désormais inutile. Et puis, sur la Côte Ouest, si loin d'ici, j'ai justifié mon attirance pour

Valentine en me disant que ce serait une ultime fête. Un adieu à tout le reste — ma carrière, la liberté, l'absence de tout engagement, tout. J'étais heureuse de dire adieu à tout cela, mais cela valait la peine d'être fêté avec quelqu'un qui sortait de l'ordinaire. C'est du moins ce que je me suis dit. Et Valentine est quelqu'un de pas ordinaire.

Bell cessa de fixer le fond de son verre et leva les yeux sur Philippa.

— Ma foi, ce n'est pas si terrible.

— C'est bien pire. Ils se connaissent. Se *détestent*. Valentine... a séduit la femme de Charles, juste après la mort de leur petit garçon. Charles l'a défié en duel...

— Oh, mon Dieu.

— Ils ne se sont pas battus, mais Charles m'a mise en garde avant mon départ. Il m'a dit : « Valentine Gordon est un homme dangereux. » J'ai cru qu'il voulait dire violent, tu vois... pas... autre chose. Et je suis tombée tout droit dans le piège. Le pire ennemi de Charles, pas moins, quelques jours après ma promesse... Philly, je suis furieuse contre moi.

Philippa la regarda.

— Et qu'est-ce que tu as dit à Charles ?

— Ce que je lui ai dit ? demanda Bell, surprise. Rien. Nous ne nous sommes pas parlé depuis que j'ai quitté Bordeaux.

— Tu ne lui as pas téléphoné ? Pour lui dire : « Salut, je suis là, je suis rentrée ? »

— Non. Comment l'aurais-je pu ?

— Il y a un appareil rouge sur ton bureau. Ça s'appelle un téléphone. Tu le décroches et tu demandes l'inter. Je croyais que tu m'avais dit que tu l'aimais. Si c'est bien ça, tu ne vas sûrement pas te montrer trop fière pour aller le reprendre.

— Pas fière. Terrorisée.

— Pourquoi as-tu peur de lui ?

— Il est... formidable, commença Bell, fronçant les sourcils, essayant de définir ses sentiments. Il est très exigeant pour lui. Et j'ai l'impression de vouloir... être comme lui.

— Ça n'a pas été tellement le cas jusque-là, non ?

Non.

— Écoute, Bell. Parle-lui. Cesse de broyer du noir comme une héroïne victorienne. Oublie ton Don Juan américain — raye cette expérience de ta vie. Si tu es honnête avec toi — comme tu l'es d'ordinaire quand tu as les idées claires — tu sauras que Charles seul compte.

« Elle a raison, se dit Bell. Il me suffirait d'entendre la voix de Charles pour que tout soit changé. » Elle se cala de nouveau dans son siège de plastique et sourit à Philippa.

— Je vais le faire. Dès cet après-midi. Buvons d'abord un autre verre et tu me parleras de Piero. Ou de Nico, ou quel que soit son nom.

Elles se mirent à rire toutes les deux.

Quand elle fut de nouveau seule dans son bureau, Bell décrocha son téléphone et composa le numéro de Reynard. Elle se sentait tout agitée, après les gins de Philippa au déjeuner, et oppressée à l'idée de parler à Charles dans quelques instants. Elle l'imagina dans le confort de son bureau, avec le vieux téléphone noir posé sur son antique table.

Ah, voilà, ça sonnait. Après toute une série de bruits divers elle eut la sonnerie française. Aussitôt on décrocha.

— Oui ? Ici Château Reynard.

C'était Hélène. Bell se sentit comme étranglée. Dans sa soudaine excitation, il ne lui était pas venu à l'idée que quelqu'un d'autre que Charles pourrait répondre à l'autre bout du fil.

— Oh. Je suis désolée de vous déranger. Ici Bell Farrer, je téléphone de Londres.

— Oui ?

— Pourrais-je parler à Charles, je vous prie ?

— Je crains que non.

Rien d'autre. Pas d'explication sur le lieu où il pouvait se trouver, ni quand elle pourrait rappeler. Bell serra les dents.

— Pensez-vous qu'il va bientôt rentrer.

— Je crains de ne pouvoir le préciser. En général, il ne me tient guère au courant de ses déplacements.

— Eh bien, peut-être pourriez-vous lui dire que j'ai téléphoné ? Je crois qu'il a mon numéro.

— Oui. Au revoir.

Bell se pencha en avant, très lentement, et raccrocha l'appareil. Et elle resta assise là, le regardant tristement.

Philippa rentra. Elle paraissait choquée.

— Tu l'as eu ? demanda-t-elle, pensant manifestement à autre chose.

— Quoi ? Oh, non. Pas lui. J'ai laissé un message à sa mère.

— Très bien. Bell, tu savais à quel point les choses allaient mal, ici ?

— Mal ?

Philippa soupira, essayant de retrouver sa patience.

— Mal. Horriblement. Synonyme de fermeture. Ou du moins de licenciement pour un bon nombre de gars et de filles. Je viens de parler à Ransome... (Ransome était toujours au courant de tout, notamment des mauvaises nouvelles.)... et il dit qu'après les derniers chiffres, le groupe n'a pas l'intention d'insuffler davantage de fric pour continuer à nous faire vivre. Le journal doit se débrouiller seul avec son déficit.

Bell se frotta les yeux. Une nouvelle angoisse, glaciale et pénible, commençait à la torturer.

-Non, je ne savais pas que c'en était à ce point. Est-ce qu'on y peut quelque chose ?

— Non, dit Philippa avec un haussement d'épaules. Simplement croiser les doigts, je crois.

Bell attira à elle sa machine à écrire et y glissa une feuille de papier. Elle se sentait paniquée soudain. Que lui arrivait-il ? Pourquoi ne travaillait-elle pas ?

— Croisons les doigts, donc, murmura-t-elle en commençant à taper un paragraphe d'introduction. Comme si elle ne pouvait les maîtriser, les lettres noires se brouillaient. Charles allait rentrer, sans aucun doute, juste à l'heure pour dîner. Elle pouvait donc espérer qu'il lui téléphonerait ce soir. Ou demain au plus tard.

Ça suffit.

Bell continua à travailler, fermant son esprit à toute autre pensée. Les mots arrivaient, ternes et lourds, mais du moins elle faisait quelque chose.

Elle ne bougea pas de chez elle de toute la soirée, assise dans son rocking-chair. Le téléphone resta résolument silencieux.

165

Quand il fit trop sombre pour distinguer le sommet des arbres dans le parc, elle alla se coucher.

Charles ne téléphona pas le lendemain, ni le jour suivant... Bell se sentait figée sous la tension de l'attente, et trop abattue pour penser à autre chose. Le troisième jour, elle cessa d'espérer et retomba dans un fatalisme dont même Philippa ne pouvait la tirer par ses plaisanteries.

Par la presse, Bell savait que la France jouissait d'un exceptionnel été indien, après plusieurs jours de pluie. Des conditions idéales pour une année exceptionnelle, et Bell était certaine que Charles devait surveiller cela, priant et attendant le bon moment pour commencer les vendanges. Il était occupé. Trop occupé. Trop occupé pour penser à elle. Et il lui avait bien dit qu'ils devraient attendre *jusqu'à ce qu'il ait vendangé sa dernière grappe.*

C'était pénible de ne pas savoir ce qu'il faisait ni ce qu'il pensait, mais elle devait se contraindre à attendre. Plus de coup de téléphone.

L'univers entier de Bell semblait suspendu à l'attente de quelque chose. Des rumeurs de catastrophe couraient dans les bureaux du journal, et on assista à d'orageuses réunions des syndicats, au cours desquelles les journalistes discutèrent de ce qu'il conviendrait de faire quand éclaterait finalement la mauvaise nouvelle. Bell assista aux réunions, bien consciente de l'atmosphère anxieuse, mais totalement incapable de s'identifier avec la crise qui menaçait.

Elle n'était plus du tout elle-même — distraite, crispée et irritable.

Un matin, le téléphone sonna sur son bureau. Bell avait le souffle coupé chaque fois que cela se produisait, espérant entendre l'élégant accent français de Charles au bout du fil.

— Bell Farrer, j'écoute.

— Salut. Quoi de neuf à Kensington ?

Valentine.

À simplement entendre son accent traînant, elle eut l'impression que son petit bureau gris s'emplissait de soleil. Tout revint d'un seul coup, les joyeux instants partagés, le goût du vin et le souvenir de ses bras. Bell vit qu'elle souriait. Philippa avait cessé de s'absorber dans les croquis de mode qui jonchaient son bureau et elle la regardait.

— Valentine, où es-tu ?

— À Napa, pour l'instant, mais dans trois jours je serai au Connaught.

— Au Connaught, à Londres ?

— Tu en connais d'autres ? Oui, à Londres. Comme tu le sais, c'est l'époque de la CIPV. Je fais partie du comité et il faut donc que j'y sois.

La Convention Internationale des Producteurs de Vin. Bien sûr.

— Bell ? Tu es toujours là ? Écoute, est-ce que tu es libre le vingt-huit ? Je t'emmène au dîner et ensuite au bal.

— Eh bien... commença Bell, cherchant frénétiquement une excuse. Elle ne devait plus revoir Valentine. C'était terminé. Mais il semblait si joyeux, si plein d'entrain, et c'était bon de l'entendre. Mais si elle y allait, qu'allait en penser Charles s'il l'apprenait ? Le monde du vin était assez petit et cancanier pour que l'histoire lui soit rapportée. Et puis, avec une certaine irritation, Bell se dit que Charles était bien loin et qu'il n'avait même pas essayé de l'appeler. Elle réalisa à quel point elle avait été seule et à quel point, malgré tout, elle serait heureuse de la compagnie de Valentine.

Eh bien, pourquoi pas, que diable ?

Ce serait amusant de passer une soirée avec lui. Et si Charles l'apprenait — les lèvres de Bell se pincèrent — tant pis.

— Je ne fais rien de particulier. J'irai avec plaisir.

Philly en resta bouche bée et se replongea dans son travail.

Quand Valentine eut raccroché, la chaleur que sa voix avait réveillée chez Bell refusa de s'estomper.

« Je l'aime bien, se dit-elle. C'est moi que je ne peux pas supporter. »

— Philly, annonça-t-elle, le dîner de la convention internationale. Et ensuite, le bal, rien de moins. Qu'est-ce que je vais me mettre ?

Philippa hocha la tête, exagérant sa surprise.

— Tu me stupéfies, tu sais. Je croyais que cet homme était un monstre libidineux et voilà que tu vas au bal avec lui, comme

Cendrillon, et que tu t'inquiètes de ta robe. Qu'est-ce qui se passe dans ta petite tête ?

— Je sais, dit Bell, hochant tristement la tête. Moi non plus je ne comprends pas. J'ai seulement eu envie d'y aller.

Philippa haussa les épaules et un sourire illumina son visage.

— Je sais. Si tu es Cendrillon, j'insiste pour être la bonne fée, ta marraine.

Et elle bondit, si vite qu'elle en envoya tournoyer son fauteuil, et alla ouvrir le meuble qui se trouvait derrière elle.

De l'intérieur, elle sortit une longue boîte mystérieusement enveloppée. Du polyéthylène et du papier qui la protégeaient, elle tira une robe de bal.

Bell étouffa un petit cri et secoua la tête.

— Impossible que je mette ça. Je n'oserais même pas respirer avec.

Les flots de taffetas noir brillaient, somptueux, à la lumière du plafonnier. La jupe longue était immense, le corsage laissait les épaules nues et se resserrait en une taille mince. À la fois romanesque et coquine.

— Conçue exclusivement pour les plus riches et les plus célèbres, expliqua Philippa, et photographiée par ce journal pour que les paumées comme toi et moi puissent l'admirer. Vas-y, tu peux l'emprunter. Le mannequin ne faisait qu'un ou deux centimètres de plus que toi et tu es tout aussi mince. Elle t'ira parfaitement.

Bell passa des doigts pleins de convoitise sur le tissu.

— Et si j'y renverse du potage ?

Philippa grimaça.

— Ne le fais pas, c'est tout.

Soudain, l'avenir s'annonçait prometteur d'un événement. Bell adressa un sourire reconnaissant à Philippa.

— Je serai ravie de l'emprunter. Je ferai très attention.

— Tu as intérêt. Et je ne parle pas seulement pour la robe.

Ni l'une ni l'autre ne reparla de Valentine.

Pour Bell, les jours précédant l'arrivée de Valentine s'écoulèrent monotones. Londres était toujours plongé dans sa moiteur étouffante. En rentrant du travail, Bell traversait le parc, où les feuilles pendaient, poussiéreuses et figées, et où le gazon brûlé par la chaleur avait pris des tons brunâtres. En traînant les pieds dans la poussière des allées, elle se demanda si elle devait ou non trouver une excuse pour ne pas revoir Valentine.

Et puis elle se demanda, *pourquoi ?*

Elle avait très envie de le revoir. Et quelle menace présentait le fait de l'accompagner à un dîner d'affaires puis à un bal très convenable ?

Bell savait bien qu'elle se cherchait des excuses, mais il y avait autre chose qu'elle était moins décidée à s'avouer. Elle était ulcérée que Charles n'eût pas répondu à son coup de téléphone. Cela lui aurait coûté tellement peu, alors qu'il devait savoir tout ce que cela aurait signifié pour elle.

Eh bien, il n'en avait rien fait. Elle attendrait, comme elle le lui avait dit, mais tout en attendant elle passerait une soirée avec Valentine.

Le jour du dîner, Bell arriva tard à son bureau.

Elle était allée chez le coiffeur. La robe noire allait lui laisser les bras et les épaules nus, et elle s'était dit que les cheveux relevés lui donneraient un air trop sévère. Il fallait les faire coiffer en une masse d'ondulations et de boucles brillantes tombant sur les épaules et retenue, pour encadrer les joues, par une paire de peignes de nacre qui avaient appartenu à sa mère.

En entrant dans son bureau, elle se sentit agréablement excitée. Elle se sentait davantage elle-même qu'elle ne l'avait été depuis son voyage à Bordeaux.

La pièce était vide, mais elle vit aussitôt qu'on avait laissé un message sur sa table. De la main de Philippa, sur une feuille arrachée à l'un de ses blocs-notes jaunes.

Il disait : « Valentine Gordon a appelé. Il passera te prendre chez toi à sept heures. »

Et au-dessous, avec un crayon d'une couleur différente : « Stobbs veut te voir ce matin. »

C'était assez insolite. D'ordinaire les ordres arrivaient par le canal du chef de rubrique. Bell, le sourcil froncé, décrocha le téléphone intérieur et appela la secrétaire du rédacteur en chef.

— Bell Farrer. M. Stobbs veut me voir ?

— Oh, oui. Pouvez-vous venir à 11 h 15 ?

— Bien sûr.

Peut-être s'agissait-il encore d'une des brillantes idées d'Henry. Il se considérait comme un gourmet-né et dénichait constamment des petits restaurants dans de lointaines banlieues.

À 11 h 15, Bell sortait de l'ascenseur à l'étage des cadres. Là, il y avait de la moquette et la lumière était plus tamisée. La secrétaire de Stobbs, à un bureau à l'extérieur de celui du patron, se servait du café.

— Vous en voulez une tasse pour emporter avec vous ? demanda-t-elle d'une voix aimable.

Là, c'était plus qu'insolite, on n'avait encore jamais vu cela. Bell commença à se sentir vaguement inquiète.

— Oui, s'il vous plaît, répondit-elle d'une voix qui n'était plus la sienne.

— Entre donc, entendit-elle Stobbs lui dire avec son accent du nord. Assois-toi.

Bell se laissa tomber dans le fauteuil en face de lui. La pièce était tapissée d'étagères et jonchée de corbeilles empilées, mais la table était nue à l'exception d'un petit carré de papier devant Stobbs. Le rédacteur en chef portait un costume et une cravate sombres, ce qui le changeait de son habituel velours côtelé froissé. « Il a l'air d'un croque-mort », se dit-elle. Mais dès les premiers mots de Stobbs, le sourire de Bell s'évanouit.

— Ce n'est pas une tâche agréable, commença-t-il tandis que Bell restait figée dans le silence qui suivit.

Allons, continue, s'entendit-elle penser. *Mais, je t'en prie, ne dis pas ce que j'ai peur d'entendre.*

Stobbs poursuivit :

— Tu dois être au courant de nos problèmes de ventes qui ont baissé et de nos revenus de la publicité qui sont insuffisants ?

Bell hocha la tête, muette.

— C'est un problème que connaissent également les autres journaux, et en temps normal nous aurions surmonté cela comme les autres. Mais la semaine dernière, la direction du groupe m'a informé que pour les années à venir ils allaient réduire de 40 %, par rapport à l'année dernière, le montant de leur participation.

Stobbs parlait sèchement, son accent du nord plus prononcé encore que d'habitude.

Il déteste cela, se dit Bell. *Il a l'impression de ne plus être tout-puissant.*

— Naturellement, cela va se traduire par une sévère diminution des dépenses pour nous, à tous les niveaux, si nous voulons survivre. Notamment des dépenses de personnel.

Bell commençait à se sentir nauséeuse. Elle savait ce qu'il allait annoncer.

— Selon le conseil d'administration, il nous faut réduire nos effectifs de quatre-vingts personnes.

Nous ? Bell doutait qu'Henry Stobbs se retrouve parmi les quatre-vingts.

— Sur ces quatre-vingts, nous devrons compter dix journalistes. Je suis désolé, mais c'est ainsi. Dans le climat économique actuel, ce journal ne peut se permettre le luxe d'une journaliste attachée à plein temps à la rubrique gastronomique. Nous avons beaucoup apprécié ton travail jusque là, mais...

Bell cessa d'écouter, choquée, incrédule, mais surtout furieuse.

— ... espérons que tu continueras comme pigiste, poursuivait Stobbs qui baissa les yeux sur le papier posé devant lui et ajouta : Je vois que cela fait deux ans que tu es chez nous. Ton indemnité a donc été calculée sur cette base, et je pense que c'est une solution généreuse.

Bell ne regarda même pas les chiffres. Elle était trop furieuse et ses mains tremblaient trop pour qu'elle prenne le papier. Elle se leva et fixa le petit homme. La lumière se reflétait dans ses lunettes et elle ne pouvait donc voir ses yeux, mais elle pensa qu'il était surpris. Non, elle n'allait pas accepter son aumône humblement, gentiment et avec reconnaissance. Était-ce à cela que se réduisaient ses deux ans de travail pour Henry Stobbs et ses lecteurs ?

— Je ne veux pas voir ce que vous avez décidé, lui dit-elle, surprise de pouvoir maîtriser le tremblement dans sa voix. Je ne l'accepterai pas. Vous n'avez pas le droit.

Et elle était déjà à la porte quand Stobbs ajouta :

— Des négociations sont en cours avec les divers syndicats, bien sûr. Mais je crois que tu jugeras préférable d'accepter, en fin de compte.

Elle traversa le bureau de la secrétaire et gagna l'ascenseur en titubant. Heureusement, l'ascenseur arriva vide. Elle s'appuya contre la paroi de métal et ferma les yeux. La lente descente s'harmonisait parfaitement avec ce qu'elle ressentait en elle. La colère reflua avec l'adrénaline, la laissant glacée et incrédule.

Philippa était de retour dans le bureau. Elle se figea en voyant la tête de Bell.

— Toi aussi ?

— Oui, moi aussi.

Toute la maîtrise de soi de Bell s'effondra à ce premier signe de sympathie. Elle se laissa tomber à sa table, enfouit sa tête dans ses bras et éclata en larmes. D'autres journalistes commencèrent à se rassembler dans le bureau. On entendait des voix furieuses et l'atmosphère s'épaissit sous la fumée de cigarettes.

— J'ai échappé à la hache pour cette fois, disait Philippa, lugubre, mais ce n'est que partie remise.

Elle comptait sur ses doigts en donnant des noms. Elle arriva à dix, exactement comme l'avait dit Stobbs.

— Nous nous battrons jusqu'au bout, dit quelqu'un.

— Réunion du syndicat à trois heures.

— Aucune de ces décisions n'est tout à fait régulière, dit une troisième.

— C'est une capitulation...

— Une trahison...

— Une action concertée...

Bell regarda autour d'elle, abattue. On ne voyait que des visages décidés et des index qui trouaient l'air pour donner plus de poids aux paroles. Les yeux lui piquaient sous la fumée. Toute la fureur et la rébellion ressenties dans le bureau de Stobbs s'étaient évaporées. Elle n'avait plus envie de se battre. La tension de ces derniers jours avait brisé tout ressort en elle. Maintenant, elle voulait partir de là.

— Je crois que je vais rentrer, dit-elle à Philly.

— Bonne idée. Comme cela demain nous commencerons à nous battre pour de bon. Oh, et amuse-toi bien ce soir. Essaie d'oublier tout cela pendant quelques heures.

— Oui, merci.

Bell savait déjà qu'elle n'allait pas lutter. Elle allait s'en aller tranquillement. Simplement trouver un autre emploi, rien d'autre. Elle avait même une idée. Seulement une vague idée, mais qui allait se préciser.

Osant à peine respirer, Bell passa la robe par-dessus sa tête. Les plis noirs bruissèrent tandis qu'elle remontait la fermeture à glissière du corsage très ajusté. Le décolleté sans bretelles était taillé si bas, qu'il découvrait la naissance des seins avant de se resserrer et de mettre en valeur une taille mince. La robe lui allait si parfaitement qu'elle aurait pu être faite pour elle.

Elle se regarda dans le miroir et sourit.

Impulsivement, elle ramassa les tourbillons de la jupe et se fit une profonde révérence. Elle paraissait royale, mais curieusement sexy également. Peut-être du fait de toute cette peau dénudée, dorée par le soleil californien et que faisaient encore ressortir les cascades de tissu noir.

Bell secoua un peu la tête pour que ses boucles de cheveux bruns dansent sur son cou. C'était délicieux de se sentir si narcissique.

Il manquait quelque chose à cette robe : des diamants. Mais tant pis, il faudrait s'en passer. Elle porterait une chaîne aux maillons d'or plats, cadeau de son père.

Et Valentine ? Ou était-il. Sept heures vingt. Bell savait qu'il était toujours en retard, mais elle se sentit irritée d'avoir à l'attendre ce soir-là.

Elle s'était contrainte à ne plus penser à la perte de son emploi. À se sortir cela de la tête. Elle n'en parlerait même pas à Valentine avant le lendemain. Grâce à un maquillage savant, elle avait réussi à donner l'illusion que ses yeux brillaient et qu'elle rayonnait. Plus de trace de larmes ni d'anxiété. Cela avait été son dernier effort et elle était maintenant prête pour la soirée.

Et Valentine qui n'était pas là.

Sa façade de bonheur, soigneusement dressée, commençait à s'écrouler quand on sonna.

C'était lui.

Dès que Bell le vit, elle oublia son irritation. Dans l'étroite entrée de son appartement, il paraissait plus grand et plus large que dans son souvenir. Il arborait son habituel sourire nonchalant au lieu de s'excuser de son retard. Bell avait oublié cette façon dont son sourire illuminait, d'une chaleur toute particulière, ses traits normalement séduisants.

Valentine la repoussa dans la lumière.

Ils restèrent là, au milieu de l'entrée, à se regarder. Et puis il l'embrassa.

— Tu es... superbe... et tu sens... délicieusement bon, lui dit-il. Je pense que tu m'as beaucoup manqué. Est-ce que je t'ai manqué moi aussi ?

Ce n'était pas une question. Pour lui, cela ne faisait aucun doute.

— Pas le moins du monde, lui répondit Bell en riant et en quittant les bras de Valentine, car elle commençait à ressentir cette vieille réaction familière qui la gagnait quand elle se trouvait avec lui.

Elle fut surprise de le voir si élégant. Jamais encore elle ne l'avait vu en habit et cravate blanche, qui le faisaient paraître encore plus bronzé et faisaient paraître ses yeux plus bleus encore. Il apportait une bouffée de l'air salé du Pacifique dans la pollution de Londres.

— Tant pis. On y va ?

Elle prit le bras qu'il lui offrait et ils sortirent.

Dans la rue était garée une longue Bentley bleu foncé avec chauffeur.

— Heureusement que je ne suis pas venu avec la moto. Un souffle de vent t'arracherait cette robe et on nous arrêterait tous les deux.

Le chauffeur tint la portière ouverte tandis qu'ils s'installaient. Ils riaient l'un et l'autre, ravis.

Le dîner de la CIPV, l'événement le plus mondain du calendrier des producteurs de vin devait se tenir cette année à la Maison des Orfèvres, au cœur de la cité de Londres.

Bell se refusa fermement à regarder les façades des journaux quand ils descendirent Fleet Street et attendit que la voiture passe Ludgate Hill pour s'installer confortablement dans les coussins de cuir. Au-dessus d'eux se dressait le dôme de Saint-Paul, de Christopher Wren, sur fond de gros nuages noirs. L'orage tant

174

attendu était en train de couver. Bell frissonna un peu puis se détendit. Elle était parfaitement à l'abri des éléments dans cette luxueuse voiture, avec Valentine près d'elle. Ce soir, ils n'allaient ni se mouiller ni faire la queue. « Autant en profiter tant que cela dure, se dit-elle, car demain tout sera terminé. »

« Cendrillon avait raison, songea-t-elle, désabusée. Une robe empruntée, un carrosse qui n'est pas à moi, et un homme tiré d'une malencontreuse fête censée être terminée depuis longtemps. »

Eh bien, restaient encore quelques heures avant que ne sonne minuit.

La voiture alla s'arrêter devant une immense entrée palladienne, prolongée par un auvent de toile rayée qui arrivait jusqu'au trottoir. Bras dessus, bras dessous, Bell et Valentine passèrent sous le dais et gagnèrent le bâtiment de l'ancienne corporation londonienne.

Suivant les indications des laquais en habit d'allure française, ils grimpèrent les escaliers en courbe pour se retrouver dans une salle lambrissée, sous un immense dôme. À une de ses extrémités, le balcon donnait sur le vestibule de marbre noir et blanc, tandis qu'à l'autre bout se dressaient deux grandes portes. Au-delà des portes, Bell aperçut une longue table sur laquelle étincelaient verres et porcelaine, éclairés pas des chandeliers posés sur la nappe blanche.

Bell remercia avec ferveur Philippa pour la robe qui ne détonnait pas au milieu des Dior et des Balenciaga.

Les autres membres du comité vinrent saluer Valentine. Tous paraissaient avoir au moins vingt ans de plus que lui. Ils allaient passer les deux prochains jours en réunions et Bell ne put s'empêcher de sourire en songeant au piquant argot américain de Valentine au milieu des accents de ces Français, Allemands et Italiens bien élevés.

François Pirron, l'auguste président de la convention et l'un des noms les plus célèbres du monde du vin, vint les accueillir. Il prit les deux mains de Bell et l'embrassa sur les joues.

— Il faut permettre à un vieux bonhomme d'admirer de loin, dit-il, avec un clin d'œil charmant à Valentine.

Bell sourit et rougit un peu, comme il convenait devant ce galant vieux monsieur français. Du coin de l'œil, elle regardait arriver un autre couple. « L'homme ressemble vaguement à Charles », se dit-elle distraitement.

Elle était accoutumée à ces instants où son cœur s'arrêtait quand elle croyait le reconnaître dans un bus qui démarrait, ou à l'arrière d'un taxi filant en sens inverse, ou encore sur un quai de métro bondé au moment où les portes se refermaient inexorablement devant son nez.

Ce n'était jamais Charles, bien sûr. Elle détourna son regard de l'homme puis y revint.

Des cheveux blonds soigneusement coiffés, un profil de médaille, des ombres légères sous les pommettes hautes. Un habit impeccable et incontestablement de coupe française.

C'était bien Charles.

« Oh, mon Dieu, non. » Pas Charles, qui allait la trouver là, avec Valentine Gordon. Charles qui arrivait, montant les escaliers, Juliette à son côté, souriante, en robe écarlate.

Bell remarqua à peine l'éclair qui traversa le dôme de verre sombre au-dessus de sa tête, suivi presque aussitôt par un déchirant coup de tonnerre sur Londres. L'orage venait de crever.

Sauve-toi. File de là. Cache-toi.

— Vous vous sentez bien ?

Valentine et François la regardaient, inquiets.

Elle avait poussé un petit cri étouffé, sous la surprise.

— Oui, parvint-elle à souffler. Un léger... malaise. Je voudrais simplement...

— Un instant. Je vais demander qu'on t'accompagne. Vous... dit Valentine à une serveuse qui passait, lui prenant le bras pour l'arrêter. Trouvez un endroit où elle puisse se reposer. Qu'elle prenne un peu l'air.

Bell partit presque en courant, la serveuse anxieuse à ses côtés. Elles arrivèrent ensemble aux toilettes. La pièce était tout de marbre blanc, robinets de cuivre polis et légers bruits d'eau. La pluie frappait un toit de verre voisin, quelque part dans l'obscurité au-dessus, et descendait en gargouillant dans une gouttière.

La dame du vestiaire, une grosse femme en blouse de nylon turquoise demanda en gloussant :

— Ce n'est pas l'orage qui vous fait cet effet ? Vous êtes tout à fait en sécurité ici.

La serveuse s'appuya contre une porte, manifestement heureuse de pouvoir goûter cinq minutes de pause.

— Elle ne se sentait pas bien, expliqua-t-elle.

— Ça va, maintenant, parvint à leur dire Bell. J'aimerais simplement rester seule quelques instants.

Les deux femmes s'éloignèrent, déçues, la laissant dans son coin sur la chaise de chintz fané où on l'avait fait asseoir. Il y avait des glaces aux murs et elle y vit une centaine de Bell voûtées qui se reflétaient à l'infini.

Peu à peu, son cœur reprit son rythme normal. « Tout compte fait, se dit-elle, je ne vais pas me trouver mal ni vomir. » Elle imagina soudain le visage de Philly qui protestait comiquement. Vomir sur cette robe, c'était tout à fait impensable.

Non. Ce qu'il fallait faire, c'était filer d'ici, discrètement, avant que Charles ne puisse la voir. Raconter n'importe quoi à Valentine. Qu'elle ne se sentait pas bien, soudain. Un coup d'œil dans un miroir la convainquit que c'était là la bonne solution. Son visage était si blême que sa pâleur ressortait sous son maquillage comme sous celui d'un clown.

Elle allait demander à Valentine de la reconduire chez elle immédiatement. Si nécessaire, elle filerait en courant sous la pluie torrentielle.

Mais il ne devait pas en être ainsi.

Les premières personnes sur lesquelles elle tomba en sortant des toilettes, dans l'antichambre bourrée de monde, furent Charles et Juliette.

Ensemble, ils aperçurent Bell. Juliette l'appelait.

— Ah, Bell, comme c'est merveilleux. Nous ne sommes arrivés que cet après-midi. Nous allions vous appeler demain. Mais c'est extraordinaire de vous retrouver ici ce soir. Charles a été choisi au dernier moment du fait du décès brutal de ce pauvre Bressandes...

Bell n'entendit rien de tout cela.

Elle ne voyait plus rien à part Charles devant elle.

Il se baissa pour lui poser un baiser rapide et froid sur les lèvres et lui dire :

— Vous êtes ravissante.

Il était bien là, maintenant, si fort, si puissant, si réel et inévitable.

— Charles, Charles, dit-elle, oubliant tout, lui prenant la main qu'elle serra dans les siennes, glacées. Je vous ai téléphoné. Je voulais vous parler. Vous dire quelque chose. Hélène ne vous a-t-elle pas transmis mon message ?

Tout en lui parlant, elle comprit ce qui s'était passé. Évidemment, Hélène, la revêche et acerbe Hélène, ne lui avait rien dit. Pourquoi n'y avait-elle pas pensé plus tôt ? Si seulement elle avait su. Elle n'aurait pas été si blessée. Elle ne serait pas venue ici ce soir avec Valentine. C'était une farce cruelle du destin, mais elle ne pouvait s'en prendre qu'à elle-même.

Le regard de Charles s'était assombri.

— Non, Bell, je ne le savais pas, dit-il, sa bouche dangereusement proche de la sienne, sensuelle et attirante. Ils étaient seuls au monde l'un et l'autre maintenant. Dites-moi... demanda-t-il avant de faire un geste d'impatience, se rendant compte du lieu où ils se trouvaient. Pas ici, bien sûr. Demain. Demain nous pourrons parler. Bell, vous savez combien j'ai besoin de vous.

Frénétiquement, ils se dévoraient des yeux. Dehors, le tonnerre roulait et déchirait le ciel lourd. Charles avait lu la panique dans le regard de Bell et il la fixait comme s'il n'allait plus jamais la revoir.

Bell savait qu'il ne lui restait que quelques secondes, quelques petites secondes pendant lesquelles il allait l'aimer et l'admirer avant qu'il ne découvre qu'elle l'avait trompé. Avant qu'il ne se mette à la mépriser.

Et puis des doigts bronzés vinrent lui saisir le poignet, comme un étau.

— Tu as rencontré des amis, chérie ? demanda Valentine, affable, mais, avec dans la voix, une menace qu'elle n'y avait encore jamais entendue.

Le regard de Charles quitta enfin le visage de Bell pour se tourner vers le Californien, un regard où la surprise avait remplacé la passion, et où l'amertume remplaça la surprise quand il comprit. Puis ce fut la colère froide. Il paraissait sculpté dans de la glace, tout en angles et figé, à part la douleur dans ses yeux.

Bell sut que c'était ainsi qu'il avait dû être au plus profond de son désespoir. Et son cœur se mit à saigner.

C'était elle, Bell, qui lui avait fait cela. À l'homme qu'elle aimait.

— Vous, dit Charles à Valentine, avec toute l'intensité de son écœurement et de sa défiance. Et puis son regard tomba sur Bell et s'en détourna aussitôt. Il sut ce qui s'était passé. Il l'avait vu et compris en un seul coup d'œil.

— Oui, baron, moi, répondit Valentine avec un sourire moqueur. Tout habillé pour la circonstance et avec mon amie à mon bras.

Bell retint son souffle, horrifiée, mais déjà Charles s'était détourné. Il offrit son bras à sa sœur. Juliette se tenait un peu à l'écart, mais elle prit aussitôt le bras de son frère.

Elle adressa à Bell un petit haussement d'épaules très français, résigné et déçu.

Les Gillesmont avancèrent vers la porte où le majordome annonçait les arrivants avant qu'ils ne prennent leur place à table.

— Baron Charles de Gillesmont, du Château Reynard, et Madame de Gillesmont.

Valentine se tourna brutalement vers Bell. Le sourire était demeuré figé sur son visage, empourpré sous le bronzage.

— Je t'avais dit que ce connard et moi n'avions rien à faire ensemble. Viens, dit-il, avec un effort manifeste pour recouvrer tout son calme, allons rejoindre les autres.

— Monsieur Valentine Gordon, des Caves de Dry Stone. Madame Bell Farrer...

L'homme annonça même le nom de son journal. Valentine avait dû le leur dire. C'était bien américain, cela, d'avoir ajouté une étiquette. Bell ressentit une soudaine et irrationnelle aversion pour cette culture qu'elle avait jugée, si récemment encore, chaleureuse, accueillante et simple. Eh bien, Valentine s'était trompé. Elle était tout simplement Bell Farrer désormais, de nulle part.

Les pieds chaussés de plomb, elle se laissa conduire à travers la grande salle à manger qu'éclairaient les bougies.

Or, argent et cristal.

Conversation distinguée, qu'elle ne put suivre malgré tous ses efforts. Chère exquise qui n'était que sable dans sa bouche. Vins les plus fins de chacun des membres du comité.

De nouveau, dans son verre, un Château-Reynard 1961. Bell l'avala et la pièce bascula. Amèrement, elle se rappela la dernière fois où elle avait bu de ce vin légendaire. Tous les trois, riant et complices, dans la flaque de lumière autour de la table de la salle à manger de Reynard.

Plusieurs places plus loin, maintenant, apparaissait le profil de médaille de Charles. Jamais son regard ne se tourna vers elle. Une seule fois, Bell croisa celui de Juliette qui se détourna aussitôt.

Le dîner fut interminable.

À côté de Bell, Valentine buvait beaucoup et avec détermination. Le temps que l'on débarrasse la table pour les discours et les toasts, il parlait avec volubilité et plaisantait, centre de tout un cercle de visages épanouis, mais Bell perçut cette légère confusion dans son timbre de voix qu'elle n'avait remarquée qu'une seule fois. À Las Vegas. Elle se tourna sur sa gauche, vers le corpulent Allemand qui, laissé sans rien à engloutir dans son assiette, commençait à vouloir faire la conversation. Elle chercha désespérément quelque chose à lui dire.

Des discours interminables.

Et un autre, de Charles, bref et plein d'élégance, pour remercier le comité de l'honneur qui lui avait été fait d'être invité à en faire partie et dire ses espoirs de servir l'association aussi bien que ses « chers collègues ».

Bell ne le quitta pas du regard. Elle voulait se graver tous les détails de ce visage pour s'en souvenir jalousement au cours des sombres jours à venir.

Enfin ce fut terminé. Comment allait-elle pouvoir danser, maintenant, supporter d'autres gens, d'autres bavardages ? Valentine avala un autre brandy et l'accompagna jusqu'à la voiture qui attendait.

— Au Dorchester, James, dit-il d'une voix pâteuse au chauffeur. Il passa le bras autour des épaules de Bell et sa main chercha un de ses seins. Elle se raidit aussitôt et se dégagea, furieuse de ses manières de propriétaire. Son corps n'appartenait pas à Valentine.

Rien ne lui appartenait, pas un atome. Elle fixait sans les voir les rues désertes, refusant de tourner la tête vers lui. Des gouttes de pluie faisaient éclater la lumière sur le pare-brise et les essuie-glaces poursuivaient leur ballet hypnotique. À son côté, le visage de Valentine semblait un masque sous la lumière crue de la rue, mais il gardait les yeux fixés sur le profil de Bell.

— Des ennuis, Bell ? demanda-t-il doucement, sortant des vapeurs de l'alcool aussi facilement que dans leur suite à Las Vegas. Mais comme elle ne répondait pas, il passa une main gourmande sur son dos nu, ajoutant : C'est tout à fait le genre de robe qu'un homme rêve d'enlever.

« Oh, non », se dit Bell, qui commençait à ressentir une certaine aversion pour lui.

— Mais d'abord, poursuivit Valentine, le champagne et la danse. Nous allons faire éclater le Dorchester ce soir, hein ? Et après cela...

Il eut un petit rire tandis que Bell allait se blottir loin de lui dans un coin de la voiture. Onze heures. Dans combien de temps pourrait-elle s'échapper ? Une heure ? Deux heures ?

Lorsqu'ils arrivèrent au bal, Valentine semblait en pleine forme. Il l'entraîna sur la piste et la serra aussitôt contre lui, à l'étouffer. Bell pouvait sentir contre son corps chacun des détails de celui de Valentine, si familiers et maintenant si importuns. Elle se replia davantage encore dans sa tristesse. La musique l'assourdissait, ses tempes battaient et elle ne pouvait répondre que par monosyllabes à la volubilité de Valentine. Jamais leurs regards ne se croisèrent et elle ne vit donc pas la dure lueur dans ses yeux, qui démentait l'étincelant sourire.

Bell fut surprise par la popularité de Valentine. Partout où il se tournait, on lui faisait un geste de la main, on lui adressait un sourire. Il connaissait tout le monde et tout le monde l'accueillait avec plaisir. Bell constata avec amertume que toutes les femmes papillonnaient et fondaient quand il les embrassait, alors que les hommes qui les accompagnaient manifestaient leur assentiment et leur plaisir.

Il semblait que Valentine fût parfait, quoi qu'il fît.

Mais il ne lâchait pas Bell, ses doigts fermement noués aux siens, son bras fermement passé autour de sa taille. Chaque fois qu'il le pouvait, ses mains glissaient sur les hanches de Bell, la serrant un peu plus contre lui. « Comme s'il voulait montrer au monde entier que je lui appartiens », se dit elle. Elle avait envie de lui crier : « Ça suffit. Je ne peux plus supporter cela. » Mais elle ne pouvait que détourner son visage de lui et rester raide pour lui signifier son refus.

Enfin, tous les délégués à la plus importante conférence et leurs hôtes se pressèrent dans la salle de bal. Avec un peu de chance, ils ne tomberaient pas sur Charles. Peut-être Juliette et lui n'étaient-ils même pas venus.

— Valentine, parvint-elle enfin à lui dire, la bouche pincée. Je suis fatiguée. Ne pourrions-nous trouver une table où nous asseoir.

— Mais certainement.

Il trouva une table au bord de la piste et commanda du champagne. Inévitablement, commencèrent à arriver à la table des connaissances de Bell et de Valentine. Les femmes bourdonnaient autour de celui-ci comme s'il était un pot de miel et il sourit à Bell avec un certain défi. Elle détourna les yeux pour regarder les danseurs, espérant et craignant à la fois de tomber sur Charles. Machinalement, elle vida son verre de champagne et se pencha pour le reposer sur la table. Les doigts de Valentine lui saisirent le poignet.

— On retourne danser. Ou on se retire... dans un endroit plus calme, lui demanda-t-il avec son sourire plein de sous-entendus, où se mêlait maintenant une certaine moquerie.

— Non, répondit Bell en se levant et en ramassant son sac de soie noir. Veux-tu m'excuser quelques instants ?

Elle voulait se retrouver dans le calme des toilettes, et peut-être la solitude lui donnerait-elle la force de s'échapper.

— Mais bien sûr, dit de nouveau Valentine, dont on sentit l'irritation sous la politesse, et avant même que Bell n'ait quitté la table, il se tournait vers une superbe rousse de l'Office français du Tourisme.

— Voulez-vous m'accorder cette danse, princesse ? entendit Bell, et sans un regard pour elle, Valentine entraîna la jolie rousse sur la piste, un bras déjà autour de sa taille.

Bell s'éloigna lentement, furieuse contre elle autant que contre Valentine. « Chez moi, se dit-elle. Il faut que je rentre chez moi. »

Quelqu'un lui bloquait le passage à travers les piliers rococo. C'était Charles.

— Voulez-vous m'accorder cette danse ? lui demanda-t-il gravement.

Trop surprise, maintenant, pour répondre, Bell le laissa prendre sa main. Celle de Charles était très froide et sèche.

La dernière fois, ils avaient valsé ensemble. Dans la grande salle vide, sur le parterre éclatant de Reynard, alors qu'elle était plongée dans sa surprise et son bonheur.

Il ne restait plus maintenant, de tout cela, que l'ironie des bras de Charles et sa façon adroite de la conduire, bien protégée et isolée, à travers la foule des danseurs.

— Je vous dois des excuses, murmura-t-elle contre son épaule et il se recula un peu, froid et légèrement surpris.

— Des excuses ? répéta-t-il avec un léger haussement de sourcils.

On aurait pu croire qu'ils venaient juste d'être présentés.

Les paroles que Bell avaient préparées étaient insensées. Comment aurait-elle pu rappeler, à cet homme grand et distant, ce qu'ils s'étaient dit sur les bords de la Gironde le jour de son vingt-huitième anniversaire ?

Ce n'était même plus le même homme qui lui avait murmuré, à peine une heure plus tôt, qu'il avait besoin d'elle. Les volets d'acier étaient clos. Charles ne se permettrait plus le luxe d'avoir besoin d'elle.

Bell l'avait perdu. Tristement, elle se l'avoua et l'accepta.

Elle était la seule fautive.

Fautive, fautive, fautive, scandaient à l'unisson la musique et la douleur dans son crâne, comme une folle incantation.

— Vous ne me devez rien, dit enfin Charles sans la regarder.

— Oh, mon Dieu. Je vous en prie, écoutez-moi. J'avais promis que je...

Son regard, dur comme de la pierre, descendit sur le visage de Bell et elle en chancela.

— Ne faites plus de promesses. Vous n'êtes pas prête, Bell.

Elle demeura silencieuse, avec l'impression d'être réprimandée, comme une enfant qui eût essayé de se mêler d'affaires concernant les grandes personnes, et qu'elle ne comprenait pas.

Inutile de rien ajouter.

Un instant plus tard, Charles parlait plaisamment des perspectives des prochaines vendanges. C'en était terminé de leur intimité, si brève mais si étonnante pour Bell. Il l'avait invitée à danser car il était bien trop bien élevé pour faire fi de sa présence au bal. Il voulait mettre un point final mais poli à ce qu'ils avaient pu représenter l'un pour l'autre. Ce n'eût pas été son style de simplement l'ignorer après l'avoir vue avec Valentine.

Charles de Gillesmont avait de trop bonnes manières pour cela.

Non, au lieu du drame de la fureur et de l'offense, on se retrouvait à échanger des banalités polies. Comme il était refermé sur lui-même. Comme c'était affreux. Follement, Bell songea à hurler, ou à feindre de se trouver mal — n'importe quoi pour briser ce calme distant. Mais elle savait que cela ne servirait à rien. Il ne l'en mépriserait que davantage pour son hystérie.

Charles la reconduisait doucement mais inexorablement vers la table où elle avait pris place avec Valentine. Dès que l'orchestre s'arrêta, il la lâcha et les bras de Bell retombèrent. Charles s'inclina et la remercia.

— Peut-être vous reverrons-nous un jour à Château Reynard.

Ou peut-être pas.

Il prit la main de Bell et la baisa. Pendant un bref instant, les yeux bleu marine avec leurs reflets d'or fixèrent les siens puis se détournèrent.

— Je suis sûr que votre cavalier doit s'inquiéter de vous. Adieu, Bell, dit-il doucement.

Et il disparut, silhouette haute et élégante glissant au milieu de la foule.

Adieu.

Bell se redit le mot, mais son cœur se refusa à admettre qu'il avait disparu à jamais. Elle demeura figée, fixant sans les voir les visages bizarres qui passaient devant elle. Elle ne distinguait plus la tête blonde de Charles au-dessus de la foule des danseurs. Disparu.

Son corps lui faisait mal comme si on l'avait battue.

Rentrer. Soudain, elle n'eut plus que cette idée en tête. Retrouver la sécurité et le silence de sa chambre. Elle devait rentrer immédiatement.

Pas de Valentine en vue à leur table. La bouteille de champagne était vide et l'écharpe d'angora rose de la fille rousse rejetée sur le dos de sa chaise. Eh bien, bonne chance à tous les deux. Bell ne voulait plus revoir Valentine Gordon ni repenser à lui.

Elle se détourna et partit.

Le portier du Dorchester, en haut-de-forme, lui appela un taxi tandis qu'elle attendait, frissonnante, sur les marches. Il la protégea même de la pluie torrentielle avec son parapluie pendant qu'elle s'installait dans le véhicule.

« Mon départ est moins humiliant que celui de Cendrillon, se dit Bell, mais la perte est plus grande. » Elle n'avait laissé aucune pantoufle de vair dans la main de Charles. Et même si elle l'avait fait, il l'aurait jetée dans la plus proche boîte à ordures.

Le taxi se glissa dans la circulation de Park Lane. Bell était bien trop plongée dans ses pensées pour voir Valentine passer en courant devant le portier surpris et lui crier quelque chose dans la pluie aveuglante. Trop tard. Il resta là un instant, sans se soucier de la pluie, fixant les feux arrière du taxi, un mélange d'irritation et de déception se lisant sur son visage. Et puis, lentement, il hocha la tête et rentra dans l'éblouissante lumière du hall.

CHAPITRE VII

On entendait une sonnerie quelque part.

Bell étendit la main vers le bouton de son réveil, mais la sonnerie persista. Encore sous l'effet du somnifère avalé aux petites heures de la nuit, Bell ouvrit les yeux à regret. La vue de la robe noire, pendue dans sa housse de protection à la porte de la garde-robe, la ramena sur terre. Une vague de tristesse l'envahit.

Cette foutue sonnerie. Il fallait qu'elle l'arrête. Elle se rendit compte, alors, qu'il s'agissait de la sonnette de la porte d'entrée sur laquelle quelqu'un appuyait sans relâche. Lentement, elle se dirigea vers le bruit.

Elle ouvrit et se trouva devant le livreur d'un fleuriste à demi caché derrière une pyramide de roses rouges. Il lui adressa un sourire effronté.

— Le client m'a dit de ne pas partir tant que je n'avais pas remis cela en mains propres. Personnellement.

Bell soupira.

— Quelle heure est-il ?

— Neuf heures. Du matin, précisa-t-il.

— Merci.

Elle referma la porte et ouvrit une enveloppe blanche épinglée au papier de cellophane. Le mot était écrit sur le papier du Connaught :

« J'aurais dû mieux prendre soin de toi, hier soir. Quand je suis revenu de danser avec cette rousse tu étais partie, et je ne t'en veux pas, mais es-tu bien rentrée ?

Et veux-tu me pardonner pour ce que j'ai bien pu faire ?

V. »

La lettre lui tomba des doigts tandis qu'elle admirait les fleurs, des roses de fleuriste, à longues tiges, sans épines et stériles. La couleur lui rappela celle du sang.

Elle poussa un nouveau soupir et alla chercher à la cuisine un vase assez grand pour les contenir. Elle fourra les longues tiges vertes dans l'eau sans essayer de les arranger. Puis elle se détourna, laissant les fleurs sur le table de travail sans même leur accorder un regard. Enfin, elle ramassa la lettre et la mit au panier.

Valentine Gordon tombait mal avec ses offres de paix.

Une seule personne comptait pour elle, et elle n'était plus là.

Bell occupa son esprit avec des décisions sans grande importance, puis elle s'habilla, se fit un café très fort avec des toasts sur lesquels elle étala une épaisse couche de confiture. Elle eut un petit sourire piteux à la vue de ce déjeuner. C'était ce que lui faisait toujours sa mère quand elle était petite fille et malade, et l'habitude était restée. « Autant prendre soin de ma santé, se dit-elle tristement. Personne d'autre ne s'en chargera. »

Ça suffit comme cela.

Il lui restait bien des chose à faire, où l'apitoiement sur son propre sort n'avait rien à voir. Même au milieu de la tristesse qu'elle ressentait aujourd'hui, Bell savait qu'elle était une lutteuse. Elle avait l'habitude de se battre et la plupart de ces combats avaient été livrés contre la solitude. Mais cette fois les choses étaient différentes car elle avait commis une grave erreur, une terrible et désastreuse erreur, et cela lui avait coûté Charles.

Ne pense pas à cela maintenant.

C'était fait et elle n'y pouvait rien changer.

« Et puis cela se termine toujours de la même façon », se dit-elle, s'offrant le luxe de l'amertume. Elle se retrouvait seule et elle allait devoir apprendre à s'y faire.

Ah, elle avait eu bien raison d'avoir peur. Même avec Edward elle avait eu peur que le bonheur ne puisse durer. Et maintenant...

Sois pratique.

Elle devait se montrer pratique, affronter les événements dont elle pouvait espérer modifier le cours. D'abord, le travail.

Avec une certaine brusquerie, elle appela, au journal, la secrétaire qu'elle partageait avec trois autres confrères. Il lui restait quelques jours de congé à prendre. Elle les prenait, à compter de ce matin. Elle était sûre qu'étant donné les circonstances on comprendrait... Dans le cas, fort improbable, où l'on aurait besoin d'elle, elle serait à son domicile.

Elle raccrocha avec un soupir de soulagement.

Et maintenant ?

La petite idée qui avait germé dans sa tête la veille poussait toujours. Elle l'examina sous tous ses aspects.

Ce qui s'était passé hier avait changé bien des choses, évidemment. En fait, cela avait tout changé à part l'impérieuse nécessité de trouver du travail. Et c'était bien cela. Son travail avait été la seule chose qui l'avait retenue au cours de ces derniers mois, et maintenant qu'on le lui avait pris, elle n'avait plus aucune raison de souhaiter rester à Londres. Sa vie était devenue répétitive et dénuée de sens.

Avant les événements de la veille, elle avait pensé pouvoir partir pour Bordeaux. La ville calme et prospère l'attirait comme un aimant.

« Pourquoi pas, même maintenant ? » se demanda Bell. Bordeaux était l'un des grands centres mondiaux du vin. Avec son français, qu'elle parlait couramment, et sa connaissance du vin elle pourrait trouver un travail qui ajouterait une dimension intéressante à son expérience.

Rapidement, elle prit une feuille de papier et la divisa en deux colonnes, *POUR* et *CONTRE*.

Il ne lui fallut pas longtemps pour aligner ses « pour ». Elle parlait un excellent français et connaissait le monde du vin. Sa sténo et sa dactylo étaient à peine assez bonnes pour en faire une dernière corde à son arc, si elle ne trouvait rien d'autre. De toute façon, en cette période difficile, il lui serait malaisé de trouver à Londres un emploi aussi intéressant que celui qu'elle venait de perdre, et à quoi servirait de rester pour faire quelque chose de moins passionnant ? En partant pour Bordeaux, du moins aurait-elle l'impression de conserver l'initiative, et elle était convaincue qu'elle pourrait y améliorer ses connaissances et se faire de nouvelles relations pendant son séjour. En outre, le mode de vie lui plaisait. Cette calme certitude était exactement ce qu'il lui fallait pour apaiser ses propres doutes.

La liste des « contre » prit davantage de temps et elle la rédigea les sourcils froncés, se contraignant à être réaliste. Elle allait perdre son réseau de relations londoniennes qu'elle avait soigneusement tissé, et elle allait regretter les amis qui, jusqu'à ce jour, lui avaient paru si importants dans sa vie. En outre, elle n'avait pas encore d'emploi, ni de logement, ni suffisamment d'argent pour vivre en attendant. Et puis elle raya chacun de ces « contre ». Elle était indépendante, elle allait trouver un emploi et une chambre, et elle disposait de l'indemnité de licenciement d'Henry.

Son crayon hésita entre les deux colonnes quand elle en arriva à la question la plus importante. Hier, elle l'aurait acceptée comme la véritable raison qui la poussait à partir. Aujourd'hui c'était impossible, mais elle ne savait plus si cela signifiait surtout qu'elle devait rester. Elle griffonna impatiemment son papier, sachant bien qu'elle devait affronter les véritables raisons de sa décision de partir travailler à Bordeaux. C'était là que vivait Charles, et pour cette raison elle évoquait la ville avec plaisir. Mais quelle importance, désormais, qu'elle aille s'installer en Alaska ou à trente kilomètres de lui à peine ? Elle était une étrangère. Non, pis encore, elle n'était plus qu'une vague connaissance. Mais peut-être que si elle se retrouvait si proche de lui, Charles allait parfois penser à elle ? Peut-être même voudrait-il la revoir ? Elle aurait toujours l'occasion de le rencontrer, et elle vivrait avec des gens qui le connaissaient et évoluaient dans le même monde. Bell savait bien que c'était un fil bien fragile auquel accrocher tout son avenir, mais du moins lui permettait-il de conserver l'espoir. Et mieux valait le plus petit espoir que rien du tout, ou que rester à Londres à se morfondre.

Soudain, elle griffonna dans la colonne « pour », en grosses majuscules : « C'EST CE QUE JE VEUX. » Eh bien, dans ce cas la question était réglée. Bell se laissa aller dans sa chaise et eut un sourire de satisfaction pour avoir pris sa décision. Il ne restait plus, maintenant, qu'à s'occuper des aspects pratiques. Elle ouvrit son carnet d'adresses et se demanda par quoi elle allait commencer.

Avant même qu'elle ne se décide, on sonna de nouveau. C'était la dernière personne au monde qu'elle souhaitait voir. Valentine.

Elle se sentit pleine d'un glacial ressentiment à son égard alors qu'il se tenait là et la regardait en souriant. En pleine forme. L'œil clair et l'air aussi reposé que s'il était allé au lit à 10 h 30 la veille, sans rien avoir avalé d'autre qu'une tasse de lait chaud.

— Je me serais bien couvert la tête de cendres, dit-il, mais je n'ai rien pu trouver d'autre à mon hôtel que des mégots de havanes.

Bell pinça les lèvres. « Ce n'est pas drôle, eut-elle envie de dire. Laisse-moi tranquille, veux-tu ? »

Le sourire de Valentine s'évanouit quand il vit toute la froideur de son regard. Elle paraissait fatiguée, pâle et vulnérable. Jamais il ne se serait attendu à voir Bell ainsi, d'habitude si alerte et sûre d'elle. Il allait la prendre dans ses bras quand elle se détourna.

— Est-ce que je ne pourrais pas entrer ? demanda-t-il inutilement en fermant la porte derrière lui. Je ne voudrais pas rester sur le pas de la porte. Bell, qu'est-ce qui se passe ? Est-ce qu'il est arrivé quelque chose ?

Elle ne savait quoi lui répondre. Elle était toujours fâchée contre lui, bouillait de ressentiment et se sentait dangereusement proche des larmes. Mais déjà, commençait à agir sur elle le charme inopportun mais incontestable de Valentine. Elle était déchirée entre son envie de lui dire des choses méchantes et de lui faire mal, simplement pour avoir été là hier soir, et le souhait et la crainte qu'il la reprenne dans ses bras.

— Je suis désolé, vraiment très désolé que tu ne te sois pas amusée hier soir, disait-il, doucement. Et j'ai honte de m'être montré si rustre. Est-ce que cela te suffit ?

Il s'approchait, maintenant, le regard fixé sur son visage. Bell se retrouva en train de reculer dans cet espace réduit, à peine consciente de se draper plus étroitement dans son mince vêtement.

— Pourquoi ? demandait-elle, gagnant du temps, sans trop savoir de quoi elle avait peur. Pourquoi a-t-il fallu que tu te conduises comme si j'étais ta propriété ?

Valentine s'arrêta et son visage se rembrunit. Il semblait menaçant et Bell vit qu'il serrait les poings si fort, que les articulations en devenaient blanches sur la peau bronzée.

— Pourquoi ? Pourquoi a-t-il fallu... ? répéta-t-il, comme se parlant à lui-même. Je ne crois pas avoir... jamais su... à quel point je déteste cet homme. Ton ami Charles. Et j'ai été surpris de voir à quel point je le détestais en le voyant à côté de toi.

Bell sentit la chair de poule lui gagner tout le crâne et un doigt glacial de peur se poser sur son cœur. Elle était prise entre deux hommes qui se vouaient une haine dangereuse, farouche.

— Il n'est pas mon ami, souffla-t-elle avec une amertume qu'il ne put percevoir.

Valentine se tourna brutalement et alla s'appuyer contre la fenêtre. Il regarda les arbres au-delà des toits.

— Cette froideur glaciale. Cette hypocrisie sous le vernis. Bon Dieu, dit-il, crachant les mots. Ça me fait bouillir, ça me donne envie d'éclater contre lui, de briser des objets, de devenir vulgaire et violent.

Il s'ensuivit un petit silence choqué. Les mots semblaient être demeurés suspendus entre eux comme une menace.

Et puis, Valentine se mit à rire doucement, haussant les épaules, essayant de dissiper l'effet laissé par son éclat.

— Compte tenu de tout cela, j'ai plutôt pas mal réussi à me contrôler, tu ne trouves pas ?

Bell cherchait frénétiquement un moyen de changer de conversation, de ne plus parler de Charles. Tant qu'on entendrait son nom dans la pièce, elle craignait de se trahir. Et Valentine ne devait jamais savoir ce qui s'était passé la veille.

— Est-ce que tu ne devrais pas être à la convention en ce moment ? demanda-t-elle, sans grande conviction.

— Oui, mais je suis ici, répondit Valentine, traversant la pièce en deux enjambées et la prenant dans ses bras avant qu'elle ne puisse lui échapper. Il la serra contre lui, se pressa contre son corps et ses lèvres se posèrent sur celles de Bell.

Elle ferma les yeux. Elle se sentait comme après cette folle course à moto à travers la nuit californienne, quand ils étaient arrivés sur la plage, avec le bruit du ressac devant eux. Doucement s'estompaient l'impression de choc et la peur, pour être remplacées par un désir étouffant.

Valentine dégagea la lourde masse de cheveux du visage de Bell et plongea son regard dans les yeux bleu-vert.

— Viens au lit, dit-il simplement.

Avec un effort surhumain, Bell se dégagea. Elle alla s'effondrer en titubant sur son rocking-chair et remonta ses genoux, comme pour en faire une barrière protectrice contre lui.

— Non, dit-elle, secouant la tête pour souligner son refus tandis que Valentine la regardait, mi-ennuyé, mi-amusé, mais confiant en son pouvoir en fin de compte.

— Je ne veux pas, lui dit-elle, commençant à se persuader une fois de plus qu'elle était sincère. Il s'est passé quelque chose, et il faut que j'y réfléchisse, et il n'y a... pas de place pour autre chose.

Valentine s'approcha et s'agenouilla sur le tapis à côté d'elle. Il n'écoutait pas.

— Écoute, Bell. J'ai une idée. Bob Cornelius et moi partons pour Larue-Grise après la convention, pour les vendanges. Pourquoi ne pas venir avec nous ? Et écrire un article pour ton journal ?

Bell commença par hocher la tête, et puis ses pensées se bousculèrent. Larue-Grise ? Non. Impossible. C'était le camp ennemi. Et, avec un sourire las, elle se dit que la seule personne dont elle avait désormais à se préoccuper était elle-même. Valentine était un allié utile. Larue-Grise constituerait une base provisoire parfaite. Peut-être pourrait-elle vendre un article sur les vendanges pour l'un des suppléments en couleur... ou un magazine de luxe... Quelque part, au plus profond d'elle-même, jaillit une petite étincelle d'enthousiasme. Elle allait travailler. La perte de son emploi n'était qu'un incident. Elle adressa un sourire reconnaissant à Valentine.

— Ça me plairait bien.

— Merveilleux, dit-il, sa bonne humeur maintenant retrouvée. Si je n'ai pas le droit de t'emmener au lit, veux-tu me donner une tasse de ce café avant que j'aille m'écrouler aux pieds des gens du comité ?

Bell lui servit une grande tasse de café qu'elle lui passa.

— Je n'étais pas au mieux moi non plus, hier, dit-elle. Je venais de perdre mon emploi. Licenciée pour raisons économiques.

Valentine releva brusquement la tête. La compassion suivit aussitôt sa surprise.

— Oh, merde, Bell. Ça, c'est une mauvaise nouvelle. Qu'est-ce qui s'est passé ?

Elle lui raconta, exposant simplement les faits. Quand elle eut terminé, il la serra dans ses bras.

— Eh bien, tu trouveras un autre boulot. Sans problème. Dieu sait que tu es assez bonne dans ta profession. Essaie de voir grand, cette fois. Lance ton propre journal.

— Oui, je pense que je pourrai trouver un autre boulot, dit-elle tristement, avant de relever le menton et de le regarder. De toute façon, je ferai des piges. Je vais essayer de vendre un article sur ces vendanges. Je commencerai à Larue-Grise.

— Tu es toujours décidée à venir ? Même si tu ne peux le faire pour le compte de ton journal ?

Bell recula. Comme s'il l'avait giflée. Elle essayait de se trouver des excuses, tentant frénétiquement d'étayer ses défenses qui s'écroulaient. Elle voulut se persuader que ce n'était pas ce qu'il avait voulu dire.

Il voulait simplement dire que tu serais probablement trop occupée autre part à chercher un autre boulot, peut-être. Cela ne signifiait nullement qu'il ne voulait de toi uniquement pour ce que tu représentais. Oh, un petit peu, bien sûr. Mais pas uniquement. Non, certainement pas uniquement.

— Eh bien, je ne sais pas, dit-elle, comme si elle réfléchissait. Je n'ai encore... rien décidé de définitif. Il est préférable de ne rien promettre.

Il lui sourit. « Il est très séduisant et très généreux, se prit-elle à penser, mais il n'est pas idiot. » De nouveau il l'embrassait et lui caressait les cheveux, les repoussant de son visage en feu.

— Tu feras ce que tu voudras, princesse, murmura-t-il. Tu sais où me trouver, et s'il y a quelque chose que je puisse faire...

— Non, dit-elle, secouant la tête et lui adressant un grand sourire. Rien. Vraiment.

Elle se sentait si secouée, intérieurement, qu'elle craignit que tout cela ne s'épanche d'un seul coup, dans un flot de larmes et de paroles qui la trahiraient. Elle souhaitait qu'il s'en aille avant que cela ne se produise.

— Il faut que je passe quelques coups de fil, dit-elle, et il la lâcha et regarda sa montre.

— Oh, bon sang, ils vont probablement me virer, ou me retirer mon taste-vin et son ruban de soie, ou Dieu sait ce qu'ils prévoient pour ceux qui font l'école buissonnière.

Il lui envoya un baiser, depuis la porte et ajouta, soudain sérieux :

— Je suis au Connaught pour deux jours encore, ensuite à Larue jusqu'à la fin des vendanges. Tu seras la bienvenue, Bell...

Et puis, Dieu merci, il partit. Elle savait maintenant qu'elle n'irait pas à Larue-Grise. Jamais. Jamais ne lui parut plus vaste l'abîme qui séparait le superficiel Valentine et Charles, qui avait derrière lui des siècles de culture et de sagesse. Bell savait, sans le moindre doute, quel homme elle voulait. C'était Charles et tout ce qu'il représentait. Comparé à lui, et avec la soirée de la veille encore présente à sa mémoire, Valentine semblait un mufle et un parvenu.

Bell demeura une heure dans sa position habituelle, puis une autre heure à réfléchir. Dehors, il pleuvait toujours et la température avait dû tomber de plusieurs degrés. De grosses gouttes de pluie frappaient les vitres et les feuilles étaient secouées, sur un fond de ciel plombé. Du jour au lendemain, on était passé de l'été à l'hiver.

Enfin, elle se leva, toute raide. Elle était convaincue qu'il lui fallait quitter Londres, et la France lui semblait bien séduisante. « Il n'y a qu'une seule personne à laquelle je puisse me confier, pensa-t-elle. Edward. Edward me conseillera honnêtement. »

Bell composa le numéro de sa ligne privée qui arrivait directement sur son bureau dans les mystérieuses profondeurs de la banque au milieu de la ville. Elle ne l'avait appelé là que quelques rares fois depuis les nombreuses années qu'elle le connaissait. Edward répondit aussitôt, avec le ton sec du monsieur occupé. Quand il reconnut la voix de Bell, il lui demanda :

— C'est toi, Bell ? Depuis quand es-tu de retour ?

— Quelques jours seulement. Edward, je suis désolé de t'ennuyer, répondit Bell qui se mordit la lèvre. (Ils étaient déjà si loin l'un de l'autre.) Il se passe quelque chose de terrible. Stobbs m'a virée pour raisons économiques. J'ai une idée sur ce que je pourrais faire, et j'ai besoin d'un conseil.

De nouveau elle se sentait au bord des larmes et elle continua rapidement :

— Tu es mon meilleur ami après tout, Eddie.

Il y eut un long silence à l'autre bout de la ligne.

— Tu sais que je ferais tout ce que je pourrais, Bell. Et je suis terriblement désolé que tu aies perdu ton emploi. Mais nous... je pars tout droit prendre un avion à Gatwick. En vacances pour deux semaines. Dès mon retour, je passe te voir et nous en discuterons.

« Tu allais dire : *nous* partons en vacances, se dit Bell. Allons, ne me cache rien, dis-moi qui c'est. »

— C'est merveilleux. Ne te soucie pas de cette stupide histoire de boulot — je m'étais seulement dit qu'il serait bon d'en discuter avec quelqu'un. Où vas-tu ?

— En Italie. Près de Naples.

— Merveilleux. Avec qui ?

Un silence, de nouveau. Elle savait qu'il ne voulait pas la blesser, même après tout ce qui s'était passé. « Ne t'inquiète pas, voulut-elle dire, je suis blindée contre ce genre de choses. »

— Euh, je l'ai rencontrée il y a environ un mois. Je n'en sais rien encore, Bell, mais il m'a semblé que l'expérience valait la peine d'être poursuivie.

— J'en suis heureuse pour toi. Écoute, je te verrai à ton retour. Et passe de bonnes vacances.

Elle raccrocha.

Ça tombait dru et vite aujourd'hui.

Ne cède pas. Si tu commences à pleurer, tu ne pourras plus t'arrêter. Une promenade. Un peu d'air frais, c'est la solution.

Bell trouva une paire de bottes en caoutchouc vertes et épaisses au fond d'un placard ainsi qu'un vieux paletot. Son parapluie était un parapluie d'homme, pour le golf, abandonné là par Edward ; elle en saisit la rondeur rassurante de la poignée et descendit les escaliers. Les vêtements protecteurs lui donnaient l'impression d'être elle-même protégée, et elle redressa les épaules, prête à affronter les éléments et tout ce que cette journée pourrait lui apporter.

Elle se dirigea vers le parc. Au coin de la rue, quelque chose lui fit tourner la tête, juste à temps pour apercevoir une silhouette en ciré jaune, hésitant à la porte de son immeuble avant d'y pénétrer.

On ne pouvait s'y tromper. La pluie rendait plus foncés les longs cheveux blonds, le col du ciré était remonté et dissimulait le visage, mais c'était bien Juliette. Et elle devait chercher Bell.

Sa première réaction fut de s'enfuir. Elle ne voulait pas rencontrer la sœur de Charles, et lire de nouveau l'accusation dans les yeux bleu foncé qui ressemblaient si douloureusement à ceux de Charles. Et puis, presque aussitôt, monta en elle un fol espoir. Peut-être était-elle porteuse d'un message de lui. Oh, et si elle l'avait ratée ?

Bell revint en courant vers sa porte, évitant les flaques et heurtant les passants qui arrivaient vers elle, espérant toujours que Charles... que Charles...

Juliette faisait demi-tour devant sa porte quand Bell arriva, haletante, en haut des escaliers.

— Bonjour, dit-elle simplement. Je suis heureuse de vous voir, après tout.

— Juliette, haleta Bell, Juliette...

— Je crois que la pluie va cesser. Voulez-vous traverser Kensington Gardens avec moi ?

Elles redescendirent ensemble. Dans la rue, Bell leva les yeux au ciel et ouvrit le parapluie rayé. Elles se blottirent ensemble sous cet abri, le visage marqué obliquement par les mêmes raies de couleurs rouges et bleues.

Quand elles arrivèrent dans le parc, Bell prit machinalement l'allée qu'elle empruntait pour se rendre au travail. La terre était sombre et humide maintenant, et sentait le terreau de feuilles. L'air était aussi pur que si on l'avait lavé, et les gouttes de pluie tombaient à travers les feuilles avec un petit bruit régulier et apaisant.

Tout était parfaitement calme. On n'entendait, pour tout bruit, que la circulation sur Kensington, étouffée par l'air dense et humide.

La main de Juliette se serra davantage sur le bras de Bell, comme si elle allait dire quelque chose.

Bell attendit, le cœur battant.

— Ne vous enfuyez pas, dit-elle enfin, si doucement que Bell eut du mal à saisir les mots. Il a toujours besoin de vous.

Quelque part, au-dessus d'elles, un merle se mit à chanter à pleine gorge. Le moral de Bell remonta, à l'unisson.

— Est-ce lui qui vous a demandé de venir ? osa-t-elle.

— Non, Bell, dit Juliette, secouant ses boucles blondes. Jamais il ne ferait cela. Je suis venue parce que je suis toujours persuadée... parce que je me souviens de la façon dont vous vous regardiez quand vous étiez à Reynard. Quoi qu'il soit arrivé depuis, je pense que vous pourriez l'aider à reprendre goût à la vie.

Bell grimaça. Qu'avait-elle fait au lieu de l'aider ?

Les deux femmes firent encore quelques pas ensemble, regardant les gouttes crépiter sur le gravier. Et Juliette reprit, avec toute la délicatesse possible :

— Je sais que cela ne me regarde pas, mais est-ce que vous et Valentine... ?

Bell frissonna. Elle ne souhaitait pas avouer devant l'honnête, la loyale Juliette. Plus que jamais, elle avait honte et était furieuse contre elle. Mais Juliette pensait qu'il avait toujours besoin d'elle. Elle venait de le dire. Bell se cuirassa pour raconter son aventure californienne.

— Je suis arrivée là-bas persuadée que j'allais rencontrer une espèce de monstre, commença-t-elle.

Juliette se mit à rire, d'un vrai rire.

— Oh, non. Je vous l'avais dit. Il n'est pas du tout comme ça. Savez-vous que lorsque je vous ai vue avec lui hier soir j'ai même ressenti pour lui une vague attirance ? Quel est son secret, d'après vous ?

Bell rit aussi et, en même temps, ressentit une bouffée de sympathie et de gratitude pour la sœur de Charles. Intuitivement, elle venait de dire quelque chose qui rendait mille fois plus facile pour Bell le récit de son histoire.

Elle lui raconta tout. Juliette écoutait attentivement, hochant parfois la tête, faisant tressauter ses boucles blondes sur le col du ciré.

Ce ne fut que lorsque Bell en arriva à ce qu'elle ressentait depuis son retour à Londres que Juliette se tourna vers elle pour la regarder, avec compassion et songeuse.

Leur promenade les avait emmenées dans Hyde Park et elles se retrouvaient maintenant devant le café. Les tables métalliques blanches, au bord de la Serpentine, étaient vides et couvertes d'eau qui reflétait le ciel gris-blanc. La pluie avait cessé et Bell alla leur chercher des gobelets de plastique de café au kiosque puis elles s'assirent à l'une des tables. L'armada de barques et de petits bateaux amarrés devant elles se balançait sous la légère brise qui commençait à rider l'eau. À l'ouest apparaissait un morceau de ciel bleu tandis que le vent chassait les derniers nuages d'orage.

Bell dessinait dans l'eau qui couvrait la table, le visage tendu.

— Je n'essaie pas de trouver des excuses pour ce qui s'est passé à Dry Stone, mais tout semblait si différent là-bas, Juliette. Charles me manquait et il me paraissait si loin. Je n'avais aucune nouvelle de lui et j'avais tant besoin d'avoir des nouvelles ; tout était arrivé si vite à Reynard que je me sentais complètement déboussolée. J'ai commencé à me dire que j'avais peut-être mal interprété les choses et que j'étais idiote de mettre tous mes espoirs en Charles. Alors, j'ai cédé à Valentine. Ce n'était guère plus... qu'un jeu, une aventure qu'il conviendrait d'oublier dès qu'elle serait terminée. Mais voilà qu'elle a conduit à tout cela. Et elle m'a fait voir que depuis le début je ne m'étais pas trompée. J'aime Charles. Il compte davantage pour moi que tout au monde. Et, malgré cela, savez-vous que j'aime toujours bien Valentine ? Je l'ai revu ce matin. Il est venu s'excuser, précédé par un millier de roses rouges, presque. J'ai failli accepter de partir pour Larue-Grise avec lui.

Juliette se raidit.

— Oh, non, ne faites pas cela.

— Je ne le ferai pas. C'est drôle, non ? Comme Valentine reste insensible devant tout ce qui peut nous blesser et demeure cependant si sympathique ? Je voulais me montrer furieuse contre lui, mais je n'ai pas pu. Il n'a réussi qu'à me rendre plus furieuse contre moi.

Bell eut un petit sourire puis se rappela l'éclair de rage et de passion qu'elle avait vu chez Valentine. Il n'était pas si invulnérable.

— Ils se détestent, n'est-ce pas ? demanda-t-elle, de nouveau envahie par un glacial pressentiment.

— Oui, ils se détestent. Bell, demanda brusquement Juliette, que souhaitez-vous ?

— Je souhaiterais être il y a un mois. Me retrouver à Reynard, comme avant. Et je voudrais que tout cela ne soit jamais arrivé.

— Non, lui dit gentiment Juliette. Maintenant ?

Bell baissa les yeux, mais on ne pouvait s'y tromper en entendant la passion dans sa voix quand elle répondit :

— Je voudrais être avec Charles. Je voudrais que tout s'arrange.

— Eh bien, faites-le, dit Juliette, lui prenant le poignet.

Bell reprit, très vite :

— Juliette, j'ai perdu mon emploi, lui avoua-t-elle avec un geste de la main, devant l'exclamation de surprise et de sympathie. Et, depuis, je n'arrête pas de penser. Je ne veux plus rester ici. Ma vie ici... n'a plus d'importance, pour toutes sortes de raisons. Mon travail, tous mes efforts pour me rendre indépendante, réussir, être libre de vivre ma propre vie — plus rien de cela n'a d'importance.

Tandis qu'elle parlait, une nouvelle certitude s'emparait d'elle : la conviction profonde qu'elle aimait Charles, et elle y puisa une espèce de réconfort. Peut-être l'avait-il rejetée maintenant, mais personne ne pouvait lui enlever la joie de savoir que, naguère, elle avait compté pour lui. Elle avait brisé cette réserve, cette attitude distante, et atteint le véritable Charles — et elle conservait cela en elle comme un charme magique. Bell savait combien elle était isolée dans ses propres défenses et elle ressentait une sorte de frisson enivrant à l'idée d'avoir pénétré celles de Charles. Elle pressa ses tempes de ses doigts, comme pour bien garder en tête sa soudaine conviction.

— Tout ce que je désire maintenant, c'est d'être près de Charles. Garder l'espoir de le voir parfois, même si ce n'est qu'un espoir. J'ai une idée. Vous allez peut-être penser que c'est idiot...

— Dites toujours.

— Je pourrais venir travailler à Bordeaux. Trouver un coin où habiter. Être proche, pour le cas où il voudrait de moi... voulez-vous m'aider ?

— Bien sûr, dit Juliette, les yeux brillants. Bien sûr, Bell, vous verrez, ça va marcher.

Et puis, frappée par une soudaine pensée, elle se rembrunit et ajouta :

— Je... je ne crois pas pouvoir vous recevoir à Château Reynard. Il y a Hélène, et Charles est toujours sous le choc, et je crains qu'il soit fâché.

— Je sais, dit Bell, songeant à la politesse glaciale avec laquelle il l'avait invitée à danser, la veille.

— Il a besoin d'un peu de temps pour réfléchir. Mais je pourrais vous trouver un autre endroit, Bell. En fait... je sais déjà. Un coin parfait. À Vayonnes, entre Bordeaux et chez nous. C'est une auberge, qui marche surtout en été et le dimanche, avec les bons bourgeois bordelais. Les Durand sont des amis, et la cuisine est excellente, et...

— Et c'est cher ? demanda Bell, prudente.

— Mmmm, pas très. Et ils ont un petit cottage dans le jardin, qu'ils louent pour les vacances d'été. Je vais les convaincre de vous le louer moins cher pour l'hiver. Cela vous plaira, je le sais. L'auberge s'appelle *La Girafe*.

— *La Girafe* ?

— Oh, oui, c'est une bien triste histoire. J'en pleure chaque fois que j'y pense. Des gens du cirque, venus de Paris, sont allés en Afrique — oh, il y a deux cents ans — afin de capturer des animaux sauvages pour leur spectacle. Ils capturèrent une girafe, la première qu'ils aient jamais vue. Ils la ramenèrent, à travers l'Espagne, passant les Pyrénées, pour rentrer à Paris. Tous les soirs, ils s'arrêtaient et faisaient payer la population locale pour voir ce stupéfiant phénomène. Ils s'arrêtèrent notamment à cette auberge de Vayonnes, dont on changea le nom après l'événement. La pauvre girafe mourut de froid et d'épuisement avant qu'ils arrivent à Paris.

Bell, dans l'état émotionnel où elle se trouvait, sentit les larmes lui monter aux yeux à la pensée de la pauvre créature titubant dans la neige de l'hiver, s'éloignant un peu plus de l'Afrique à chaque pas.

— Vous voyez, dit Juliette, les yeux embués. N'est-ce pas une triste histoire ?

Les deux femmes, assises l'une en face de l'autre à la table de fer, se mirent à rire de leurs larmes absurdes.

Une espèce de lien s'était tissé entre elles.

La Girafe, se dit Bell. Eh bien, pourquoi pas ? Cela lui parut pas mal du tout.

Après cela, tout s'était déroulé étonnamment vite. Bell avait chargé une agence de louer son appartement. Elle avait quitté le journal, déposant le chèque de l'indemnité de licenciement bien en sécurité, à sa banque, juste avant de partir.

— Au revoir, lui dit Henry Stobbs, gardant sa main un peu plus que nécessaire pour un adieu. Nous sommes désolés que tu nous quittes, tu le sais ? Si je puis faire quelque chose pour toi, à titre personnel...

— Merci, répondit Bell qui souhaitait filer.

Avec trois autres journalistes également licenciés, elle avait donné un déjeuner d'adieu au restaurant d'en face. Curieusement, on s'y était fort diverti.

— Tu es sûre de ne pas te tromper ? avait demandé Philippa.

— Oui, avait répondu Bell après mûre réflexion.

Eh bien, bonne chance.

Les deux femmes s'étaient embrassées et Philly avait lancé une autre blague.

« Je vais regretter certaines choses », s'était dit Bell. Des choses ordinaires. Mais elle ne partait pas pour l'exil. Elle pourrait toujours revenir ; inutile de considérer cela comme un échec. Bell partait pour la France avec une commande d'un article « d'ambiance » sur les vendanges, pour une revue de luxe, et la promesse d'un autre magazine de lui prendre ce qu'elle leur enverrait.

Ce n'était pas beaucoup pour commencer une nouvelle vie, mais du moins ne partait-elle pas sans rien. Le voyage ne fut pas le plus confortable qu'elle eût jamais fait, également. Bien décidée à économiser son argent au maximum, Bell avait soigneusement cherché le moyen le plus économique. Il s'était trouvé que c'était le ferry de nuit pour Dunkerque, puis le train jusqu'à Paris et Bordeaux. Il lui fallut vingt heures et elle s'était encombrée de bagages peu pratiques. Les correspondances n'étaient pas commodes et le train bondé.

Le temps que le long serpent gris de la SNCF arrive en gare de Bordeaux, Bell était épuisée, se sentait bien seule et commençait à craindre d'avoir fait le mauvais choix. Elle descendit ses bagages du haut compartiment, regardant le quai puis la sortie.

Aucun visage familier. Elle s'avoua qu'elle avait espéré voir Juliette, mais la sœur de Charles n'était pas là.

Un taxi. Elle allait prendre un taxi jusqu'à Vayonnes et *La Girafe*. Après le brouhaha et la foule de la gare, cette soirée d'octobre, à l'extérieur, lui parut bien froide. Quelques feuilles mortes tourbillonnaient sous les arbres. Les joueurs de boule étaient rentrés pour l'hiver, moroses, dans les cafés pas chers, écoutant les bruits des machines à sous et ceux de la télé derrière le bar.

Le premier taxi de la file était une vieille Citroën avec un chauffeur qui rappela à Bell un Jacopin qui n'aurait pas souri. Grommelant un peu de devoir faire une si longue course, l'homme chargea les bagages de Bell et ils s'enfoncèrent dans l'obscurité. La route était celle qu'elle avait prise avec Charles, et elle sentit se tendre et frissonner le fil ténu qui la rapprochait de lui.

Vayonnes. Bell aperçut la pancarte routière quand ils la dépassèrent, et puis ils ralentirent au milieu d'un village, semblable à des milliers d'autres, avec ses petites maisons bordant la rue principale, leurs rideaux déjà tirés pour la nuit. On y trouvait sa charcuterie, avec les volets de fer fermés et la boulangerie que le propriétaire bouclait après sa journée, les baguettes pour sa famille glissées sous son bras.

L'auberge se trouvait dans les environs du village, un peu en retrait par rapport à la route. Elle paraissait très vieille, avec ses poutres solides et son toit de tuiles à la pente abrupte. Le chauffeur de taxi vira sur la gauche et s'arrêta dans une cour pavée. Bell se prit à imaginer la girafe au milieu d'un cercle de paysans curieux avant qu'on ne l'enferme dans quelque grange glaciale.

— Nous y sommes, lui dit sèchement le chauffeur.

Tandis que Bell réglait le montant de sa course, la porte de l'auberge s'ouvrit et un rai de lumière vint frapper les pavés. Une grosse femme en robe noire attendait sur le pas de la porte.

— Bonsoir, soyez la bienvenue... lança-t-elle.

Bell se sentit soulagée. On l'attendait. Elle n'était plus tout à fait seule.

Elle suivit la grosse femme à l'intérieur. La porte s'ouvrait directement sur une grande salle accueillante, avec un feu qui pétillait dans une cheminée de pierre, quelques gros fauteuils protégés par des têtières et des accoudoirs. Sur les murs jaunissant étaient accrochés des ustensiles de cuisine de cuivre brillant. De l'autre côté d'une ouverture voûtée, Bell pouvait voir des tables avec leurs nappes à carreaux rouges et blancs. Il flottait une délicieuse odeur d'ail, de pain frais et d'herbes aromatiques.

À côté de Bell, Madame Durand soufflait et gloussait.

— Vous arrivez directement de Londres ? Vous voudrez peut-être aller vous installer tout de suite ? La maison a été aérée et elle vous attend.

Bell hocha la tête avec gratitude et l'aubergiste décrocha une énorme clé noire à côté de la porte.

— Alors vous voilà, hein ? murmura-t-elle. Nous avons été si heureux quand Madame Juliette nous a dit qu'elle nous amènerait quelqu'un pour l'hiver. C'est très tranquille, vous savez... par ici, *ma chérie.*

Elles retraversèrent la cour pavée. À angle droit par rapport au bâtiment principal, se dressait ce qui ressemblait à des communs et, tout au bout, comme rajoutée au dernier moment et peinte à la chaux, une petite maison avec un toit de tuiles, deux fenêtres à hauteur d'œil et une autre, plus basse, à côté de la minuscule porte d'entrée. Les rideaux rouges étaient tirés et une lumière rosâtre brillait à travers.

Madame Durand ouvrit la porte d'entrée et Bell la suivit dans une petite pièce où brillait un feu de bois devant lequel on avait tiré un fauteuil. Sur le sol de pierre, on avait jeté un vieux tapis, et un escalier de bois grimpait à l'étage. Une petite table était dressée pour le dîner.

Juliette était assise dans le fauteuil, souriante.

— Bienvenue à la maison, dit-elle avec un geste circulaire pour montrer la petite demeure.

— C'est ravissant. Et parfait. Tout à fait comme une maison de roman.

— Eh bien, je vous laisse à votre dîner, gloussa de nouveau Mme Durand. Si vous avez besoin de quoi que ce soit, demandez. Ma fille passera demain matin pour voir si vous souhaitez qu'elle vous rapporte quelque chose des courses. Bonne nuit.

Elle se glissa par la porte étroite et Bell entendit ses pas sur les pavés. Un chien aboya quelque part, pas très loin, puis ce fut le silence. Bell alla serrer Juliette dans ses bras.

— Merci pour avoir trouvé cette maison. Je m'y sens déjà chez moi. Est-ce que je peux la visiter ?

— Mais bien sûr. Vous êtes chez vous. Mais je vous préviens, c'est un peu rustique...

Au fond se trouvait une cuisine avec un évier de pierre et un vieux fourneau.

— ... mais Madame Durand a dit, que, bien sûr, vous dînerez *en famille* avec eux chaque fois que vous le souhaiterez. Si vous préférez, elle vous fera porter votre repas ici.

Bell allait protester, mais Juliette la devança d'un geste.

— J'accepterais de grand cœur, à votre place. Elle cuisine divinement. En fait, elle nous a offert ceci pour ce soir...

Dans le four se trouvait une cocotte en terre d'où émanait une délicieuse odeur de *bœuf en daube*.

Le reste de la maison consistait en une unique chambre à coucher, presque entièrement occupée par un haut lit surmonté d'une gravure de la sainte famille, et, à côté, une minuscule salle de bains.

Les deux femmes redescendirent les escaliers étroits, se baissant pour éviter les poutres apparentes. Bell se laissa tomber dans le fauteuil avec un soupir de plaisir et remarqua une poussiéreuse bouteille de bordeaux en train de chambrer près de la cheminée.

Juliette suivit son regard et un autre sourire illumina son visage constellé de taches de rousseur.

— Je voulais venir vous chercher à la gare, mais j'ai été retenue. C'était Mme Durand qui demandait si notre hôte anglaise serait là pour le dîner.

Elle s'arrêta, manifestement pour ménager son effet et Bell la regarda.

— C'est Charles qui a pris la communication. Et... j'ai dû rester pour tout lui expliquer.

Charles. Tôt ou tard, il aurait bien fallu qu'il l'apprenne. Mais pourquoi Juliette semblait-elle si heureuse qu'il le sache ?

— Qu'a-t-il dit ? demanda Bell, aussi calmement que possible.

— Oh, rien. Il est resté très grave, répondit Juliette, redevenue sérieuse, et Bell fut frappée par le fait que le frère et la sœur se ressemblaient, comme les deux faces d'une pièce ancienne. Mais il m'a demandé de m'assurer que vous étiez confortablement installée et a envoyé ceci pour le dîner.

Elle tourna la bouteille pour que Bell puisse lire l'étiquette. Elle reconnut celle, discrète, de Château Reynard. C'était une autre bouteille du précieux 1961. Un message plus explicite que tout autre pour l'accueillir.

En levant les yeux sur ceux de Juliette, Bell sut qu'elle avait eu raison de venir à Bordeaux.

Juliette resta pour partager le vin avec elle, au coin du feu, avant de disparaître dans l'obscurité.

Le silence qui retomba n'était brisé que par le craquement des bûches rajoutées dans la cheminée. Bell se sentit plus sereine et en paix qu'elle l'avait été depuis des semaines. C'était là qu'elle devait être.

Malgré toutes les incertitudes et les problèmes qui l'attendaient, malgré tout ce qu'il y avait de curieux à se trouver là, dans cette drôle de petite maison à côté de *La Girafe*, sans emploi et sans véritables projets, elle se sentait sereine et forte. Elle allait parvenir à tout arranger.

Bell fut soudain saisie par le désir de marquer son nouveau territoire. Elle enfila son manteau et ses bottes et prit la grosse clé noire que Mme Durand lui avait laissée. Et puis, souriante, elle la reposa sur la table. Quelque chose lui disait qu'elle ne se trouvait pas en un lieu où l'on bouclait sa porte contre les intrus.

Dehors, la cour n'était éclairée que par un croissant de lune qui sortit fugitivement de derrière les nuages. *La Girafe* était déjà dans l'obscurité. « Nous sommes à la campagne », se dit Bell. Elle arriva devant l'auberge et leva les yeux sur l'enseigne battue par les intempéries. Sur la girafe, la peinture s'écaillait et l'âge avait terni les couleurs, mais la vieille bâtisse semblait n'avoir pas changé.

Songeuse, Bell remonta la rue jusqu'au pont bossu tout au bout du village. Dans l'obscurité, une eau peu profonde s'écoulait bruyamment. Bell se pencha par-dessus le parapet de pierre et regarda vers l'aval de la rivière. Ce petit cours d'eau devait aller se jeter dans la Gironde, quelque part par là, et il devait couler devant Château Reynard en descendant vers l'Atlantique. Elle poussa un profond soupir. L'air était froid et sentait vaguement l'automne. La chaleur latente de l'été avait battu en retraite, et dans quelques jours le mauvais temps allait arriver de la mer. C'était le temps des vendanges, le temps de rentrer les suintantes montagnes de grappes avant que la pluie glaciale ne vienne les déchiqueter.

Sans cesse les pensées de Bell revenaient aux deux hommes dans leurs châteaux, à quelques kilomètres à peine du paisible village. L'un et l'autre seraient prêts, leurs petites armées de vendangeurs parées à envahir, sur leur ordre, les allées entre les plants de vignes. Elle secoua la tête à leur pensée et le souvenir de leur antagonisme lui revint.

Valentine ? Comme toujours lorsqu'elle était loin de lui, elle pouvait retrouver les différentes composantes de son visage, mais son essence lui échappait. Elle ne voulait pas songer au pouvoir qu'il semblait exercer sur elle de façon si désinvolte. Elle s'était montrée faible, rien de plus, et il s'était montré plus malin qu'elle.

Et voilà que, comme par magie, une seconde chance pouvait lui être accordée. Comme si cette fête, un peu trop légèrement célébrée avec lui, pourrait être effacée.

C'était incroyable, mais ce serait peut-être vrai.

Et Charles ? Bell se serra dans son manteau, osant à peine y penser maintenant. Il lui avait envoyé son vin. Il lui souhaitait ainsi la bienvenue, elle le savait, tout comme elle savait avec autant de certitude que ce n'était qu'une question de temps avant qu'il vienne lui-même. Il l'accueillerait dans ce pays qu'il aimait et qui, depuis des générations, avait vu vivre sa famille.

C'est là qu'elle devait être. Si elle appartenait à Charles, si elle pouvait espérer lui appartenir, c'était également à cette terre qu'elle appartenait.

207

Bell enfonça plus profondément ses mains dans ses poches et s'en retourna vers le haut lit démodé dans la minuscule chambre du cottage.

Chez elle.

CHAPITRE VIII

Il était encore bien tôt le matin quand la cour pavée commença à retentir des allées et venues vers la porte de derrière de l'auberge. La voiture du boulanger s'arrêta, et on passa à Mme Durand un panier d'osier rond plein de pain. Ensuite, ce fut un camion blanc, conduit par un homme au visage rouge en long tablier blanc. Mme Durand sortit dans le soleil et entreprit de choisir, d'un œil critique, parmi les poissons qui brillaient dans leurs plateaux blancs. L'homme montrait sa marchandise avec enthousiasme et Mme Durand secouait la tête et se plaignait, les lèvres pincées. Bell se pencha à la fenêtre, suivant, ravie, la petite pantomime. Cela se passait probablement ainsi tous les vendredis. Enfin, la *patronne* fit son choix, et l'homme pesa le poisson sur une balance à plateaux qu'il tira de son véhicule. Mme Durand manifesta de nouveau sa surprise et son manque d'enthousiasme avant de passer les billets au poissonnier. Elle vit Bell qui la regardait et lui fit un signe de la main.

— Ça va ? Vous avez tout ce qu'il vous faut ? Et êtes-vous occupée ou voulez-vous venir faire la connaissance de mon mari ?

Bell la suivit à travers la salle à manger vide puis à la cuisine. Devant la grande table parfaitement propre, un petit homme brun et maigre coupait de la viande. Il vint serrer la main de Bell après s'être soigneusement essuyé à son tablier.

Bell regarda autour d'elle et vit qu'aux chevrons de la cuisine étaient pendus des jambons et des chapelets de saucisses, que l'immense fourneau rutilait, et qu'étaient accrochées aux murs blancs des rangées de casseroles et de couteaux.

— Bonjour monsieur, dit Bell en souriant et se disant que le couple Durand ressemblait à Double-Pâte et Patachon.

— Asseyez-vous, asseyez-vous, lui dit-on, et elle se retrouva à un bout de table devant un grand bol de *café au lait* et une excellente brioche. Mme Durand préparait une pâte de *pissaladière* qu'elle roulait d'un côté puis de l'autre. Comme par magie, une surface élastique et parfaitement unie s'étala devant elle.

— C'est surtout les fins de semaine qu'on est le plus occupé, expliquait-elle. On a de trente à quarante couverts pour le déjeuner et le dîner, et on n'a guère le temps de traîner. Mais pendant la semaine, en hiver — pfff — Durand et moi n'avons que nous à regarder.

Ils se souriaient avec affection. Bell goûtait cette atmosphère paisible. Une gentille petite affaire, la compagnie de leurs enfants, et de temps en temps un hôte comme elle pour les distraire. « Ce n'était pas une vie désagréable », se dit-elle, se souvenant de sa propre solitude avec un pincement de tristesse. Mais il serait bien difficile de se sentir seule ici. L'atmosphère était trop chaleureuse et accueillante.

— Vous êtes une amie de la famille Gillesmont ? demanda M. Durand avec un intérêt évident.

— Juliette de Gillesmont est une amie, répondit prudemment Bell, mais je ne souhaitais pas demeurer chez eux pour un long séjour.

Avant de se lever pour sortir, elle avait dû promettre de revenir pour partager le dîner de la famille, que l'on prenait tôt. Mme Durand lui avait également donné l'assurance que rien au monde n'était plus facile à faire qu'une pâte de brioche et qu'elle lui montrerait volontiers, dans la matinée, comment on faisait cela.

Ils regagnèrent tous les trois la salle à manger où une jeune femme préparait les tables pour le dîner, puis ils passèrent dans la pièce qui servait de réception et de salon.

On entendit le bruit d'une voiture rapide qui arrivait et virait dans la cour. C'était une Mercedes grise, couverte de la riche poussière du Médoc. Bell avait à peine regardé le profil de l'homme au volant, qu'elle reconnut aussitôt, quand Mme Durand murmura :

— C'est le baron Charles. Il vient sans doute vous voir.

Elle paraissait impressionnée. « C'est un homme important ici », se dit vaguement Bell qui eut la sensation que son univers basculait, soudain, et se mettait à tourner au ralenti. Il lui parut qu'il s'écoulait des heures avant que Charles ne descende de sa voiture, pour entreprendre la longue traversée de la cour pavée avant d'arriver jusqu'à elle.

Elle eut le temps de se dire : « Je suis incapable de penser », et de réaliser que ses jambes tremblaient.

Le monde reprenait sa place et tournait de nouveau à vitesse normale. Bell, qui avait recouvré son calme, attendait de voir ce qui se préparait. Charles arriva, salua les Durand et se tourna vers elle.

— Je suis passé voir si vous n'aimeriez pas venir jeter un coup d'œil sur les vignes.

— Oh. Oui. Pourquoi pas ? Ce serait très intéressant.

— Nous allons commencer les vendanges demain ou après-demain et nous serons très occupés. Le meilleur moment semble donc être maintenant.

Il dit au revoir à l'aubergiste et à sa femme, et ouvrit la portière à Bell qui se glissa dans la familière odeur de cuir. Charles grimpa à côté d'elle et ils descendirent, très vite, un chemin qui ne conduisait certainement pas à Reynard. Pour Bell, c'était un paradis. Elle était avec lui et il l'emmenait quelque part, peu lui importait où et pourquoi.

Charles était vêtu de velours côtelé et d'un épais pull bleu marine, et chaussé de grosses bottes boueuses. Jamais elle ne l'avait vu aussi décontracté. Il lui parut également plus accessible et plus jeune.

— Où allons-nous ? demanda-t-elle, bien que ne s'en souciant toujours pas.

Il sourit.

— Nous avons connu tant d'obstacles, mais nous sommes cependant là, l'un et l'autre. Et je pense qu'il vaut mieux que nous nous expliquions. Avant de nous perdre de nouveau.

Il conserva une main sur le volant et noua les doigts de l'autre à ceux de Bell.

— Si vous le permettez, je vous emmène faire une promenade. Ici, nous serons tranquilles.

Bell laissa sa tête retomber contre le siège et regarda défiler à toute vitesse, les yeux mi-clos, les arbres et les haies. Ils étaient ensemble, main dans la main, et cela lui suffisait.

Ils s'arrêtèrent devant un portail et Bell descendit. Ils avaient roulé vers l'intérieur des terres et le vent était plus froid ici. Bell frissonna. Elle ne portait qu'un mince chemisier. Le vent rabattit ses cheveux sur son visage et elle les noua machinalement en un chignon.

— Tenez.

Il lui tendit un pull bleu marine comme celui qu'il portait, l'aida à le passer puis se pencha pour l'embrasser sur la pommette. Après quoi il alla ouvrir le portail.

— Par ici.

Un sentier partait en diagonale, grimpant le long d'un champ pour disparaître dans les arbres qui formaient comme une couronne à l'horizon. Le sentier était à peine assez large pour une personne et Charles dut marcher sur le bord herbeux, les mains dans les poches. Avec son visage caressé par le vent et ses cheveux rejetés en arrière, il faisait plus aristocrate que jamais.

Mais désormais il n'impressionnait plus Bell. Ils se retrouvaient comme deux égaux maintenant. « Nous devons nous expliquer l'un et l'autre, se dit-elle. Nous devons nous comprendre. »

— Eh bien ? lui demanda-t-elle doucement, alors qu'il gardait le regard fixé sur la ligne des arbres, au loin.

— J'ai été très troublé de vous voir à Londres. Avec Valentine.

Simplement cela : avec Valentine. Comme s'il s'agissait d'un ami commun dont la présence avait irrité Charles. À l'entendre, ce n'était guère plus grave ni plus important.

— En le retrouvant, après si longtemps, continua Charles, j'ai également retrouvé des instants pénibles. Catherine et... tout ce que nous avons pu nous faire souffrir. Je voulais que vous demeuriez complètement en dehors de tout cela.

Il y eut un instant de silence avant qu'il ne poursuive :

— Quand vous êtes arrivée ici, Bell, il a semblé que vous apportiez un tel bonheur. Je vous désirais beaucoup, mais je ne pouvais me permettre de tenter de vous séduire. Je vous ai laissée partir — et cela m'a terriblement coûté — parce que je n'avais pas le droit de vous demander de rester. Je ne puis m'engager. Je suis déjà marié et...

Il eut une grimace amère.

— Après un échec il est difficile d'envisager de recommencer. Mieux vaut rester seul, peut-être.

Instinctivement, Bell lui prit la main pour une pression rassurante, mais il se dégagea doucement.

— Attendez. Je ne voulais pas vous mêler à cela. J'ai eu le sentiment que je n'avais à vous offrir que peines et difficultés. Je ne suis pas... libre de vous donner ce qui est le plus important. Et puis vous m'avez dit que vous connaissiez Valentine. Que vous alliez le retrouver en Californie. Alors, ce qui est extraordinaire, vous étiez déjà mêlée à tout cela. Vous. Moi. Catherine. Valentine. Dieu nous protège, nous sommes tous parties.

Sans s'en rendre compte, Bell marchait de plus en plus vite. Bouillant d'impatience, elle attendait qu'il finisse. À côté d'elle, Charles allongea le pas pour pouvoir suivre.

— Je ne pouvais qu'attendre votre retour de Californie. Attendre pour voir jusqu'à quel point vous alliez être attirée par lui. Tout comme j'attends encore.

J'ai été attirée complètement. À un point tel que j'ai failli m'y noyer.

— Et puis, quand je vous ai vue à ce dîner, j'ai été surpris de ressentir un tel soulagement. Vous aviez exactement le même sourire, vous étiez la même Bell. Et un instant plus tard, tout cela s'effondrait. Valentine était à côté de vous, sa main sur votre bras. Une main possessive.

Il haussa les épaules et Bell retrouva dans son regard sombre une lueur de colère.

— J'ai commis une erreur, dit-elle d'une voix égale. Je m'en rends compte maintenant. N'est-ce pas suffisant ?

— Oh, oui, dit-il avec un petit sourire. Ce qui s'est passé alors est sans importance. Ce qui est important, c'est ici et maintenant.

Ce que vous souhaitez. C'est de comprendre si vous savez vraiment ce que vous voulez.

Bell s'arrêta brusquement et tourna son visage vers lui. Le vent frais rabattait des mèches sur son visage et elle les repoussa, d'un geste impatient.

— Et vous et moi ? demanda-t-elle, farouche. Et vous ? Ne comprenez-vous pas que je suis ici, sur votre territoire, sans... sans rien pour me soutenir ?

— À l'exception de ma sœur, lui rappela Charles avec un vague sourire.

— À l'exception de Juliette, donc. Mais je suis venue. Cela doit suffire pour vous dire ce que je veux et combien j'y ai réfléchi. Si vous avez attendu, moi aussi. Maintenant, il faut compter avec moi, Charles. Je veux tout savoir. Je veux vous connaître. Je ne veux plus de mystères.

Le vent emportait ses paroles. Elle criait presque, mais Charles devait se pencher pour l'entendre. Elle voyait bien qu'il y avait dans son regard de la circonspection ainsi qu'une sorte de détachement amusé.

— Des mystères ? Il n'y a pas de mystères, sinon les sentiments humains.

Il se tourna vers la pente et, le bras reposant, léger, sur l'épaule de Bell, il commença à monter.

— Écoutez, donc, dit-il, le regard fixé sur l'herbe rude devant eux. Croyez-vous qu'il soit possible pour deux personnes de s'aimer sans pouvoir se faire du mal quand elles se retrouvent ?

Oui, fit Bell, sachant ce qui allait suivre. Charles allait lui parler de sa femme. Mais il la surprit. Toujours aussi indirect, il n'ajouta rien sur le sujet, comme si cela était bien entendu entre eux.

— Quand mon fils est né, continua-t-il, tout le reste n'avait plus d'importance. Ni pour elle, ni pour moi. Nous avions désormais une raison de tout mieux faire. Et cette raison, c'était Christophe. Oh, certes, la paternité a fait naître mes instincts dynastiques et j'étais fier d'avoir donné un fils à Reynard. Mais c'était bien plus profond. Elle a fait naître une autre espèce d'amour et j'en ai été surpris. L'amour le plus farouche, le plus protecteur, où n'existait que tendresse. Aucun subterfuge. Aucune culpabilité.

Oh, Charles.

Bell étouffa sa réaction, mais elle n'en pensait pas moins : « Il en est de même de l'amour pour un adulte, qui ne doit pas garder ces choses-là non plus. La peur, la douleur parfois, oui, et tant d'autres choses aussi... Où étais-tu pendant toutes ces années ? »

— Ce fut l'époque la plus heureuse, dit-il, souriant à ces souvenirs. Christophe était un enfant très attachant. Catherine et moi l'aimions tellement. Trop, je crois.

Le sourire s'effaça, remplacé par de profondes rides verticales de douleur, de chaque côté de la bouche. Sa voix se fit de plus en plus sourde.

— Je suis resté à son chevet, au cours de ces dernières heures, et je l'ai regardé se battre. J'ai vu la maladie lui ôter peu à peu la vie, j'ai vu la lumière s'estomper dans son regard. J'aurais fait n'importe quoi pour le sauver. J'aurais enduré les pires tortures. Mais cela me fut refusé. On nous le prit. La mort de Christophe a tout balayé.

Charles haussa les épaules, voûté comme un vieillard.

— Tout, répéta-t-il.

Bell cilla pour refouler ses larmes puis tourna son visage dans le vent pour qu'il les chasse.

— Après cela, il n'y eut plus que les ténèbres, ajouta-t-il.

— Pour Catherine aussi ?

Christophe était également son fils, voulut-elle dire.

— Catherine. (Il dit son nom lentement, comme s'il voulait en garder le goût sur les lèvres.) La mort de Christophe nous a abattus l'un et l'autre. Catherine cherchait une consolation humaine. Une explication humaine à ce qui s'était passé, et elle voulait comprendre. Je n'ai pu les lui donner. Je n'ai pu en trouver pour moi-même.

Sa voix était dure, maintenant, et sur son visage la froideur avait chassé la douleur.

— Pourquoi pas ? En tant qu'êtres humains, c'est tout ce que nous pouvons faire. Nous soutenir, nous réconforter. Dans le mariage, notamment.

« Comme mon père et ma mère, songea Bell. C'est ce que je n'ai pu faire pour mon père parce que j'étais trop petite, et c'est ce que je savais ne pas devoir essayer avec Edward. Ce que je brûle de faire pour toi. »

Charles la regarda longuement avant de tenter de répondre. Ils atteignaient la protection des arbres maintenant, et le vent tombait.

— Je l'ai voulu, mais je n'ai pas pu. J'étais perdu. Ma foi, mon fils, mes raisons même de vivre avaient disparu, m'avaient été enlevés et je me perdais dans le ressentiment. Catherine faisait partie de cette amertume. Nous n'avions pas réussi ensemble, toute notre vie était un échec. Comment lui apporter mon réconfort, dans ma propre faillite ?

— Mais Valentine Gordon y est parvenu, observa brutalement Bell qui voulait pousser jusqu'à ses limites cette franchise nouvelle. Ils ne se cacheraient rien, alors il ne devait subsister aucune ombre susceptible de faire naître de nouveaux malentendus. À sa surprise, Charles se mit à rire.

— Oh, oui, Valentine y est parvenu. À sa manière. Vous êtes-vous jamais dit que c'était un pillard ? Il est comme un de ces anciens brigands, s'abattant dans l'obscurité pour voler à la terre ce qu'ils pouvaient, sans se donner le mal de le faire pousser. Il est arrivé et a enlevé Catherine alors que les défenses étaient abattues. Et malgré cela, par quelque stupide loi de l'humanité, il est parvenu à lui apporter le réconfort là où j'avais échoué.

« Non, pensait Bell. Valentine n'est pas un simple pillard. » Soudain, l'image lui revint, très vive, d'un Valentine marchant entre les rangées de pieds de vigne à Dry Stone, se penchant pour ramasser une poignée de terre, la laissant couler entre ses doigts et disant :

« C'est cela. C'est cela le cœur. Le sol nu, et ça. »

Il montrait le soleil dans le ciel bleu au-dessus d'eux. Bell se souvint, comme jamais encore elle n'était parvenue à se souvenir, de cette exacte expression de joie et de passion pour ce qu'il faisait et que l'on pouvait lire sur son visage bronzé. Non, Valentine ne se contentait pas d'arriver en pillard, franchissant les défenses abattues, il avait également sa part de labeur, d'entretien de la vigne. C'était un franc-tireur, prompt à saisir l'occasion quand elle se présentait, mais il était bien d'autres choses aussi. Et il ne l'avait pas enlevée. Elle s'était offerte tout à fait librement. Il fallait que Charles le sache.

— Il est plein de chaleur et de force, commença-t-elle, prudente.

— J'en suis convaincu. Il avait un grand nombre de défauts détestables et une ou deux qualités remarquables. Je me défie de lui, mais je m'en rends clairement compte.

— Lorsque j'étais chez lui en Californie...

Charles détourna les yeux.

— C'est inutile, Bell, lui dit-il, montrant fermement qu'il ne voulait rien entendre. Quelle importance maintenant ?

Bell se mordit les lèvres.

Côte à côte, ils arrivèrent à la lisière des arbres, regardant l'obscurité qui tombait. Ils se retrouvaient dans une très ancienne forêt, de bouleaux et de chênes, insolite pour la région. Le sol était recouvert d'un épais tapis de feuilles qui étouffait le bruit de leurs pas. Bell sentit cette atmosphère se refermer autour de son visage comme une cagoule.

Ils avançaient en silence, maintenant, comme des conspirateurs. Le sol était jonché de troncs d'arbres et de branches, dont beaucoup étaient recouverts de mousse. Le monde semblait soudain ne connaître d'autres couleurs que le vert et le gris.

Le sol montait encore un peu, en pente douce, et ils atteignirent le sommet d'une petite colline. Il y avait là le tronc d'un gros arbre et Charles y conduisit Bell. Ils s'assirent côte à côte, contemplant l'autre versant de la colline. Les arbres étaient moins denses sur ce versant donnant vers la mer, et l'on jouissait d'une très belle vue à travers leur feuillage. Bell se rendit compte qu'ils venaient de gravir la petite colline qui s'adossait à la plaine de gravier du Médoc. Elle ne pouvait apercevoir Reynard à cette distance, mais elle reconnut la masse imposante de deux ou trois autres châteaux au milieu des bigarrures de leurs vignes. Au loin, on pouvait suivre l'évolution de voitures minuscules sur la route des vignobles. À l'exception du roucoulement occasionnel d'un pigeon ramier, du bruissement du vent dans le sommet des arbres et de la calme respiration de Charles à côté de Bell, tout semblait figé dans un silence enchanté.

Charles se tourna vers elle, et avant que leurs regards ne se croisent, Bell contempla chacun de ses traits. La bouche arrogante et sensuelle, le dessin aristocratique de la mâchoire et des pommettes. Les cheveux blonds ébouriffés par le vent. Les sourcils plus foncés, légèrement arqués en une question maintenant, et le regard pénétrant des yeux bleu marine. Un homme formidable, mystérieux, énigmatique. Mais l'homme qu'elle voulait.

— Pourquoi êtes-vous ici ? souffla-t-il.

— Pour vous, répondit-elle sans hésitation.

— Et vous resterez, sachant ce que vous savez de moi maintenant ?

— Je l'ai toujours su. Charles, voulez-vous que je reste ?

— Je ne peux rien vous promettre, Bell. Vous le savez bien.

— Voulez-vous que je reste ?

— Restez, je vous en prie. Restez jusqu'après les vendanges. Après les vendanges, dit-il d'une voix qui n'était qu'un murmure, je vous promets de vous demander soit de rester pour toujours, soit... nous saurons l'un et l'autre que je dois vous laisser partir.

Ses mains se refermèrent sur celles de Bell et ils restèrent ainsi, se regardant dans les yeux. Dans la faible lumière, ceux de Charles étaient presque noirs. Un silence surnaturel entourait le bois, comme pour assurer que les mots étaient inutiles.

Et puis, très lentement, Charles se pencha. Sa bouche chercha celle de Bell dont il suivit les contours avec sa langue. Il lui prit le visage dans sa main, le tournant vers lui tandis qu'il goûtait sa bouche. Leurs yeux suivaient avidement, sans un mot, leurs légers changements d'expression.

Bell avait le sentiment qu'on venait de l'écorcher, laissant les nerfs et les muscles à vif sous les doigts de Charles. Elle ne retrouvait plus la passion ressentie la première fois qu'il l'avait embrassée, et cette certitude qui la laissait rêveuse n'avait rien de commun avec les tourbillons de désir ressentis pour Valentine.

Une seule fois, Charles leva la tête et montra le paysage en face de lui.

— Regardez. Est-ce là que vous voulez vivre ? Je fais partie de ce paysage, vous savez.

Bell regarda, se souvenant. Château Reynard et sa pierre dorée, grêlée, ensoleillée. Ses chais aux murs passés à la chaux, le sol pavé de pierres. La vigne, la terre nue et les saisons — la brume, le gel, la pluie et le soleil. Avec Charles, elle serait allée n'importe où, mais elle l'aimait plus profondément encore ici.

— Oui, lui dit-elle. Je veux être chez moi ici.

Il lui sourit et le silence s'abattit de nouveau.

Et puis, soudain, un coup de feu éclata, se répercutant, sec, à travers la forêt magique, provoquant des battements d'ailes dans les cimes au-dessus d'eux. Bell poussa un petit cri étouffé et se tassa contre Charles dont le bras se resserra sur elle et il se mit à rire.

— La chasse, dit-il. Les fermiers tirent les ramiers. Mieux vaut partir.

Il se leva et l'aida à se mettre sur ses pieds. Ils redescendirent la longue pente, leurs doigts toujours entremêlés.

— Je n'étais plus revenu ici depuis l'âge de dix-neuf ans. C'est Jeanne qui m'y a amené la première fois, expliqua-t-il avec un bref coup d'œil derrière lui. D'éternels après-midi. Chauds, secrets, étonnants. Je considérais ce lieu comme un coin enchanté. Hors du temps, hors de la réalité.

— Merci de m'y avoir amenée, Charles, j'en suis très heureuse.

Il la regarda, surpris, reconnaissant.

— Heureuse ? je vous l'ai dit, Bell, vous semblez apporter le bonheur avec vous.

Bell comprit que cet après-midi qu'ils avaient partagé, le bois secret et silencieux, avait été comme une confidence rare. Charles l'avait entraînée dans sa vie, exactement comme elle l'avait espéré.

Ils étaient ensemble et elle n'aurait souhaité être nulle part ailleurs.

Quand ils sortirent du bois, le soleil avait baissé à l'ouest et projetait de longues ombres derrière les masses herbeuses. Il y avait des heures qu'ils étaient là. Ils se mirent à marcher plus vite, descendant vers la voiture grise garée dans le sentier.

— Charles, il faut que je trouve du travail.

— Du travail ?

Bell lui expliqua, aussi brièvement qu'elle le pût.

Charles, les sourcils froncés, donnait des coups de pieds en marchant sur le sol dur.

— Est-ce que cela a été pour vous un coup sévère de perdre votre emploi au journal ?

— Pas aussi sévère que ce qui m'arrivait par ailleurs dans le même temps, répondit-elle avec un petit sourire désabusé.

— Oui. Bon. Vous pourriez commencer par aller voir Jacques Lapotin, à Bordeaux. Après les vendanges, je verrai ce que je peux faire d'autre.

— Ne vous inquiétez pas de cela pour l'instant. Vous commencez les vendanges demain ?

Instinctivement, Charles regarda l'horizon, barré de longs nuages roses et gris.

— Oui, si Dieu le veut. Mes vendangeurs sont prêts et je pense qu'il est temps.

— Il est plus tôt que d'habitude.

Charles fronça de nouveau les sourcils, rappelant à Bell l'autoritaire baron faisant le tour de ses caves comme un monarque.

— C'est tout de même le moment. Nous allons avoir un automne rude.

Ils arrivèrent à la voiture et il lui ouvrit la portière.

— Venez voir les vendanges à Reynard, proposa-t-il, lui laissant entendre qu'il lui pardonnait d'avoir dit qu'il vendangeait prématurément. Bell lui sourit, heureuse.

— Le dernier jour, peut-être. Vous souhaiterez vous occuper de ce que vous avez à faire et je dois trouver du travail. Et m'occuper d'un article.

— Voilà qui me paraît bien sévère. Devrai-je attendre jusque-là ?

— Mmmmm. Peut-être.

Ils se mirent à rire, d'un petit rire taquin, garant de leur intimité.

Charles la ramena à *La Girafe* et la laissa dans la cour pavée. Il repartit avec un geste de la main et un éclatant sourire qui rendit Bell trop heureuse pour qu'elle se dise qu'elle devait s'y raccrocher.

Bell fredonnait, joyeuse, en marchant le long de la place bordée d'arbres, au centre de Bordeaux. Elle savait qu'elle avait de la chance, une chance insensée, mais la vie semblait avoir repris son cours normal. Le doute subsistait encore pour bien des choses, mais par cette belle matinée d'automne il était impossible de ne pas se sentir heureuse et optimiste. Tandis qu'elle souriait au ciel bleu pâle, elle songea fugitivement aux vignes de Reynard. Elle savait que les vendangeurs de Charles devaient être au travail, en ce moment, se baissant et se relevant au milieu des rangées, coupant les tiges et lançant les grappes juteuses dans les énormes paniers.

Les vendanges étaient en cours. Elle en était toujours un peu excitée, mais cette année elle avait le sentiment de faire un peu partie des vendangeurs.

Elle arriva devant une haute maison, avec d'élégantes grilles de fer forgé aux fenêtres du haut. Elle portait le numéro soixante-huit. C'était bien là, se dit-elle en grimpant les quelques marches jusqu'à la porte, où une plaque discrète annonçait : *Jacques Lapotin, Négociant*.

Monsieur Lapotin s'était montré encourageant quand Bell avait téléphoné depuis l'inconfortable cabine de *La Girafe*. Maintenant, après un trajet assez long en bus depuis Vayonnes, Bell essayait de se mettre dans l'ambiance d'une entrevue pour obtenir un emploi.

Elle avait besoin de ce travail.

L'homme au visage rougeaud, qui se leva de derrière son bureau pour l'accueillir, lui parut aussitôt familier. Elle chercha désespérément dans sa mémoire la raison pour laquelle elle se sentit soudain mal à l'aise. Et puis cela lui revint. Bien sûr. L'homme était là pour sa soirée d'anniversaire, à l'instant où elle avait annoncé qu'elle partait pour la Californie et qu'elle allait séjourner chez Valentine Gordon. Aucun doute, c'était bien lui. Et il la reconnut également.

— Madame Farrer. Ainsi c'est vous. Vous voulez vraiment travailler ici, à Bordeaux ?

Bell expliqua brièvement qu'elle voulait élargir le champ de son expérience et connaître autant d'aspects que possible du commerce du vin. Le négociant hocha la tête, tout à fait satisfait.

— Oui. Vous n'auriez pu m'être plus chaleureusement recommandée. Le baron Charles m'a dit...

Ainsi, il avait déjà parlé d'elle à Lapotin. Le tout-puissant Charles. Bell se sentit pleine de gratitude pour lui, et elle se prit à sourire, tout étourdie.

— Eh bien, Madame Farrer, si vous me disiez ce que vous savez faire ?

Quand Bell eut fini de faire l'article pour elle-même, elle se dit que l'homme devait être suffisamment impressionné pour lui offrir son propre poste.

— Très bien, dit-il, plus cordial maintenant. Ma foi, vous tombez bien. Ma secrétaire va avoir un bébé. Je ne puis vous offrir sa place à titre définitif, mais...

Il haussa les épaules, comme pour dire qu'on ne savait jamais avec ces jeunes mères.

— Cela me convient parfaitement.

Ils se serraient la main pour conclure le marché quand le téléphone sonna sur le bureau.

— Faites-les monter, dit Lapotin. Madame Farrer et moi en avons terminé.

Il raccrocha et regarda Bell. Était-ce son imagination ou y avait-il, dans son regard, un intérêt qui n'était pas entièrement professionnel ?

— Des amis à vous, je pense, dit-il.

Ce devait être Charles. Elle se tourna vers la porte, attendant son arrivée.

Et puis elle entendit des voix dans les escaliers, à l'accent américain, et un rire nonchalant qui lui était aussi familier que le sien propre. Les deux hommes qui apparurent étaient Bob Cornelius et Valentine.

— Eh bien, bonjour. Jacques m'a dit qu'il devait vous recevoir, dit Valentine.

Il était manifestement et tout bonnement ravi de la voir. Avant qu'elle ne puisse faire un geste ou répondre, il la serrait dans ses bras. Par-dessus son épaule, elle put voir Bob qui lui adressait un clin d'œil et lui disait :

— Salut. Ça va ?

Bell, mal à l'aise, sentit dans son dos le regard de Lapotin qui observait sans doute cette scène avec le plus vif intérêt. Le diable l'emporte. Bell commençait à s'irriter. Elle souhaitait se tenir le plus possible à l'écart de Valentine et du dangereux filet qu'il traînait avec lui. Et voilà qu'il revenait, menaçant.

Vous, moi, Catherine, Valentine, avait dit Charles. *Nous sommes tous parties, que Dieu nous protège.*

Eh bien, pour ce qui était de Valentine, c'en serait bientôt fini. Bell n'allait pas lui permettre de continuer.

Elle consulta sa montre, faussement inquiète.

— Il faut que je m'en aille. Et vous avez sans doute à parler affaires avec M. Lapotin...

Comme elle paraissait stupide et comme cela sonnait faux. Elle se dégagea des bras de Valentine et faillit heurter Bob dans sa hâte.

— Il semble que vous ayez d'utiles amis partout, observa Lapotin, soudain mielleux. Valentine — il prononçait Vallonteene, à la française — est un client important. Du moins j'espère qu'il le restera. Voulez-vous prendre un verre avec nous — considérez cela comme votre premier travail pour moi.

Déjà, il tirait des verres et une bouteille.

Bell se sentit coincée.

Quand, enfin, elle se retrouva sur la place, Bob et Valentine l'encadraient comme des gardes du corps. Valentine souriait de son sourire détendu et s'abritait les yeux du soleil qui déclinait.

— Et si nous allions déjeuner, maintenant ? Un restaurant de fruits de mer, Bell ? Bob ? demanda-t-il, glissant son bras sous celui de Bell qui se rembrunit. Tu sais, j'ai été très surpris quand Jacques m'a dit qu'il pensait que c'était toi qui cherchais un boulot. Mais tout colle parfaitement. Je suis heureux que tu sois là. Pourquoi ne m'as-tu pas téléphoné ?

« Qu'est-ce que tu t'imagines ? songea Bell. Parce que je ne voulais pas te voir. » Valentine l'entraînait, doucement mais fermement. Bell résista à la brève envie de continuer avec lui et s'arrêta net.

— Valentine, j'ai beaucoup à faire. Il faut que je te quitte. Au revoir, je te passerai un coup de fil. Salut, Bob.

Le sourire s'effaça sur le visage de Valentine qui feignit le repentir.

— Tu n'es pas encore furieuse à propos de cette soirée à Londres, non ?

Cornelius, plein de tact, resta un peu en arrière, s'absorbant dans la contemplation d'une affiche de cirque déchirée.

— Non, bien sûr que non, répondit Bell avec un sourire forcé. J'ai seulement besoin de rester un peu seule. Je t'en prie.

— Oh, je vois.

Le regard de Valentine fouillait son visage, inconfortablement proche. « Rien ne lui échappe, il est trop avisé, se dit Bell. Il ne va pas tarder à deviner. » Mais il la lâcha avec un haussement d'épaules.

— Passe donc à Larue-Grise, lui dit-il, manifestement fier du château de la famille d'Hélène de Gillesmont. Je voudrais que tu voies cela, il est superbe en ce moment.

Puis il leva les yeux sur le soleil pâle et ajouta :

— Encore deux semaines comme cela et nous pourrons commencer à vendanger.

Bell allait lui dire qu'il tardait trop, mais elle se ravisa. Valentine s'en rendit compte et son sourire confiant s'élargit encore.

— Tu crois que j'attends trop, hein ? Ne t'inquiète pas, mon amour. Avec mes nouveaux tracteurs et les engins de cueillette automatiques, ce sera fait en quatre ou cinq jours. Il n'y a que les vieilles reliques de châteaux comme Reynard à qui il faut une quinzaine.

Valentine se baissa et l'embrassa sur la bouche, durement.

— Passe quand tu auras le temps, ajouta-t-il avant de disparaître sous les arbres, Bob à son côté.

Bell partit, délibérément, en sens opposé. Elle ne savait pas très bien où elle allait, mais elle voulait mettre autant de distance que possible entre elle et Valentine.

« Je l'ai irrité. Non pas que cela ait la moindre importance », se dit-elle.

Mais Valentine, consacrant apparemment toute son attention à discuter avec Bob du lieu où ils allaient déjeuner, n'était pas le moins du monde irrité. Quelque part, au fond de son esprit, il se rendait compte avec une surprise croissante que Bell Farrer comptait beaucoup pour lui.

Ce n'était pas seulement qu'il la désirait, encore qu'il la désirait maintenant tout autant que les autres filles qu'il avait pu connaître. Mais elle constituait pour lui un défi, en quelque sorte. Et elle conservait une certaine réserve, également. Après toutes ces femmes qui étaient tombées à ses pieds, Bell représentait une espèce d'exotisme. Ce qui la rendait plus désirable encore.

Valentine n'avait pas conscience de sourire de son sourire éclatant et suffisant qui irritait tant Bell. Il songeait seulement qu'il lui faudrait un peu plus de temps, mais qu'il finirait par l'emporter. Bell laisserait échapper son secret comme une huître sa perle.

Cette perspective lui aiguisa l'appétit. « Des fruits de mer, se dit-il. Décidément, des huîtres. »

Bell s'était rendue à un garage voisin pour louer la moins chère des voitures qu'elle put trouver. Elle ne devait pas commencer à travailler pour Jacques Lapotin avant la semaine suivante, mais elle avait besoin de se déplacer immédiatement. Impossible de compter sur le bus, qui passait deux fois par jour par Vayonnes pour se rendre à Bordeaux.

À deux kilomètres du village, Bell se rendit compte qu'une autre voiture collait dangereusement à la sienne. La Renault verte sortait sans cesse le nez pour la doubler et devait se rabattre, à l'ultime instant, pour aborder un virage ou à cause de la circulation qui arrivait en face. Enfin, en passant devant le panneau annonçant Vayonnes, la voiture la doubla dans un coup d'avertisseur. Un regard inquiet sur le côté et Bell découvrit une femme brune au volant. Et puis la Renault disparut, sa conductrice traversant le village à grands coups d'accélérateur et d'avertisseur. Bell hocha la tête, dans un geste de réprobation inconscient, et ralentit pour pénétrer à une sage vitesse dans la cour de *La Girafe*.

Charles se redressa pour soulager son dos. Ses bottes étaient lourdes de terre et il était harassé de s'être baissé toute la journée. Il n'avait pas à se trouver là, comme un vendangeur, mais les liens qui l'attachaient au sol de ses vignes étaient si forts, qu'il ne voyait pas ce qu'il aurait pu faire d'autre. Tout autour de lui, on voyait les dos des vendangeurs, courbés dans leurs salopettes bleues. Ils arrivaient, avec leur famille, des hameaux des alentours, comme chaque année, pour cueillir le raisin du baron. Ce matin-là, le premier jour, ils s'étaient mis au travail en riant et plaisantant, comme toujours. Maintenant, en fin d'après-midi, ils étaient las et silencieux. Tous étaient bien trop conscients des longues lignes vertes qui s'étendaient devant eux, et des heures de travail à rompre le dos qui les attendaient encore. Les plaisanteries ne reprendraient que pour les deux derniers jours.

Charles leva les yeux sur le ciel, gris pâle maintenant, à la lumière qui déclinait, mais toujours clair. L'horizon arborait une rassurante couleur rose coquillage, bien que Charles pût sentir dans l'air une odeur qui ne lui plaisait guère. Ce n'était pas pour tout de suite, loin s'en fallait, mais le mauvais temps arrivait. Son regard revint sur les vendangeurs, pour s'assurer que tous travaillaient dur, puis il fit signe à Jacopin.

Le petit homme avait l'air fatigué et inquiet, lui aussi. Il allait leur falloir encore un jour ou deux pour que les muscles se refassent à cette tâche. Le maître de chais se montrait aussi ardent au travail que le baron.

— Encore une demi-heure, je pense, avant que la nuit arrive complètement, lui dit Charles. On continue.

Les deux hommes se repenchèrent sur leur travail. Charles cessa de penser aux soucis des vendanges. Il revoyait Bell, là-haut dans les arbres, sur fond de ciel, et sa peau translucide dans la lumière qui s'estompait. Enfin la journée était terminée. Les vendangeurs quittèrent les rangs de vigne d'un pas lourd, frottant leurs muscles douloureux. Du café chaud et du cognac les attendaient dans les chais, après quoi chacun rentrerait chez lui, s'il habitait à proximité, ou gagnerait les dortoirs dans l'aile où se trouvait la cuisine du château.

On recommencerait à travailler à six heures le lendemain, et il en serait de même tous les jours jusqu'à ce que soit cueillie la dernière grappe.

Derrière les vendangeurs, Charles et Jacopin gagnaient aussi les chais. Le premier chargement de raisin se trouvait déjà dans la vieille cuve à fermentation, et l'air était saturé de l'odeur lourde du jus violet.

Charles ne ressortit dans l'obscurité que lorsqu'il fut certain que tout était en place. Il gagna l'aile du château et la double porte d'entrée. Il grimpa les escaliers d'un pas léger, ne pensant plus à rien pour une fois, et pénétra dans le silence de l'imposante entrée.

Un rai de lumière filtrait de la porte ouverte du salon. Charles se tourna à demi vers l'escalier dans l'intention de monter s'habiller puis haussa les épaules. Il allait d'abord prendre un verre avec sa mère et sa sœur.

Et il se figea sur le seuil devant ce qu'il vit.

Les trois femmes étaient assises, silencieuses, le visage tourné vers lui. On aurait dit des actrices ayant soigneusement pris leur place pour le lever de rideau sur le dernier acte. Hélène paraissait triomphante, malgré une légère appréhension, mais Juliette était simplement pâle d'angoisse sous ses taches de rousseur. Charles croisa le troisième regard et y lut aussitôt une interrogation.

Catherine, le menton provocant.

— Catherine, dit-il doucement.

Puis, comme une question :

— Catherine ? Que faites-vous ici ?

Mais il le savait déjà.

Hélène, plus majestueuse que jamais, se leva et fit signe à Juliette.

— Nous allons vous laisser seuls, Charles. Catherine, ma chérie.

Quand ils se retrouvèrent seuls, Charles remarqua, fort peu à propos, que sa femme était habillée pour dîner, d'un jersey de soie grise. Son casque de cheveux bruns était soigneusement lissé et elle portait le collier de perles fines, cadeau de mariage de son époux.

« Plus impeccable que jamais, se dit-il, et tout aussi déterminée. » En posant les mains sur ses épaules, il remarqua combien elle était petite à côté de Bell et sa haute taille.

À côté de Bell.

La tension d'un pressentiment commença à se faire jour dans la pièce, comme un voile de gaze.

— Que faites-vous ici ? demanda-t-il de nouveau.

Il y avait de la vulnérabilité, de la tristesse, mais aussi du défi sur le visage de Catherine tandis qu'elle lui murmurait :

— Je voudrais que tout recommence, Charles. Je voudrais savoir pourquoi tout est allé à vau-l'eau et si nous pourrions faire que tout aille bien. Il s'est écoulé deux années depuis la soirée pour fêter les vendanges chez Valentine. Deux années, et nous revoilà à l'époque des vendanges. Je n'ai pu demeurer plus longtemps à Paris. Je voulais être ici, ici avec vous, où je dois être, quand rentrera le raisin. Avant qu'il ne soit trop tard. Je vous en prie, Charles.

Le silence s'abattit sur la pièce et l'on n'entendit plus que le tic-tac de l'horloge sur la cheminée. Charles comprit ce que sa femme voulait dire. Il n'y avait plus d'échappatoire. Impossible de ne pas se faire réciproquement souffrir, une fois encore. La pensée de ce qu'il lui faudrait faire à Bell le frappa comme un coup. Et puis la colère et le ressentiment lui durcirent les traits.

— Et comment proposez-vous que tout recommence ? demanda-t-il avec cette terrible froideur dont Catherine ne se souvenait que trop.

Elle prit les mains de Charles dans les siennes et lui dit, doucement :

— D'abord, en changeant d'attitude l'un envers l'autre. En étant plus doux et plus patients. Je suis votre épouse, Charles, vous ne l'avez pas oublié ? Essaierez-vous de nous aider ?

Charles soupira et, à contrecœur, la prit dans ses bras. Alors qu'il posait son visage sur les cheveux de Catherine, il sentit contre lui les courbes familières de son corps et l'odeur de sa peau qu'il n'avait pas oubliée.

Je suis votre épouse, Charles.

Juliette s'était retirée tout droit dans l'intimité du bureau de Charles. Elle demeura assise quelques instants dans un de ses vieux fauteuils, songeuse, se rongeant un ongle d'un air absent. Catherine était de retour et elle était demeurée la Catherine que Juliette avait connue et admirée. Mais elle affichait également une maturité nouvelle et cela lui allait très bien. Juliette devinait que c'était là le fruit d'utiles expériences parisiennes, mais ces expériences mêmes avaient fini par convaincre Catherine que sa place était à Reynard avec son mari.

Juliette s'agita, mal à l'aise. Elle se sentait pitoyablement déchirée entre sa loyauté à l'égard de sa belle-sœur et son amitié pour Bell. Sa responsabilité à l'égard de Bell.

L'Anglaise était là, seule, dans sa petite maison glaciale, attendant, persuadée que Charles allait venir à elle. Et tout cela parce que Juliette l'y avait encouragée.

Ce soir-là, le dîner à Château Reynard fut très pénible. D'ordinaire, Juliette faisait la conversation, mais ce soir elle demeurait silencieuse, déprimée à la pensée de la suite des événements. De temps à autre, elle jetait un regard à Charles, essayant de deviner ce qu'il ressentait, mais il conservait un visage inexpressif, à l'exception du pli amer de sa bouche. Elle devina qu'il avait bu avant de passer à table où il ne prêtait aucune attention à ce qu'il avait dans son assiette et continuait à boire. Toute sa vie, Charles s'était bien trop maîtrisé pour s'enivrer, et elle savait que cela n'allait pas se produire ce soir. Il devait plutôt boire pour émousser ses sensations, et Juliette craignait qu'il n'y réussisse pas. Elle se sentait terriblement désolée pour Charles, ainsi que pour les deux femmes — si différentes, mais qui l'aimaient l'une et l'autre — et qui attendaient.

Hélène prenait la conversation à son compte, avec Catherine qui faisait son possible pour dissiper cette atmosphère pesante. De temps à autre, Catherine jetait également un regard sur Charles, un regard interrogateur, presque suppliant, mais il paraissait ne rien voir. La conversation des trois femmes, sur la décoration des pièces du haut qu'elles désiraient changer, se traînait sans conviction.

Le repas fut enfin terminé. Charles repoussa son siège et se leva.

— Voulez-vous m'excuser ? dit-il brusquement, son regard passant d'Hélène à Catherine comme si elles étaient conjointement responsables de l'atmosphère lugubre et polie qui régnait. Les vendanges sont en cours et j'ai beaucoup à faire.

Catherine se mordit les lèvres et ses yeux s'emplirent de larmes tandis qu'elle le regardait se retirer, mais elle battit des paupières avant que les deux autres femmes ne s'en rendent compte.

Juliette également demanda qu'on l'excuse. Elle grimpa d'un pas lourd à l'étage pour prendre ses clés de voiture et son manteau, et elle croisa Charles en redescendant. Il sortait de son bureau comme un fantôme. Il la regarda et lui saisit le poignet dans des doigts d'acier.

— Où penses-tu aller ?

Juliette remarqua qu'il sentait le cognac. Pauvre Charles.

— Voir Bell. Il faut qu'elle sache... oh !

Charles la tirait à lui, lui tordant le poignet.

— Tu ne crois pas que tu t'en es déjà assez mêlée ?

Jamais elle ne l'avait vu aussi fâché, jamais aussi furieux contre elle.

— Tu penses qu'il appartient à quelqu'un d'autre que moi de voir Bell maintenant ?

— Oui. Non... Je pensais seulement...

— Eh bien ne pense plus, Juliette. Laisse-nous tranquilles. Laisse-moi tranquille.

Et puis il rejeta la main de Juliette et sortit dans l'obscurité.

Quelques secondes plus tard, elle entendit le moteur de la Mercedes qui démarrait.

Catherine apparut soudain à côté d'elle.

— Que se passe-t-il, Juliette ?

— Je ne sais pas, je ne sais vraiment pas.

Bell était assise dans le calme de sa petite maison. Elle venait d'avaler un repas tout simple avec un livre devant elle, *Le Portrait d'une dame*. Elle rentrait juste de remplir le panier de bûches dans la cour quand les lumières s'éteignirent. Aussitôt les chiens se mirent à aboyer de façon hystérique, derrière la, maison et Bell sentit un vague frisson de peur lui parcourir le dos. Les flammes du foyer dispensaient juste assez de lumière pour permettre de voir autour de la cheminée, mais la pièce s'emplit soudain d'ombres menaçantes et l'obscurité devint totale à l'extérieur.

Bell se sentit de nouveau désagréablement consciente de sa solitude, et du fait qu'elle n'avait pas verrouillé sa porte.

« Inutile d'avoir peur, se dit-elle. Ce n'est qu'une panne de courant. Trouve des chandelles. »

Elle tâtonnait toujours dans la cuisine quand le rayon d'une puissante torche éclaira la cour. C'était M. Durand, une boîte de carton sous le bras.

— C'est le générateur, lui annonça-t-il tristement. C'est fréquent en hiver, d'ordinaire quand la salle à manger est pleine de clients. Ça va peut-être durer un peu, jusqu'à ce que je persuade les agents de l'Électricité de France de venir réparer. Tenez, voilà quelques chandelles et des allumettes. Ça ira, maintenant ?

— Oui, bien sûr, dit Bell, autant pour se rassurer elle-même que pour rassurer l'aubergiste.

Ils firent le tour de la pièce ensemble, allumant les minces chandelles blanches qu'ils collèrent dans des soucoupes. La lumière douce rendit la pièce rustique plus jolie encore, mais des ombres bizarres subsistaient toujours à l'angle des escaliers et au-delà de la porte de la cuisine.

M. Durand regagna l'auberge d'un pas lourd et Bell s'installa pour essayer de lire, à la lueur de deux chandelles plantées dans une soucoupe sur le bras de son fauteuil. C'était sans espoir. Après quelques instants, elle laissa le livre glisser sur le sol et préféra regarder le feu dans le foyer.

Charles occupait toujours son esprit et son cœur, comme il n'avait jamais cessé de les occuper depuis les heures de la veille, dans la magie du bois. Elle se sentait heureuse de renoncer à tout pour lui. Que ce soit après les vendanges, dans deux mois ou dans des années, elle l'attendrait. Il finirait par être à elle, il lui fallait s'en persuader. Et ce serait de grand cœur qu'elle renoncerait à sa précaire carrière et à sa liberté, pour l'inexorable succession des saisons à Reynard avec Charles à ses côtés.

Elle était tellement perdue dans ses pensées qu'elle n'entendit la voiture que lorsqu'elle tourna dans la cour. Les phares balayèrent les fenêtres et le puissant moteur s'arrêta soudain. Quelqu'un pour *La Girafe*, peut-être.

Et puis elle entendit un pas, et une main sur la poignée de la porte.

— Qui est-ce ? demanda-t-elle d'une voix un peu trop aiguë, qui trahissait sa peur.

— Charles.

La réponse arriva, sourde, comme dans un murmure.

Bell ouvrit la porte et il pénétra dans la pièce, baissant la tête pour éviter les poutres noircies. Le sourire ébloui de Bell s'effaça quand elle vit son visage. Il était très pâle et avait dans le regard une lueur dure à la lumière des chandelles.

— Il fallait que je vienne, lui dit-il, l'attirant contre lui. Vous permettez ?

Oui, fit Bell, ravie mais surprise par ses manières. Elle allait lui poser une question banale, mais il l'arrêta, plaquant sa bouche sur celle de la jeune femme. Aussitôt, sa langue chercha celle de Bell et il la serra contre lui avec une insistance qui était nouvelle. Son visage était brûlant contre celui de Bell, mais ses mains étaient glacées.

Quand Bell se dégagea pour retrouver son souffle, il ouvrit les yeux. Elle vit son formidable profil, un instant immobile. Et puis il demanda, d'une voix qui se brisa.

— Bell, il faut que je sache quelque chose. Il faut que je vous connaisse. Voulez-vous vous donner à moi. Êtes-vous prête ?

Ainsi c'était cela. Etait-ce vraiment tout ? Était-ce si difficile à demander ? Bell se souvint de la désinvolture de Valentine quand il avait voulu la prendre. Cet instant, cet instant précis lui donna un frisson de triomphe et d'excitation que jamais encore elle n'avait ressenti.

Bien sûr, elle allait se donner à Charles. De grand cœur.

Avec grand plaisir.

Elle leva la tête pour que leurs bouches se retrouvent.

— Oui, dit-elle en un souffle et, aussitôt, les mains de Charles montèrent à sa gorge et, d'un seul mouvement, il baissa sa chemise, dénudant ses épaules et ses seins à la lueur du feu et des chandelles.

CHAPITRE IX

Bell se pencha pour baiser le visage de Charles. Elle vit qu'il fermait très fort les yeux et, avec un choc, elle réalisa qu'elle avait sur les lèvres le goût salé des larmes. Ces larmes ne pouvaient être les siennes. Elle se pencha de nouveau sur Charles, essayant de masquer de ses cheveux mêmes la faible lueur de l'unique chandelle qui semblait rendre la pièce encore plus petite.

L'univers de Bell s'était réduit, à l'intérieur même de ce confinement, au grand lit de cuivre et à l'homme qui était étendu, crispé, à côté d'elle. Derrière les minces rideaux de cretonne de la fenêtre, il n'y avait rien. Même la gravure sentimentale de la sainte Famille, au-dessus du lit, ne faisait pas partie de son univers.

Elle se sentait si seule ici.

Même avec, sous ses paumes, la tiédeur de la peau de Charles, le poids de son corps contre elle et son souffle sur son visage, elle se sentait seule. Ils étaient tout aussi séparés que si on avait glissé entre eux une vitre épaisse.

Oh, oui, tout cela avait merveilleusement commencé. Il l'avait presque portée en haut des étroits escaliers, avant de la déshabiller à la lueur des chandelles. Son visage reflétait toute sa sensualité, mais ses mains tremblaient. Bell était si sûre de ce qu'elle voulait et elle l'avait tant voulu.

Pendant quelques merveilleux instants, l'austère baron et l'homme débordant de passion n'avaient fait qu'un, et il lui avait appartenu. Bell fronça les sourcils, essayant de se rappeler. Et puis il s'était produit quelque chose. L'ombre d'une hésitation, d'un doute, ou autre, et elle l'avait perdu.

Cependant, il n'existait aucune raison valable pour qu'elle se sente ainsi rejetée. Ainsi coupée de lui. Il avait fait ce qu'il était venu faire, d'une façon experte. Mais elle avait eu l'impression — en plein cœur de l'action — qu'il avait cessé d'être présent. Même pendant ces instants secrets où il avait frissonné dans ses bras, il ne lui appartenait plus.

Bell poussa un lourd soupir. Et voilà qu'il avait pleuré maintenant. Pourquoi ? *Pourquoi*, alors que tout semblait si simple ? Envahie par un cruel pessimisme, Bell se prit à douter de jamais réussir à démêler son mystère. Et puis elle ne supporta pas cette idée qu'elle chassa aussitôt.

Charles s'étira et ouvrit les yeux.

— Je suis désolé, dit-il. C'était ma faute si ce ne fut pas merveilleux.

Et puis, doucement, en contemplant la nudité de Bell à côté de lui :

— Tu es très belle.

— Je reconnais bien là la galanterie française. Mais il faut être deux pour que l'un déçoive l'autre. Qu'y a-t-il, Charles ? Ne veux-tu pas me le dire ?

Elle vit sur son visage un air buté, un regard fermé, comme s'il se tenait sur la défensive, qui lui fit craindre le pire.

— Allons, vas-y, ajouta-t-elle d'un ton léger. Je suis prête à l'entendre, quoi que ce soit.

Charles se rembrunit et il secoua la tête, faisant tomber sur son front ses cheveux blonds. Bell attendit, mais il n'avait plus rien à dire.

— Veux-tu que j'aille nous chercher à boire ? lui demanda-t-elle enfin.

— S'il te plaît.

Elle descendit chercher la bouteille de cognac et souffler les chandelles.

Charles vida son verre et laissa retomber sa tête sur les oreillers durs. Ses yeux se fermèrent et Bell le vit s'endormir presque immédiatement. Il paraissait crispé et épuisé. La lueur des chandelles creusait ses joues davantage encore et marquait ses yeux de cernes noirs.

« Comme on paraît vulnérable quand on dort », se dit Bell. Et, à sa surprise, surgit au fond de sa pensée l'image de Valentine, endormi, dans les fanfreluches de nylon rose de leur suite à Las Vegas. Elle en rit doucement, mais tout fort.

Quand elle eut vidé son verre, elle s'allongea et tira les couvertures sur eux deux. Du moins était-il là, à côté d'elle.

Elle tourna son visage contre l'épaule de Charles et respira dans sa tiède odeur masculine. « Tout cela va s'arranger », pensa-t-elle en sombrant dans le sommeil. Elle y veillerait.

L'unique chandelle grésilla dans sa soucoupe noircie et s'éteignit.

Charles était déjà réveillé quand elle rouvrit les yeux. Le carré de lumière gris sale au bout du lit lui dit que le jour s'était levé.

— Il faut que je parte, lui souffla Charles à l'oreille.

— Attends, dit Bell, l'arrêtant puis le prenant par les épaules pour l'attirer de nouveau dans sa tiédeur tandis que, de sa langue, elle lui taquinait le cou. Il céda un instant, puis se crispa de nouveau.

— Pas maintenant, souffla-t-il. Pas maintenant. Jacopin doit m'attendre.

Et il passa la chemise blanche et froissée du dîner de la veille, qui parut tout à fait incongrue.

Bell hocha la tête, acceptant sa décision. Les vendanges devaient continuer.

Debout là, dans cet espace restreint, avec sa chemise ouverte et son nœud papillon noir défait, pas rasé, Charles avait un petit air de débauché et il lui parut plus séduisant que jamais. Elle aurait souhaité qu'il revienne se coucher.

— Au revoir, lui dit-il.

Que lisait-elle sur son visage ? Du regret ? n sentiment de culpabilité ? De l'anxiété ?

Elle l'écouta partir, descendre les escaliers étroits, se glisser dans la froide lueur de l'aube et quitter la cour dans la grosse voiture.

Puis elle se tourna et se força à se rendormir.

Au volant de la Mercedes, Charles hésita un instant avant de tourner, de traverser Vayonnes et de partir dans la direction opposée à Reynard. Passé le village, il accéléra, roulant très vite jusqu'à un hameau entouré de champs boueux. Au centre des maisons assez misérables, se dressait une petite église. Une cloche fêlée sonnait avec insistance dans le court clocher carré. Charles regarda sa montre. Sept heures. La première messe.

Il laissa sa voiture dans une route latérale et entra d'un pas vif dans l'église. Dans la pénombre et l'odeur de l'encens, quelques villageois murmuraient les prières de la messe. Sur l'un des côtés se dressait la forme trapue du confessionnal. Quand la vieille femme en noir, agenouillée les lèvres contre la grille, se leva et se signa, Charles se glissa à sa place dans l'ombre.

Le jeune prêtre qui bâillait, de l'autre côté de la grille, regarda un instant cet homme pas rasé en vêtements du soir.

— Pardonnez-moi, mon père, parce que j'ai péché.

Le prêtre croisa les mains pour écouter avec patience la confession du baron. À huit heures, Charles, de nouveau chaussé de ses lourdes bottes, se retrouvait dans les vignes aux côtés de Jacopin.

Catherine était allée au lit dans la chambre nue, naguère occupée par Bell. Elle se leva pour voir son mari traverser la pelouse avec son maître de chais. Elle sourit à ce spectacle familier, puis passa calmement dans la luxueuse salle de bains pour prendre une douche.

Ce jour-là et le lendemain, Bell n'eut aucune nouvelle de Château Reynard.

Elle avait assez à faire comme cela.

Il lui fallait rédiger son article sur les vendanges et elle s'assit consciencieusement devant sa machine à écrire portative, pour mettre noir sur blanc quelques idées. Il lui vint à l'esprit qu'elle ferait bien mieux d'aller dérouiller ses qualités de secrétaire au profit de M. Lapotin, mais cette perspective l'ennuya à un point tel qu'elle décida de poursuivre.

Le troisième jour, elle alla prendre le petit déjeuner à l'auberge avec les Durand. Quand la table fut débarrassée, Mme Durand apporta la farine et les bols, et Bell eut droit à la leçon promise sur l'art de confectionner les brioches. À l'autre extrémité de la table, M. Durand nettoyait et lavait les filets de poissons pour les clients du déjeuner, ôtant d'une main experte l'arête de la chair blanche qu'il jetait ensuite dans la marmite.

Le téléphone sonnait sans arrêt. Chaque fois, Bell pensait que ce devait être Charles, ou même Juliette, mais chaque fois il s'agissait d'un autre client. Quand arrivèrent les deux serveuses, et que de délicieuses odeurs diverses commencèrent à emplir la cuisine, Bell se dit à regret qu'il lui fallait se sortir de là. Elle laissa ses brioches au four et retourna à la solitude de sa maisonnette. *Le Portrait d'une dame* gisait toujours sur le sol, à l'envers.

« Demain, sans aucun doute », se dit Bell. L'impatience commençait à avoir raison de son calme. Demain, ce serait dimanche et on ne travaillerait pas dans les vignes. Elle téléphonerait à Château Reynard pour s'enquérir des progrès des vendanges ; pour aller rendre visite à ses amis.

Certes, Charles se montrait bizarre et distant, mais Bell se dit qu'elle l'avait toujours connu ainsi. Toujours circonspect derrière ses défenses, ce n'était pas un homme que l'on pouvait approcher facilement, et c'était un défi qui avait toujours excité Bell. Elle finirait par percer cette réserve, en fin de compte, et plus il se montrait réservé maintenant, plus elle se montrerait, elle, ouverte et naturelle. Et donc, tout naturellement, elle allait passer à Reynard. Sa démarche n'aurait rien d'insolite.

Elle poursuivit ses réflexions avec elle-même.

En fait, elle avait bien du mal à réfléchir à cette nuit passée avec Charles.

Il l'avait désirée, il n'y avait aucun doute. Mais il avait cependant conservé son attitude distante. Bell sentit monter en elle une certaine indignation en se souvenant de son attitude à elle, si ouverte, si prête à l'accueillir. C'était un homme bien étrange et mystérieux. Elle frissonna un peu au souvenir de ses mains sur elle.

Elle ne savait plus bien quel genre de jeu on lui demandait de jouer ; de toute façon elle n'aimait pas les petits jeux. Et puis elle s'avoua, en toute sincérité, que l'attirance qu'elle avait ressentie pour lui était aussi inébranlable que jamais. Et s'il en était vraiment ainsi, il allait lui falloir continuer jusqu'à ce qu'elle puisse percer les défenses de Charles.

Elle était désormais assez grande et assez forte pour cela.

Il faisait encore beau et clair en ce dimanche.

Valentine affichait un sourire de plaisir, tandis que les ombres des peupliers bordant la route marquaient son visage de barres tremblotantes. Sous lui, la moto ronronnait doucement et la route blanche s'étirait, séduisante.

« Reynard », murmura-t-il.

Il se rendait chez les Gillesmont et cette idée pimentait la promenade d'une petite anticipation supplémentaire de plaisir. Son sourire s'élargit encore sous le goût du mystère. Quelques instants plus tard, apparut le château qui s'élevait sur sa petite éminence, et il prit le virage familier pour passer les grilles et remonter vers la maison. La roue avant fit jaillir le gravier de l'allée quand la moto décrivit un grand arc pour aller s'arrêter sous les fenêtres du salon d'Hélène. Une mince silhouette apparut en haut des escaliers alors que Valentine se penchait en arrière et levait les yeux pour admirer les classiques proportions de la bâtisse. La silhouette hésita un instant puis descendit vers lui.

« Catherine de Gillesmont est aussi belle que jamais, se dit-il, et paraît toujours aussi décidée. Pourquoi est-elle de retour ici et pourquoi a-t-elle demandé avec tant d'insistance que je vienne lui rendre visite, après tout ce temps ? »

— Valentine. Merci d'être venu si vite.

Leurs regards se croisèrent. Valentine trouva celui de Catherine bien sérieux. Ignorant la main qu'elle lui tendait, il l'embrassa sur la joue et son parfum éveilla en lui de vieux souvenirs. Sa bouche frôla celle de Catherine, mais elle se raidit et se détourna.

« C'est donc à l'ami et pas à l'amant qu'on a demandé de venir », se dit Valentine.

— Comment aurais-je pu résister à une aussi mystérieuse invitation ? répondit-il d'un ton léger. Vous êtes merveilleuse, Catherine.

— Entrez, dit-elle simplement tandis qu'ils gravissaient ensemble les marches du château.

Bell roulait lentement vers Reynard. L'été indien semblait vouloir durer éternellement. Peut-être Valentine avait-il raison, après tout. On pouvait lui faire confiance. Chaque jour de soleil supplémentaire allait apporter au cœur de son raisin un peu plus de douceur, sous la peau violette.

De part et d'autre du vignoble, on voyait des signes d'une activité réduite en ce dimanche. Tout au bout d'une allée, une énorme vendangeuse mécanique d'un jaune criard, était posée sur ses chenilles, avec deux hommes en bleu qui jetaient sur la mécanique un coup d'œil anxieux. À un autre carrefour, elle dut freiner pour laisser sortir sur la route un chargement de raisin. Avec ses grappes brillant sous le pâle soleil, la route blanche et déserte et le bosquet d'arbres qui la bordait et dont les feuilles commençaient à prendre une teinte dorée, le tableau aurait pu s'intituler *Scène de vendanges*.

Dans la plupart des exploitations, les travaux étaient bien avancés, remarqua Bell. Après le long et doux automne qui avait connu juste ce qu'il fallait de pluie, cela promettait de faire une grande année. Et si Valentine avait raison, dans son pari de retarder encore ses vendanges pour profiter d'un surcroît de soleil, il pourrait bien avoir une année exceptionnelle. Eh bien, elle le lui souhaitait. Il le méritait bien.

Là, sur la colline basse, à sa gauche, se dressait Château Reynard. Bell s'efforça de continuer à songer à Valentine et à ses techniques ultramodernes. Elle devait paraître très désinvolte. Même au fond de son esprit elle ne devait pas avoir l'impression de pénétrer dans l'antre du fauve.

L'allée s'étendait devant elle. Elle passa la grille, remarquant du coin de l'œil que des silhouettes étaient au travail dans les vignes, malgré tout. Charles était un maître exigeant.

Et elle s'arrêta dans l'allée de gravier sous la façade classique. Elle eut l'impression de quelque chose d'insolite dans le décor, et puis elle découvrit ce que c'était : une puissante moto bleu métallisé garée sous les fenêtres du salon. Les Gillesmont avaient un autre visiteur en ce dimanche matin...

Derrière l'une des fenêtres, Valentine était assis sur une de ces chaises grêles, ses longues jambes gauchement allongées devant lui. Il considérait d'un regard sceptique Catherine qui lui parlait à voix basse et insistante.

— Tout cela est bien louable, finit-il par l'interrompre, mais je continue à me faire l'impression d'un Montaigu fourvoyé dans le domaine des Capulet. Charles va probablement m'arracher les yeux en me découvrant ici. Où est-il, d'ailleurs ?

— Dans les vignes, où voulez-vous qu'il soit ? fit Catherine avec un geste d'impatience. Je vous en prie, Valentine, il faut m'aider à apaiser la tension qui règne ici. C'est toujours en grande partie de votre faute, vous le savez bien. Je suis revenue vers Charles, et je voudrais que les choses redeviennent... comme avant.

— Mmmm. C'est plus facile à dire qu'à faire. Voyons, est-ce que j'ai bien compris ? Visons-nous à mettre un terme à la querelle entre Gordon et Gillesmont ? Une poignée de main virile, une remarque bourrue dans le genre « désolé, vieux, d'avoir séduit votre femme », et tout est bien ? Bon Dieu, Katie, il m'a demandé de me battre en duel. Ou l'avez-vous déjà oublié ?

— Je vous en prie, Valentine.

— C'est bon. Excusez-moi. Vous voulez que l'on me considère comme un aimable, inoffensif et jovial Américain qui s'est trouvé, par hasard, où il ne fallait pas au mauvais moment ? Je ne comprends pas pourquoi on a fait tout ce tapage. C'est exactement ce que je suis. Sauf, ajouta-t-il en souriant, que c'était peut-être bien le mauvais moment mais le lieu était parfait.

Mais Catherine n'avait pas envie de plaisanter. Son visage demeura pâle et grave.

— Écoutez. Je voudrais persuader Charles que, vous et moi, ça n'a pas — ça n'a jamais eu — d'importance, dit Catherine avec un profond soupir et en joignant ses mains blanches, comme si elle expliquait quelque chose de difficile à des élèves. Et je n'y parviendrai jamais si vous restez là, un peu plus loin sur la route, comme quelque menace invisible pour nous. Essayons de nous montrer civilisés. Déjeunons ou dînons ensemble. Je n'espère pas que vous deveniez amis...

— Voilà qui est tout à fait réaliste.

— Mais cela me permettrait de commencer à remettre les choses en ordre avec Charles si nous pouvions mettre un terme à cet état de guerre.

Valentine la considéra un instant avant de lui dire, tout à fait sérieux maintenant :

— Vous voulez vraiment que ça marche, hein ?

— Il me faut essayer. J'ai tenté de ne pas le voir, pendant deux interminables années, et cela n'a pas marché. Pas plus que de vivre avec d'autres. Je regrette beaucoup trop Charles. Je sais maintenant que je veux le reprendre. Séparés, je ne vois pas comment nous pourrions continuer, l'un et l'autre.

Catherine demeura silencieuse un instant puis ajouta :

— C'est dur, de revenir ici, vous savez. Charles peut se montrer très intimidant. Il n'est pas facile de pénétrer son armure.

Valentine réfléchissait.

— En effet. Écoutez, Catherine, je n'aime pas beaucoup votre mari. J'ai beaucoup de mal à supporter son genre d'arrogance et sa supériorité bornée. Mais, pour vous seulement, je vais essayer d'enterrer la tronçonneuse. Ça ira comme ça ? Je vais vous dire. Pourquoi remettre au lendemain ? Je reste pour déjeuner, mais seulement si Charles sort une bouteille de Krug.

Catherine se leva, un léger sourire adoucissant les lignes déterminées de la bouche et du menton.

— Merci. Je sonne tout de suite pour qu'on s'occupe du champagne.

En approchant avec grâce de la sonnette, elle aperçut la petite Fiat qui remontait l'allée et s'arrêtait au bas des marches du château. Une jeune femme en descendit et hésita un instant, le regard tourné vers la grande porte au sommet de la double volée des escaliers. Catherine remarqua la masse luxuriante de cheveux bruns, un visage remarquable qui devait être beau lorsqu'il souriait, et une silhouette mince qui supportait avec élégance sa grande taille.

— Eh bien, qui cela peut-il être ?

Valentine vint jusqu'à la fenêtre pour regarder.

— Vous ne connaissez pas Bell Farrer ? Il se trouve que c'est une de mes amies. Et une amie de Charles et de Juliette. C'est un sacré personnage.

241

— Vraiment ?

Marianne alla ouvrir la porte à Bell et lui adressa un sourire nerveux.

— Bonjour madame. Ils sont au salon, si vous voulez bien me suivre.

La noble hauteur du mur, la courbe de l'escalier qui montait à l'étage, sous le magnifique lustre, Bell retrouvait tout comme dans son souvenir. Même le léger parfum de fleurs séchées et de cire d'abeille.

Marianne ouvrit la porte du salon et l'annonça. Malgré sa ferme résolution de se montrer décontractée, Bell dut se ressaisir. Hélène allait sans doute se trouver là. Et Charles détestait probablement les surprises. Eh bien, il était trop tard pour s'en inquiéter. Pourvu que Juliette soit là également.

La première personne qu'elle vit, avec les mains tranquillement dans les poches comme s'il était un habitant des lieux, fut Valentine. La moto. Bien sûr. C'était celle de Valentine.

Mais...

Et puis elle aperçut l'élégante jeune femme brune assise dans le fauteuil d'Hélène, à côté de la cheminée de marbre. Elle-même avait une peau marmoréenne, mais qui rayonnait de la même douce chaleur que les perles qu'elle portait autour du cou.

— Bell, content de vous voir, dit Valentine qui lui passa un bras autour des épaules et l'attira vers cette femme qu'elle ne voulait pas reconnaître.

Ce *ne pouvait* être... Et Valentine qui la présentait :

— Catherine me dit que vous ne vous connaissiez pas. Catherine de Gillesmont, Bell Farrer.

Bell étouffait et devait lutter contre les cercles de fer qui lui enserraient la poitrine et la gorge.

— Bell ? Je suis enchantée.

La baronne lui tendit la main, un peu plus chaleureusement qu'Hélène à leur première rencontre, quelques semaines plus tôt, mais à peine. La femme de Charles paraissait glaciale et quelque peu hostile. Sous son regard, Bell sentit la panique et la confusion la gagner tandis qu'elle luttait pour dire quelque banalité.

Que se passait-il. Que faisait Catherine ici, après tout ce temps ? Et pourquoi ne lui en avait-on rien dit ?

« Oh, Charles. » Soudain, elle comprit. Il savait, l'autre nuit, et n'avait rien dit.

Irrépressiblement, Bell fut envahie par l'envie de s'échapper de cette pièce, loin de l'élégante inconnue qui était parfaite dans ce cadre. Mais elle resta rivée sur place, muette et rougissante comme une écolière prise en faute.

Ce fut Valentine qui vint à son secours. Il lui prit la main et la conduisit jusqu'à l'un des canapés recouvert de soie.

— Je viens juste de m'inviter à déjeuner, lui dit-il avec un grand sourire. Je crois que vous devriez en faire autant. N'est-ce pas, Katie ?

Katie ?

Et que faisait ici Valentine, en plein territoire ennemi ? Bell eut l'impression que tous ses repères dans ce monde avaient été abattus, puis relevés et placés en d'autres endroits, inconnus et inquiétants.

— Mais bien sûr, dit poliment Catherine. J'allais juste sonner pour qu'on nous apporte du champagne, sur l'insistance de Valentine également, mais je crois que j'aurai plus vite fait de m'en occuper moi-même, ajouta-t-elle comme s'il s'agissait d'un voyage dans l'inconnu. Et d'aller dire à Mme Robert que nous serons deux personnes de plus pour le déjeuner.

Bell la suivit des yeux tandis qu'elle quittait la pièce avec cet élégant maintien, si français, et dans un discret parfum de lis et de lilas. Bell se sentait toute lourdaude à côté de la femme de Charles, et empotée, et débraillée.

De nouveau, Valentine lui pressa la main.

— Qu'est-ce que c'est ? L'événement de l'année ?

Bell haussa les épaules, faisant un effort pour paraître désinvolte. Sans la présence de Catherine, elle commençait à se retrouver. Jamais Valentine ne devrait se douter de la vérité, jamais.

— Je passais, et j'ai pensé m'arrêter.

— Ah ? Tu as l'air toute bouleversée, c'est tout. Quelque chose qui ne va pas ?

— Non. Bien sûr que non. Et que fais-tu ici ? Je croyais que le baron et toi étiez des ennemis jurés, dit Bell qui sentit lui échapper dans son ton un peu de la colère et de la surprise ressentie.

Mais si Valentine le remarqua il choisit de ne pas le montrer.

— Catherine souhaitait me voir ici, dit-il très sérieusement.

Et Bell crut lire dans son regard quelque chose qui lui donna un choc. Ainsi, elle disposait toujours de Valentine ?

Elle regarda sur la table de travail d'Hélène la chère photo de Catherine dans son cadre d'argent. Elle ressemblait à un lis, comme son parfum, tout en blancheur crémeuse et parfumée mais avec, au cœur, une sève violente et verte.

Bell était jalouse, d'une jalousie amère et pleine de ressentiment. C'était pour elle un sentiment nouveau et qui lui répugnait, mais il était indissolublement lié à la douleur et à l'humiliation de cette méchante situation. Bell avait l'impression d'être venue se glisser à Reynard comme un commando mal renseigné avant un raid, et pour trouver l'invincible général déjà dans la place. Et non seulement dans la place qui lui revenait de droit, mais ayant conquis également tout ce qui se trouvait autour. Oh, mon Dieu, il fallait qu'elle sorte de là immédiatement.

De nouveau, Valentine parlait, désinvolte et taquin comme à son habitude.

— Je me sens un peu délaissé, tu sais. Tu as bien dû passer une ou deux fois devant Larue sans même t'arrêter. Attends de voir ce que j'en ai fait. C'est le tout dernier cri.

— Je sais, je suis désolée, répondit Bell, l'air absent.

Elle entendait Catherine qui revenait, ses talons frappant le sol dallé de l'entrée.

— Je passerai quand tu voudras. Je n'ai pas grand chose à faire.

Il y avait une telle désolation dans sa voix que Valentine lui jeta un regard incisif.

— Ici, Marianne, disait la jeune baronne tandis qu'apparaissaient le seau d'argent et les verres. Valentine, si vous voulez bien...

Il ouvrit la bouteille d'un geste adroit et servit le vin qui pétilla dans les fines flûtes. Bell accepta la sienne.

— Je vous remercie, mais je ne voudrais pas m'imposer pour le déjeuner, Catherine, dit-elle, espérant paraître parfaitement calme alors qu'elle souhaitait surtout filer de là, filer, filer.

— Oh, mais il faut que vous restiez avec nous, dit Catherine. N'est-ce pas, Valentine. Tout est arrangé.

Elle donna à Bell l'impression d'être comme une vieille fille du village qu'on pressait de rester au château pour quelque fête où elle était importune.

Le diable l'emporte. Eh bien, je vais rester — et advienne que pourra.

On entendit d'autres pas qui arrivaient à travers l'entrée. Bell dut rassembler toutes ses forces pour éviter de se ratatiner dans les profondeurs de son siège. Le pas était trop rapide et trop léger pour être celui de Charles, et les chaussures trop délicates et avec des talons trop hauts pour être ceux de Juliette.

Hélène, bien sûr.

Dès qu'elle parut, Valentine bondit sur ses pieds, lui tendant les bras.

— Ah, madame, cela fait si longtemps. Catherine a raison, vous êtes plus merveilleuse que jamais.

Bell, qui le regardait, constata à quel point il savait se montrer charmant. Pas la moindre hypocrisie, la moindre gêne, la moindre hésitation. On ne pouvait douter qu'il était ravi de voir Hélène, et son enthousiasme chaleureux eut sur la vieille dame un effet immédiat. Sous les yeux de Bell, l'aspect poli et glacial fondit pour laisser place à un sourire flirteur, comme celui d'une jeune fille.

— Valentine ! Vous êtes un coquin. Que faites-vous ici ?

— J'espérais vous voir, que puis-je faire d'autre ? répondit-il avec son sourire nonchalant et taquin.

— Ne dites donc pas de stupidités.

« Si Hélène avait eu un éventail, se dit Bell, elle lui en eut frappé les doigts, d'un petit geste espiègle. Comme il est habile ! »

— Catherine, vous qui êtes sensée, de quoi s'agit-il ?

— Je crois que c'est la meilleure solution, Hélène, dit-elle, d'un ton décidé. Nous avons bien des choses à nous faire pardonner et mieux vaut le faire sans amertume.

— Oui, bien...

Hélène fronça légèrement les sourcils. C'était là un sujet à ne pas aborder devant des étrangers.

— Et Madame euh... également.

— Bell Farrer, lui rappela machinalement Bell.

— Bell est une de mes bonnes amies, dit Valentine qui l'intégra dans le cercle, en toute loyauté. Le monde n'est-il pas minuscule ?

— Oui, effectivement. J'espère que vous restez déjeuner avec nous, l'un et l'autre ? Vous restez, n'est-ce pas, Valentine ? Et vous, euh... Bell.

— Catherine a insisté, commença Bell, mais déjà Hélène se détournait.

— Maintenant que vous êtes ici, Valentine, venez donc vous asseoir à côté de moi pour me raconter ce que vous devenez.

Bien installés côte à côte dans l'un des canapés, ils étaient bientôt en grande conversation. Le rire grave de Valentine et le petit rire occasionnel d'Hélène — comme si elle se souvenait juste de la façon de faire — témoignaient assez, pour Bell, que l'un et l'autre étaient heureux de se retrouver. Catherine et Bell se regardaient, de part et d'autre de la cheminée de marbre.

« Quelle perfection chez elle », se dit Bell. Pas le moindre défaut, pas le moindre pli, pas un cheveu qui ne soit à sa place. Aucune des rides de souffrance, non plus, qui marquaient le visage de Charles. Cependant, l'un et l'autre avaient souffert de la même perte. Bell devina que Catherine de Gillesmont était bien plus dure que pouvait le laisser croire son aspect fragile. Elle serait un formidable adversaire.

Bell se sentait en plein trouble. Son impulsion immédiate avait été de filer, et une partie d'elle-même souhaitait toujours échapper à l'inconfortable réunion qui n'allait pas tarder. Un autre instinct, cependant — qui semblait exister indépendamment d'elle — lui faisait désirer de voir Charles. Même ici, avec sa famille autour de lui, même avec Valentine Gordon à la même table. Même après le demi-échec de leur nuit ensemble et le soupçon, qui commençait à poindre, que Charles avait abusé d'elle, alors, pour échapper au retour de Catherine. Elle commençait à nourrir du ressentiment et de la colère, mais qui ne faisaient que renforcer sa détermination. Elle allait continuer à se battre pour lui.

— Est-ce que vous connaissez bien mon mari et ma belle-sœur ?

« Ce n'est là que la première des couleuvres qu'il va te falloir avaler, se dit Bell. Garde ton calme. Pour toi autant que pour lui, il faut cacher tes vrais sentiments. »

— Pas très bien. Nous avons fait connaissance au mois d'août. Charles a eu l'amabilité de me demander de passer quelques jours au château pour un article le concernant. Destiné au journal pour lequel je travaillais alors. Je suis journaliste. Et puis nous nous sommes de nouveau rencontrés à la CIPV, où j'étais l'invitée de Valentine.

Le regard des yeux noisette de Catherine la quitta un bref instant pour se poser sur Valentine. L'hostilité que Bell pensait y avoir lue s'était-elle un peu estompée, ou était-ce son imagination ? Elle se sentait perdue. Elle ne savait plus faire la différence entre la réalité et ses espoirs déçus ou ses craintes.

— Je vois, dit Catherine.

Il s'ensuivit un moment de gêne.

Bell fut presque soulagée d'entendre les voix de Charles et de Juliette. Juliette riait alors qu'ils traversaient l'entrée ensemble, et Bell eut soudain la vision de l'un tourné vers l'autre, si différents et cependant si semblables. Hélène et Valentine s'étaient également arrêtés de parler. Tous les quatre demeuraient là, immobiles, dans les ultimes secondes de silence. Le regard de Bell était fixé sur la porte. Et soudain apparut Charles, et elle sentit son souffle se bloquer dans sa gorge. Le frère et la sœur rentraient tout droit des vignes, fatigués par leur travail mais le visage rayonnant.

Le regard de Charles alla droit à Valentine, confortablement assis à côté d'Hélène.

Une tension presque électrique s'installa dans la pièce.

Pendant trois, quatre, cinq secondes, personne ne dit mot. Les deux hommes se regardaient, les yeux bleu marine de Charles insondables, les yeux bleu clair de Valentine étincelant d'une lueur glaciale.

Et puis Catherine se leva. Calmement, elle alla jusqu'à son mari et passa son bras sous le sien. Bell lut sur son visage un mélange de défi et d'appréhension, et elle comprit qu'elle prenait un risque terrible. Quel que soit le jeu qu'elle jouait, elle avait manifestement tout à perdre ou à gagner.

— J'ai demandé à Valentine de passer nous voir, disait-elle à Charles. Le temps est venu pour nous de nous montrer raisonnables et d'oublier.

Lentement, très lentement, le regard de Charles passa de Valentine à sa femme.

— Oublier ? répéta-t-il, avec un pli douloureux de la bouche. C'est vous qui avez oublié, Catherine. Moi, je ne le puis.

Il se libéra du bras de sa femme et se détourna. Et à cet instant, il aperçut Bell dans sa chaise à côté de la cheminée.

— Bell !

L'exclamation fut involontaire. En l'entendant, on ne pouvait se tromper quant au choc ressenti. Bell fut horriblement consciente que tous la regardaient, attendant sa réaction pour les juger l'un et l'autre. À sa grande surprise, elle lui dit d'une voix calme et avec un sourire naturel :

— Je passais, et je me suis arrêtée. Je ne pensais pas vous déranger dans une réunion aussi importante.

Elle eut un geste naturel de la main qui englobait Valentine, Catherine, Charles et elle-même. Et même, toujours à l'arrière-plan, Juliette. Celle-ci, muette sous la détresse ressentie, ne put croiser le regard de son amie.

L'instant était passé, et Charles et Bell n'étaient plus le foyer de l'attention générale. Elle se permit de jeter un coup d'œil vers lui. Il était furieux. Était-ce contre Catherine, contre Valentine ou contre Bell elle-même, impossible de le savoir.

Pour une fois, Hélène fut son alliée. Elle faisait passer tout le monde dans la salle à manger, comme si ne planaient au-dessus de leurs têtes aucune menace, aucun secret.

Hélène prit place au bout de la table étincelante, Charles s'installa à sa place habituelle, à l'autre extrémité. Même là, au milieu de tout ce cérémonial, Valentine semblait parfaitement à l'aise. Il consacrait son attention à Hélène, à sa gauche ou à Bell, à sa droite. On avait rapporté du champagne et il leva son verre à son hôte.

— Nous sommes au moins d'accord sur une chose : la perfection du champagne.

— Au moins, répondit Charles qui se limitait à des monosyllabes et gardait le regard fixé sur son assiette, bien qu'il y touchât à peine. Bell ne pouvait qu'imaginer ce qu'il devait endurer, contraint de rester à sa propre table entre sa femme et une intruse qui venait de devenir sa maîtresse. Et à écouter le bavardage de son vieil ennemi. La tension se lisait sur son visage, blême jusqu'aux ailes du nez.

Juliette demeurait quasiment silencieuse, elle aussi.

À sa surprise, Bell découvrit qu'elle pouvait maintenir la conversation. Elle s'entendit commenter de façon amusante son prochain travail chez Jacques Lapotin, avec la machine à écrire recouverte de sa housse qui l'attendait, le lendemain, dans le petit coin réservé à la secrétaire. Catherine et Hélène lui témoignèrent leur gratitude en lui posant des questions sur ses projets, son travail et sa vie à *La Girafe*.

— C'est charmant, dit Bell. C'est le coin le plus gai où j'aie vécu. Et j'ai ma propre maisonnette, comme une maison de poupée. Tout cela grâce à Juliette.

— Il va faire froid, quand l'hiver sera vraiment là, dit Juliette, presque dans un souffle.

Du moins, parvint-elle à croiser le regard de Bell et son visage reflétait toute sa peine et sa sympathie, et elle semblait solliciter silencieusement son pardon.

« Ne vous en faites donc pas, avait envie de lui dire Bell. Ce n'est pas votre faute. C'est la faute de personne. Et de toute façon ce n'est pas terminé. » Elle fut surprise de se le dire. Mais, à côté d'elle, Valentine disait également quelque chose. Il avait beaucoup bu, d'abord le champagne et maintenant le parfait bordeaux, mais cela contribuait seulement à le rendre plus pétillant d'esprit et chaleureux à côté de la hauteur lointaine de Charles.

— Bell, pourquoi ne m'avez-vous pas invité à venir voir ce lieu merveilleux ? Une maison de poupée ? Je ne peux rien imaginer de plus agréable que de me retrouver avec vous dans une maison de poupée.

Il posa son couteau et lui prit la main.

— Quand donc ? Demain ?

Elle n'eut pas besoin de lever les yeux ; elle sentit l'éclair de fureur et de jalousie dans le regard de Charles, mais qui ne tarda pas à disparaître sous l'armure de sa maîtrise de soi.

Bell savait que toute cette amertume et cette jalousie, qui se mêlaient et les liaient tous, ne pourraient jamais disparaître sans un éclat. Elle se sentit devenir glacée et eut du mal à répondre.

— Je travaille, demain, comme je viens de vous le dire. Chez M. Lapotin.

— Oh, eh bien, le soir. Nous ferons ensemble un dîner de poupée.

Faisait-il exprès, pour essayer de piéger Charles ?

— Peut-être quand j'aurai terminé mon article sur les vendanges. Il faut que j'en finisse d'abord avec cela.

— Ah, les vendanges, dit Valentine, levant son verre pour porter un toast. C'est important pour nous tous. Aux vendanges.

Ils burent, dans un silence plus pesant encore. Les femmes attendaient que se mettent en place les lignes de bataille.

— Encore quelques jours et ce sera terminé, dit Charles.

— Ouais, c'est long quand on travaille à la main.

Charles fit tourner son verre pour qu'il capte la lumière.

— Il va vous falloir faire très vite. Je ne crois pas que, même avec toutes vos machines, vous parveniez à terminer à temps. Le mauvais temps arrive.

Valentine se mit à rire, de son rire grave et un peu agaçant maintenant.

— Le mauvais temps ? Je ne crois pas, baron. La météo et notre équipement, à Larue, nous disent le contraire.

— J'ai vécu toute ma vie sur cette terre, dit tranquillement Charles, et mes ancêtres pendant quatre cents ans avant moi. Et depuis lors, on a toujours fait du vin à Reynard. Pensez-vous vraiment qu'avec tout cela dans mon sang je ne puisse sentir ce qui se prépare dans l'air et lire dans le ciel ?

Valentine rit de nouveau.

— Non, je ne pense pas du tout que vous en soyez incapable. Mais je ne crois pas que votre nez et vos yeux puissent faire mieux que la technologie la plus moderne du monde. Mais nous verrons bien, non ? Je suis confiant — non, *certain* — que cette année sera la plus grande que Larue aura jamais connue. Et je crois que vous avez gâché vos dernières chances d'une grande année en vendangeant trop tôt. C'est tout simple.

— Je n'ai pas vendangé trop tôt.

— Oh, que si, Baron.

De nouveau, le silence retomba.

« Ainsi c'est uniquement cela qui compte, se dit Bell. Au fond, nous, les femmes, n'avons guère d'importance. Ils se détestent parce qu'ils se trouvent chacun d'un côté de la grande barrière. L'ancien monde et le nouveau, le sang ancien et le sang neuf. Et maintenant, face à face et se défiant, la certitude sereine contre le rapide coup de poker du joueur. »

Déjà ils se livraient à une sorte de combat.

Le vainqueur ne pourrait être désigné que par le soleil dans le bleu d'un ciel d'automne, ou par les gros nuages gris qui arriveraient en roulant depuis l'Atlantique, portés par des vents furieux.

Peu importait, au fond, ce que Catherine tentait de faire ; ce qui avait bien pu arriver à Bell, son amour pour Charles et son irrépressible affection pour Valentine. Ce qui comptait vraiment, c'était l'éternel mystère qui changeait le jus violet du raisin en un vin miraculeux.

L'air en était saturé et cela n'avait aucun rapport avec l'amour, le sexe ou la jalousie. Ce qui poussait ces hommes, c'était leur passion pour leur propre univers et la rivalité qui naissait de leurs conceptions différentes.

Bell frissonna, se demandant vers qui allait sa sincère loyauté.

« Est-ce que je crois en l'ancien ou le moderne ? En quatre cents ans de Château Reynard, bien sûr », se dit-elle, mais, dans le même temps, elle songea à toute l'éclatante et efficiente technologie de Dry Stone et se sentit prise d'un doute.

Charles posa sa serviette et annonça :

— Il faut que je retourne auprès de mes hommes.

— Puis-je vous accompagner, Baron ? C'est pur intérêt, bien sûr. Je ne cherche à m'emparer d'aucun de vos secrets, dit Valentine, avec un ton d'une exquise politesse.

— Vous ne trouveriez rien à voler. Je ne fais ici que ce qu'on fait dans le Haut-Médoc depuis des générations. Vous pouviez parfaitement vous en rendre compte à Larue avant de tout détruire. Mais vous pouvez venir, bien sûr.

C'était bien là le baron tel que Bell l'avait connu au début. Courtois, mais distant. Impassible. Elle dut se rappeler qu'elle connaissait en lui un autre homme. Elle connaissait le Charles du bois magique au-dessus des basses collines, mais le souvenir de cet homme lui était douloureux maintenant. De nouveau, après ces instants enchantés, il était redevenu insaisissable. Ils sortirent dans la lumière de ce milieu d'après-midi.

Catherine et Hélène avaient refusé de venir, disant qu'elles avaient bien autre chose à faire que d'aller traîner des heures dans les vignes, mais Valentine et Bell avaient suivi le frère et la sœur.

Ils traversèrent la pelouse, où les ombres s'allongeaient déjà, Charles et Valentine marchant devant en silence, Juliette suivant derrière avec Bell. Elle jeta un regard vers les deux hommes pour s'assurer qu'ils n'entendaient pas et dit :

— J'ai le sentiment que tout cela est ma faute. C'est moi qui vous ai encouragée.

— Comment cela pourrait-il être votre faute ? Saviez-vous que Catherine allait revenir ?

— Non. Je pensais que c'était impossible. Aucun de nous ne le savait. Elle est arrivée, comme cela.

— Quand ?

— Il y a deux jours.

Oui. Le soir où Charles était venu à *La Girafe*. Avait-il essayé de fuir ou se de prouver quelque chose ?

Quoi qu'il en soit, sa résolution l'avait trahi et ils s'étaient perdus. Ils traversèrent la route étroite qui séparait le château des vignes. Charles ouvrit la haute grille et ils passèrent sous la voûte qui portait les armoiries des Gillesmont, battues par les intempéries.

Les vendangeurs revenaient juste de leur déjeuner dans la cuisine de Mme Robert, et ils se penchaient sans grand enthousiasme sur les grappes. Les pieds de vigne des rangées situées en face des visiteurs étaient dépouillés de leur raisin, et les allées tassées par les lourdes bottes des vendangeurs. Pour Bell, il flottait dans l'air un parfum merveilleux après la tension étouffante de la salle à manger du château. C'était si net, ici, si riche de fruits mûrs et de terre humide.

Jacopin arrivait vers eux, son visage ridé rayonnant de plaisir. On se serra la main à la ronde et Valentine dut se baisser pour arriver à hauteur du petit homme.

— Bonjour, bonjour. Tout marche parfaitement. Dans trois ou quatre jours — une semaine tout au plus — nous serons tranquilles. Mais, monsieur, on me dit que vous n'avez même pas encore commencé à Larue.

— Vos gars sont au courant de tout. Mais nous avons encore tout le temps.

— Ah, j'espère que vous ne vous trompez pas.

— Moi aussi, Jacopin, mais je ne pense pas me tromper.

Charles alla parler avec ses hommes et Juliette était déjà au labeur. Bell la vit avec sa hotte, déjà courbée sur son labeur, et elle brûlait d'aller la rejoindre. Elle enviait à Juliette son rôle, le fait qu'elle faisait partie de Reynard. Bell ne pouvait oublier qu'elle n'était ici qu'une visiteuse. Et elle serait toujours une visiteuse, désormais.

Avec Valentine à ses côtés, elle suivit Jacopin jusque dans les vignes où travaillaient les vendangeurs aujourd'hui. En bout de rangées se tenaient les petits chariots, attendant d'être remplis par les hottes individuelles. Après quoi, les chariots allaient à leur tour jusqu'à un plus vaste chariot qui ramenait les grappes jusqu'aux chais.

Valentine se baissa pour prendre et laisser couler dans ses doigts la terre pierreuse, tout comme il l'avait fait sous le rude soleil de Dry Stone. Rien n'échappait à ses yeux bleus : les vieux ceps noueux et sombres, sévèrement taillés pour permettre la luxuriance de la récolte de cette année. Il cueillit une des lourdes grappes et en frotta les grains noirs du bout des doigts, comme s'il s'était agi du cou d'une femme. On entendit à peine son soupir, mais il n'échappa pas à Bell.

— Que se passe-t-il ? demanda-t-elle d'un ton léger. Vous perdez votre confiance ?

Valentine se pencha et laissa tomber la grappe dans la hotte la plus proche.

— Non, princesse, rien de tel. Je me dis seulement que si nous avions tout ce passé derrière nous et cette solide croissance, nous serions les plus grands du monde.

— Si nous... ?

Valentine leva les yeux sur elle, louchant sous le soleil, un instant sérieux avant que son visage n'éclate d'un grand sourire.

— Je n'entendais pas nécessairement vous et moi. Je veux dire que des gens comme nous n'appartiennent pas à ce monde, expliqua-t-il, embrassant d'un geste les vendangeurs, les vignes, le château et sa pierre dorée, de l'autre côté. Vous et moi sommes des parvenus. Peut-être ne possédons-nous pas les mêmes avantages, ou les noms qui conviennent, mais il nous reste la tête, et les tripes. Nous finirons par gagner.

Il se redressa et essuya la terre au bout de ses doigts. Et puis, à la surprise de Bell, il lui caressa la joue.

— C'est ce que j'aime chez toi. La tête et les tripes. Je ne sais pas très bien ce que tu fais ici, mais je suis sûr que tu te montres brave, d'une manière ou d'une autre.

Et il ajouta, dans un murmure et avec une voix dont Bell retrouva aussitôt les accents familiers :

— Je voulais peut-être dire toi et moi.

Que voulait-il dire ? Une nouvelle fois, Bell se sentit rougir stupidement, et puis elle revit ce sourire arrogant et conquérant qui, naguère, l'excédait si fort. Elle s'éloigna de lui, pour se protéger, ne sachant quoi répondre qui empêcherait Valentine de poursuivre sur ce terrain. Tout ce qui lui venait à l'esprit lui semblait dérisoire. Du moins Valentine se détourna-t-il. L'instant était passé.

Bell osa tourner la tête pour voir si Charles les regardait. Non. Il était en train de donner ses ordres à un petit groupe de vendangeurs. Mais Valentine avait suivi son regard et la surprise se lisait sur son visage, maintenant.

— Je ne sais pas très bien ce que tu fais ici, répéta-t-il, mais je viens d'en avoir une idée.

Bell sentit son cœur bondir. Tout se figea soudain. Il n'y eut plus le moindre bruit, sauf le chant d'un merle dans un peuplier.

— Ce que je fais ? dit-elle d'un ton léger. J'essaie de gagner ma vie. Je m'évade de Londres. Quelle importance ?

Sa voix lui parut bien artificielle.

— Aucune. Mais je n'aimerais pas te voir te mettre dans la panade.

— Pas de danger.

Je suis déjà dans une sacrée panade.

— Très bien. On rentre ? Tout ce que je vois ici m'a convaincu que le baron fait un sacré bon boulot.

« Il n'a rien deviné, se dit-elle, soulagée. S'il avait deviné, il n'aurait pas résisté au plaisir de remuer le couteau dans la plaie. » Dangereux Valentine. Bell ne pouvait oublier l'antagonisme qui bouillait sous la surface de la trêve précaire. Quel que soit le jeu que jouait Catherine de Gillesmont, mieux vaudrait pour eux tous que les deux hommes demeurent chacun dans un monde différent. Le soulagement ressenti par Bell de ne pas avoir été percée à jour ne l'empêcha pas d'être prise de court par la question apparemment désinvolte de Valentine.

— Tu es toujours aussi occupée ? Pourquoi ne dînerions-nous pas ensemble mercredi ? Je passe te prendre chez Lapotin et nous irons dans un endroit amusant.

Bell chercha des excuses, puis y renonça. Valentine lui était toujours aussi sympathique, elle en était bien consciente, et ce serait une agréable diversion d'aller dîner avec lui au cours d'une semaine totalement vide sans cela.

— Eh bien... oui, d'accord, dit-elle timidement.

Il lui tapota l'épaule, satisfait, arborant son plus grand sourire.

Charles quitta ses hommes, et Bell et Valentine s'approchèrent.

— Il faut que je rentre à Vayonnes, lui dit Bell.

Leurs regards se croisèrent un bref instant.

— Bien sûr, répondit Charles.

Sans plus.

— Au revoir, dit Bell, qui se tourna pour partir tandis que Charles ne faisait aucun geste pour l'arrêter. Bell sentit la colère la gagner. Il venait de l'exclure de sa vie, aussi fermement que si on avait tiré une porte d'acier entre eux. Il n'avait rien dit et la présence de Catherine à Reynard était inexplicable, mais elle rendait celle de Bell impossible. En se retirant, elle sentit qu'elle abandonnait là, dans les vignes de Reynard, son univers tout entier.

En passant sous la voûte, elle se retourna pour un dernier regard. Elle aperçut la tête blonde de Charles et son profil aquilin, de nouveau plongé dans sa tâche. Les pieds de vigne, autour de lui, donnèrent à Bell, en cet instant, l'impression de constituer les emprises d'une vaste prison. Les chariots continuaient leur mouvement incessant, le merle chantait toujours dans les arbres.

Au revoir. Adieu.

Et Bell aperçut Juliette qui arrivait en courant vers elle au milieu des ornières. Ses cheveux dansaient en vagues épaisses par-dessus le col de sa salopette. Bell attendit que la jeune femme vienne pratiquement se heurter à elle et la serre dans ses bras.

— Je voudrais venir vous voir, lui souffla-t-elle. Je peux ?

— Oui, je vous en prie. Ne vous inquiétez pas, Juliette. Ça va. Ou du moins ça ira.

Juliette put lire toute la détermination et une légère moquerie d'elle-même tout au fond du regard de Bell. Oui, ça irait pour son amie, elle le savait. Elle s'en tirerait. Non sans mal, mais elle s'en tirerait.

Valentine arrivait également, les mains dans les poches, et Bell put l'entendre siffloter. Ce qui ramena dans son souvenir les matins ensoleillés de Dry Stone et le soleil se reflétant sur le bleu de la piscine. C'était bien loin.

Juliette lui fit un signe de la main avant de se remettre au travail.

Bell afficha un air désinvolte face à Valentine avant de s'éloigner.

— Pourquoi ne pas venir bientôt à Larue ? lui demanda-t-il, alors qu'ils traversaient la route ensemble et remontaient l'allée en courbe.

— Oui, je passerai bientôt, répondit Bell qui n'en pensait pas un mot.

— Disons samedi matin. Viens voir le début des vendanges.

Au pied des marches du château, il lui ouvrit la portière de sa petite Fiat. Bell joua avec ses clés d'un air absent, sans se rendre compte qu'elle regardait inconsciemment la façade immaculée du château devant elle, essayant d'en graver à jamais l'image dans son esprit. Il était si beau. Si douloureusement beau. Elle eut l'impression de l'aimer d'un amour presque physique.

Reynard... Charles... et Reynard.

Ses doigts se refermèrent sur son porte-clés et elle mit le contact. Valentine se recula. Elle était si intensément plongée dans ses adieux secrets qu'elle ne remarqua pas son air rembruni

— Prends bien soin de toi, Bell, crut-elle entendre.

Et puis apparut Catherine, mince et brune, à côté de Valentine.

— Revenez nous voir, un de ces jours, voulez-vous ?

Bell trouva un ultime sourire à lui adresser avant de démarrer. La dernière image qu'elle garda fut celle de Catherine et de Valentine remontant ensemble les marches et passant la lourde double porte.

Elle se sentit envahie de nouveau par la jalousie et l'amertume.

CHAPITRE X

Journées interminables. Journées qui ne menaient nulle part, qui ne signifiaient rien.

Bell se sentait complètement déphasée par rapport au reste du monde tandis qu'elle effectuait ses sinistres déplacements aller-retour vers Bordeaux. Tout autour d'elle, chacun goûtait les fruits de son année de labeur. Lentement, on avait dépouillé les vignes de leurs grappes et les lourds chariots avaient rentré leur butin. Chaque soir, en passant, elle voyait des groupes de vendangeurs qui fêtaient la rentrée des dernières grappes. On faisait circuler des bouteilles de vin de bouche en bouche, et, quand on arrivait à la lie, les dernières gouttes étaient libéralement versées sur la terre épuisée, en un geste symbolique destiné à lui rendre sa fécondité pour l'année à venir. Une fois les vendanges terminées, il y aurait des fêtes dans les châteaux, des réunions pleines de jovialité où les vendangeurs danseraient avec la femme et les filles du proprié-taire, où les tables seraient chargées de mets appétissants, où le vin coulerait et coulerait encore au son du violon et de l'accordéon.

L'événement de l'année.

On jubilait, dans le commerce du vin. Ce serait une grande année, se murmuraient les négociants dans les restaurants de la ville. Une année classique.

Bell avait l'impression d'être la seule personne à ne pouvoir se réjouir avec le monde des vendanges. Elle se sentait déplacée, incapable, même, de trouver en elle une larme ou de ressentir de la colère depuis qu'elle était rentrée de Reynard. Non, elle ne ressentait que la douleur d'une immense déception et toute l'amertume de la frustration. Parfois, seule dans son petit bureau ou dans sa maisonnette silencieuse, elle songeait à ces jours du début de l'été. « J'ai tellement changé, se disait-elle, que j'ai du mal à retrouver en moi la Bell débordante de vitalité. » Après le départ d'Edward, elle s'était sentie triste, mais pleine d'assurance également, et tout excitée par la nouvelle vie qui l'attendait. Et que lui restait-il de tout cela maintenant ? Certes, elle était indépendante, mais cette indépendance ressemblait fort à de la solitude. Elle avait trouvé le calme, mais un calme qui était plutôt triste isolement que sérénité. Charles lui avait ôté toutes ses certitudes et l'avait laissée désemparée. Il était difficile de ne pas en concevoir du ressentiment et impossible de ne pas lutter pour le reprendre, d'une manière ou d'une autre. Mais, pour l'instant, elle ne savait que faire, et ainsi s'écoulaient les journées inutiles.

Il y avait du travail chez Jacques Lapotin. D'énormes commandes arrivaient de ses clients de France et de toute l'Europe.

Bell, assise à sa machine, complétait des formulaires de connaissement et douaniers en cinq exemplaires et elle tapait les lettres de Lapotin sur son épais papier à lettre crémeux et à en-tête gravé. C'était un travail ennuyeux et apaisant, mais elle travaillait dur pour oublier. Elle commença à prendre les coups de téléphone destinés au négociant, traitant avec diligence et tact les demandes arrivant de toutes parts. Lapotin la considérait avec un regard nouveau, appréciateur, murmurant :

— Bien, bien, très intelligente.

Et puis, fidèle à sa parole, le mercredi soir Valentine passa la prendre pour aller dîner. Jacques Lapotin était déjà rentré et Bell remettait la housse sur sa machine à écrire honnie. Elle avait délibérément et complètement oublié l'invitation de Valentine, réalisa-t-elle avec un petit choc, en descendant sans enthousiasme ouvrir au coup de sonnette insistant à la porte d'entrée.

Valentine était là, appuyé contre les barreaux de fer forgé, le col de son blouson de cuir remonté par-dessus une épaisse écharpe de soie, les mains dans les poches de son jean. Au-dessus des vêtements sombres brillait le regard bleu.

— Oh, parfait, dit-il avec un sourire en la voyant. Je suis content de voir que tu ne t'es pas habillée non plus.

Involontairement, Bell porta les mains au col de son pull rouge, puis baissa les yeux sur son pantalon de velours côtelé et sur le bout de ses bottes de cuir, mais avant qu'elle ne puisse songer à une repartie, Valentine la serrait dans ses bras. Elle fut trop heureuse de sentir la chaleur qui émanait de lui pour résister et elle se laissa aller un instant, le visage contre l'épaule de Valentine et celui de Valentine enfoui dans ses cheveux.

— Allons, viens, lui dit-il enfin. Mets ton manteau. Et tu auras besoin de ça.

Le casque de moto noir, jumeau du sien, dansait au bout de son bras.

— Non, dit-elle faiblement, mais Valentine ne voulut rien entendre.

— D'abord, nous allons nous mettre sérieusement en appétit, et ensuite nous allons le satisfaire. Je parle du dîner, bien sûr, lui dit-il avec son vieux sourire arrogant mais débordant d'affection également.

Bell se mit à rire elle aussi.

Valentine roulait si lentement dans l'air nocturne que Bell n'avait aucune raison de se montrer inquiète. Ils quittèrent la ville par l'est et roulèrent à travers la calme campagne. Une fois sortis de la circulation, ils prirent des routes secondaires, puis plus petites encore, jusqu'à ce qu'il semble qu'ils fussent les seuls à bouger dans le paysage. Bell se sentait complètement détendue contre le dos de Valentine. L'air du soir, qui leur fouettait le visage, était vivifiant et Bell se dit que Valentine avait raison — la promenade lui avait creusé l'appétit. Un peu de sa tristesse s'envola et elle resserra son étreinte sur la taille de Valentine. Aussitôt, il se retourna avec son sourire étincelant.

Ils s'arrêtèrent enfin sur la place banale d'un village tout aussi banal. *Les Trois Canetons*, annonçait l'enseigne légèrement de guingois, accrochée au mur de stuc un peu pelé de l'unique auberge. Bell regarda autour d'elle, étonnée, mais Valentine demeurait impassible.

— Je n'ai pas encore assez faim, lui dit-il. Marchons un peu d'abord.

Avançant d'un pas rapide, il grimpa une petite route, à peine plus large qu'un chemin, qui escaladait une colline en dehors du village. Ils continuèrent à monter en silence un moment et Valentine s'arrêta, enfin, pour s'accouder à un échalier bas. Bell s'installa à côté de lui et, ensemble, ils regardèrent dans le soir qui tombait les lumières du village qui s'allumaient l'une après l'autre. L'air sentait le feu de bois et, plus subtilement, la cuisine.

— J'adore tout cela, dit simplement Valentine.

Bell lui jeta un regard de côté et le trouva profondément absorbé, fixant quelque chose au-delà du paysage qui s'étendait devant lui.

« Comme il ressemble à Charles », se dit-elle, se rappelant la calme fin d'après-midi dans le petit bois enchanté au-dessus du Médoc. « Vous avez au moins cela en commun. Vous aimez la terre autant que vous aimez les gens. Même les plus proches. Davantage, parfois. »

Soudain, Valentine la prit dans ses bras. Elle sentit son souffle tiède sur son visage.

— Bell, veux-tu...

Elle se sentit envahie par un sentiment de défense, par l'appréhension, la peur, et fut surprise par la véhémence avec laquelle elle l'arrêta.

— Non. Ne me demande rien, Valentine. Je ne peux pas, pas maintenant. C'est impossible. Je t'en prie.

Valentine la lâcha aussitôt et son visage prit un air un peu narquois. Pendant un long instant, le silence s'installa entre eux, et Bell put entendre la cloche de l'église du village voisin qui sonnait, monotone. Et le sourire revint sur le visage de Valentine, plus cynique que jamais.

— Bon. Dans ce cas allons au moins satisfaire un de nos appétits.

Il lui prit la main et ils redescendirent la petite colline en courant. À chaque enjambée, Bell se sentait davantage soulagée. Elle ne voulait pas savoir ce que Valentine avait été sur le point de lui demander. Il ne recommencerait pas, et cela lui suffisait. Elle devait le tenir à distance, à tout prix.

Quand ils arrivèrent, soufflant et le visage rouge, à la porte des *Trois Canetons*, Bell vit que la place était maintenant pleine de voitures, depuis les grosses Citroën jusqu'aux 2CV poussiéreuses. Et Valentine la fit entrer. La grande salle était brillamment éclairée, embuée et pleine de dîneurs assis à de grandes tables. Mais la servante, rondelette, les conduisit jusqu'à une petite table pour deux, à demi dissimulée du reste de la salle par une séparation de bois. « Ils doivent nous prendre pour des amoureux, se dit tristement Bell. Comme ce serait facile, si seulement les choses s'étaient passées différemment. »

Eh bien, inutile de revenir sur les « si seulement ».

Bell reporta son attention sur le présent et regarda autour d'elle.

— Pas de menu ? demanda-t-elle à Valentine avec un effort pour retrouver une voix normale.

— Pas le moindre choix, répondit-il, avec un haussement de sourcils moqueur. Contente-toi d'avaler chacune des bouchées de ce qu'on te donnera et tu diras merci.

De fait, ce fut un excellent repas, dans la meilleure tradition paysanne bordelaise. On ne servit aucun de ces petits plats, artistement présentés, dont raffolaient les restaurants élégants de la ville. Ici, il s'agissait de portions pour travailleurs de force, servies dans d'épaisses assiettes blanches, et sans cérémonie ni chichis. Il y eut une crémeuse soupe aux légumes, dont on reconnaissait chacune des composantes, de merveilleux pâtés de gibier, un poisson en sauce aux câpres, du canard rose et doré sans autre préparation que son propre jus, le plus grand assortiment de fromages que Bell eut jamais vu et une tarte fondante aux fruits de fin d'été.

— Tu vois ce que je voulais dire quand je parlais d'arriver avec un solide appétit ? lui demanda Valentine, souriant.

Ils mangèrent tout, avec avidité, accompagnant le repas d'un *cru bourgeois* local. Ils échangèrent des banalités, comme de vieux amis goûtant le plaisir de se retrouver ensemble.

— Les vieux oracles ont raison, dit Valentine. Le mauvais temps arrive. Nous commençons à vendanger à la fin de la semaine.

— Pourquoi pas avant ? Mieux vaut être prudent.

— Je suis un joueur, Bell, pas comme toi. Tu te souviens de Vegas ? demanda Valentine avec un grand sourire qui découvrit ses dents blanches sur son visage bronzé, alors qu'il attaquait les os de son canard avec un plaisir manifeste. J'ai dit que nous ne commencerions pas avant la fin de la semaine et nous se commencerons pas avant. Chaque jour de soleil compte, tu sais, et d'après mes informations il nous reste encore bien du temps. Tu verras que j'ai raison.

Une seule fois, ils furent bien près de briser la mince couche de glace qui leur permettait de conserver à cette soirée toute sa gaieté.

— Viendras-tu voir le début des vendanges samedi ? demanda Valentine.

Compte tenu de son humeur du moment, Bell n'avait nulle envie de s'engager à quoi que ce fût. En outre, restait le faible espoir que Charles reviendrait vers elle, et elle ne pouvait supporter l'idée de ne pas être là pour lui.

— Non, dit-elle, aussi gentiment qu'elle le pût. Je ne crois pas.

Valentine lui prit le bras, furieux soudain.

— Pourquoi pas ? Tu étais bien chez ce foutu baron, non ? dit-il avec quelque chose comme du mépris dans le regard. Ne me dis rien. Est-ce que tu es en train de t'imaginer que tu es amoureuse de lui, comme une gosse un peu demeurée ? C'est pour cela tout ce mystère ? Si c'est bien ça, tu es bien plus stupide que je l'aurais cru possible. Tu ne vois donc pas clairement ce qu'il représente, avec son château et son code, ses quatre cents ans de foutu héritage et sa femme, pour l'amour de Dieu ? Où crois-tu trouver ta place là-dedans ?

Bell retira sa main. Elle était toute pâle mais ce fut d'une voix ferme qu'elle lui répondit :

— Tais-toi, Valentine. Tu te trompes complètement, et de toute façon ça ne te regarde pas. D'accord, je viendrai à Larue samedi, si c'est si important.

Valentine poussa un soupir d'exaspération.

— C'est important, princesse. Fais comme tu voudras. Oh, merde, buvons une autre bouteille de vin et parlons d'autre chose.

Ensemble, bien décidés l'un et l'autre, ils avaient de nouveau tiré le rideau sur leur querelle.

Il était tard quand Valentine réduisit les gaz de sa moto en pénétrant dans la cour de *La Girafe*. Bell descendit et resta un instant, hésitante, la main sur le bras de Valentine. Il l'attira brutalement à lui et, tandis que leurs bouches se trouvaient, Bell sut qu'il avait toujours envie d'elle et que cela lui donnerait toujours envie de lui, comme maintenant.

— Laisse-moi entrer, souffla-t-il.

— Non, dit-elle d'une voix qu'elle espéra plus ferme qu'elle. Bonne nuit, Valentine, et merci.

Il se détacha d'elle d'un mouvement brusque et la moto disparut dans la nuit.

Lentement, Bell traversa la cour pavée jusqu'à sa porte. Elle aimait bien Valentine, elle l'aimait de plus en plus, et il ne lui était pas plus facile de lui résister maintenant qu'en Californie.

Et cependant. Il n'était que Valentine. Charles était bien différent de lui, comme de tous les hommes qu'elle avait connus. C'était Charles qu'elle voulait, et tout ce qu'il représentait, et c'était à cette idée de Charles qu'elle se raccrochait à chaque heure de la journée. Tant qu'elle demeurait à Bordeaux, et tant qu'elle comptait pour Charles — et elle était certaine de compter — l'espoir subsistait.

La maisonnette lui sembla plus vide et plus solitaire que jamais ce soir-là.

Un autre soir, Juliette vint la voir. Les coups timides frappés à la porte lui rappelèrent le soir où elle avait trouvé Charles en ouvrant. Même maintenant, elle ressentit un choc en revoyant son visage sous les taches de rousseur de Juliette et la couleur familière de ses cheveux.

Tout d'abord, les deux femmes se montrèrent gênées dans leurs rapports.

Juliette avait perdu sa vivacité, assise là dans le fauteuil, les jambes repliées sous elle. Bell fit du café, allant s'occuper dans la cuisine en essayant de penser à quelque chose d'amusant qu'elle aurait pu lancer par la porte ouverte.

— Valentine m'a invitée à dîner, dit-elle enfin. Nous sommes allés aux *Trois Canetons*. J'ai beaucoup aimé.

Elle posa le plateau sur le tabouret bas, à côté de Juliette.

— Oh, Bell, dit celle-ci, lui prenant impulsivement le poignet. Vous devez vous sentir si seule ici.

— Pas tellement, en fait. Je travaille beaucoup, et les Durand sont juste en face.

Il y eut un petit silence avant qu'elle demande, incapable de s'en empêcher.

— Comment va-t-il ? Que fait-il ?

Elle se mordit aussitôt les lèvres et se rembrunit devant la perte de son calme apparent, mais Juliette manifesta d'un signe de tête complice qu'elle comprenait.

— Le travail. Toujours le travail. Il est dans ses vignes de l'aube au crépuscule. Après quoi il passe la nuit assis dans son bureau. Mais demain est le dernier jour, et quand il n'aura plus les vendanges pour s'absorber, il va lui falloir affronter la situation.

— Que se passe-t-il ?

Bell répugnait à se montrer indiscrète, à essayer d'arracher des précisions sur le mariage de Charles à sa sœur, mais il lui restait si peu d'amour-propre. Elle voulait savoir. Juliette regarda un instant son amie puis posa sa main sur la sienne.

— Catherine veut qu'il lui revienne. Elle se bat pour cela.

— Je le sais, souffla Bell. Et Charles ?

— Je ne sais plus. Je n'arrive plus à lire en lui. Je crois qu'il lutte, également, mais c'est surtout en lui.

Il lutte. Contre quoi, ou contre qui ?

Soudain, les yeux de Bell s'emplirent de larmes. Elle les sentit un instant brûler sous ses paupières puis rouler sur ses joues. Cela lui fit du bien de pleurer.

Juliette allait dire quelque chose, son visage témoignant de toute sa sollicitude, mais Bell secoua la tête.

— Je préfère rester seule. S'il vous plaît.

Juliette se retira. La porte fit entendre un long grincement derrière elle avant de se refermer sur la solitude de Bell.

Bell monta lentement les escaliers, jusqu'à l'obscurité de sa chambre, et se jeta en travers du haut lit. Vaguement, au fond de son souvenir, elle crut pouvoir ressentir la tiédeur de Charles à côté d'elle.

Quand elle eut bien pleuré, elle s'endormit.

Dès qu'elle s'éveilla, Bell sut que quelque chose avait changé. Elle resta un instant sous les couvertures, se demandant ce que cela pouvait bien être. Et puis elle réalisa. La lumière, bien sûr. À travers les minces rideaux ne filtrait pas le moindre soleil.

Quand elle se leva et posa les pieds sur le linoléum à fleurs, elle sentit le froid. Il faisait froid dans la chambre, aussi ; elle pouvait voir la légère buée de sa respiration.

Elle passa un pull par-dessus sa chemise de nuit et descendit pour regarder le ciel. D'un horizon à l'autre, il était marbré de légers nuages élevés, et un petit vent frais et insolite soufflait du nord-ouest. Alors que Bell se tenait sur le pas de sa porte, à goûter l'air frais, Mme Durand sortit dans la cour.

— Il va vous falloir des poêles à mazout chez vous. Durand va s'en occuper.

Bell rentra pour passer un gros pull et des bas. Elle se sentit tout engoncée dans les lourds vêtements après avoir goûté, pendant l'été, la pleine liberté de ses mouvements. Et puis elle songea à Valentine. « J'espère que tu n'as pas attendu trop longtemps. »

Comme pour lui répondre, le bruit de sa moto se fit entendre dans la rue voisine. Un instant plus tard, Valentine pénétrait dans la cour sur le même engin bleu métallisé qu'elle avait vu à Reynard. Il leva les yeux sur les fenêtres de l'auberge. Bell le regarda depuis le havre de sa maisonnette, assis calmement sur sa moto, dans son blouson de cuir, ses cheveux bruns hérissés par le vent. Elle réalisa qu'elle essayait quelque peu de se cacher et, en même temps, que c'était parfaitement ridicule. Elle était heureuse de le voir. Elle n'était pas certaine d'avoir pu trouver l'énergie nécessaire pour se rendre à Larue aujourd'hui, malgré la promesse faite.

Elle sortit. Ses cheveux n'étaient pas encore brossés et ils tombaient en cascade sur son pull bleu marine. Valentine la regardait, sans dissimuler son admiration.

— Je te retrouve telle que tu étais à Napa, lui dit-il avec un baiser rapide au coin de la bouche. Je suis venu te chercher pour t'emmener à mon château.

Bell grimpa sur la moto, lui passa les bras autour de la taille et ils démarrèrent. Elle ne ressentait plus cette peur qu'elle avait connue en Californie. Pour elle, la promenade d'aujourd'hui était comme le vol d'un oiseau au-dessus de la route des vignobles, coupant les virages en de gracieuses courbes.

Avant qu'elle ait le temps d'y penser, Reynard se détacha devant eux puis disparut. Bell garda le visage tourné, un peu lâchement, mais elle vit que les vignes étaient désertes. La récolte de Charles était en sécurité.

À cette pensée, Bell leva de nouveau la tête pour regarder le ciel, devenu plus gris maintenant et avec des tons jaunes et menaçants. Instinctivement, elle serra davantage la taille de Valentine et retrouva la protection de ses épaules.

Ils traversèrent les vignes désertes et laissèrent derrière eux le château, où on allait consacrer maintenant toute l'attention aux grandes cuves à l'intérieur des chais.

Devant eux, apparut la silhouette carrée d'un autre château. Valentine se retourna et se pencha pour que Bell puisse le comprendre.

— C'est là, hurla-t-il. Tu vois ?

Ici, la route partait sur la droite, laissant le bâtiment niché au milieu des vignes au lieu d'en être séparé. Valentine ralentit devant les grilles de fer forgé au dessin complexe, et ils se glissèrent entre les piliers de pierre pour arriver dans le vignoble de Larue-Grise.

Des hommes en cirés jaunes s'agitaient au milieu des vignes. Et derrière eux, Bell remarqua le jaune étincelant d'une vendangeuse mécanique toute neuve. L'engin tournait, au point mort, au bout des longues rangées.

— Viens voir la cueillette des premières grappes, lui dit Valentine avec un sourire enthousiaste.

Il fit un signe au conducteur et l'engin se mit en route dans un grondement assourdissant.

Les bras argentés des rotors, brillant de toute leur huile, s'approchaient de plus en plus des grappes qui pendaient. Dans le bruissement des feuilles et le craquement des tiges, les lourdes grappes commencèrent à tomber sur le tapis roulant qui les emportait vers la trémie, fruit, râpe et bois tout ensemble. Et là, toujours sans sortir du vignoble, les grappes allaient être dépouillées et leurs grains tout prêts pour le pressoir.

Bell regardait, fascinée. Elle avait déjà vu de tels engins en action, mais jamais ils ne lui avaient paru travailler avec une telle douceur dans l'automatisme. Un mouvement, sur le côté, attira son regard, et elle se tourna pour découvrir Bob Cornelius.

— Ça marche vraiment, lui dit-elle en souriant, avant de reporter son regard sur la machine.

Valentine, grimpé à côté du conducteur au teint basané, lançait ses instructions tandis que le monstre métallique poursuivait son avance.

— Oh, oui, ça marche, dit Bob. J'espère seulement que ça marchera assez vite.

— Pourquoi ?

— Le temps a changé plus vite que prévu. Un orage arrive.

— Oh, non !

— Oui. Et nous avons un sacré boulot à faire, dit Bob qui arborait un air soucieux, insolite chez lui, derrière ses lunettes rondes.

Valentine, descendu de l'engin, arrivait vers eux en courant.

— La météo est mauvaise, lui cria Bob dans le vent qui soufflait plus fort.

Ils se tournèrent tous les trois vers le nord-ouest où s'accumulaient les nuages, lourds et gris maintenant, puis de nouveau vers l'engin qui avançait en tâtonnant à travers les pieds de vigne. Il paraissait beaucoup plus petit, soudain, jouet picorant dans l'immensité du vignoble. Valentine avait les sourcils froncés et le visage sombre. Bell savait à quoi il pensait. Une grosse pluie et un vent fort seraient une vraie catastrophe maintenant.

— Il n'y a rien que nous puissions faire, dit-il avec un haussement d'épaules et une gaieté forcée dans le ton, sinon continuer. Nous pourrons peut-être encore nous en sortir.

Il jeta un coup d'œil sur l'engin pour s'assurer que les grappes continuaient toujours à tomber sur le tapis roulant, puis il fit un signe à l'un des hommes en ciré jaune qui veillait à la bonne marche de la machine. C'était le contremaître-vendangeur, un Espagnol brun de poil et de peau avec un visage de Greco.

Bell remarqua, alors que Valentine lui donnait un flot d'instructions laconiques, que son espagnol était aussi bon que son français, courant et idiomatique malgré un fort accent.

— Et maintenant, ajouta-t-il en se tournant vers eux, allons boire un café.

269

Avec le vent mauvais qui soufflait plus violemment, ils gagnèrent la maison en silence.

Bell remarqua que Larue-Grise était plus petit qu'elle l'avait imaginé d'après la seule reproduction qu'elle en avait vue — l'aquarelle, se rappela-t-elle, désabusée, accrochée au mur, en face du pied du lit de Valentine, à Dry Stone. Il ne possédait pas la perfection de Reynard, mais paraissait en quelque sorte plus chaleureux, comme une femme qui rirait comparée à une beauté figée. On y avait ajouté des morceaux çà et là au cours des années ; on avait manifestement agrandi la maison pour satisfaire les besoins de la famille, avec une autre aile ici et deux fenêtres percées dans un mur, là. Bell se souvint avec émotion que c'était jadis le château de la famille d'Hélène de Gillesmont. Ses ancêtres étaient sans aucun doute plus détendus qu'elle. La pierre des murs était de la même couleur que celle de Reynard, et les hautes fenêtres de la façade principale étaient disposées de la même façon, mais les deux bâtisses étaient aussi différentes que leurs propriétaires.

— Qu'en penses-tu ? demanda Valentine avec de l'orgueil dans la voix. Ce n'est pas tout à fait Versailles, mais je l'aime bien.

— Moi aussi, répondit simplement Bell en regardant la masse des géraniums écarlates et tardifs dans la jardinière de pierre près de la porte d'entrée. Ils paraissaient incongrus dans cette lumière froide et, déjà, quelques pétales tombées commençaient à joncher le sol.

— *Saison de brumes et de douceur stérile*, cita-t-elle doucement, songeant que l'automne venait de leur être enlevé et qu'ils avaient en face d'eux le visage désolé de l'hiver.

Le regard de Valentine croisa le sien et on y lisait comme un sourire tout au fond.

— *Ami cher à mon cœur et qui mûrit les fruits,*
Conspirant au soleil pour charger de bienfaits

— *La vigne qui grimpe et court le long des avant-toits*, finit-il pour elle.

— Cela ne ferait pas une mauvaise épigraphe. Nous avons eu notre soleil qui mûrit les fruits. Prions Dieu maintenant pour que le fruit ne soit pas détruit par l'orage.

Bob les regardait, n'y comprenant manifestement rien.

— Keats, Bob. Un de nos poètes favoris à Bell et à moi, expliqua Valentine en la prenant dans ses bras.

Pendant un instant, Bell se laissa aller contre lui. L'un et l'autre songeaient à la plage dans la nuit, à l'air salé, au Pacifique qui battait devant eux et à l'unique et brillante étoile suspendue dans le ciel.

Ce fut Valentine qui finit par se détacher.

— Le café, leur rappela-t-il. Et ensuite on retourne au boulot.

On retrouvait à l'intérieur la même haute entrée et le même grand couloir qu'à Reynard, ainsi que l'escalier de pierre en courbe, mais moins grand. Quelque part, une horloge faisait entendre son tic-tac. Valentine ouvrit les portes du salon à Bell. La pièce étincelait de bois fraîchement poli et la lumière se reflétait depuis de hauts miroirs. Dans un coin se dressait une petite épinette, dans un autre un cabinet qui avait dû constituer une pièce de choix dans une salle de ventes.

— Tout est parfait, murmura Bell, songeant que la collaboration d'Hélène et de Valentine dans la restauration de la maison avait manifestement été un succès.

Cependant, elle ne parvenait pas à s'imaginer Valentine assis là le soir, son jean et ses tricots contre la soie imprimée des chaises et des canapés.

— Je vois ce que tu veux dire, fit Valentine en souriant. En entourant tout cela de cordes rouges, je pourrais faire payer une paire de dollars aux visiteurs.

Bell le suivit dans le couloir jusqu'à la cuisine.

— Bob et moi vivons de hamburgers ici, expliqua-t-il.

La cuisine appartenait à un monde différent, avec son désordre confortable, ses innombrables tasses à café et bouteilles sur la table et une poêle qui avait beaucoup servi à portée de la main. Et, au milieu de tout cela, une radio à transistors déjà allumée.

— Chut ! fit Valentine, la main levée. Mais c'était inutile car ils se figèrent tous les trois dans le plus grand silence, alors que l'annonceur français commençait à lire la météo marine...

— ... avec vents de force 8... entendit Bell, et pluies violentes et prolongées. Visibilité faible à modérée.

Valentine, tendu, alla couper le son. Jamais Bell ne l'avait vu aussi sombre. Le silence sinistre qui s'abattit sur la cuisine dura

271

jusqu'à ce que Bob murmure de vagues excuses pour le bruit infernal du moulin à café. Valentine, les mains dans les poches, regardait par la fenêtre. L'allure était désinvolte, mais chaque pouce de son corps trahissait la tension intérieure.

— Déjà ? dit-il enfin d'une voix sourde. Je savais que ça arrivait, mais tout le monde s'accordait à dire que ce temps devait se trouver encore sur l'Atlantique, à des jours d'ici. D'où est sorti ce foutu vent ? Ce n'est pas *possible*.

Mais dehors, ainsi que chacun pouvait le voir, c'était tout à fait possible. Le vent arrachait les feuilles et les entraînait à travers la pelouse, et avec le vent arrivait la pluie de la mer.

Ni Bell ni Bob ne trouvèrent quelque consolation optimiste.

Ne sachant pas quoi faire d'autre, Bell se mit à empiler dans l'évier les tasses et les assiettes. Elle réalisa qu'elle avait terriblement faim. Elle n'avait pas pris de petit déjeuner et n'avait pas dîné la veille.

— Est-ce que je peux faire quelque chose à manger ? demanda-t-elle à Bob.

— Oui, bien sûr. Des œufs, du pain, vous trouverez tout par ici. Il y avait un vieux garde-manger, au sol et aux étagères de pierre. Il devait y faire délicieusement bon en été, mais il est glacial maintenant.

Bell leur fit d'énormes platées d'œufs brouillés bien onctueux et servit le café dans d'épaisses tasses bleues et blanches. Et ils s'assirent au bout d'une table de chêne trapue, écoutant le vent. Quelque part, sur le devant de la maison, un volet s'était détaché et claquait contre le mur ; à chaque choc, Valentine semblait se rembrunir davantage. De petites rides apparurent au coin des yeux.

Quand le repas fut terminé, Valentine repoussa son assiette et regarda Bell d'abord, puis Bob.

— Je crois, dit-il doucement, que je me suis peut-être bien foutu dedans cette fois. Mais je vais tenter de rentrer autant de raisin que possible. Veux-tu m'aider, Bell ? Tous les bras...

Bell se leva, lui retournant son regard.

— Tu sais bien que je vais le faire.

— Eh bien, allons-y, Bob ?

Accrochée à un portemanteau, à la sortie de la cuisine, se trouvait une rangée de cirés jaunes identiques à ceux que portaient les vendangeurs. Bell en prit un que Bob lui passa et elle l'enfila.

— Vous aurez besoin de cela aussi, dit-il, ajoutant des gants épais pour se protéger les mains.

Dehors, le ciel était plus noir encore, mais le vent paraissait avoir provisoirement faibli, remplacé par un calme menaçant où le moindre bruit semblait sinistrement amplifié. Tandis qu'elle se tenait là, Bell entendit au loin le bourdonnement d'un avion qui descendait à travers les nuages et, quelque part, le choc régulier d'un maillet sur un pieu.

— Le vent... souffla-t-elle, commençant à espérer, mais Valentine ne tourna même pas la tête.

— Tu n'as jamais entendu parler du calme avant la tempête ?

Alors même qu'il lui disait cela, les premières gouttes de pluie commencèrent à tomber sur le sol de pierre entre les pétales des géraniums. Aussitôt, tous les trois ensemble, ils se mirent à courir.

Les vendangeurs de Valentine étaient répartis au milieu des premières rangées de vigne. Bell songea à la même scène, à Reynard, en les voyant baissés sur leur lente tâche. Mais là, les hottes étaient encore vides et ils étaient trop peu nombreux. Bien trop peu nombreux pour cette immense étendue.

Plus personne ne regardait la vendangeuse mécanique maintenant. Elle avançait lentement, sans personne d'autre pour s'en occuper que son chauffeur impassible. Tous les regards étaient tournés vers les grappes vulnérables et les mains lentes qui luttaient pour les sauver.

Haletante de sa course, Bell prit un panier et un sécateur. Là. Elle allait commencer là. Elle se baissa et saisit la tige de la première grappe. Les gants épais rendaient ses doigts maladroits ; elle les retira et les laissa tomber sans un regard. Les petites tiges lui griffaient la peau tandis qu'elle fouillait, trouvait l'extrémité, la coupait et déposait les précieux fruits dans la hotte. Et puis un autre pied, et un autre encore ; à lever les bras, à couper, à se baisser sur le panier. Et encore, et encore. Elle fit le vide dans son esprit, n'y conservant que le rythme de son travail. Une fois, une seule fois, elle leva les yeux pour voir la distance qu'elle avait pu parcourir et celle qu'il lui restait à parcourir pour arriver au bout de la rangée. Au-delà, elle ne parvenait même pas à imaginer.

Le monde allait se rétrécissant tandis qu'elle avançait, centimètre par centimètre, sur le sol nu et piétiné devant elle, accrochée par les griffes des ceps. Son dos et ses épaules commencèrent à devenir douloureux de se baisser et de ce travail auquel elle n'était pas accoutumée. Mais rien de cela n'importait. Si seulement la pluie voulait bien ne pas tomber.

Bell entendit vaguement Valentine crier quelque chose comme : « ... aussi vite que possible... » et elle se rendit compte qu'il hurlait par-dessus le vent, le vent qui se faisait plus vif, arrivant de nulle part, plus insistant encore. Et la pluie. C'en était fait, maintenant.

Plus vite. Il fallait travailler plus vite.

Se baisser, couper, mettre la grappe dans la hotte. Se baisser, couper, recommencer. En écoutant le vent qui hurlait tandis que la pluie glaciale lui frappait le visage, rabattue par le vent sous un angle cruel, cinglant le cou et lui plaquant des cheveux que Bell essayait de dégager de ses yeux.

Quand enfin la hotte fut pleine, elle la souleva, surprise par sa propre force et l'emporta jusqu'au chariot. Des bras solides lui prirent le panier des mains et le vidèrent. Et elle repartit en courant. La terre sèche buvait la pluie et, déjà, de lourdes mottes lui collaient aux pieds. Valentine se trouvait juste devant elle, ses cheveux bruns plaqués sur son front par l'eau et la sueur. Tandis qu'il se baissait, se relevait, sans jamais regarder autour de lui, Bell jeta un coup d'œil rapide sur son visage et fut surprise d'y découvrir une telle fureur.

« Jamais il ne se le pardonnera », se dit-elle.

Et, de nouveau, elle se replongea dans son morne travail, tous les muscles de son corps douloureux maintenant.

Ne pas s'arrêter encore. Ne pas se reposer. N'y pense même pas. Continue.

Plongée dans sa propre lutte, Bell n'entendit les moteurs des voitures que lorsque les véhicules eurent passé les grilles du vignoble. Et puis, levant les yeux, elle découvrit la Mercedes grise qui s'arrêtait à l'extrémité d'une rangée de vignes. Derrière, arrivait une colonne de chariots à moteur, poussiéreux. Rivée sur place, Bell regarda Charles descendre de sa voiture. Il laissa sa portière ouverte et le moteur tourner et se précipita vers eux. La boue glaciale éclaboussait le cuir brillant de ses chaussures et se collait en laides petites taches sur ses vêtements impeccables. Ses cheveux paraissaient plus foncés sous la pluie. Derrière lui arrivait Jacopin, la salopette bleue au vent, et une équipe de solides vendangeurs, tous courant.

Charles était à peine à portée de voix qu'il lançait à Valentine :

— Voilà du renfort. Où commence-t-on ?

Sur le visage furieux de Valentine, l'orgueil le disputa brièvement au désespoir. Et puis, un autre coup d'œil sur le ciel lui confirma qu'il n'avait pas le choix.

— Par ici, répondit-il. Les paniers du bout.

Les hommes de Charles se dispersèrent avec des mouvements sûrs et se mirent au travail. Avec autant de main d'œuvre, Bell se prit à espérer qu'ils pourraient battre l'orage.

Avant de se replonger elle-même dans son travail, elle fut récompensée par un salut de Charles. Ce ne fut qu'un simple signe de tête, mais on ne lisait aucune surprise sur son visage. Pour lui, il était normal qu'elle se trouve là, parmi les vendangeurs, luttant désespérément pour sauver les fragiles grappes. Bell se remit au travail.

Était-ce son imagination ou le vent tournait-il à la tempête ? Les feuilles étaient maintenant cruellement arrachées de leurs branches. Les grappes qu'elle cueillait étaient humides et poisseuses du précieux jus qui s'en échappait. Un seul coup d'œil sur le ciel et elle vit qu'il était presque noir de gros nuages qui défilaient rapidement.

Et puis, quelque chose lui cingla le visage.

« Non, pas ça. Ce n'est pas possible. Il ne fait pas assez froid. » Mais Bell ressentit le terrible vent glacé et elle sut qu'il faisait assez froid.

C'était la morsure sauvage d'un orage de grêle.

La pluie, arrivant en cours de vendanges, peut faire des meilleurs raisins des raisins médiocres. Mais tous les viticulteurs prient pour que la grêle les épargne. Les petits projectiles glacés déchirent la fine peau du raisin dont la pulpe est perdue. La grêle, c'est le fléau, qui en quelques instants apporte la destruction de la récolte et la ruine de toute une année de labeur et d'espoir.

Lentement, Bell se redressa. Instinctivement, elle se protégea le visage de ses bras. À ses pieds, le sol était déjà d'un blanc grisâtre sous la glace qui fondait et la grêle frappait le raisin avec la force de gravillons.

Devant elle, elle vit Valentine qui se redressait, lui aussi, le visage tourné vers le ciel. Il laissa tomber ses bras le long de son corps et baissa de nouveau les yeux. La fureur avait quitté son visage pour laisser place à l'épuisement de la défaite.

Bell s'approchait déjà pour le serrer contre elle quand elle se rappela Charles. Lui aussi se frottait le visage sous la morsure de la grêle, et lui aussi regarda cette grêle qui fondait à ses pieds. Au-delà, les quelques vendangeurs de Valentine se tenaient, découragés, entre les rangs de vignes et la vendangeuse automatique était plantée, immobile, dans la boue au bout du vignoble.

À côté de Charles, Jacopin, hébété, contemplait le désastre. Un instant, ils restèrent tous là, en silence stupéfiés. Les deux équipes de vendangeurs se retournèrent, les mains vides, et vinrent entourer Charles et Valentine.

Charles s'adressa à Valentine et l'on sentit la compassion et la solidarité dans sa voix. Les manières aristocratiques avaient disparu.

— Si seulement nous avions pu vous aider. Nous aurions battu la pluie. Mais la grêle...

Bell jugea bien insolite de sentir dans son ton un tel aveu d'impuissance.

Valentine se manifesta enfin. Il se tourna vers son rival, hébété, puis fronça les sourcils dans un effort de concentration.

— C'est bien joué, Baron, dit-il d'une voix sans timbre. Mais votre noble geste arrive trop tard.

Tout en parlant, il arracha quelques grains encore accrochés à leur grappe et les brandit comme un trophée.

Ainsi que des robots, les vendangeurs, Charles et Jacopin, Bell elle-même, s'approchèrent de Valentine pour voir. Les peaux des grains étaient lacérées, déchirées, et le jus s'écoulait, comme du sang, de la masse pulpeuse.

On ne ferait pas de vin à Larue-Grise cette année.

Dans le silence, les deux hommes se regardèrent. Bell vit leur visage sous la lumière livide et elle eut peur. Charles, hautain de nouveau, des traits pleins de morgue ciselant son visage. L'aristocrate né, habitué à accorder son aide en seigneur, certain d'en avoir de la gratitude. Un homme sûr de sa position et de son droit à l'occuper.

Et Valentine, avec son orgueil à lui, farouche, vacillant sous le coup qui venait de lui être porté. Il y avait dans son visage, maintenant, quelque chose que Bell n'y avait jamais vu. Un visage fermé, aveugle, sur la défensive. Mais dangereux, aussi.

— Je crois que vous avez gagné, dit-il, les lèvres blêmes.

— Je me moque de ce genre de victoire, répondit Charles, la voix cinglante.

Il s'était remis du choc d'avoir vu le vignoble saccagé. Disparue la sympathie.

Voyant cela, Valentine passa à l'attaque comme si Charles l'avait menacé.

Son regard bleu étincelait.

— De quoi ne vous moquez-vous donc pas ? souffla-t-il.

Bell baissa les yeux, attendant, sans oser respirer, la glaciale repartie de Charles.

Mais il ne dit mot.

Elle releva la tête et croisa aussitôt son regard. Inutile qu'il parle. Sur son visage, à cet instant où s'imposait l'évidence, elle lut la passion — désespérément mêlée de doute et de crainte — qu'elle-même ressentait.

Et Valentine qui les observait, lui aussi, et qui sembla fugitivement ressentir ce qui pouvait être de la douleur, mais qui disparut avant que le regard de Charles quitte celui de Bell.

— En quoi cela vous intéresserait-il ? demandait maintenant Charles sèchement.

Et, sans même attendre de réponse, il se tourna pour regagner sa voiture.

— Oh, mais cela m'intéresse, dut presque crier Valentine.

Charles continua. Il fit signe à Jacopin de grimper dans la Mercedes et démarra sans un seul regard en arrière. Ses vendangeurs arrivaient par petits groupes, le long du sentier du vignoble. Bell sentit le regard de Valentine, brûlant, sur son visage. Quand elle eut retrouvé assez de courage, elle leva les yeux et vit que la vérité se faisait jour en lui, et qu'il était profondément abattu.

Il allait avoir besoin de réconfort.

Elle pouvait essayer de lui donner au moins cela. Puisqu'elle était son amie. Elle ne pouvait lui donner l'amour qu'il voulait, mais elle pouvait lui apporter un soutien dans la défaite. Peut-être tout le reste était-il perdu, comme ces raisins hachés tout autour d'eux, mais elle devait pouvoir faire quelque chose pour lui, ici, maintenant.

La violence de l'orage était passée, mais la pluie s'était installée en un rideau gris, persistant, qui allait masquer le ciel pendant des heures encore. Valentine haussa les épaules, d'un geste las. Il laissa tomber les grains de raisin lacérés dans la boue à ses pieds.

— Nous n'avons plus rien à faire ici pour l'instant. Venez tous à l'intérieur.

On donna à manger aux vendangeurs, on les réchauffa avec du cognac. Et puis ils repartirent — foule silencieuse — après avoir murmuré à Valentine, gauchement, des paroles de sympathie.

Bell était maintenant assise à la table de la cuisine, devant toutes ces assiettes et ces tasses, Valentine et Bob à côté d'elle, se passant en silence la bouteille de brandy. Valentine, le visage enfoui dans les mains, ne levait la tête que pour boire ou pour remplir son verre. Tout autour d'eux, le château était complètement silencieux. Bell eut l'impression que les pierres elles-mêmes étaient abasourdies par la catastrophe. Le volet détaché ne battait plus et même les horloges semblaient avoir arrêté leur tic-tac. Seule la pluie, qui frappait les vitres de son crépitement monotone, paraissait avoir conservé quelque vie.

Lorsque Valentine leva de nouveau la tête, Bell se sentit de tout cœur avec lui. Il était aussi frappé par la peine que s'il venait de subir un deuil. Le Valentine rieur, brillant, sûr de lui, avait disparu.

— J'adore cet endroit, murmura-t-il, sans regarder Bell ni Bob. Et je l'ai desservi. Je m'y suis foutrement mal pris...

Bob Cornelius s'agita, mal à l'aise.

— Mais non, dit-il d'un ton bourru. Tu n'aurais pu prévoir. Un orage de grêle...

278

—*J'aurais dû le savoir*, coupa Valentine. Ce connard de baron le savait bien, lui, non ? Juste à côté, avec son espèce de tribu de famille et ses quatre cents ans d'histoire. Son raisin est sauf tandis que le mien est là-dehors...

Il bondit sur ses pieds, renversant sa chaise dans un bruit qui se répercuta au milieu du silence. Il gagna la fenêtre en titubant et s'y appuya, le front contre la vitre embuée.

—Le mien est là-dehors, lacéré, avec tout son jus qui se répand. C'est ma faute. Je suis le seul fautif. J'aurais dû savoir.

—Tu ne pouvais savoir, lui dit doucement Bob. Et nous n'y pouvons rien, sauf empêcher que cela ne se reproduise.

Valentine se retourna vers eux.

—Ouais. Ça, je le sais. Tu as tout à fait raison, Bob, merci. Mais tu me connais, dit-il avec un haussement d'épaules, je n'aime pas beaucoup être échaudé.

Il eut un petit sourire triste à travers sa défaite et Bell le lui retourna. Elle l'en aimait bien plus pour cela que pour tout son charme de play-boy, qu'il pouvait déployer avec tant de facilité.

—Je ne vous ai pas remerciés, poursuivit Valentine. Ni l'un ni l'autre. Tous les deux. Mais surtout Bell.

Il revint à la table, à côté de la chaise de Bell, puis il lui prit la main droite. Il la retourna pour voir les profondes éraflures rouges sur la peau bronzée et les bouts des doigts râpés. Les ongles étaient cernés de la boue du vignoble.

—Quelle drôle de fille tu fais, souffla-t-il. Quelle drôle de fille secrète.

—Je crois que je vais aller jusqu'aux chais, dit Bob en bondissant sur ses pieds. Nous avons pu faire entrer un chargement avant l'arrivée de la pluie, tu te souviens.

Valentine eut un petit rire amer.

—Un chargement. De quoi faire deux douzaines de caisses.

—Bien sûr, lança Bob en partant. Ma foi, pense à la valeur que va leur donner leur rareté. Ces bouteilles vont valoir une fortune.

—Ouais. Il faut bien se consoler. Avec n'importe quoi.

Et puis Bell et Valentine se retrouvèrent seuls dans la tiédeur de la cuisine. Valentine s'assit sur le bord de la table et fixa Bell dans les yeux. Elle eut d'abord envie de détourner son regard, et puis non. Son cœur battait la chamade.

— Tu es une drôle de fille, répéta-t-il. Tu veux que je te dise. Là-bas, à Napa, j'ai cru que nous étions semblables. Des combinards. Des gagneurs. Des petits malins. Mais maintenant... Mais maintenant je ne crois plus que tu sois aussi décontractée, après tout. Tu ne sais pas grand-chose de toi, hein ? Ni des hommes, Bell ?

Elle se cacha le visage dans les mains. N'importe quoi pour échapper au regard incisif de ces yeux bleus. Valentine avait vu Charles la regarder, pendant l'orage, et il avait vu les yeux de Bell rivés sur ceux du baron.

Désormais, il n'y avait plus de secret pour lui.

— Non, murmura-t-elle dans l'épaisseur de la manche de son pull. Mais je paie très cher pour apprendre.

Valentine posa sur son épaule une main légère.

— Tu veux en parler ?

— Non. Non, il n'y a rien à en dire.

— Ce n'est pas vrai, hein ?

Bell retrouva un peu de sa détermination et se redressa.

— Laisse, veux-tu.

Il la regarda longuement, d'un regard froid, et haussa les épaules.

— C'est bon, dit-il.

Et il versa dans leurs verres deux bonnes rasades de brandy, ajoutant :

— Eh bien, noyons nos chagrins dans l'alcool, comme deux vieux amis. Buvons *à la saison des brumes. Et de la douceur stérile*, que Dieu nous garde.

Et il avala son verre.

Bell considérait le sien d'un regard morne.

« Quel horrible gâchis. Charles. Je sais que tu m'aimes, et je sais tout aussi bien que nous ne pouvons pas vivre ensemble.

« Noyer nos chagrins ? Ton raisin perdu et mon espoir envolé.

« Pourquoi pas ? »

Elle avala la moitié de son brandy d'une seule gorgée et se mit à tousser, tandis que Valentine la servait de nouveau avec un grand geste ironique.

La saison des brumes. Et de la souffrance, de la douleur, de la peine.

— À la tienne.

Quelques heures plus tard, Bob Cornelius les retrouva, toujours assis dans la cuisine. La bouteille de brandy était vide, mais l'alcool ne leur avait pas permis d'oublier quoi que ce fût. Valentine était retourné à sa fenêtre, tout son corps témoignant de son abattement.

Bell, les doigts crispés sur une tasse contenant le fond amer du café, fronçait les sourcils sur une migraine qui s'annonçait. Elle se sentait totalement incapable de dire quoi que ce fût qui pût les soulager, l'un ou l'autre. Le mieux serait de rentrer chez elle et d'essayer de dormir. Et de tout oublier un instant, peut-être. Et puis retourner travailler chez Jacques Lapotin demain, retrouver ses déclarations douanières en cinq exemplaires et la liste interminable des lettres à taper.

La soudaine futilité de tout cela la fit rire, d'un rire amer qui ne lui allait pas.

— Allons, Bell, ce n'est pas aussi moche que ça. Nous connaîtrons des années meilleures.

Ce brave et simple Bob.

Plus jamais comme celle-ci, j'espère.

— Il faut que je rentre à *La Girafe*, dit-elle, et sa voix lui parut stupidement confuse.

Valentine se tourna et la considéra, avec un bref éclair dans le regard.

— Tu ne veux pas rester ici ?

Elle secoua la tête.

— Non, dit-elle avec une fermeté qui les laissa muets l'un et l'autre.

— Il serait préférable que vous ne conduisiez pas, lui dit Bob, autoritaire. Venez, je vais vous ramener.

Elle avait passé son manteau et le suivait quand la voix sèche de Valentine les arrêta.

— Tu viendras à la petite fête ?

Bell et Bob se retournèrent en même temps pour le regarder, surpris.

— Oui, bien sûr. Je donne toujours une fête pour les vendanges. Une vraie, une grande. Pas vrai, Bob ?

— Oh, non, pas cette année.

— Oh, si, surtout cette année, dit Valentine qui prit la bouteille de brandy et la repoussa aussitôt d'un geste irrité, se souvenant qu'elle était vide. Une grande et belle fête. Nous inviterons tout le monde. Même le baron. Tout particulièrement le baron. Il adore les fêtes et les miennes sont celles qu'il préfère.

Valentine se mit à chercher un morceau de papier. Il finit par trouver une vieille enveloppe et entreprit de la gribouiller frénétiquement.

— C'est une idée idiote, lui dit calmement Bob.

— Merci de ton aide. Tu viendras, hein, Bell ? Tous nos amis y seront, ajouta-t-il avec une petite pointe délibérée.

Bell en ressentit un coup au cœur. De fait, le projet était idiot et voué à l'échec, mais elle se refusa de le dire à Valentine dans l'état où il se trouvait. D'ici demain, il aurait peut-être réfléchi.

— Je viendrai, lui répondit-elle sans aucun enthousiasme.

Et il lui adressa un sourire qui lui rappela presque le vieux Valentine. Elle lui sourit aussi, tout naturellement.

— C'est beaucoup mieux comme ça, lui dit-il.

« Nous nous ressemblons tellement », songea Bell tout à fait hors de propos en suivant Bob sous la pluie. « C'est seulement que ce n'est pas vraiment moi qui vis ici depuis quelques semaines. *De la tête et des tripes*, a dit Valentine, tu te souviens ? S'il est vrai que je ne manque ni de tête ni de tripes, je ne m'en suis guère servi ces temps-ci. »

Constatation qui, curieusement, la rasséréna. Elle leva le menton et redressa les épaules. Elle avait été trop malheureuse. Il était temps — grand temps qu'elle se reprenne. Si pour cela il fallait de la tête et des tripes — eh bien, Valentine pensait qu'elle n'en était pas dépourvue, non ?

Elle se rendit compte que Bob la regardait, d'un regard en coin.

— Mauvaise journée, dit-elle, voulant rompre le silence.

Bob eut un petit sourire.

— Mmmm. Vous savez, Valentine a déjà commis une grave erreur. Lors de notre deuxième année à Dry Stone. Il a essayé de faire une impasse technique qui s'est traduite par une énorme quantité de bibine imbuvable. Il a perdu beaucoup plus d'argent qu'il pouvait se le permettre à l'époque. Mais il a beaucoup appris. Mon Dieu, ce qu'il a pu apprendre, dit Bob avec un petit rire. C'est là sa vraie force, vous savez.

Bell considéra le sérieux petit scientifique avec un regard nouveau.

« Oui, se dit-elle. C'est exactement cela. C'est tout à fait Valentine, et je viens encore de le voir. Et je l'en admire énormément. »

Si seulement je pouvais faire comme lui.

CHAPITRE XI

L'entrée de Larue-Grise était brillamment éclairée. Même d'où elle se tenait, dans l'obscurité de sa voiture, Bell pouvait entendre la musique.

Elle entendit aussi des pas sur le gravier à côté de la Fiat, et des visages peu curieux se tournèrent un instant pour la regarder : une femme en fourrures et un homme dans un lourd manteau. Un petit rire et ils gagnèrent la maison illuminée.

Instinctivement, Bell porta la main à ses cheveux pour les arranger. Elle s'était préparée avec grand soin dans la minuscule et sommaire salle de bains de *La Girafe*. Le blazer violet et or était le seul vêtement qui puisse convenir pour une soirée, parmi tous ceux qu'elle avait apportés pour son hiver bordelais. Il lui rappela une autre soirée, celle que Juliette avait donnée pour son anniversaire à Reynard. Il y avait cent ans de cela. Charles aussi allait peut-être se souvenir de ces quelques instants où ils avaient valsé ensemble, seuls, sur le vaste parquet brillant.

Elle avait voulu venir, ce soir, pour voir Charles. Même après tout ce qui s'était passé, elle avait besoin de le voir.

Elle eut pas mal à marcher pour remonter l'allée glacée, mais pour elle ce fut encore trop court. Elle détestait arriver seule à ce genre d'événement, elle détestait l'instant où elle se retrouvait en pleine lumière, alors que tout le monde connaissait tout le monde, et où le rire était une menace. C'était un instant de solitude plus intense que les autres, et ce soir Bell se sentait plus solitaire que jamais.

Allons.

Elle allait frapper avec le lourd heurtoir quand la porte s'ouvrit sous sa poussée. Il y avait foule dans l'entrée. Bell redressa les épaules et avança, affichant déjà un sourire.

Et puis, le soulagement. Bob Cornelius était là, presque à côté d'elle.

— Salut ! C'est merveilleux que vous ayez pu venir, dit-il, clignant des yeux comme toujours derrière ses lunettes de chouette. Vous êtes superbe, Bell, vous savez. Valentine a demandé après vous.

— Je monte un instant et...

— Oh, oui, mais revenez vite.

Bell se fraya un chemin parmi les invités et gagna les escaliers. À l'étage, elle trouva une pièce avec un grand miroir en pied qui faisait défaut à *La Girafe*.

« Oui, je suis parfaite », se dit-elle après un long regard critique. Les yeux bleu-vert étaient peut-être un peu trop brillants, mais personne n'aurait deviné l'appréhension et l'émotion un peu perverse qu'elle ressentait.

De retour sur le palier, Bell se pencha par-dessus la rampe pour regarder les têtes au-dessous d'elle. Personne qu'elle reconnût. Pour le moment.

Mais si — c'était Valentine, là. En chemise blanche ouverte, jean et chaussures de tennis. On lui aurait donné dix-huit ans. Comment pouvait-il être le propriétaire de cette grande maison, l'hôte de tous ces gens ? Elle le vit s'approcher de Bob Cornelius et lui poser une question rapide. Bob hochait vigoureusement la tête et montrait les escaliers. Valentine demandait après elle.

Ses yeux suivirent le doigt pointé de Bob et il la découvrit. Il gagnait les escaliers, maintenant, riant et saluant des invités au passage. Et il arriva jusqu'à elle. En un instant il fut à son côté, la faisant tourner pour mieux l'admirer.

— Je suis navré que tu aies dû venir seule. J'aurais dû passer te chercher, mais... expliqua-t-il avec un geste en direction de tous ses hôtes.

« Comme il peut être agréable quand il le veut », se dit Bell pour la centième fois.

— Je suis très indépendante, lui répondit-elle avec un sourire. *Menteuse.*

— Je voudrais qu'il n'y ait que toi ici, lui dit Valentine, toujours aussi sérieux.

« Non, les choses ne doivent pas se passer ainsi, se dit Bell. Je ne dois pas le laisser dire cela. »

— Bob et moi avons tenté de te dissuader de donner cette soirée, l'autre jour, dit-elle d'un ton qu'elle voulait léger, mais tu n'as rien voulu savoir.

Il continua à la regarder un instant, puis il lui lâcha les bras.

— On descend ? Tu voudras sans doute rencontrer certaines personnes.

Bell se mordit la lèvre. À sa voix, elle sut qu'il était déçu. Quoi qu'elle fasse pour se sortir de cette situation, elle ne pouvait espérer que ce serait une bonne chose. Elle ne pouvait espérer s'en sortir sans faire souffrir quelqu'un. Ses yeux suivirent les larges épaules de Valentine qui descendait les escaliers.

Non, pas Valentine, espérait-elle.

Et pas Charles, par pitié.

Ce ne pourrait être qu'elle, bien sûr. Elle ne l'aurait pas volé, pour ne pas mieux s'être rendu compte, dès le début, qu'elle jouait avec le feu. Elle arriva, avec Valentine, au milieu de la foule bruyante des invités et de la musique. Elle parvint à afficher un sourire et se tourna pour affronter le monde entier. Elle y était prête.

Une soirée, exactement comme toutes les autres. Valentine l'avait entraînée au milieu d'un groupe animé de visages rouges et s'était ensuite éloigné. Eh bien, elle pouvait faire front maintenant. Les sujets de conversation ne manquaient pas.

— Sacré manque de chance, cette fichue grêle, dit quelqu'un.

— Oui, bien sûr, mais il avait beaucoup trop tardé.

— C'est tout de même affreux pour ce cher Valentine, alors que tout le monde s'en est si bien tiré par ailleurs.

Cette fois, c'était une très jolie femme qui ponctuait ses paroles d'un geste de mains aux ongles écarlates.

« Pauvre Valentine, se dit Bell. Il doit détester cette idée que tout le monde se sente navré pour lui et cancane sur son échec. » Bell resta là encore quelques instants à les écouter dire combien talentueux mais, aussi, combien têtu était leur hôte. Et puis, quand le sujet fut épuisé et qu'on commença à se tourner vers elle pour un avis, elle baissa les yeux sur son verre vide, murmura une excuse et se glissa dans la foule.

Ce soir, elle désirait surtout qu'on ne la remarque pas. Elle aurait souhaité pouvoir être invisible, se promener au milieu des gens, à la recherche des visages qui lui importaient sans avoir à croiser leurs regards.

Si seulement elle pouvait voir Charles et Catherine ensemble. Si elle pouvait les voir se regarder comme ils le faisaient quand ils étaient seuls, peut-être cela l'aiderait-il à les comprendre. À savoir si elle devait disparaître ou continuer à espérer.

« C'est curieux, pensa-t-elle, que je sois arrivée ici avec la conviction que ce soir se dégagerait quelque solution. » Maintenant qu'elle se trouvait sur place, elle avait le sentiment que c'était simplement une soirée comme toutes les autres, avec ses bavardages polis, ses rires mécaniques, ses quelques indiscrétions quand on était un peu éméché, après quoi tout le monde rentrait à l'abri des murs de sa vie privée.

Bell gagna le salon d'où arrivait la musique qui la heurta sur le seuil, comme un mur. On avait roulé les tapis pour pouvoir danser. Une fille en minijupe et un homme en treillis kaki étaient — incongrûment — en train de s'agiter au rythme d'un swing. Bell crut sentir l'odeur provocante de l'« herbe ». Des verres étaient posés sur toutes les surfaces vernies et des cigarettes brûlaient, dangereusement en équilibre dans les cendriers. Hélène devait en frissonner, se dit Bell avant de se demander si elle était là.

Cela convenait à son humeur, de flâner et d'observer. Une autre pièce, plus petite, était meublée de canapés de cuir et de petites lampes à abat-jour vert. Beaucoup plus américaine. Un groupe d'hommes en tenue de soirée y bavardaient à l'abri de la foule, et parmi eux Bell remarqua Jacques Lapotin. À sa surprise, il lui envoya un baiser et leva son verre. Ne voulant pas se trouver piégée, elle montra son propre verre, vide, et fit un petit signe de la main.

Et puis, en se retournant, elle aperçut les Gillesmont. Bien que s'y attendant, elle en ressentit un choc. Ils étaient tout au bout, regardant les danseurs, tout comme elle l'avait fait elle-même. Charles, avec sa femme d'un côté et sa sœur de l'autre. Il lui parut très grand et blond au milieu de la cohue, et quelque peu désapprobateur sous ses traits accusés. Non, ce n'était pas là le genre de soirée qu'il allait trouver agréable.

Catherine était en robe noire courte avec quelques plumes frivoles au col et au bas. Elle tournait son calme visage ovale pour regarder les invités, très solide avec son mari à ses côtés.

Bell déglutit l'amertume qu'elle ressentit dans sa bouche.

Juliette connaissait les danseurs. Ils l'avaient prise par le bras et l'entraînaient entre eux sur la piste de danse. Elle riait — elle aussi était parmi des amis.

Quelle tristesse. Bell se détourna, bien convaincue que c'était faiblesse de se sentir navrée pour elle-même. Tout cela était sa faute. Elle voulut se protéger. Elle ne voulait pas qu'ils la voient. Pas encore. Délibérément, elle s'approcha de Jacques Lapotin dans le coin le plus reculé de la pièce.

— Puis-je me joindre à vous ? demanda-t-elle. Il y a tellement foule, là-bas.

— Mais certainement, certainement. Vous connaissez Michel Lebègue ?

Un grand nom du Bordelais. Ce devait être le petit-fils ou l'arrière-petit-fils de la dynastie, jeune, le cheveu châtain foncé et des yeux bruns très rapprochés. Et un visage étroit, intelligent, curieux. Il ressemblait un peu à un petit animal rusé.

— *Enchanté*, dit-il, se penchant pour baiser la main de Bell. Mais vous n'avez rien à boire. Laissez-moi aller vous chercher un verre.

Jacques souriait avec un léger haussement d'épaules, fier des manières de son compatriote avec les dames. Eh bien, pourquoi pas ? Elle allait rester assise là un moment et bavarder, flirter un peu, probablement, avec le jeune monsieur Lebègue. Elle n'avait rien d'autre à faire.

La soirée commençait à s'annoncer inoffensive. Michel était amusant. Il lui apporta une assiette soigneusement arrangée et déplia pour elle sa serviette. Il veilla à ce que son verre fût toujours plein et, tandis qu'ils mangeaient, lui raconta des anecdotes pleines d'esprit sur les gens qui passaient devant eux.

Valentine vint, une fois, et les repéra aussitôt. Parut-il soulagé, se demanda Bell, ou voulait-elle seulement s'en convaincre ?

— J'aurais dû me douter que je vous trouverais avec le plus dangereux salopard de toute l'assemblée, dit-il en riant, pas ivre mais juste un peu éméché, goûtant sa propre soirée.

Bell en fut heureuse.

— Tirez-vous de là, Vallon-teen, lui dit Michel.

Les deux hommes étaient évidemment des amis.

— Je suis parfaitement en sécurité, dit Bell à Valentine en souriant.

— N'en soyez pas si sûre, lui répliqua Michel en lui passant un bras autour des épaules tandis que Valentine les quittait.

Plus tard, Michel l'entraîna dans la pièce voisine pour danser. On avait baissé les lumières, mais on s'agitait toujours autant. Bell retira ses chaussures et se laissa porter par le rythme. C'était bon. Bon de se sentir vivre et, pendant un bref instant, d'oublier.

Une main se posa sur son coude, légère.

Bell se retourna pour se retrouver devant Catherine.

— Je pensais bien que nous allions vous rencontrer, lui dit-elle.

Elle paraissait d'un calme lumineux, parlant tout naturellement avec une personne de connaissance sur laquelle elle était tombée par hasard au cours d'une soirée. « Il faut que je fasse comme elle », se dit Bell, résistant à son envie de filer comme un lapin devant un serpent. Michel, à côté d'elle, écoutait. Il avait adressé un signe de tête poli à Catherine. Évidemment, tout le monde connaissait tout le monde.

— Voulez-vous que nous remettions notre danse à plus tard ? lui demanda Bell.

— Je ne manquerai pas de vous le rappeler, lui répondit-il en souriant tandis qu'elle s'éloignait avec Catherine.

— Peut-être pourrions-nous trouver un coin tranquille, suggéra celle-ci. Valentine a un petit salon, là-haut.

Elle devait parfaitement le savoir. Quelle horrible confusion. Les plumes de la robe de la baronne s'agitaient mollement dans sa marche. Un maintien parfait, un chic parfait. Bell enfonça plus profondément ses mains dans les poches de son blazer et grinça des dents. Quoi qu'il se préparait, ça n'allait pas être facile. Catherine portait des boucles d'oreilles en diamant et un bracelet de saphir au poignet. « Que veut-elle de moi ? » se demanda Bell dont les doigts allèrent jouer avec son bracelet d'ivoire, dissimulé haut sur le bras, sous son chemisier, comme un talisman.

De fait, Catherine connaissait bien la maison. On trouvait dans cette petite pièce, à l'étage, tous les signes extérieurs de la vie ordinaire — télévision portative, piles de revues, sièges confortables et un échiquier avec ses pièces encore en position d'une partie inachevée. C'était sans doute là que Valentine passait le plus clair de son temps. Là et dans la cuisine, en bas. Et non pas à l'intérieur des invisibles cordes rouges qui cernaient le domaine élaboré d'Hélène.

Catherine s'était installée dans l'un des fauteuils. Elle arrangea une de ses plumes du bout des doigts et se tourna vers Bell. *De l'acier,* avait dit quelqu'un, se souvint Bell. Était-ce Juliette ? Valentine ? Ce menton volontaire, et cette détermination dans le regard des yeux noisette. Comme c'était curieux que tant de choses puissent la relier à une femme aussi différente d'elle-même. Deux hommes. Valentine et Charles. Bell se rendit compte qu'elle ne respirait pas calmement.

— J'espérais que vous viendriez. Nous devrions mieux nous connaître, commença Catherine, parlant lentement, chacune de ses syllabes aussi claire qu'une cloche cristalline. Valentine dit que vous êtes une femme exceptionnelle, Juliette parle de vous comme d'une amie très chère. La seule personne à ne jamais parler de vous est Charles.

Il y eut un long silence, meublé par la musique de danse.

— Voilà qui est bien curieux, reprit Catherine.

« Tu es donc au courant, se dit Bell dont les pensées défilaient à toute vitesse. Que vas-tu faire... Me menacer ? Me défier ? Ou simplement me mettre en garde ? »

— Charles a été pour moi d'une grande aide. Je voudrais le considérer comme un ami, répondit Bell d'un ton tout aussi calme.

On peut jouer à ce petit jeu à deux.

Catherine avait les yeux baissés, ombrés par les longs cils noirs. Elle ressemblait exactement à sa photo sur la table de travail d'Hélène. Mais quand elle reprit, ce fut d'une voix plus sourde, basse, une voix de gorge. Comme si chaque mot représentait soudain un effort. Son visage était tendu, maintenant.

— L'aide. L'amitié. J'en ai besoin, moi aussi, et je découvre que c'est denrée plutôt rare.

De nouveau ce fut le silence. Elle sembla attendre quelque chose, mais Bell ne dit mot. En fait, elle n'avait pas la moindre idée de ce qu'on attendait d'elle. Catherine baissa la tête davantage encore et sa voix ne fut plus qu'un murmure.

— J'ai fait quelque chose de terrible, Bell. J'ai trahi mon mari, et avec un homme que je n'aimais même pas. Je cherchais quelque chose, et — comme une sotte — je cherchais partout où il ne fallait pas.

De quelque part, bien loin, d'un coin qui aurait pu aussi bien être le bout du monde, arriva un éclat de rire et un bruit de verre brisé. Bell se souvint vaguement qu'il y avait une soirée en cours, mais plus rien n'existait que le profil de l'épouse de Charles.

— Quand mon bébé est mort, j'ai voulu mourir aussi, poursuivit Catherine, comme si on lui arrachait les mots maintenant. L'innocence. La perfection de ses mains, de ses cheveux, et son rire. Et, brutalement, une douleur trop grande et il n'était plus.

Assez. Je vous en prie, eut envie de crier Bell.

— Après cela, plus rien. Et puis, lentement, le besoin d'une aide, et d'une présence. Charles ne pouvait me donner ni l'une ni l'autre, et j'aurais dû comprendre, et l'aider moi aussi. Au lieu de quoi, je me suis détournée. Vers votre ami. Valentine Gordon.

Bell restait immobile, toute raide. Elle ne souhaitait pas entendre cela jusqu'au bout, mais elle savait qu'elle le devait.

— Et en fin de compte, j'ai dû me séparer de Charles. Mais c'est impossible, Bell, il nous faut rester ensemble. Même dans nos échecs, nous sommes de la même eau. Je suis l'épouse de Charles, voyez-vous, et du fait des croyances que nous partageons, je sais qu'il ne pourra jamais l'oublier. Je suis sa femme, et je suis la seule à pouvoir le guérir de sa douleur, de son sentiment de culpabilité, de la perte commune de Christophe. Parce qu'il était aussi mon enfant. Jamais Charles ne pourra échapper à cet échec commun, qui nous lie davantage encore que pourrait le faire le bonheur. Qui nous lie davantage et plus douloureusement. Je le sais maintenant, car j'ai essayé de vivre sans lui. J'ai essayé seule, et avec d'autres hommes, et je n'ai pas réussi. Tout comme il ne peut que continuer à rencontrer l'échec sans moi. Je le sais maintenant.

Bell vit, et en ressentit un choc, que deux larmes perlaient, plus brillantes que des diamants, sur les cils de Catherine.

— Pourquoi me racontez-vous tout cela ?

Catherine ne répondit pas.

— En quoi puis-je vous aider ?

Les yeux noisette regardaient Bell en face maintenant, et il y avait une lueur dure derrière les larmes.

— Je crois que vous savez comment.

Oui.

Quand Bell leva de nouveau les yeux, Catherine avait disparu.

Pendant un moment, des impressions diverses se bousculèrent dans son esprit, derrière la claire image du visage ovale et pâle, puis commencèrent à s'organiser en pensées logiques.

« Une formidable ennemie », avait-elle pensé de Catherine lors de leur première rencontre. Elle s'était complètement trompée. C'était plus que formidable, de la part de la femme de Charles, de lui avoir dévoilé ses blessures, et de lui voir demandé son aide.

C'était brillant.

Cela signifiait qu'il n'y aurait pas combat. Bell se vit, parfaitement éclairée, comme l'ennemie réelle. C'était elle qui voulait prendre le mari de Catherine.

Elle le voulait toujours. Mais il fallait que cela cesse. Ici et tout de suite.

Pauvre Charles. Pauvre moi. Et fine, fine Catherine.

Bell savait qu'elles étaient bien trop différentes pour jamais pouvoir s'aimer, mais elle ressentait de l'admiration pour Catherine. Plus encore — les mots de Catherine lui montraient bien ce qu'elle s'était jusque-là refusé à voir. Jamais Charles ne trouverait le bonheur avec une autre. Tout ce qui, en lui, attirait si fortement Bell, son héritage et sa morale rigide, son acceptation inconditionnelle des exigences de son code, tout cela signifiait qu'il ne pourrait choisir qu'une seule femme. Et il l'avait déjà choisie. Catherine appartenait à la même race, avait été élevée dans la même foi, et elle était devenue sa femme. Cela demeurait immuable, et Bell — si manifestement d'un autre monde — vit enfin que jamais elle ne pourrait changer cela dans l'avenir. Pas plus, et c'était plus important encore, qu'elle ne pourrait réussir à effacer le passé qui les liait. De fait, Catherine et Charles demeuraient inséparables, tant dans leurs échecs que dans leurs chances de succès. Bell ressentit en même temps la certitude et le goût de la défaite, ainsi qu'une étouffante vague de tristesse.

Le temps n'est pas à l'apitoiement sur ton sort. Il y a encore à faire.

Bell retourna à l'activité de la soirée.

Le niveau sonore était monté de plusieurs décibels, la fumée s'était faite plus dense et partout on voyait des gens qui dansaient et qui buvaient. C'était une soirée réussie. Une grande soirée, comme l'avait souhaité Valentine. Il dansait avec Juliette maintenant, et ils riaient l'un et l'autre de bon cœur. Ils la virent et lui firent signe. Bell voulait rire, elle aussi. Elle commençait à être lasse de se trouver figée et délaissée, mais il y avait quelqu'un qu'elle devait voir d'abord. Tandis qu'elle se détournait pour le chercher, elle sentit une autre main sur son coude. C'était Juliette. Soudain, Bell sentit qu'elle ne voulait pas faire l'objet de sa sympathie et de son inquiétude.

— Ça va, Juliette. Nous avons parlé, Catherine et moi. Je sais où j'en suis. Où je n'en suis pas, plutôt. Savez-vous où est Charles ?

Juliette le lui montra. Il était en haut des marches, sur le palier, penché pour les regarder, comme Bell à son arrivée... Il descendait, maintenant, traversait la foule des invités, les dépassant d'une demi-tête. Bell ressentit une douleur qui menaçait de l'étouffer.

Dans le regard de Charles, il y avait aussi de la douleur.

— Je voudrais vous parler, lui dit Bell, la voix soudain farouche.

— Par ici.

Derrière une lourde porte, ils trouvèrent une pièce faiblement éclairée et reposante, avec des livres à la reliure de cuir derrière un grillage métallique et des lambris de bois sombre. Dans la cheminée de pierre était en train de mourir un feu de bois au milieu de ses cendres grisâtres. Quand la lourde porte se referma, ils se retrouvèrent tout à fait seuls.

Bell se sentait si lasse. Elle appuya son front sur le manteau de marbre de la cheminée et fixa le feu qui mourait, puis elle fouilla la cendre paresseuse du bout de sa chaussure. Qu'y avait-il à dire, après tout ?

Charles resta muet, lui aussi. Mais il la prit dans ses bras et sa bouche se posa sur les cheveux de Bell, sur ses paupières humides et enfin sur ses lèvres.

Bell soupira, d'un soupir profond. Elle était si lasse et c'était si paisible ici. Si seulement elle n'était pas obligée de s'envoler de nouveau quand seraient écoulés ces instants dérobés. Jamais elle ne le ressentirait aussi proche. Jamais elle ne connaîtrait, comme maintenant, les battements de son cœur contre le sien, son souffle tiède sur sa peau.

Charles se recula un peu pour pouvoir la regarder. Bell savait qu'il gravait en lui chacun des traits de son visage et elle eut mal pour lui. Il sourit enfin, d'un sourire triste, qui lui donna un air infiniment vulnérable. Jamais encore elle ne l'avait vu ainsi. Les taches dorées, dans les profondeurs de ses yeux, étaient devenues lumineuses.

Bell perçut le doux, très doux soupir de la cendre qui s'affaissait dans le foyer de pierre.

— Je t'aime, dit Charles.

Ces mots auraient pu traduire un bonheur parfait, mais ils tombèrent comme une feuille morte.

— Je t'aime aussi, souffla Bell. Si seulement...

Mais Charles lui posa les doigts sur les lèvres pour l'empêcher de poursuivre et elle en fut heureuse. Aucun mot n'aurait pu changer quoi que ce soit. Elle savait qu'il était inutile de lutter plus longtemps. Jamais elle ne pourrait arriver jusqu'à lui, pas plus que Charles ne pourrait jamais espérer s'évader vraiment.

D'un geste décidé, Bell déboutonna la manche de son chemisier. Le bracelet d'ivoire glissa jusqu'à son poignet et elle le retira.

Pendant un instant il demeura dans sa main puis, lentement, elle le tendit à Charles.

— Je ne peux pas le garder, dit-elle simplement.

Elle savait qu'il était inutile de lui dire pourquoi. Que jamais plus elle ne pourrait le regarder, parce que sa vue lui serait trop douloureuse. Charles le prit et le tourna dans ses doigts, caressant les grappes gonflées et la complexité des feuilles. Bell remarqua que ses mains étaient devenues rudes du travail dans la vigne et zébrées de longues éraflures. Tout comme les siennes après ses tentatives de cueillette du raisin de Valentine.

La terre. Les saisons. Ainsi tout cela continue-t-il. Quelle importance ?

Lentement, Charles tourna encore le bracelet puis le glissa dans sa poche. Comme dans un brouillard, ils se recherchèrent et leurs bouches se retrouvèrent, avides, pour une ultime fois.

Et, alors qu'ils étaient dans les bras l'un de l'autre, la lourde porte s'ouvrit et, sur le seuil, éclairé, s'encadra Valentine, l'intrus. Il était trop tard. Ils ne pouvaient plus se séparer, l'air coupable. Leurs bras retombèrent avec une douloureuse lenteur et Bell alla s'appuyer au mur en titubant. Instinctivement, elle tâtonna derrière elle et ses doigts trouvèrent le grillage de la bibliothèque où ils s'accrochèrent.

Il y eut un long, long silence, tandis que Charles et Valentine se mesuraient du regard. Et puis Valentine referma doucement la porte.

Ils se retrouvaient seuls, tous les trois.

Valentine se mit à marcher de long en large dans la pièce, agité comme un tigre en cage, tandis que Charles demeurait raide et immobile, le regard dans le vide. Bell ressentit un frisson d'angoisse lui parcourir le crâne et la peur qui renaissait. Depuis qu'il les avait découverts, Valentine ne l'avait même pas regardée. Toute son attention, la fureur de son regard, étaient concentrées sur Charles.

Il ramassa un coffret d'argent sur la table et l'ouvrit. Charles eut un mouvement de tête impatient pour refuser quand Valentine le lui tendit. Celui-ci prit une cigarette et l'alluma avec un soin exagéré. Il tira une profonde bouffée.

— Vous n'êtes donc pas si parfait, après tout, Baron. C'est un soulagement de l'apprendre, dit-il, doucereux. Vous vous souvenez de ce qui s'est passé il y a deux ans ? Quand vous m'avez surpris avec Catherine ? C'était dans cette même pièce, n'est-ce pas ?

— Valentine, assez... supplia Bell, mais il ne voulut rien entendre.

— Non, Bell, pas toi. C'est à Charles que je veux parler ce soir, dit-il, marchant toujours de long en large comme si la tension qui bouillonnait en lui l'empêchait de demeurer immobile.

— Vous vous souvenez de ce qui s'est passé d'autre ? continua Valentine.

Charles demeura impassible, refusant à l'Américain la satisfaction d'une réponse.

— Vous ne vous souvenez peut-être pas ? Vous m'avez défié. En duel, bien sûr. Comme c'était curieux, comme c'était européen, combien c'était romanesque. (La voix était devenue dangereusement calme maintenant.) Savez-vous, Baron, que depuis ce soir-là j'ai regretté de ne pas vous avoir rencontré ?

— Non, vous êtes fous, dit Bell, sanglotant presque.

— Tais-toi, lui dit Valentine sans la regarder.

Charles sortit enfin de son silence figé.

— Il est toujours temps, si vous en avez tellement envie.

— Oh, je le sais, Baron. Et je vais le faire. Avec le plus grand plaisir.

La peur de Bell se cristallisa tandis qu'elle regardait les deux hommes. Il y avait dans ces paroles de l'amertume et de la fureur. Une fureur froide, qui couvait lentement. Non pas une fureur qui éclate subitement et se dissipe tout aussi vite. Ils allaient se battre ; ce ne serait pas un combat rapide, comme s'ils se sautaient à la gorge maintenant, mais une lutte bien décidée, destructrice. Nul n'allait pouvoir les arrêter. Bell laissa échapper comme un gémissement, mais ni l'un ni l'autre ne l'entendit.

Valentine se tourna vivement et jeta sa cigarette en plein cœur de la cheminée.

— Je me souviens vaguement, dit-il, d'après les livres que j'ai pu lire, et selon l'endroit où arrivent ce genre de choses, que l'offensé a le choix des armes.

— Je suis surpris que vous ayez d'aussi bonnes lectures. Oui, dit Charles d'un ton indifférent, vous avez le choix des armes.

— Dans ce cas, Baron, ce sera la moto. Une course.

Le visage de Charles ne marqua pas la moindre surprise. Bell écoutait, gagnée par une lente horreur. L'un d'eux allait se tuer sur ces terribles engins. Valentine poursuivait, dictant ses conditions :

— ... aux premières lueurs du jour. Des grilles de Larue à celles de Reynard. Pas d'autres règles ; celui qui arrive le premier a gagné. Il ne devrait pas y avoir de circulation à cette heure. Et c'est une belle route bien droite.

« Cela fait longtemps qu'il y pense, se dit Bell. Il a tout imaginé. En prenant son temps. »

— Je sais bien que c'est une route droite, dit Charles avec du mépris dans la voix. À demain donc, aux premières lueurs du jour.

Il avait déjà traversé la moitié de la pièce quand il se souvint de Bell. Il revint sur ses pas, la regarda un instant et lui baisa les lèvres. Il avait le visage froid comme du marbre.

— Bonne nuit, dit-il, d'une voix curieusement aimable, qui s'adressait à tous les deux. La porte s'ouvrit et se referma.

Bell chercha ses mots, sentant la fureur monter en elle, maintenant. Valentine affichait un sourire lointain, satisfait, et un regard qui, au-delà de la bibliothèque, se portait sur la route des vignobles.

— Pourquoi ? demanda-t-elle enfin. Pourquoi risquer ta vie et celle de Charles ? Sur ces foutues machines. Ne fais pas cela. Ne sois pas stupidement casse-cou. Il n'est pas trop tard — ce serait se montrer plus brave de ne pas le faire, pour l'amour de Dieu.

Valentine demeura aussi impassible, mais du moins se tourna-t-il vers elle pour la regarder droit dans les yeux.

— Je crois, Bell, que de nous tous c'est toi la plus stupide.

« Il y a beaucoup de vrai, se dit Bell, amère. Si j'ai eu un rôle là-dedans, aussi petit soit-il, j'espère pouvoir être pardonnée. »

— Ce n'est pas ce que tu crois...

Paroles classiques de la plus vieille excuse du monde, qui arrivèrent involontairement, mais elle n'eut pas le courage de continuer.

— Ne va surtout pas te flatter et t'imaginer que c'est pour toi. Cela devait arriver, aussi sûrement que nous existons, Charles et moi. Cela devait finir par arriver. Et cela va se dérouler selon mes règles. Bon Dieu, ce n'est qu'une course. Pas une de ces conneries avec des pistolets. Que peut-il arriver ? Rien.

Bell ferma les yeux. Que pouvait-il arriver ? Elle se souvint de la terreur ressentie lors de cette course à travers la nuit californienne, de la brutale proximité de la route et de la fragilité de leurs corps, juste au-dessus. Elle ne savait que trop ce qui pouvait arriver.

— Retournons-nous en bas ? demanda Valentine qui paraissait aussi en pleine forme et débordant d'énergie que jamais. Il est inutile d'aller se coucher, non ?

Bell regarda sa montre. Deux heures du matin. Encore quelques heures à peine avant l'aube.

— Tout à fait inutile, dit-elle, s'efforçant de sourire.

Elle n'allait certainement pas lui laisser voir à quel point elle avait peur. Bob. Bob Cornelius. Oui — elle allait le trouver et lui demander son aide. À tous les deux, d'une manière ou d'une autre, ils devaient empêcher cette course.

Bob était assis au milieu du chaos de la cuisine, un verre de vodka devant lui. Il avait perdu son regard assuré et ses battements de paupières, et affichait un vague sourire.

— Tout le monde fiche le camp, dit-il. Il est beaucoup trop tôt.

— Je suis toujours là, moi, lui répondit Bell, pressante. Écoutez, Bob, j'ai besoin de votre aide. Vous vous souvenez de cette histoire de duel ? Entre Valentine et Charles de Gillesmont ?

Elle vit le flou du regard de Bob se dissiper sous une attention renouvelée.

— Ouais, je me souviens.

— Ils vont le faire, après tout. Demain. Non... ce matin. À l'aube. Ils vont faire une course entre ici et Reynard sur les motos de Valentine.

Bob se passa les mains sur le visage, d'un air las. Bell fut furieuse de voir qu'il paraissait soulagé.

— Qu'y a-t-il de si terrible ? C'est une idée de Val ? (Bell eut un hochement de tête rapide.) C'est surprenant, un tel bon sens. Je pensais que vous vouliez dire un vrai duel. Ce n'est qu'une course.

Exactement les mêmes mots que Valentine. Bell lui saisit le poignet.

— Il faut les arrêter. Ils pourraient se tuer.

— Les arrêter ? Arrêter Valentine ? dit Bob en riant, paraissant sincèrement amusé. Vous n'avez pas encore remarqué que lorsqu'il décide quelque chose, il va jusqu'au bout ?

— Oui. J'ai remarqué. Mais faut-il qu'il décide de s'estropier ? Ou d'estropier quelqu'un d'autre ?

Bob jeta un regard rapide à Bell et posa sa main sur les siennes.

— Ne vous inquiétez pas. Ça va très bien se passer. Où est-il ?

— Il s'amuse à sa soirée jusqu'au dernier instant, répondit Bell avec un geste vague en direction du reste de la demeure.

— Bien sûr, gloussa Bob.

Il restait encore une poignée d'invités. Valentine se tenait sur le pas de la porte, saluant quelques-uns d'entre eux qui prenaient congé bruyamment. En apercevant Bob, il lui adressa son grand sourire assuré.

— Bob ! J'ai besoin de toi pour faire mon second. J'ai complètement oublié ce qu'un second est censé faire, mais le baron pourra certainement nous renseigner sur les points de l'étiquette qui peuvent nous être un peu flous.

— Oui, bien sûr. Je crois qu'il s'agit simplement de ramasser les morceaux.

Il s'amuse autant que Valentine, se dit Bell, désespérée.

— Qu'est-ce que je peux faire ? lui demanda-t-elle.

— Rentrer chez toi et te coucher, répliqua sèchement Valentine. Tu pourras te débrouiller toute seule ?

— Oui, répondit Bell, qui se détourna, vaincue.

— Je vais aller jeter un coup d'œil sur les bécanes. Un petit coup de réglage, je crois...

De fait, il se frottait les mains, goûtant par avance l'aventure.

— Et moi je vais aller piquer un petit roupillon avant le grand événement, dit Bob, bâillant et s'étirant.

Bell se retrouva seule. Seule à part les quelques rares derniers invités, qui n'étaient pas en état de compter pour quoi que ce fût. Elle erra un peu, l'air absent, ramassant un verre par-ci, redressant une chaise par-là. Elle tomba sur un homme qui dormait sur l'un des canapés et deux ou trois couples qui chuchotaient encore dans des coins ou à l'abri de quelque banquette.

Nul ne lui prêta la moindre attention.

Elle se sentit peinée de voir les charmantes pièces dans un tel état. « Il y a quelque chose de sordide, se dit-elle, dans une après-soirée. » Mais on ne pouvait douter que Valentine allait mobiliser une armée pour mettre de l'ordre dans tout cela et restaurer le château dans sa perfection. « Si, toutefois, il était en état. » Bell chassa cette pensée, furieuse contre elle d'y avoir seulement songé. Rentrer chez elle était impensable. Que pourrait-elle faire dans sa maisonnette vide, à *La Girafe*, sinon rester assise à attendre les nouvelles ? Si elle restait ici, du moins saurait-elle plus tôt ce qui s'était passé.

De retour dans la cuisine, elle se fit une tasse de café noir très fort et s'assit pour regarder les lentes aiguilles de la pendule, et l'obscurité derrière la fenêtre sans rideau.

Les heures s'écoulèrent péniblement.

Un peu avant 5 h 30, Bell crut voir la première et sinistre traînée grisâtre de l'aube. Quelques minutes plus tard, la lumière se faisait plus vive. C'était bien l'aube qui se levait.

Elle resta un instant assise là, hésitante, se demandant ce qu'elle allait faire. La pensée d'assister au départ lui faisait peur, mais elle savait qu'elle devait y aller. Il restait encore une faible chance de les dissuader.

Dans son mince vêtement et agrippant son sac de soie noir, tout à fait déplacé, elle sortit. La journée s'annonçait fraîche sous un ciel triste et nuageux. Il tombait une petite bruine incessante. On n'entendait pas un bruit, rien ne bougeait. La route des vignobles était déserte et Larue-Grise était fermé et silencieux. Peut-être n'allait-il rien se passer.

Peut-être avait-elle imaginé tout cela. Peut-être...

Non, c'était sans espoir. Le silence inquiétant fut déchiré par la mise en route puis l'accélération de deux puissants moteurs de motos. Deux pilotes débouchèrent de derrière la demeure. Valentine, dans ses vêtements de cuir noirs, qui se penchait pour mieux écouter le moteur, une main gantée sur la poignée des gaz, et Bob, manifestement moins à l'aise sur l'autre engin, le monstre que Bell avait déjà vu à Reynard. Elle se tassa involontairement sur elle-même, mais les deux hommes ralentirent en la voyant et le vrombissement des moteurs tomba à un simple ronronnement. Valentine lui fit un signe de sa main gantée de noir et Bell vit l'éclair de son sourire. Son visage rayonnait d'exaltation. « Il y prend du plaisir », se dit-elle.

Dans une embardée qui chassa le gravier, Valentine s'approcha.

— Prête pour le départ ? lui demanda-t-il comme s'ils partaient pour un pique-nique.

— Je t'en prie Valentine, lui dit Bell en agrippant la manche de cuir, n'y va pas. Tu peux encore l'annuler.

— L'annuler ? répéta Valentine avec un rire incrédule. Cela fait des années que je n'ai pas souhaité aussi intensément quelque chose. Tu me surprends, Bell. Je te croyais une femme de cran. Personne ne sera blessé, ajouta-t-il, dégageant son poignet de l'étreinte de Bell puis reprenant la poignée des gaz. Je vais simplement donner une leçon à ce salopard suffisant. Monte, je t'emmène jusqu'à la grille. Tu vas voir comment on passe de zéro à cent en cinq secondes.

Il se mit à rire, ravi, satisfait de lui et de la perspective de la course. Même Bob, avec son évidente gueule de bois, souriait derrière lui.

— Je vais y aller à pied, hurla Bell par-dessus le vacarme.

Valentine haussa les épaules. Les deux motos démarrèrent dans un nouveau vrombissement.

Bell les vit arriver à la grille et s'arrêter. Ils restèrent côte à côte dans le matin gris et humide, prêts. Attendant la bataille.

Bell alla les retrouver, d'un pas lourd, et s'installa sous les arbres dégouttant de bruine, au bord de la route. Valentine s'agitait sur sa selle et accélérait, impatient.

— Où est-il ? grommela-t-il. Il ne va pas se dégonfler, j'espère.

Ni Bell ni Bob ne répondirent. Ils restèrent tous les trois à fixer la route qui conduisait à Reynard. Et, alors que Bell attendait en frissonnant, elle vit arriver la Mercedes grise, comme une ombre sous la pluie.

Charles était au volant ; bien qu'encore trop loin pour le voir nettement, Bell l'imaginait, glacial. À côté de lui se tenait Jacopin — le baron avait amené son second, lui aussi. Tandis que

Bell s'efforçait de distinguer le visage des deux hommes, les motos continuaient leur ronronnement menaçant et projetaient derrière elles de petits nuages bleus.

La voiture s'arrêta et Charles en descendit, le visage pâle, impassible. Et son regard se posa un instant sur Bell qui ne put rien y lire. Il s'approcha aussitôt de Valentine. Bell, surprise, constata qu'ils étaient presque de la même taille. Voilà qui était curieux. Elle aurait juré que Charles était beaucoup plus grand.

— Eh bien ? demanda Charles sèchement.

Valentine conserva son sourire, mais son regard étincelait de colère.

— Seulement vous et moi, Baron, les motos et la route. Comme dans toutes les chansons. On y va ?

Charles se détourna du sourire railleur de Valentine.

Bob céda sa moto à Charles et passa à chacun des deux hommes un casque noir avec une lourde visière. Valentine se coiffa du sien et l'attacha avec une facilité qui témoignait d'une grande pratique, tandis que Charles tâtonnait un instant avec sa courroie. Casqués, maintenant, les deux hommes ressemblaient à de maladroites créatures venues d'une autre planète. Enfin, ils se rangèrent côte à côte. Sous leur accélération, les fumées d'échappement se firent plus épaisses et montèrent paresseusement dans l'air.

Bell se sentit la gorge toute sèche. Il lui fallait faire quelque chose tout de suite, sans quoi il serait trop tard. Elle avança d'un pas hésitant au milieu de la route, pensant vaguement les empêcher de passer.

— Je vous en prie, arrêtez cela, implora-t-elle d'une voix rauque. Charles, Valentine, écoutez-moi.

Valentine arborait un sourire confiant, maintenant, certain d'obtenir ce qu'il voulait.

— Sors de là, Bell, ordonna-t-il.

Elle se tourna vers Charles. On aurait dit un inconnu dans ce casque insolite, mais à l'instant où leurs regards se croisèrent, ses yeux s'adoucirent. Et puis, un vrombissement de la moto de Valentine le rappela à l'ordre et il retrouva son regard de pierre.

— Laissez-nous passer.

Bell fit aussitôt un pas en arrière, vaincue, les jambes molles, la tête lourde.

Bob, sur le bord de la route, tripotait quelque chose qu'il passa à Jacopin. Un mouchoir blanc. Pour donner le signal du départ.

Devant les deux hommes, la route s'étendait, noire, luisante et menaçante, avec, par places, des feuilles de peupliers jaunes et trempées. En outre, elle brillait d'huile.

Un temps traître, une route traîtresse.

Jacopin leva le mouchoir. Il flotta bravement, comme un étendard, et pendant ce bref instant Bell vit le sourire moqueur de Valentine sous la visière de son casque.

Et Jacopin baissa le bras : on entendit les pneus hurler dans une odeur de caoutchouc et les motos s'élancèrent.

Bell se mordait si fort le dos de la main qu'elle en cria sous la douleur. Par-dessus son cri, elle entendit le rugissement des motos diminuer d'intensité, au loin, pour se changer en une plainte rapidement étouffée par l'air du matin.

Le silence qui suivit la terrifia davantage encore.

On n'entendait rien, plus rien. Pas le moindre oiseau ni le craquement d'une branche, ni même le vent dans les arbres.

La panique la submergea comme une vague. Bob et Jacopin, la tête penchée, écoutaient le silence sans se regarder.

— Ne restez pas là, s'entendit leur crier Bell. Suivez-les.

Et elle tira Jacopin par le bras, tentant de l'entraîner vers la Mercedes, mais le petit bonhomme demeura fermement campé à sa place.

— Je dois attendre ici, dit-il, buté.

— Bob, venez, vous, je vous en prie.

— Non, Bell. Ne vous en mêlez pas.

Oh, mon Dieu.

Bell jeta un regard vers sa voiture, là-bas dans l'allée, évaluant la distance, songeant à partir en courant sur ses stupides talons hauts ou pieds nus. Trop loin. La puissante Mercedes était là, sous la main, les clés après le contact.

Sans plus réfléchir, Bell s'installa derrière le volant et mit la voiture en marche. Luttant avec la direction et le levier de vitesses peu familiers, ses chaussures mouillées glissant sur les pédales, elle passa en marche arrière, manœuvra sur la route et fila.

Où étaient-ils ? À quelle distance ?

Le souffle de Bell s'échappait en brèves bouffées pénibles et le sang battait dans sa tête. Sur le volant, les articulations des doigts étaient blanches. La route se déroulait devant elle, dans un vide rassurant. Elle n'était plus très loin de Reynard. Étaient-ils saufs ?

Le soulagement l'envahissait déjà quand elle prit le virage qui lui dissimulait la vue de Reynard et l'arrivée de la course. Et puis, dans un horrible grincement de pneus, elle dut éviter ce qui jaillit devant elle sur la route.

L'une des deux motos avait dérapé à l'extérieur de l'unique virage à droite précédant le château. Une roue, qui tournait encore, pointait vers les arbres. L'autre engin, silencieux et innocent, était planté sur le côté de la route. Bell appuya sur le frein et la lourde voiture s'arrêta sur le bord de la chaussée. Devant elle gisait un corps — impossible de reconnaître s'il s'agissait de Charles ou de Valentine — tandis que l'autre pilote, silhouette noire sur fond de ciel, était penché sur lui.

« Mon Dieu, pria Bell tout en se précipitant, faites que ce ne soit pas Charles. »

Pas Charles. Pas Charles.

En arrivant sur les lieux, elle n'osa pas baisser les yeux sur l'homme étendu mais essaya de percer l'autre visière, ignorant toujours de qui il s'agissait. Une main gantée souleva enfin la visière et Bell vit le visage pâle de Charles.

Valentine ? C'était donc Valentine qui gisait là ?

Oh, non. Non. Non. Pas Valentine.

Bell tomba à genoux sur la route, ses mains exsangues et raides au-dessus du corps, impuissantes. Du sang maculait les gravillons de la route et le visage bronzé.

Qu'il ne soit pas mort. Oh, je vous en prie, qu'il ne soit pas mort.

Valentine, les yeux clos était parfaitement immobile. Bell n'osa pas défaire ses vêtements, ni examiner les blessures. Il ne fallait pas qu'il bouge. Est-ce qu'il saignait beaucoup ? Non. Bell

305

passa les doigts sur la route et n'en ramena que de la pluie. Ce rouge, là, ce n'était donc que des écorchures.

Il faut trouver du secours.

Bell regarda de nouveau vers Charles, très pâle et étourdi sous le choc. Bell recula, voyant en lui l'ange de la mort, debout, là, dans ses vêtements noirs. Et puis, avec un effort manifeste, Charles se reprit. Aussitôt, et tout naturellement, il prit la direction des opérations, comme s'il était né pour cela.

— Restez ici avec lui, ordonna-t-il. Ne le touchez pas et n'essayez pas de le bouger.

Il jeta un rapide regard sur la Mercedes avec ses roues dans la terre molle du bas-côté.

— Je vais chercher du secours. Pas de panique. Je ne pense pas qu'il soit gravement blessé, dit-il, ses esprits tout à fait retrouvés maintenant, d'un ton aussi détaché que s'il s'agissait du corps d'un inconnu, là, à ses pieds.

Bell considéra les traits familiers et aristocratiques et, à sa honte, quelque chose se brisa en elle. Des larmes irrépressibles inondèrent son visage et elle dut serrer les dents pour étouffer le cri hystérique qui montait dans sa gorge. Une inquiétude soudaine, douloureuse, pour la vie de Valentine, l'envahit en même temps qu'elle se rendait compte que, depuis des mois, elle se trompait. Jamais elle ne serait parvenue à percer ce glacial Français. Car en ce moment, sur cette horrible route, elle découvrait le véritable Charles. Froid, impérieux et quelque peu écœuré par les brutales et indignes réalités de la vie. Bell s'était détournée de ces vraies réalités, et voilà qu'elles étaient en train de s'éteindre devant elle, sur le sol mouillé.

Les larmes l'aveuglaient et les cris qu'elle essayait de refouler s'échappaient en gémissements sourds.

Charles la prit par le bras et la secoua.

— Ça suffit. Vous devenez hystérique.

Le gémissement cessa et elle baissa de nouveau les yeux sur Valentine. Les yeux ouverts, il tentait de dire quelque chose à travers ses lèvres tuméfiées. Il était vivant et conscient. Comme par magie, Bell retrouva toute sa force.

— Ne bouge pas. Ne parle pas, Val. Ça va aller. Les secours arrivent.

Charles était toujours là, au-dessus d'eux. Pour Bell, il semblait très lointain, et très insignifiant maintenant.

— Eh bien, allez-y, lui lança-t-elle, et aussitôt il partit en courant vers la voiture.

Le calme revint. Bell s'assit sur le bord de la route, la lourde tête de Valentine sur ses genoux. Il la regardait, l'éclatant regard bleu obscurci par la douleur qui arrivait, mais l'ombre du sourire était toujours là, au coin des lèvres.

Les larmes continuaient à couler sur le visage de Bell.

Valentine.

Péniblement, il tourna la tête. Il y avait du sang sur le blazer de Bell, qui maculait les éclatantes couleurs d'une méchante traînée.

— Désolé, souffla-t-il. Je me suis... planté encore une fois.

— N'essaie pas de parler. Les secours arrivent.

Des feuilles tombaient des arbres, tout autour d'eux, en tourbillonnant, comme des confettis.

Et soudain, une mosaïque de visages et de bruits.

Charles était là, sévère et silencieux. Et puis Bob et Jacopin, qui couraient. Et, derrière, une ambulance basse et blanche, dans un bruit de sirène. Des blouses blanches se penchaient sur l'homme allongé sur la route, des mains le palpaient où Bell n'avait pas osé le faire. On le soulevait sur une civière. Sans le lourd casque, les cheveux de Valentine paraissaient très noirs, dans leur désordre, sur le blanc de l'oreiller.

— Laissez-moi venir aussi, supplia-t-elle quand on glissa la civière dans l'ambulance, et on lui permit de monter à côté de Valentine.

Avant que les portes ne se referment, elle jeta de nouveau un coup d'œil sur Charles et fut choquée par son regard lointain. Et puis on claqua les portières sur eux. Bien qu'elle ne le vît plus, elle conserva devant ses yeux, jusqu'au bout de l'interminable route menant à Bordeaux, l'image de son visage.

Elle fut frappée par l'odeur de désinfectant. Et par les lumières crues, les chaises de bois dures et tous ces gens qui passaient... sans la regarder. Bell, assise dans la salle d'attente de l'hôpital, se sentait étouffer d'impuissance. Il lui semblait qu'il y avait des heures que l'on avait emmené Valentine sur le haut chariot blanc. Il avait fermé les yeux pendant cet interminable et horrible trajet.

— Vous êtes la femme du blessé ? lui avait-on demandé aux admissions des urgences.

— Non.

— Une parente ?

— Non. Simplement une amie.

La femme avait manifesté son impatience devant Bell, qui, avait-elle réalisé, ignorait les autres prénoms de Valentine, sa date de naissance, le nom de son parent le plus proche, sa date d'entrée dans le pays — et bien d'autres détails qui semblaient avoir tant d'importance, mais qui pour elle n'en avaient aucune.

— Attendez ici, lui avait-on dit.

Elle était donc assise, dans ses vêtements maculés de sang, les yeux brûlants du manque de sommeil et avec ses pensées pour seule compagnie.

Ne le prenez pas.

Les mots revenaient comme une litanie.

Ne le prenez pas. Pas maintenant. Pas après tout cela.

Bell continuait à voir l'accident tel qu'elle l'avait découvert. L'image s'en était gravée dans son cerveau, et chaque fois qu'elle revenait — plus vivace que jamais — Bell ressentait la même terreur et la même panique.

Pourquoi personne ne venait-il ? Que faisait-on à Valentine, derrière ces portes fermées. Tout au bout du couloir, juste à l'entrée, apparut quelqu'un qui n'était pas vêtu de blanc. Une femme en gabardine, demandant anxieusement des renseignements à un infirmier. Bell reconnut Juliette qui arrivait vers elle dans un claquement de talons sur le sol carrelé de vert. On lisait la même angoisse sur son visage que sur celui de Bell. Elles se tendirent les mains et Bell prit les doigts tièdes de Juliette. Les siens étaient froids comme de la glace.

— Merci d'être venue. Je ne supporte plus de rester assise là, sans rien faire.

« Oh, mon Dieu », dit Bell, fâchée de ses larmes, mais ce n'était pas sur elle qu'elle pleurait. C'était sur Valentine.

Juliette la serra dans ses bras et lui murmura des paroles de réconfort, sans beaucoup de sens. Après quoi elle fit de nouveau asseoir Bell et tira, d'une de ses grandes poches, un thermos de café généreusement arrosé de brandy.

— Tenez, lui dit-elle.

Bell se réchauffa les mains autour de la tasse de plastique.

— Charles m'a raconté en deux mots, expliqua Juliette. Cette course idiote, idiote. Que s'est-il passé ?

— Je n'en sais pas plus que vous. J'ai assisté au départ. Et à la fin. C'est tout.

Mais ce n'était pas tout. Il y avait autre chose, qu'elle ne parvenait pas à oublier.

— Juliette, je me suis tellement trompée, sur tout. Charles était si lointain. Il semblait ne guère être touché. Comme s'il n'était nullement concerné, ajouta Bell d'une voix d'enfant, lasse, déconcertée.

— Oh, si, il était touché. Mais il ne peut tout simplement pas le montrer. Comme toujours. Comme pour Catherine. Et Christophe. Je l'aime bien. Plus que quiconque au monde. Mais je sais que ses défenses sont si solides... eh bien, qu'elles en deviennent offensantes. Pouvez-vous comprendre cela ?

Oui, Bell pouvait le comprendre. Mais là, alors que c'était si réel et si proche, il n'était pas facile de pardonner. Notamment à Charles, qu'elle avait été si proche de tant aimer. Bell savait que jamais elle n'oublierait la façon dont il avait regardé Valentine ; comme s'il était offensé par une attitude aussi peu digne, étendu là sur la route, au milieu de tout ce gâchis. Comme si — et elle frissonna à cette idée — on avait en quelque sorte vulgairement violé les règles du bon goût.

« Pauvre Charles », pensa-t-elle. Coincé dans sa vie, dans son rôle et dans sa triste incapacité à se laisser aller à pleurer, à crier et à le montrer comme tout le monde. Comme Valentine, par exemple, derrière ces portes. Lui était aussi libre que l'air parce qu'il se permettait de l'être, et il était libre de sourire malgré ses défaites.

Les deux femmes restèrent assises en silence, car elles n'avaient plus rien à ajouter.

Bob Cornelius arriva et prit place à côté de Bell.

— Vous avez des nouvelles ? demanda-t-il, le visage blême d'anxiété.

— Rien pour le moment.

— Il m'a fallu voir la police. Avec mon français qui est si mauvais. C'est Charles qui a fini par s'en occuper.

« Oui, se dit Bell, Charles devait être parfait dans ce rôle. »

Enfin apparut le médecin, derrière lequel les lourdes portes se refermèrent avec un sifflement, ne permettant même pas de jeter un regard à l'intérieur. Il était petit et simiesque, avec des cheveux grisonnants qui s'éclaircissaient. En se levant, Bell remarqua les poils dans ses oreilles et ses narines ainsi que la batterie de crayons accrochés à sa poche de poitrine, le badge de plastique avec son nom et le stéthoscope pendant autour du cou, comme un étudiant en médecine à l'inspection... mais il parlait, maintenant, et elle ne pouvait différer l'instant plus longtemps.

— Vous êtes les amis de M. Gordon ?

Ils hochèrent la tête tous les trois. Le médecin regardait son bloc-notes, comme pour se remettre en mémoire ce qu'il venait leur annoncer.

— Votre ami souffre d'une commotion. Légère. D'une mauvaise fracture du col du fémur. Maintenant réduite. De trois côtes fêlées. De contusions multiples. De quelques coupures, dont une profonde, et de blessures superficielles.

Il s'arrêta. C'était tout. Rien de plus ; rien d'autre ?

— Est-ce qu'il va s'en tirer ?

La question, enfin, qu'on osa poser.

— Oh, oui, madame, il va aller tout à fait bien. Il sera seulement dans l'impossibilité de remonter à moto avant quelques mois, précisa le médecin qui en parut heureux.

Ce furent Juliette et Bob qui remercièrent Dieu, se sourirent et sourirent au docteur. Bell se sentait envahie par un tel soulagement qu'elle ne put rien manifester. Plus rien n'avait d'importance. Il n'allait pas mourir, cela suffisait.

— Est-ce qu'on peut le voir ? demanda Juliette.

— Un instant seulement. Par ici.

Valentine était couché dans un lit tout blanc, à l'intérieur d'un box fermé par des rideaux. Il avait la poitrine nue sous l'épaisse toison noire, mais entourée de larges bandes jusqu'à mi-hauteur.

Sa tête aussi était bandée. Au-dessus de sa jambe, on avait monté une espèce de tente pour empêcher le drap et la couverture de reposer sur sa jambe droite. Au milieu de tout ce blanc, ses yeux bleus brillaient intensément. Bob et Juliette s'approchèrent, mais Bell demeura en retrait. Elle se sentait — curieusement — gênée.

Valentine était hébété. Bob lui toucha la main et Juliette se baissa pour lui embrasser la joue. Quand ils se retirèrent, Bell demeura à sa place, au pied du lit. Il la regardait intensément, et elle vit apparaître une esquisse de son vieux sourire.

— Merci, souffla-t-il.

D'avoir suivi la course, voulait-il dire, d'avoir été là quand il avait eu besoin d'elle, et d'être venue à l'hôpital.

— Chut, fit-elle.

— Il voulait vraiment gagner, tu sais, parvint-il à dire. Ton baron.

Et puis ses yeux se fermèrent et Bell vit qu'il était épuisé. Elle le laissa dans son petit box.

Évidemment. Charles n'aurait pu supporter la défaite, surtout contre Valentine. Mais pour celui-ci, c'était sans importance ; seule comptait la course. Tout comme pour les vendanges, ce n'était qu'une autre leçon à retenir. Oui. Elle admirait cela chez lui — elle l'admirait de plus en plus.

Bob et Juliette l'attendaient. Après le soulagement, la fatigue envahit Bell comme une drogue puissante. Elle se rendit compte qu'elle titubait alors que Bob la reconduisait à la voiture.

« À la maison », se dit-elle. Dans le sanctuaire de *La Girafe*, avec le haut lit de cuivre, l'image pieuse et le vide apaisant du sommeil.

CHAPITRE XII

Mme Durand était en train de faire du pâté. De ses doigts carrés, elle passait dans le hachoir la viande de porc rosée. À côté d'elle, sur la table, il y avait de la noix muscade, du poivre de Cayenne, des œufs avec encore, sur leur coquille brune, la terre de la ferme, ainsi que la bouteille du cognac destiné à la cuisine. Des truffes odorantes baignaient dans leur jus, attendant d'être hachées et ajoutées au mélange.

Bell se laissa tomber sur un siège et regarda, fascinée par la calme dextérité des gestes de la cuisinière. Pas de précipitation, pas d'agitation et jamais un faux mouvement. « Pas comme moi », se dit Bell.

Et puis : « Je ne veux plus penser à moi. Je suis lasse de moi. J'ai commis beaucoup trop d'erreurs graves. »

Au soupir de Bell, Mme Durand leva les yeux sur elle. Elle pinça les lèvres et s'essuya les mains sur son grand tablier.

— Je crois que vous ne vous plaisez pas ici autant que vous l'espériez, dit-elle, perspicace.

— Je suis très heureuse ici, répondit vivement Bell. J'adore *La Girafe*. Mais vous avez raison. Je n'aurais peut-être pas dû venir en France.

— *Chérie*, pourquoi ne rentrez-vous pas chez vous ? Dans votre famille ?

Bell secoua tristement la tête.

— Eh, bien, retrouvez vos amis, dans ce cas. Nous vous regretterons, tous, mais cela ne vaut rien à une jeune femme de passer l'hiver là, toute seule, dans cette petite maison estivale.

Bell ramassa une tête d'ail, la retourna dans ses doigts puis la huma. Le parfum même de la France.

— Je crois, dit-elle lentement, que c'est un excellent conseil.

Combien de soirées encore voulait-elle passer dans le fauteuil délabré devant son feu de cheminée, à essayer de lire ? Combien de jours encore dans le bureau de Jacques à étouffer d'impatience devant l'ennui de cette vie ?

Même Valentine n'avait plus besoin d'elle. Son état s'améliorait rapidement — grâce à l'extraordinaire vitalité qu'il manifestait là comme ailleurs. Les premiers jours, Bell était allée le voir en sortant de chez Jacques Lapotin et avant de rentrer chez elle, pour passer quelques minutes avec lui. Il était dans une petite chambre carrée avec des volets gris à la fenêtre. Malgré les nombreuses visites qu'il recevait d'amis qui lui apportaient des bouteilles de vin fin et des piles de livres, il n'avait pas tardé à s'ennuyer dès que sa commotion fut passée. Adossé à ses oreillers, il voulait qu'on le divertisse avec les nouvelles de l'extérieur, son regard bleu traduisant son agitation. Bell se rendit compte qu'elle n'avait rien à lui offrir ; elle était épuisée par la fatigue de ces derniers jours. Elle ne pouvait que se rassurer en voyant qu'il était vraiment là et qu'il allait mieux, et puis elle repartait. Elle le laissait en compagnie de jeunes et brillants Bordelais, d'hommes d'affaires et des mignonnes infirmières françaises qui, tous, semblaient le connaître bien mieux qu'elle.

Le quatrième ou le cinquième jour, Bell avait trouvé la petite chambre vide. On lui avait dit que monsieur avait demandé à être transféré dans la salle commune. Et c'est là qu'elle le découvrit — entre deux vieux rhumatisants, perché sur son lit, sous le regard admiratif de tous les accidentés de la route et autres convalescents. Valentine en était ravi. Les infirmières l'adoraient ; les sœurs qui traversaient les salles dans leurs longues robes crème et leurs coiffes blanches amidonnées venaient sans cesse le voir. « C'est bien de Valentine cela, se dit Bell, de transformer en partie de plaisir un séjour pénible et ennuyeux à l'hôpital. »

Elle fut surprise, à l'une de ses visites, de le trouver seul. Bob le quittait juste et lui avait apporté une pile de factures, de lettres et d'imprimés arrivés de Dry Stone. Valentine feuilletait les documents, l'air exaspéré.

— Regarde-moi ça, dit-il à Bell. Si je ne sors pas d'ici en vitesse, tout mon empire va s'écrouler.

Il ne plaisantait qu'à demi. Elle savait combien il devait lui être pénible de rester confiné dans son lit tandis que le monde continuait à tourner sans lui.

— Il semble que tout le monde se débrouille beaucoup mieux avec toi sain et sauf, ici, lui dit-elle pour le taquiner et il lui adressa un pauvre sourire.

Bell s'assit sur le bord du lit et lui demanda soudain :

— Valentine, que s'est-il passé ? Lors de la course ? Qu'est-ce qui a provoqué l'accident ? Je sais que tu es aussi à l'aise sur cette foutue moto que si tu étais né dessus.

Valentine la regarda, ses noirs sourcils froncés.

— Ce qui s'est passé, répéta-t-il enfin. Je suis tombé, tout simplement. J'ai dérapé. Tu l'as vu, non ?

Puis il fronça les sourcils et détourna le regard.

— Il se trouve que je n'aime pas beaucoup en parler, ajouta-t-il.

Bien. Plus de questions, donc. Mais Bell conservait un certain doute. Saurait-elle jamais ce qui s'était vraiment passé dans la laideur de cette aube sur la route des vignobles ?

— Valentine, hou-hou ! lancèrent soudain deux jolies filles, habillées à vous donner le vertige, en arrivant vers lui.

Elles tenaient, entre elles, un énorme « nounours » à la fourrure de nylon blanc, la poitrine et la jambe bandées comme l'était Valentine. Bell crut lire une lueur d'impatience dans ses yeux, mais qui se dissipa avant qu'elle en soit sûre. Aussitôt, il accueillit joyeusement les jeunes femmes qui se penchèrent sur lui pour lui murmurer des choses à l'oreille et l'embrasser. Valentine prit la bouteille de champagne, toujours prête, dans un seau à glace improvisé pour recevoir ses visiteurs.

— Est-ce qu'ils ne sont pas fâchés que tu transformes l'hôpital en boîte de nuit ? demanda Bell.

— Fâchés ? Ils sont ravis, répondit-il en souriant. Tu viendras me voir demain ?

— Peut-être, lui dit Bell en prenant congé avec un petit signe de la main et un sourire, tandis qu'on avait installé le « nounours » sur le lit, à côté de Valentine, et que les deux filles gloussaient sur leur champagne.

Bell continua à retourner ses pensées dans sa tête entre l'animation de l'hôpital et la tiédeur de la cuisine de l'auberge. Elle vit que Mme Durand la regardait, son visage rond marqué par l'inquiétude, les mains lissant toujours le devant de son tablier.

— Oui, Madame Durand, ne put que convenir Bell. Peut-être serait-il préférable que je rentre chez moi.

Mais pour quoi faire ? Et où ?

Plus tard, Bell traversa la cour pavée pour gagner son cottage. Il était tranquille et il y régnait un froid glacial, même avec les poêles à mazout. Le brouillard envahissant semblait se glisser par les fenêtres et le sol de pierre luisait d'humidité. Bell s'arrêta au milieu de la pièce, les mains enfoncées dans les poches de son manteau de laine, les yeux dans le vide, sur la lumière de l'été californien et la chaleur d'un ciel éternellement bleu. Elle haussa les épaules, désespérée, et son regard tomba sur celui, paisible, de la sculpture de Juliette. Sur le buste de la petite Laure qui la regardait, comme toujours, depuis le centre de la cheminée. Et pour Bell, ses mêmes pensées qui continuaient à tourner en rond dans sa tête. Elle avait commis bien trop d'erreurs, et maintenant, était-il trop tard ? Elle avait choisi. Fait le mauvais choix. Comment pouvait-elle vouloir effacer tout cela... après tout ce qui s'était passé ?

Impossible.

Bell alla se pencher sur les bûches du foyer. Péniblement, elle se mit à faire un feu, regardant les premières petites flammes bleues monter, comme à regret. Quand elles se firent plus vives et que le feu commença à pétiller et à chauffer dans la cheminée, elle se redressa, le regard fixé sur le foyer.

Retourner chez elle ? À Londres sous la pluie de l'hiver ? Pour essayer, d'une manière ou d'une autre, de recoller les morceaux de sa vie ? Quel autre choix avait-elle ? Qui ? Un homme, un seul, et elle l'avait quitté comme une fillette boudeuse à la poursuite d'un rêve.

Non, rien d'autre.

Elle se leva, toute raide, et prit la petite sculpture. La terre rouge était tiède dans ses mains. Lentement, elle monta les escaliers étroits et alla tirer sa valise de sous le lit de cuivre. Elle enveloppa la petite sculpture dans une longue écharpe avant de la déposer dans la valise vide. Quand elle redescendit, elle constata que la marque laissée sur la cheminée paraissait plus grande que la tête elle-même. C'en était donc fini de Bordeaux. Son regard fit le tour de la pièce. Il n'y avait vraiment pas grand-chose. Peu de bagages à faire. Comme c'était curieux qu'elle se soit sentie autant chez elle dans cette minuscule maisonnette. Maintenant qu'elle la regardait de plus près, elle n'y avait vraiment pas mis beaucoup d'elle-même.

Et malgré cela, elle remettait sans cesse sa décision au lendemain. Elle se dit qu'elle attendait le bon moment pour annoncer son départ à Jacques Lapotin.

Et puis, parmi les dizaines de coups de téléphone qui arrivaient pour le négociant, il en arriva un pour Bell un matin. Elle écouta, surprise, la voix douce à l'autre bout du fil, une voix qu'elle connaissait mais sans pouvoir la situer exactement.

— Michel Lebègue, répéta l'interlocuteur. Nous nous sommes rencontrés à l'amusante soirée de Valentine Gordon.

— Oui, bien sûr. Que puis-je faire pour vous, Michel ? demanda Bell, pensant qu'il s'agissait d'une communication d'ordre professionnel.

— Vous pourriez accepter de venir dîner avec moi. J'ai une proposition à vous faire. Et vous me devez toujours une danse, vous vous souvenez ?

Bell allait lui répondre sèchement qu'elle n'était pas d'humeur à accepter les propositions — de quelque nature qu'elles fussent — et qu'elle allait bientôt rentrer à Londres. Et puis elle vit le regard de Jacques et elle se dit qu'elle devait d'abord parler à son employeur.

— Eh... bien — oui, d'accord.

— Parfait. Demain soir, ça va ? À quelle heure et où voulez-vous que je passe vous prendre ?

— Ne vous donnez pas cette peine, répondit vivement Bell, songeant que le suave Michel Lebègue ne cadrait pas tout à fait avec *La Girafe*. Je passe d'abord voir Valentine à l'hôpital et nous pourrions ensuite nous retrouver en ville.

Ils convinrent d'un rendez-vous et Michel raccrocha. Bell fit semblant de ne pas voir le regard interrogateur de Jacques et retourna à sa machine à écrire.

Valentine avait toute une foule de visiteurs autour de son lit, comme toujours, le lendemain soir. Bell arrivait plus tard qu'à son habitude et il haussa les sourcils en la voyant vêtue de sa robe du soir en crêpe de soie sombre.

— Toute cette splendeur simplement pour venir me voir ? demanda-t-il, moqueur, en lui tendant un verre de l'inévitable champagne.

Bell fut froissée qu'il la traite comme toutes les autres femmes qui se pressaient autour de son lit. Et puis elle se souvint qu'il n'y avait aucune raison pour qu'il la traite autrement.

— Pas du tout, répondit-elle sur le même ton. Je vais dîner avec Michel Lebègue.

Si elle s'attendait à voir quelque signe d'irritation ou de jalousie sur le visage de Valentine, elle fut déçue. Il se contenta d'un rire joyeux.

— Eh bien, faites attention à vous. C'est le genre de gars avec qui votre grand-mère aurait dit qu'il était dangereux de monter en taxi.

— Oh, je pense pouvoir m'en tirer, lui dit Bell avec une certaine froideur, mais blessée tout de même.

Elle avait l'impression d'être traitée comme une jeune sœur rebelle. Ou comme Joannie.

— Bonsoir, et amusez-vous bien, ajouta-t-elle alors que sautait un autre bouchon de champagne.

Sa voix trahit davantage sa tristesse qu'elle l'imaginait et Valentine la regarda s'éloigner avec une tendresse qui l'aurait surprise.

Michel l'attendait aux *Vendanges*, un restaurant petit, sombre, chic et cher. Sa cuisine était presque aussi réputée que celle de *Chez Lestoq*, mais l'ambiance se situait à des années-lumière de l'austérité mondaine de celui-ci. Ici, il y avait une piste de danse au milieu des tables, un éclairage de chandelles et de la musique douce. Michel lui baisa la main. Bien que Bell chassât ses souvenirs avec une brutale détermination, la soirée — une soirée qu'elle n'avait d'ailleurs pas souhaitée — commençait plutôt mal.

Mais l'astucieux Michel devina aussitôt son humeur et s'employa à la dissiper par son charme. Sans demander que Bell lui réponde, il entreprit de la noyer sous un flot d'histoires, des derniers cancans bordelais et de blagues pleines d'une ironie désabusée.

Arriva le vin, et les plats — dont la saveur l'enchanta et la désarma. Enfin, elle se sentit détendue. Elle retourna son sourire à Michel et leva une fois encore son verre.

« Adieu, Bordeaux, se dit-elle. Et — en un sens — merci. » Avec le café on apporta l'armagnac — quarante ans d'âge — et des petits fours présentés comme un bouquet de fleurs roses et vertes dans un nid de dentelle et d'argent.

— Et maintenant, ma proposition, dit Michel à une Bell calme et amusée. Vous savez que chez *Lebègue & Fils* nous prenons de l'extension ?

Bell hocha la tête, tournant son verre pour que l'alcool doré capte la lumière des chandelles.

— Nous prenons de l'extension, espérons-nous, sur le marché anglo-saxon. La Grande-Bretagne, bien sûr, et également l'Amérique.

Il marqua une pause puis demanda :

— Cela vous plairait-il de travailler avec nous ? Je sais de quoi vous êtes capable et je suis impressionné par vos connaissances. Votre connaissance des langues, bien sûr, mais autre chose aussi. Vous avez du style.

Bell sourit.

La proposition était merveilleuse, flatteuse, tentante. *Lebègue & Fils* était une grande maison, avec un nom mondialement connu dans l'univers du vin. C'eût été une formidable opportunité que de travailler pour eux, réalisa Bell avec regret. Mais il était impossible, après ce qui s'était passé, de songer à demeurer à Bordeaux — notamment dans ce petit monde où il lui faudrait rencontrer si souvent Charles et Valentine. Mais cela lui réchauffait le cœur qu'on le lui ait demandé. Cette confiance en elle, qui lui faisait défaut depuis si longtemps, revint comme par enchantement.

Elle choisit soigneusement ses mots, également, avant de répondre.

— Je vous remercie, Michel. Je suis ravie — et flattée — que vous me le demandiez. Mais je dois rentrer à Londres. Très bientôt. Pour des raisons personnelles. Rien ne m'aurait plu davantage que de travailler pour *Lebègue & Fils*, ajouta-t-elle, sincère, mais je crains que ce ne soit pas possible. Je suis désolée.

— Moi aussi, dit-il avec un sourire de regret.

« Michel Lebègue, vous m'avez rendu un immense service, songea Bell. Que m'arrive-t-il, depuis quelque temps ? Je n'ai peut-être pas de travail pour l'instant, mais je sais ce que je vaux. Je peux rentrer à Londres et trouver un autre boulot quand je le voudrai. Un boulot bien meilleur. Je sais que j'en suis capable et, qui plus est, *je vais le faire, bon Dieu.* »

— Et si on dansait ? demanda Michel.

— Avec plaisir.

Il y avait dans le sourire de Bell plus de bonheur que depuis bien des jours. Michel l'enlaça aussitôt et sa joue trouva celle de Bell tandis qu'ils dansaient sur la musique douce.

— Mmmm, murmura-t-il. Après tout, je crois que je préfère vous avoir ici que dans mon bureau.

Bell se raidit lorsque la main de Michel descendit davantage sur son dos, puis elle se mit à rire intérieurement. Si elle devait se retrouver à Londres toute seule, dans un monde qu'elle connaissait bien, il en serait de même. Bien évidemment, des hommes allaient l'inviter à dîner et essayer de l'embrasser ensuite.

Ce n'était pas si terrible.

Elle avait de la chance, après tout. Sauf pour une seule chose, elle avait tout ce qu'elle pouvait souhaiter au monde. Et il était inutile de verser d'autres larmes, même si le monde paraissait plus gris et semblait vide sans ce rire californien taquin.

Plus tard, quand elle eut retrouvé la sécurité de leur table, Michel lui demanda :

— Est-ce que personne ne peut vous persuader de rester à Bordeaux ?

— Une personne le pourrait, répondit Bell sans trop réfléchir, sous l'influence du vin et de l'alcool. Mais je ne pense qu'il le voudra.

— Valentine. Oh, je vois... Eh bien, s'il faut rivaliser avec Valentine, allons-y. Mais, sincèrement, vous seriez beaucoup mieux avec moi. Valentine est un tel cow-boy. Avec ces jeans qui n'en finissent pas.

Bell riait malgré elle.

— Est-ce qu'il faut que je choisisse entre vous deux ?

Le petit Français attaqua bientôt fougueusement. Bell se rendit compte que la mise en garde de Valentine n'était pas un vain mot. Il fallait craindre Michel aussi bien dans les taxis que dans les restaurants, avec ou sans table entre lui et elle. Mais, malgré cela, il était amusant. Bell le trouvait très sympathique.

Elle s'évada enfin. Feignant de se plaindre jusqu'au bout, Michel lui ouvrit la portière de sa Fiat et s'inclina comiquement devant elle.

— Bonne nuit, dit-il. On devrait convaincre Valentine qu'il vous faut rester. Sait-il quelle chance il a ?

Il lui donna un baiser rapide et se recula pour la laisser démarrer.

Bell suivit, songeuse, la route familière jusqu'à *La Girafe*. Avec sa confiance retrouvée arriva la décision de ne pas faire durer la pause plus longtemps.

Il était temps de partir.

Quand elle arriva à Vayonnes, tout était déjà éteint. Elle traversa doucement la cour pavée et alla ouvrir la porte de sa maisonnette. Elle cligna des yeux quand elle eut allumé. La petite pièce semblait déjà inhabitée. Non, elle n'y avait pas mis grand-chose d'elle-même.

Elle en fit rapidement le tour, ramassant les livres épars et ôtant les photos des étagères. Et puis elle monta et rangea ses affaires dans sa valise avec la sculpture soigneusement enveloppée.

Elle s'était décidée ; le départ était en cours.

— Jacques, il faut que je vous dise quelque chose.

Bell posa les toutes dernières liasses d'imprimés sur le bureau du négociant et attendit.

— Et qu'avez-vous donc à me dire ?

Une pause. Bell regarda le balcon de fer forgé, devant la large fenêtre, puis ses yeux revinrent sur la pièce.

— Je vais quitter Bordeaux. Pour rentrer à Londres. Je suis désolée de vous laisser tomber.

Le négociant la regarda par-dessus ses lunettes puis les retira de son nez et se mit à les essuyer.

— Vous n'avez pas trouvé à Bordeaux ce que vous pensiez.

Ce n'était pas une question. Bell lui adressa un sourire contrit.

— Non, je pense que non.

— Vous n'avez pas été très heureuse non plus.

Il était également inutile de discuter cette affirmation. Cela avait-il été si évident pour tout le monde ? Jacques rechaussa ses lunettes avant de se pencher pour tapoter la main de Bell.

— Ne vous inquiétez pas. Vous me laisserez une semaine de préavis ?

— Bien sûr. Jacques... Merci.

Bell se tenait dans la petite cabine téléphonique de *La Girafe*, écoutant de nouveau la sonnerie qui devait retentir à l'autre bout du fil, à Reynard. Elle entendait les battements de son cœur dans ses oreilles en attendant que quelqu'un réponde.

— Oui ?

Dieu merci, c'était Charles. Ils ne s'étaient plus parlé depuis l'accident, alors que Valentine gisait entre eux sur la route des vignobles.

— Charles, je... je quitte Bordeaux, annonça Bell. Je voudrais venir vous dire au revoir.

— Ah, Bell, j'ai tellement souhaité vous revoir. Mais, les choses étant ce qu'elles sont maintenant... que voulez-vous que nous y fassions ?

— Je le sais, coupa Bell, pour qu'ils s'évitent la douleur d'en dire davantage.

C'était bien toujours le même Charles, avec sa voix de patricien, mais teintée de tristesse.

— Quand puis-je venir ?

— Vous voulez venir ?

— Oui, dit-elle, tout à fait sûre.

Elle voulait que ses adieux fussent complets.

— Eh bien, demain. Nous espérons que vous resterez pour déjeuner.

« Nous », songea amèrement Bell.

— D'accord, à demain.

Ce serait presque son dernier jour à Bordeaux. Elle avait déjà son billet d'avion qui attendait sur l'étagère vide de sa chambre. Inutile de penser à faire des économies, désormais. À quoi cela aurait-il servi ?

D'abord, avant sa visite, il lui fallait aller faire ses adieux à Valentine. Ce serait le plus difficile.

Délibérément, Bell choisit un moment en dehors des heures normales de visite. Puisqu'on l'aimait tellement, à l'hôpital, sans doute ne verrait-on aucun inconvénient à ce qu'un unique visiteur se glisse pour le voir pendant un instant de tranquillité. Comment pourraient-ils se parler avec tous ces visages autour du lit étroit ?

Bell n'avait pas la moindre idée de ce qu'elle espérait, elle ne pensait même pas vraiment espérer quelque chose. Cependant, elle s'accrochait à l'idée qu'au cours des quelques minutes qui précèderaient son exil, Valentine pourrait lui dire quelque chose, lui faire un signe — pour qu'elle reste. En fait, tous ses préparatifs de départ bien décidés avaient été menés comme dans un rêve, dans un monde où rien n'était vrai sinon le farouche espoir que Valentine pourrait l'empêcher de s'éloigner de lui.

Bell poussa les portes de l'hôpital et pénétra dans l'odeur d'antiseptique, de caoutchouc et de chaleur sèche. Les semelles de ses chaussures grinçaient sur le sol carrelé de vert et de blanc tandis qu'elle gagnait la salle commune. Elle s'arrêta à la porte et regarda le lit de Valentine à travers la vitre circulaire. Il était en train de bavarder et de rire avec un vieux bonhomme tout en jouant aux cartes.

Une infirmière passa derrière Bell. À son soulagement, ce n'était pas la sœur sévère, mais l'une de ces jeunes et riantes infirmières qui se disputaient pour savoir laquelle s'occuperait de Valentine.

— Puis-je entrer voir mon ami ? C'est pour quelque chose de... privé, et il y a tellement de monde aux heures de visite.

— Bien sûr, dit l'infirmière avec un sourire complice. Tirez seulement un peu les rideaux, si vous voulez.

Bell pénétra dans la salle. Valentine lui adressa son sourire détendu, heureux d'avoir de la compagnie, tandis que le vieux bonhomme s'éloignait à regret d'un pas traînant.

— Viens t'asseoir là et raconte-moi quelque chose qui me fasse rire, lui dit Valentine, tapotant le bord du lit.

— Ce n'est pas si drôle, répondit Bell, et leur anglais, dans une salle pleine de Français, leur assurait autant d'intimité qu'un mur de pierre. Je suis venue te dire au revoir.

Il la regarda, son sourire effacé, maintenant. Même après son accident et ce long séjour à l'hôpital, il était encore bronzé et paraissait en pleine forme, tout à fait incongru au milieu de cette salle sans air.

— Au revoir ? dit-il sans qu'apparaisse sur son visage ni regret ni même la moindre surprise.

— Oui, confirma Bell, dont la déception commençait à transparaître. Je ne puis plus rester ici. Pas après tout ce qui s'est passé concernant nous tous. Je dois rentrer à Londres. Recommencer à travailler.

Elle s'arrêta, attendant qu'il dise quelque chose, mais, à sa grande gêne, Valentine semblait attendre, lui aussi. De longues secondes s'écoulèrent tandis que le regard bleu, plus incisif qu'elle ne l'avait jamais vu, fouillait son visage.

— Il faut que je parte, répéta-t-elle, à moins...

Il haussa ses sourcils noirs, attendant toujours.

Mais Bell ne trouva pas les mots pour lui dire ce qu'elle espérait. Que pouvait-elle lui dire après l'avoir rejeté si brutalement ? Qu'elle était désolée, qu'elle s'était trompée sur ses sentiments. Après ce mois passé ensemble au soleil... la soirée du bal... après qu'il l'eut trouvée dans les bras de Charles, et après la vilenie de la course ?

La honte l'envahit et elle sentit la couleur quitter son visage et ses lèvres. L'occasion était passée. Une fois encore, Bell se retrouvait où il ne fallait pas. Valentine n'avait plus rien à faire d'elle maintenant, même si elle avait le courage de lui poser la question. Et pourquoi s'exposer à davantage d'humiliation ?

Après tout, il ne lui montrait pas le plus petit signe d'encouragement en ce moment. Il se fichait qu'elle soit là ou pas.

— Oui, dit enfin Bell, plus fort cette fois, pour mettre plus de conviction dans sa voix. Je pars presque immédiatement.

Il lui tardait de laisser couler ses larmes, mais elle lutta pour les refouler jusqu'à ce qu'elle puisse échapper à sa vue.

Le silence n'en finissait pas, entre eux. Valentine leva enfin les yeux.

— Tu dois faire ce que tu crois le mieux, se borna-t-il à lui dire.

— Oui, oui, convint Bell, se levant en titubant. C'est le mieux. J'en suis sûre.

Elle se pencha pour l'embrasser une dernière fois et il lui caressa légèrement la joue.

— Dépêche-toi d'aller mieux, veux-tu ?

— Tu parles. Ils ne vont pas me garder ici bien longtemps encore.

— Au revoir, Valentine.

Est-ce bien moi qui ai dit cela ?

Elle lut sa déception dans son regard, mais il semblait qu'il n'y eut désormais plus rien à faire.

— Au revoir, Bell.

La voix était ferme et le regard déjà loin derrière elle.

Bell traversa toute l'horrible longueur de la salle et la solitude du couloir, envahie par un sentiment de perte et de déception qui menaçait de l'engloutir. Les larmes descendirent sur ses joues pâles en traces brillantes.

J'ai été une telle idiote.

Le refrain résonnait dans sa tête comme une condamnation à la servitude.

Dehors, au parking, elle tomba sur Bob Cornelius. Il apportait encore du travail pour Valentine, mais dès qu'il vit Bell, il posa tous ses papiers sur le sol humide à ses pieds et lui tendit les bras.

— Que se passe-t-il ? Qu'est-il arrivé de grave ? Allons, racontez-moi ça. Laissez-moi vous aider.

« Comme il est gentil », se dit Bell, en lisant l'inquiétude dans le regard myope et le désir sincère de lui apporter son aide.

— Je suis passée dire au revoir à Valentine, lui dit-elle, sanglotant maintenant, à gros sanglots qui lui coupaient la respiration et sapaient ses forces.

— Pourquoi cela ? demanda Bob plein de gentillesse.

— Je me suis tellement trompée, Bob. Et maintenant il ne veut plus de moi, expliqua-t-elle d'une voix étouffée.

Mais on ne pouvait douter de sa douleur.

— Vous souhaiteriez qu'il veuille de vous ?

— Oh, oui. Mais il est trop tard. Tout est fichu.

— Bell, écoutez-moi. Est-ce que vous lui avez dit ? demanda Bob dont l'étreinte se fit plus forte sur les épaules de Bell qu'il secoua presque.

Bell respira très fort pour arrêter ses larmes et s'essuya les yeux avec son mouchoir. Au milieu de ce parking d'hôpital, elle ressentait un sentiment de perte qu'elle n'avait encore jamais connu de sa vie. Elle était pleine de gratitude pour Bob, mais il n'y pouvait rien. Et il lui tardait de se sentir seule. Pour lécher ses blessures, seule. Elle respira encore une fois très fort et le regarda à travers le brouillard de ses larmes.

— Non, Bob. À quoi cela servirait-il ? Vous n'avez pas vu l'indifférence sur son visage. Écoutez — je vous remercie. Je suis idiote, et désolée, et j'ai besoin d'être seule. Je rentre à Londres.

Bob la lâcha et elle le serra rapidement dans ses bras.

— Au revoir. Et merci pour tout...

Elle gagna sa voiture, y grimpa, fit marche arrière. Bob resta un instant à la regarder, avec son froncement de sourcils familier, puis il hocha la tête, prit sa pile de papiers et partit voir Valentine.

On devait l'attendre à Reynard. Bell se passa une éponge humide sur les yeux puis se regarda de nouveau dans le petit carré du miroir. Son visage était blême, à l'exception du cerne rouge de ses yeux. N'importe qui, au premier coup d'œil, aurait pu dire qu'elle avait pleuré. Eh bien, c'était sans importance. Avec des doigts toujours tremblants, elle se mit un peu de rouge aux joues et du mascara sur les cils. Maintenant, on aurait dit qu'elle essayait de faire bon visage pour cacher un chagrin. C'était également sans importance.

En y repensant, Bell passa par-dessus sa jupe banale un pull rouge vif. Peut-être, ainsi, les regards ne s'attarderaient-ils pas sur son visage. Pour le dernière fois, elle sortit sa voiture de la cour et partit vers Reynard. La route se déroulait devant elle, entre les vignobles maintenant tristes et dépouillés après la taille des longues pousses de l'été. Bientôt allaient commencer les labours, pour retourner le sol sur le bois exposé afin de le protéger des gelées de l'hiver. Et puis, pendant les longs mois de froidure, la vigne allait rester en sommeil jusqu'à ce que la sève remonte avec les premiers souffles tièdes du printemps. Bell détourna le regard. Le printemps lui semblait quelque chose d'impossible pour l'instant.

Et apparut Reynard, sur sa colline ronde au-dessus du fleuve. Bell se souvint de son premier regard sur l'imposant château. Avant que tout commence. La vie lui avait paru si pleine de promesses, alors. Et maintenant — eh bien, la vie continuait, sans plus. Mais elle avait raté l'occasion de saisir son bonheur.

« Inutile de pleurer à nouveau, se dit-elle. Passe ce dernier obstacle, et tu pourras rentrer chez toi. »

Subitement, elle décida de laisser sa voiture sur le bord de la route, juste devant la grille du château. Un peu plus loin, après l'unique virage, s'étendait la traîtresse portion de route où Valentine avait eu son accident. Maintenant encore, Bell ressentit un frisson rétrospectif en revoyant la scène — la route sombre et mouillée, le bouquet d'arbres et la moto par terre avec sa roue qui tournait encore dans les airs.

En silence, comme elle l'avait fait des milliers de fois depuis ce matin tragique, elle remercia Dieu d'avoir laissé la vie à Valentine.

Elle leva la tête et se mit en marche, remontant l'allée sous la voûte des arbres. Elle était tout à fait convaincue d'avoir eu raison de venir faire ses adieux. Elle voulait que chacun la voie et ne s'y trompe pas. Mais maintenant elle avait peur — et elle se sentait triste, et vulnérable.

Continue à marcher.

Arrivée à l'ombre de la maison, elle hésita. Devant elle s'étendaient la double volée d'escaliers, la lourde porte et le massif bouton de sonnette. Mais elle entendait des voix — celles de

Juliette, de Catherine, et peut-être le murmure plus bas de celle de Charles. Ils devaient être assis dans le salon, avec les hautes portes-fenêtres ouvertes sur la pelouse et les derniers rayons du soleil de l'automne. Bell fit rapidement le tour jusqu'à la fenêtre ouverte. Elle ne demeura là qu'un instant avant qu'ils ne la voient, mais la scène resta gravée en elle comme un tableau. Hélène était assise dans sa chaise droite devant la cheminée, affichant une sérénité que Bell ne lui avait encore jamais vue. Catherine et Juliette étaient assises côte à côte sur l'un des canapés, la tête brune de Catherine penchée sur les pages d'un album de photos. Charles se tenait derrière elles, le visage dans l'ombre.

Fugitivement, Bell sentit que la pièce était pleine de voix françaises, à l'accent cultivé, très à l'aise entre elles en l'absence d'étrangers. Ces personnages étaient assis là, au milieu de leur magnifique propriété, dans le château qui était la demeure de leur famille depuis des générations. Ils étaient parfaitement unis par les liens et nuances de leur culture, de leur nationalité, et même par la tragédie. Comment elle, Bell Farrer, une Anglaise sans famille ni lieu au monde, une étrangère à leur petite société bien solide, avait-elle jamais pu espérer en faire partie ?

Ou même les comprendre ? Valentine avait raison. Ils n'étaient que des parvenus, l'un et l'autre. Elle avait aimé Charles, oui, d'un amour malencontreux, nourri d'impossible, mais jamais cet amour n'aurait pu acquérir la solidité de la vérité.

Bell tapa d'une main légère sur la vitre.

— Est-ce que je dérange ? J'ai entendu des voix et j'ai fait le tour.

Aussitôt, ils levèrent les yeux, lui sourirent, l'accueillirent. Pendant un instant, les mains de Charles prirent ses doigts glacés, mais elle ne lui retourna pas son regard.

— Venez vous asseoir avec nous. Nous regardions des photos de famille.

Catherine fit de la place à Bell, à côté d'elle sur le canapé. Juliette l'accueillit en la serrant dans ses bras et avec un baiser sur la joue. Même Hélène lui sourit et lui tendit ses doigts bagués.

Bell s'assit à côté de Catherine et son regard tomba sur les pages ouvertes de l'album.

— Ce sont des photos de Christophe, dit doucement Catherine. Il y a... si longtemps que nous ne les avions pas regardées.

Bell vit le portrait ovale d'un petit garçon. Son teint, les cheveux blonds et les yeux d'un bleu profond étaient ceux de Charles, mais la forme du visage et le menton volontaire étaient de Catherine. Un petit enfant, la parfaite synthèse de deux personnes qui l'avaient perdu. Bell se sentit envahie d'une véritable peine pour Catherine et Charles. La perte qu'ils avaient connue étaient la plus triste de toutes. La sienne n'était rien auprès de celle-ci. Bell souhaitait ardemment qu'ils se retrouvent et aient un autre enfant — un enfant qui pourrait combler un peu le douloureux vide qui subsistait entre eux.

— Comme il vous ressemblait à l'un et à l'autre, dit-elle doucement.

Charles se pencha et lui prit l'album des mains pour le ranger dans le long tiroir d'une table de marqueterie.

Une ombre passa sur le visage d'Hélène quand son regard alla de Bell à son fils puis elle dit, brusquement :

— Charles, si tu offrais un verre à Bell ?

« Mon nom, enfin, se dit Bell. Généreuse dans la victoire, Hélène. »

Le repas ressembla beaucoup à ceux qu'elle avait déjà connus à Reynard. Une cuisine simple et excellente, servie dans la porcelaine la plus fine, et des vins exquis dans leurs verres fragiles. Une conversation limitée, polie, à laquelle chacun participait à son tour.

— L'année sera-t-elle aussi bonne que vous l'espériez, pour le vin ? demanda Bell.

Pour la première fois, le regard de Charles croisa le sien et elle y vit un éclair d'orgueil et de plaisir.

— Oh, oui. Meilleure même. Une grande année, très classique, selon les premières estimations. Même Jacopin est optimiste.

Le vin nouveau allait maintenant fermenter dans les grandes cuves, dans les chais de Charles. « Pauvre Valentine », se dit douloureusement Bell en songeant à la catastrophe. Ses cuves immaculées allaient demeurer vides, les cadrans de température et de pression marquant zéro.

— Voilà une bonne nouvelle. J'attends donc le Château Reynard aux dégustations de l'an prochain.

— Ainsi vous rentrez travailler à Londres ?

— Oh, oui. Tout de suite, pratiquement. Je retourne travailler, bien que ne sachant pas très bien où, pour le moment. Mais je suis certaine que quelque chose d'intéressant va se présenter.

— J'en suis certain aussi, dit Charles, doucement.

Après le déjeuner et après le café au salon, Bell consulta délibérément sa montre et se leva. La corvée était terminée, sans avoir été trop éprouvante. Elle était heureuse, après tout, de l'avoir faite.

— Il faut que je rentre. J'ai encore mes bagages à faire.

Ils la suivirent dans la magnifique entrée. À la porte, Catherine prit la main de Bell et la retint un instant. Le regard de ses yeux noisette disait tout, et, entre autres, « merci » et « je suis navrée ».

Hélène jugea possible d'embrasser Bell sur les deux joues, dans des effluves de parfum luxueux, avant de retourner au salon, suivant son teckel obèse.

— Au revoir, Bell, dit-elle avant de disparaître. Ce fut une joie de vous rencontrer.

Les adieux de Juliette furent les plus chaleureux, et elle insista pour que ce ne soit qu'un au revoir.

— La prochaine fois à Londres. Vous allez me retrouver devant votre porte.

Elles s'embrassèrent, se souvenant. Bell savait qu'elle serait heureuse de revoir Juliette. Mais pas encore. Pas encore.

— Où est votre voiture ? demanda Charles.

— Au bout, devant la grille.

— Je vous y accompagne.

Ensemble ils descendirent les escaliers et s'éloignèrent de la majestueuse hauteur de Château Reynard. Bell gardait le regard fixé sur la voûte des arbres et sur la route vide qui l'attendait au bout.

— Je voudrais vous dire quelque chose, Bell, lui dit Charles quand ils furent seuls dans le calme de l'après-midi.

Bell vit que les arbres étaient presque entièrement dépouillés maintenant, à l'exception de quelques feuilles qui s'accrochaient encore.

— Quoi donc ?

Il avait les sourcils froncés, vit-elle, bien que Charles eût le visage presque tourné. On devinait aussi sa tension aux rides autour de la bouche et sur ses joues. Il paraissait plus vieux ; elle eut soudain l'image de l'homme qu'il serait quand il serait plus âgé.

— La course, dit Charles, d'une voix dure. Je voulais la gagner. C'était important pour moi de ne pas être battu par Valentine Gordon. Mais je me traînais derrière lui, bien qu'il m'ait laissé la moto la plus puissante. Alors, quand nous sommes arrivés à cette courbe, là, j'ai su que c'était ma dernière chance.

Bell écoutait, tendue, comptant leurs pas réguliers sur l'allée de gravier.

— Alors, continua Charles, j'ai accéléré pour passer à l'intérieur, entre lui et le virage. Mais j'ai mal calculé ma courbe. Je n'avais pas l'espace pour passer et le virage était plus serré que je l'avais cru. Valentine dut faire un écart pour me laisser passer, et en se dégageant il...

— Il a failli se tuer, termina Bell d'une voix sourde.

Elle comprenait maintenant. Valentine n'avait pas voulu ternir l'image dorée qu'elle avait de Charles. Il n'avait pas voulu qu'elle sache.

Comme elle avait été stupide et aveugle.

— Et qu'avez-vous raconté à la police ?

Elle ne put empêcher sa voix d'être glaciale et amère.

— Simplement cela. Ils n'ont pas vraiment cherché à en savoir davantage. Sachant qui j'étais.

« Et qui es-tu, Charles de Gillesmont ? Un homme seul dans ton monde somptueux, torturé par ton sentiment de culpabilité ; vivant à l'écart des autres, et même de l'amour de ta femme, par ta rigidité et ta crainte. » De nouveau, Bell se sentit envahie par la compassion et la peine et elle s'arrêta, pour pouvoir se tourner et le regarder bien en face. Les yeux de Charles étaient assombris par la douleur et ils soutinrent le regard de Bell avec une sorte de question, de prière qui lui donna envie de se détourner pour ne pas voir la vulnérabilité de cet homme.

— Allons, Charles, murmura-t-elle, lui prenant les mains qu'elle caressa doucement. Cessez de vous blâmer. Jamais Valentine ne souffrira autant que vous. Pour lui, ça n'a pas autant d'importance que pour vous, pas plus qu'il ne s'impose des règles aussi rigides. Ce qui veut dire que les coups qu'il reçoit sont moins douloureux. Il finit par gagner, à sa façon.

Bell ne put s'empêcher de laisser transparaître la profondeur de ses sentiments pour Valentine dans sa voix et son bref sourire ; Charles vit et comprit.

Ensemble, ils se tournèrent vers les grilles et continuèrent leur chemin. À côté de la voiture de Bell, ils se retrouvèrent l'un en face de l'autre pour la dernière fois.

— Revenez-lui, murmura Bell. Que tout redevienne normal.

— Je t'ai aimée, dit Charles.

Elle entendit à peine les mots, tant ils furent dit à voix basse.

— Mais c'était impossible, ajouta-t-il.

— Je le sais.

Moi aussi, je t'ai aimé, mais je suis heureuse que ce soit maintenant terminé.

Il lui baisa les lèvres, une seule fois, puis se détourna et passa la grille, surmontée des armes et de la devise de sa famille, regagnant son foyer à travers la richesse de ses vignes.

Bell regarda sa haute silhouette s'éloigner ; il paraissait si défait et solitaire que les larmes lui vinrent aux yeux. « Il faut qu'il en soit ainsi, se dit-elle. Et il ne se laissera pas abattre. Ils finiront par vaincre tous les deux, ensemble. Ils ont trop de choses en commun. »

Bell grimpa dans sa voiture, mit le moteur en marche et quitta Château Reynard sans un seul regard en arrière.

Le soleil de cette fin d'après-midi réchauffait la cour pavée de *La Girafe*. Bell resta un instant à regarder les curieuses pentes et les angles du toit de l'auberge, puis elle gagna le sanctuaire de sa maisonnette. Sa valise était posée, ouverte, sur le haut lit, à l'étage. Il ne lui restait plus qu'à plier et y mettre ses vêtements. *Le Portrait d'une femme* gisait toujours, retourné, sur le bras de son fauteuil. Bell s'y assit et se mit à feuilleter les pages du livre. Autour d'elle, ce n'était que silence et vide. Et puis elle entendit une voiture sur la route des vignobles. Le véhicule s'approcha, ralentit — le conducteur cherchait quelque chose — puis Bell entendit le bruit des pneus quand il pénétra dans la cour de *La Girafe*. C'était un taxi bordelais, jaune, avec son numéro peint au-dessus du pare-brise.

Quelqu'un en descendait, avec beaucoup de mal. Un homme grand et mince, aux cheveux bruns, appuyé contre le véhicule pour en extraire une paire de béquilles et les glisser sous ses bras.

Valentine.

Bell sentit son cœur battre d'un absolu bonheur, et le soleil inonda sa petite pièce avec la douceur d'une bénédiction.

Valentine arriva jusqu'à sa porte en boitillant et Bell se rendit compte de ses difficultés à se déplacer avec ces béquilles. Elle aima la farouche détermination qu'on lisait sur son visage. D'une main maladroite, avec des doigts gourds, elle ouvrit la porte et ils se retrouvèrent face à face.

Le visage de Valentine était grave.

— Je suis venu dès que j'ai pu.

— Pourquoi m'as-tu laissée partir, dans ce cas ?

Bell lui dit les premiers mots qui lui vinrent à l'esprit et elle se sentait toute amollie par la surprise et la peur d'oser retrouver un espoir.

— Entrons, dit-il, se hissant en haut de l'unique marche pour pénétrer dans la pièce.

Bell s'agita, voulant l'aider mais incapable de faire quoi que ce fût d'utile.

Avec un geste irrité, Valentine laissa tomber les béquilles et sautilla jusqu'à la table, puis de la table au fauteuil. Il lui fallut se baisser pour ne pas se heurter aux poutres basses, trop grand et devenu gauche, soudain, dans la maison trop petite.

— C'est bien une maison de poupée, dit-il, faisant le tour de la pièce du regard, le sourcil curieux. Bell, pourquoi te cacher dans ce coin minuscule, et toute seule ?

— *Valentine !*

Bell ne pouvait plus supporter cette incertitude. Elle se passait dans les cheveux et sur le visage des mains fiévreuses, essayant de comprendre ce qui arrivait.

— Qu'est-ce que tu fais ici — loin de l'hôpital — alors que nous nous sommes dit adieu ?

Il la fit taire d'un geste.

— C'est toi qui es venue dire adieu, tu te souviens ? Moi, je suis venu pour autre chose. Que je ne pouvais te dire dans une salle commune pleine de vieux bonshommes tristes et d'estropiés. Tu veux bien m'écouter ?

Oui, fit-elle de la tête, sans le regarder.

— Je veux que tu sois franche avec moi, dit Valentine...

Et elle compta les secondes en attendant la suite.

— ... et avec toi-même. En retour, je te dirai la vérité toute simple. Ça marche ?

De nouveau, elle approuva d'un signe de tête. Si elle avait pu voir la tendresse sur le visage de Valentine, elle eut été rassurée, mais elle gardait les yeux baissés, prête à se défendre.

— Eh bien, la vérité est que je t'aime, annonça-t-il simplement. J'aurais dû te le dire il y a longtemps, mais ce n'est que lorsque je t'ai surprise dans ma bibliothèque avec Charles, que j'ai compris que je mourrais si je te perdais.

Bell, en aveugle, se tourna vers lui et enfouit son visage contre la poitrine de Valentine. Au milieu de toutes les pensées incohérentes qui se bousculaient dans son esprit, une seule était claire :

J'ai une telle chance. Je suis si heureuse.

Les doigts de Valentine s'emmêlèrent dans ses cheveux, puis il se pencha, avec difficulté, pour lui baiser les yeux et le front.

— Attends. C'est à ton tour d'être honnête, Bell. Je t'écoute.

Elle chercha ses mots, ne les trouva pas, se lança comme ils lui vinrent.

— Je n'ai rien compris. Ni toi, ni moi, ni Charles. Surtout Charles.

À ce nom, Valentine eut un petit sourire. Pour l'un comme pour l'autre, il semblait si déplacé maintenant.

— Je pensais vouloir un homme parfait, continua Bell, et Charles en avait apparemment tous les aspects. J'ai excusé sa réserve parce que c'était pour moi un défi. Je me suis dit que je parviendrais à atteindre la chaleur qu'il avait en lui, et que ce serait ma récompense. Mais je n'avais rien compris, et j'avais imaginé un homme qui n'existait pas vraiment. Ce n'est qu'à l'instant où je suis arrivée sur le lieu de l'accident, en priant pour que Charles soit sain et sauf, que je l'ai compris. Je serais morte si tu l'avais été aussi. Plus rien ne comptait. Ni moi, ni Charles, ni rien.

Valentine lui prit le visage dans ses mains pour l'empêcher de se détourner.

— Et en fin de compte, dit-il doucement, ce n'est pas Charles de Gillesmont mais moi.

Bell saisit la nuance de triomphe dans sa voix.

— Bell, tu savais tout cela depuis si longtemps, tout ce temps pendant lequel je me trouvais cloué sur ce lit d'hôpital. Pourquoi ne m'en avoir rien dit ? J'attendais que tu le fasses. J'ai attendu, interminablement.

« Pourquoi n'ai-je pas pu le lui dire », se demanda Bell.

— Écoute, tu as pu le dire à Bob. Tu as même pu le dire à ce richard qui ressemble à Sacha Distel...

— Qui ?

— Michel Lebègue. Et ils sont venus me le dire l'un et l'autre. Mais pas toi. Pourquoi, Bell ?

Il la fixait de son regard bleu, exigeant une réponse. Bell se départit de son ultime défense et le laissa découvrir sa terrible faiblesse.

— J'avais honte. Et peur.

— Bell, chérie, nous avons tous peur. Et il faut vivre avec la honte. Comme moi après les vendanges.

— Je sais, je sais, bredouilla-t-elle. Et pour cela aussi je t'aimais.

Il la regardait, avec un regard bizarre, intense, maintenant.

— Redis-moi ça.

— Je t'aime.

Cette fois, sa bouche trouva celle de Bell et il lui repoussa la tête sous le poids de son baiser.

— Nous avons besoin l'un de l'autre, souffla-t-il contre ses lèvres endolories. En égaux. Je suis ton contrepoids. Sans personne d'autre. Je ne suis ni ton père ni le gars d'à côté. Ni le prince charmant avec de la glace dans les veines, mais un homme de chair et de sang. Nous sommes deux moitiés qui se complètent parfaitement.

Bell se laissa aller contre lui, dans sa tiédeur et sa force, fermant les yeux sur les semaines qui venaient de s'écouler. Ce fut Valentine qui la repoussa un peu pour lui dire :

— Épouse-moi. Veux-tu de moi, connaissant tous mes défauts ?

Bell lui prit les mains et ce fut avec un regard brillant qu'elle répondit :

— Oui. Et veux-tu de moi, avec les miens ?

— Ah, Bell, dit-il en riant. Où irons-nous ? À toi de choisir, où tu voudras. En Amérique... À Paris... À Londres, si tu veux. Ou, non, que dirais-tu de la Bourgogne ? Je t'achèterai une de ces vieilles maisons de pierre en Côte-d'Or...

Bell se dégagea et lui posa les doigts sur les lèvres.

— Peu importe où nous irons. Je veux seulement que tu me fasses l'amour. Ici et maintenant...

Les yeux de Valentine s'arrondirent, puis il laissa retomber ses bras et poussa un grognement à travers son rire.

— Impossible ! Comment veux-tu que je fasse, avec ça ? dit-il, montrant le plâtre de sa jambe. Je ne pourrais même pas monter les escaliers.

Bell riait maintenant, elle aussi.

— Je crois que tu y arriveras, je vais te montrer comment.

Ses mains étaient douces sur lui. Ensemble, ils parvinrent à vaincre les étroits escaliers, passèrent la porte basse de la chambre et grimpèrent sur le haut lit de cuivre.

Leurs bouches, leurs bras, leurs corps se trouvèrent, avides, reprenant force. « La voilà ma véritable fête, se dit Bell. La fête de la vérité, enfin. C'est douloureux d'apprendre, mais il y a une telle joie à savoir. »

Là, dans la maisonnette de *La Girafe*, Bell et Valentine ouvrirent les portes secrètes et les passèrent ensemble. Il n'existait plus de temps, plus de murs, plus de ciel, et aucun autre destin que le leur.

Enfin, épuisés et paisibles, ils restèrent dans les bras l'un de l'autre à écouter le silence de la petite pièce sombre. Valentine posa la bouche sur les cheveux de Bell.

— Il faut que je te dise autre chose.

Elle se raidit, reprise par la peur, de nouveau, mais il se mit à rire.

— Lors de la soirée, quand je t'ai surprise avec Charles...

— *Non.*

— Attends... Écoute. Je t'ai dit que ce n'était pas à cause de toi que je voulais cette course contre lui.

Bell hocha la tête. Elle entendait encore les paroles des deux hommes et les revoyait encore dans son souvenir.

— Eh bien, c'était un mensonge. C'était bien à cause de toi. De songer que lui pouvait t'avoir, et pas moi. J'ai su, à cet instant, que c'était impossible.

Valentine se mit à rire et il la serra plus fort contre lui.

— J'aurais dû choisir le sabre. Ou le pistolet de duel à silex, peut-être. Qui sait, j'aurais pu gagner.

— Tais-toi.

— Eh bien, approche.

Bell ferma les yeux, se disant qu'elle nageait en plein bonheur. Un bonheur présent, là, dans sa perfection, pour être savouré et conservé. Ils connaîtraient des instants difficiles, elle le savait. Plus jamais elle ne chercherait la réalisation d'un conte de fées, pas avec cet homme dont elle connaissait les forces et les faiblesses, qu'elle aimait autant que la vie elle-même. Mais maintenant, ce soir, ils s'étaient retrouvés parmi les brumes des vignobles bordelais. Ils s'étaient retrouvés dans la claire et brillante lumière.

— Je t'aime, Valentine.

De nouveau ce petit rire, légèrement moqueur. Valentine se pencha sur elle, son regard bleu tout proche, hypnotique.

— *Prouve-le.*

Oui. Le brouillard s'était levé et le soleil brillait dans le vaste ciel au-dessus d'eux.

– FIN –

Imprimé Aux États-Unis, 1991